Unter dem Schutz des Highlanders

Hannah Howell
im Weltbild Taschenbuch

Das Schicksal des Highlanders
1430 – Balfour Murray und Maldie Kirkcaldy

Die Ehre des Highlanders
1437 – Nigel Murray und Gisèle DeVeau

Unter dem Schutz des Highlanders
1444 – Eric Murray und Bethia Drummond

Irrtum des Herzens
1465 – Gillyanne Murray und Connor MacEnroy

Die Spur des Highlanders
1471 – Laird MacEnroy und Lady Lindsey

Der Fürst der Highlander
1473 – Jolene Gerard und Sigimor Cameron

Die Geschichten sind in sich abgeschlossen und können
in jeder beliebigen Reihenfolge gelesen werden.

Hannah Howell

Unter dem Schutz des Highlanders

Deutsch von Andrea Hahn

Weltbild

Originaltitel: *Highland Promise*
Originalverlag: Zebra Books/Kensington Publishing Corp., New York

Published by Arrangement with
KENSINGTON PUBLISHING CORP., New York, NY, USA

Die Autorin

Hannah Howell hat sich seit ihrem ersten Buch 1988 einen Namen als Autorin romantischer historischer Romane gemacht. Die begeisterte England-Reisende lebt an der Ostküste der USA, wo ihre Familie seit 1630 ansässig ist. Sie ist verheiratet, hat zwei erwachsene Söhne, einen Enkel und fünf Katzen, von denen eine den Namen Oliver Cromwell trägt.

Weltbild Taschenbuch

1

Schottland – 1444

Bethia Drummond beobachtete die beiden schweißtriefenden Männer, die mit Steinen durchsetzten Dreck auf die Leiche ihrer Schwester warfen, und drückte ihren kleinen Neffen ein wenig fester an sich. Schon vor seinem ersten Geburtstag durch die Besitzgier seiner eigenen Verwandten zu einer Waise gemacht, würde er sehr viel Liebe brauchen und, was noch viel wichtiger war, sehr viel Schutz. Bethia schluckte ihre Tränen hinunter und warf ein paar Zweige weißen Heidekrauts auf das Grab ihrer Schwester. Im Innersten konnte sie es kaum glauben, dass ihre Zwillingsschwester Sorcha für immer fort sein sollte, aber ihr Verstand sagte ihr, dass Sorcha nun in alle Ewigkeit mit ihrer großen Liebe, ihrem Ehemann Robert, unter der immer schwerer werdenden Erde ruhen würde. Dorthin, so dachte sie mit immer größer werdender Wut, hatte sie nur die Habsucht von Roberts Familie gebracht.

Sie starrte über das sich langsam füllende Grab hinweg zu Roberts Onkel William und seinen beiden Söhnen Ian und Angus. Sie waren nur dem Namen nach Drummonds, nicht aufgrund von Blutsbanden, denn William hatte den Namen angenommen, als er Roberts Tante Mary geheiratet hatte. Mary, die keine eigenen Kinder bekommen konnte, hatte Williams zwei kleine Söhne bereitwillig an Kindes statt angenommen, doch weder ihre Güte noch ihre Liebe schafften es, deren bösartige Dickfelligkeit zu durchdringen. Diese Frau hatte zweifellos ein ganzes Nest voller Nattern an ihre Brust gedrückt und für ihre Nächstenliebe teuer bezahlt. Ihr Tod, der kaum ein Jahr zurücklag, war langsam und qualvoll – und sehr verdächtig. Nun waren zwei weitere Hindernisse auf dem Weg zu den Ländereien und Reichtümern von Dunncraig aus dem Weg geräumt, und sie hielt das letzte in ihren Armen. William und seine beiden plumpen Söhne würden James niemals bekommen. Bethia legte am Grab ihrer Schwester das Gelübde ab, dass vorher alle drei Männer sterben und für all ihre Verbrechen bezahlen sollten.

Als William mit seinen Söhnen sich ihr näherte, spannte sich Bethia an. Sie widerstand dem Bedürfnis, sich umzudrehen und loszurennen, um den vergnügt glucksenden James von diesen drei dunklen Gestalten wegzubringen. Es wäre weder sicher noch klug, ihr Misstrauen ihnen gegenüber zu offenbaren.

»Ihr müsst Euch um das Wohlergehen des Jungen keine Gedanken machen«, sagte William mit rauer Stimme, während er leicht die leuchtend roten Locken des Jungen zauste. »Wir werden uns um das Kindchen kümmern.«

Bethia hätte am liebsten die Berührung dieses Mannes vom Körper des Jungen abgeschrubbt, zwang sich aber zu einem Lächeln. »Meine Schwester hat mich darum gebeten, für das Kind zu sorgen. Deswegen bin ich hergekommen.«

»Ihr seid ein sehr junges Mädchen. Ganz sicher wollt Ihr Euer Leben nicht an das Kind einer anderen Frau verschwenden. Ihr solltet woanders sein und ein paar eigene Kinder in die Welt setzen.«

»Es kann niemals Verschwendung sein, sich um das Kind der eigenen Zwillingsschwester zu kümmern, Sir.«

»Wahrscheinlich ist es nicht der richtige Augenblick, um darüber zu diskutieren.« William zwang seinen schmallippigen Mund zu einem Abklatsch von teilnehmendem Lächeln und klopfte Bethia auf die Schulter. »Ihr seid noch viel zu sehr in Eurer Trauer über den Tod Eurer armen Schwester befangen. Wir werden später darüber sprechen.«

»Wie Ihr wünscht.«

Es war schwer, sich nicht einfach aus Williams Berührung, die sie frösteln ließ, loszureißen, aber Bethia zwang sich, die drei Männer erneut anzulächeln. Danach wandte sie sich um und ging mit hart erkämpfter Gelassenheit zur Burg zurück. Bethia hätte gerne ihr Misstrauen hinausgeschrien und ihren Dolch gezogen, um ihn tief in Williams finsteres Herz zu stoßen, doch sie wusste, dass sie damit nichts weiter erreichen würde als einen kurzen, befriedigenden Augenblick der Rache. Die Söhne dieses Mannes würden seinen Tod schnell und blutig ahnden und James und sie umbringen. Genau genommen würde sie nicht mehr erreichen, als ihnen eine willkommene Erklärung für den Tod des Jungen zu liefern, wobei sie noch nicht einmal sicher sein konnte, ob sie William überhaupt töten könnte.

Es brauchte Sorgfalt und Planung, um William und seinen Söhnen beizukommen. Bethia musste die Gefühle, die ihr Inneres zu einem schmerzhaften Knoten zusammenzogen, unter Kontrolle halten. Zudem war ihr bewusst, dass sie Unterstützung brauchte, aber nicht darauf zählen konnte, sie unter den Feiglingen auf Dunncraig zu finden. William hatte alle Bewohner der Burg und die Leute auf den Ländereien fest im Griff – einem Griff, den Robert entweder nicht gesehen hatte oder, weil er zu oft am Hof und bei Kämpfen in Frankreich war, nicht hatte lösen können. Roberts Naivität oder Nachlässigkeit hatte ihm und Sorcha das Leben gekostet. Bethia hatte nicht die Absicht, ihnen James in ihr kaltes Grab folgen zu lassen.

»Dein Vater war tapfer und ehrenwert«, sagte Bethia zu dem kleinen James, als sie den kleinen dunklen Raum betrat, den sie sich teilten, »aber er hätte seinen heimischen Herd viel, viel sorgfältiger bewachen müssen, Kleiner.«

Sie legte das gähnende Kind in die Wiege und setzte sich auf die Kante ihres schmalen, harten Bettes, um ihn zu beobachten. Sorchas strahlend grüne Augen segneten das niedliche kleine Gesichtchen, und sein Haar war nur ein wenig heller als das seiner Mutter. Den Neid, den Bethia manchmal angesichts der oft bejubelten Schönheit ihrer Schwester verspürt hatte, schien ihr nun kleinlich und traurig. Sie mochte eine langweiligere braune Haarfarbe ihr Eigen nennen und mit dem Fluch nicht zusammenpassender Augen belastet sein, zudem eine Figur besitzen, die wesentlich weniger weiblich wirkte, als die ihrer Schwester, aber sie war noch immer am Leben. Sorchas hoch gepriesene Schönheit und Anmut schienen immer ein Segen gewesen zu sein, aber sie hatten sie nicht retten können.

Und ich bin stärker, sagte sich Bethia, während sie den goldigen James beim Einschlafen beobachtete. Sorcha war wie eine Kerze gewesen, die man für ihr Licht und ihre Wärme bewunderte, für die Schönheit ihrer so farbenreichen Flamme, die man aber leicht auspusten und kalt und leblos zurücklassen konnte. Sie dagegen war wachsamer als Sorcha, konnte leichter das Schlechte in einem Menschen erkennen. Es hatte sie überrascht, dass Sorcha ihr eine Nachricht schickte, in der sie die Schwester um Hilfe für James bat, denn Dunncraig war voller Frauen, die darauf brannten und auch die Voraussetzungen erfüllten, sich um den Sohn und Nachfolger ihres Herrn zu kümmern. Inzwischen fragte sie sich, ob sich ein Hauch von Argwohn oder Angst in das liebende, vertrauende Herz ihrer Schwester eingeschlichen hatte.

Sie seufzte und wischte sich energisch eine Träne ab. Wenn dem so gewesen ist, war es dafür viel zu spät. Immerhin hätte dies Sorchas merkwürdige Wortwahl in ihrer Nachricht erklärt. Sie hatte ihre Schwester gebeten zu kommen und über James zu wachen. Nicht, ihn zu pflegen, mit ihm zu spielen, ihn zu besuchen oder seiner Mutter zu helfen, sondern über ihn zu wachen. Und genau das war es, was Bethia auch vorhatte.

Jeder Atemzug, den sie machte, jedes Rascheln ihrer Röcke auf dem mit Binsen bedeckten Boden ließen Bethias Herz einen schmerzvollen Sprung tun, während sie durch die düsteren Hallen von Dunncraig schlich. Sie wusste, wie man sich möglichst lautlos bewegte, doch diese Fähigkeit schien sie jämmerlich im Stich zu lassen. Trotzdem ertönte kein Warnschrei, während sie durch die Burg und hinaus auf den Vorhof schlich. Es hatte sie drei qualvolle Tage gekostet, einen Weg, der aus Dunncraig hinausführte, ausfindig zu machen, und zwar einen, zu dem sie möglichst ungesehen gelangen konnte, und sie hatte den Eindruck, dass sie fast ebenso lange brauchte, um dorthin zu kommen. Bei jedem Schritt hatte sie schreckliche Angst, dass James, der sich der Gefahr, in der er schwebte, so herrlich unbewusst war, ein Geräusch machen würde, das sie verraten könnte.

Jede einzelne Minute in diesen drei Tagen hatte sie zwischen Zweifeln an ihrem Verdacht und der Suche nach einem Weg, auf dem sie ungesehen aus der Burg fliehen konnte, geschwankt. Der Tod von James' kleinem Welpen hatte all ihren Zweifeln und Verdachtsmomenten ein grausames Ende bereitet. Bethia glaubte nicht so recht, dass sie jemals wissen würde, warum, doch nachdem sie ahnungslos alles gegessen und getrunken hatte, das man ihr und James am Tag nach der Beerdigung gebracht hatte, hatte sie sich am zweiten Tag plötzlich veranlasst gefühlt, die Speisen vorkosten zu lassen. Als das Hündchen nach dem Verzehr dieser Speisen verendete, hatte sie aus Schuldgefühlen darüber, das arme vertrauende Tier auf solche Weise benutzt zu haben, und einer befremdlichen Mischung aus Wut und Angst, weil all ihre dunklen Vermutungen sich auf so grausame Weise bestätigt hatten, heftig geweint. Die Tatsache, dass sie dem kleinen Tier nicht einmal eine Beerdigung geben konnte, die seines Opfers wert gewesen wäre, verstärkte ihre Wut noch. Sie wusste nun, dass das langsame, schmerzhafte Sterben von Sorcha und Robert auf Gift zurückzuführen war und nicht auf eine namenlose verheerende Krankheit, wie behauptet wurde.

Endlich erreichte Bethia die Stelle, die sie gesucht hatte: einen kleinen Mauerdurchbruch hinter den üble Gerüche verbreitenden Ställen. Robert war nicht nur unaufmerksam gegenüber den todbringenden Feinden innerhalb seiner Burg gewesen, sondern auch gegenüber dem Zerfall seiner Burg. Wenn er gesehen hätte, wie schlecht seine Burg verwaltet wurde, hätte er niemals William die Verantwortung übertragen. Bethia wusste nicht genau, was William und seine Söhne mit dem Geld, das die Ländereien abwarfen und die Pächter ablieferten, anstellten, aber ganz sicher hielten sie damit nicht die Burg instand, für die sie so bereitwillig töteten.

Als sie James und sich durch die Öffnung quetschte, krachten ein paar Steine der zerbröckelnden Mauer laut zu Boden. Sie blieb bewegungslos in der Öffnung stehen und hielt in der Erwartung des Warnrufs, der sicher ertönen würde, den Atem an. Es überraschte sie, dass keiner zu hören war. Solch ein Lärm hätte bewirken müssen, dass eine der bewaffneten Wachen zumindest in ihre Richtung schaute. Als sie in die Nacht hinausglitt und auf die am anderen Ende der umliegenden Felder gelegenen Wälder zueilte, fühlte sie sich mit jedem Schritt ein wenig zuversichtlicher. Die Männer, die Dunncraig bewachten, waren hinsichtlich ihrer Pflichterfüllung offensichtlich genauso nachlässig wie William hinsichtlich der Instandhaltung der Burg.

Erst als sie die zwar beängstigende, aber zugleich willkommene Finsternis des Waldes betrat, wagte Bethia, erleichtert aufzuatmen. Zwar würde es, wie Bethia sehr wohl wusste, nicht lange dauern, bis man die Verfolgung aufnahm, aber sie hatte den ersten Schritt in Richtung Freiheit und Sicherheit getan und erlaubte sich, einen Hoffnungsschimmer in ihr Herz zu lassen. Ein Pferd wäre eine große Hilfe gewesen, doch sie hatte nicht gewagt, eines zu stehlen, ja, nicht einmal gewagt, die nette kleine Stute, auf der sie hergeritten war, mitzunehmen. Niemals hätte sie das Tier durch das schmale Schlupfloch bekommen. Bethia versprach der kleinen Stute insgeheim, sie nicht länger als nötig in diesem heruntergekommenen Stall zu lassen. Ohne ein Pferd musste sie allerdings tüchtig ausschreiten, um einen gewissen Vorsprung vor ihren Feinden zu gewinnen.

James bewegte sich in der Decke, die sich Bethia um den Oberkörper geschlungen hatte, und selbstvergessen streichelte sie ihm den Rücken, als sie sich auf den Weg machte. »Sei nur ruhig, mein guter kleiner Junge.« Sie warf einen letzten Blick auf Dunncraig und wünschte, sie hätte Sorcha Lebewohl sagen können, versprach aber zurückzukehren. »Ich sorge dafür, dass die Schweine, die aus dem Trog deines Vaters fressen, bald an ihrem unrechtmäßig erworbenen Mahl ersticken werden. Und möge Gott von Herzen alle Menschen verfluchen, die danach streben, sich ihre Taschen mit den Besitztümern anderer zu füllen«, flüsterte sie, als sie tiefer in den Wald hineinging.

»Bist du sicher, dass du gehen und diesen Leuten gegenübertreten solltest?« Balfour Murray fragte dies seinen jungen Pflegebruder Eric, als er sich an das Kopfende des Haupttisches in der großen Halle von Donncoill setzte und anfing, Essen auf seinen Teller zu häufen.

Eric lächelte Balfour an und zwinkerte dann Maldie, seiner Frau, zu, die nur mit den Augen rollte und zu essen begann.

»Wir haben alle anderen Mittel ausprobiert, mir mein Geburtsrecht zu sichern, aber alles, was wir tun, wird entweder bestritten oder übergangen. Dieses Spiel wird nun schon seit dreizehn langen Jahren gespielt. Ich bin dessen herzlich überdrüssig.«

»Ich will noch immer nicht verstehen, warum es anders sein soll, wenn du ihnen gegenübertrittst.«

»Kann sein, dass es nicht so ist, aber es ist das Einzige, was wir noch nicht probiert haben.«

»Man kann sich immerhin noch an den König wenden.«

»Das haben wir doch versucht, wenn auch vielleicht nicht so energisch, wie wir es hätten tun sollen. Dennoch, ich denke, unser Vasall würde es vorziehen, in dem Ganzen keine Partei ergreifen zu müssen. Die Beaton-Lairds mögen Schweine gewesen sein und sind es vielleicht noch immer, aber sie haben den König niemals verärgert oder beleidigt. Die MacMillans, der Clan meiner Mutter, stehen ebenfalls auf gutem Fuß mit dem König, sie haben das Ansehen treuer und fähiger Kämpfer. Ich glaube, ich könnte der Beweis sein, den sie nicht leugnen können. Ich trage das Mal der Beatons auf dem Rücken, und viele behaupten, ich habe das Aussehen meiner Mutter und ihrer Verwandten. Vielleicht ist es höchste Zeit, dass die Beatons und MacMillans den Beweis mit ihren eigenen Augen sehen.«

»Glaubst du wirklich, dass die Beatons der Wahrheit Beachtung schenken, wenn du deinen Rücken entblößt und sie zwingst, das Mal dort anzuschauen?«, fragte Maldie.

»Nein, vielleicht nicht, aber ein Versuch kann nicht schaden«, erwiderte Eric. »Ich hörte bisher nichts Schlechtes über die MacMillans. Vielleicht schenken sie den Lügen, die die Beatons verbreiten, zu viel Glauben. Vielleicht kann ich sie endlich dazu bringen, die Wahrheit zu erkennen.«

»Du musst jemanden mit dir nehmen«, beharrte Balfour. »Es ist ein Jammer, dass Nigel in Frankreich ist.«

»Gisèle hat ihm drei süße Kinder geschenkt. Es ist höchste Zeit, sie ihren Verwandten in Frankreich zu zeigen.«

»Ja, ich weiß. Wenn du warten kannst, bis ich meine Arbeit erledigt habe, könnte ich mit dir kommen, oder vielleicht ist Nigel bis dahin zurück.«

»Dies ist mein Kampf, Balfour, und zwar ganz allein meiner.«

Eric brauchte den ganzen restlichen Abend und fast den ganzen nächsten Tag, um Balfour davon zu überzeugen, dass er dies tatsächlich alleine tun musste. Keiner von ihnen fürchtete vonseiten der Beatons oder der MacMillans eine echte

Bedrohung, denn der König war von ihren Streitigkeiten unterrichtet. Jedes Leid, dass Eric auf dem Land einer der beiden Familien zustoßen würde, würde eine rasche und harte Antwort herausfordern, was beide Familien wussten. Doch andere Gefahren lauerten auf einen, der allein unterwegs war, und Balfour zögerte nicht, sie in schauerlicher Ausführlichkeit aufzuzählen.

Er zählte sie noch immer auf, als Eric drei Tage später sein bepacktes Pferd aus dem Stall führte. »Ein Mann, der dir den Rücken sichert, wäre keine schlechte Sache«, sagte er und verzog das Gesicht, als Eric nur lächelte und seinen schwarzen Wallach Connor bestieg.

»Das wäre es nicht«, stimmte ihm Eric zu, der innehielt, um sein volles rotgoldenes Haar mit einem breiten schwarzen Lederband zusammenzubinden. »Wie dem auch sei, du brauchst mehr als ich treffliche Männer. Ich kann auf mich selbst aufpassen, Balfour. Ich ziehe nicht in eine Schlacht und bin überzeugt, dass ich einen oder zwei Räuber abwehren, ja, ihnen sogar entkommen kann. Hör auf, mich zu bemuttern«, fügte er sanft hinzu.

Balfour grinste. »Dann mach dich auf den Weg, aber wenn du mehr Schwierigkeiten bekommst, als du bewältigen kannst, mach an einem Gasthof Halt und lass ein oder zwei Männer von hier holen. Oder komm zurück, und wir werden mit einem größeren Gefolge antreten, sobald die Feldarbeit erledigt ist.«

»Abgemacht! Ganz sicher werde ich Euch Nachricht darüber zukommen lassen, wie es mir geht.«

»Das solltest du unbedingt tun, denn wenn wir nach zu langer Zeit nichts von dir hören, werden wir dir folgen. Geh mit Gott«, rief Balfour hinterher, als Eric aus den Toren ritt.

Eric winkte und ritt weiter. Er war in vielfacher Hinsicht in seinem Tun hin und her gerissen. Auf das, was er begehrte, hatte er in der Tat aufgrund seiner Geburt ein Anrecht, doch es stieß ihm bitter auf, dass er losreiten und darum bitten musste. Balfour hatte ihm einen kleinen Wachturm und etwas Land westlich von Donncoill geschenkt. Manchmal neigte er sehr dazu, aufzugeben und sich sein Leben in diesem Wachturm einzurichten. Dann wieder meldete sich sein Gerechtigkeitssinn, und er begann von Neuem, nach dem ihm zustehenden Recht des Erstgeborenen zu streben.

Zudem war da noch die oft übersehene Tatsache, dass er kein Blutsverwandter der Murrays war. Die Bande waren stark und durch die Heirat seiner Halbschwester Maldie mit Balfour noch stärker worden, aber rechtlich gesehen schuldeten ihm die Murrays überhaupt nichts und mussten sich im Grunde nicht um ihn kümmern. Doch sie taten es. Sie nannten ihn Bruder und meinten es auch so. Dadurch machte ihn die Weigerung der Beatons und der MacMillans, ihn als Verwandten anzuerkennen, noch wütender. Eric hatte ein Recht auf all das, was seiner Mutter und seinem Vater gehört hatte. In seinem Herzen wusste er, dass er niemals etwas anderes als ein Murray sein konnte, aber er hatte vor, sich alles, was ihm durch die Lügen der Beatons geraubt worden war, zurückzuholen. Wenn seine Blutsverwandten darum kämpfen wollten, dann würde er kämpfen. Dreizehn Jahre lang, seit er die Wahrheit über seine Abkunft erfahren hatte, hatten sie den sanften diplomatischen Weg eingeschlagen. Nun war es an der Zeit für eine Auseinandersetzung.

Er benötigte nur ein paar Stunden, um vor die Burgtore der Beatons zu gelangen. Obwohl er nicht überrascht war, als sie ihm den Einlass verwehrten und sich weigerten, auch nur mit ihm zu sprechen, war er enttäuscht. Der Cousin seines Vaters hatte nur wenige Tage nach dem Tod seines Vaters die Ländereien übernommen und beabsichtigte eindeutig, auch dort zu bleiben. Sir Graham Beaton war ebenso erbarmungslos und raffiniert wie sein Vater. Selbst wenn es nur zum Wohl der seit Langem leidenden Menschen, die in und um die Burg herum wohnten, gewesen wäre, wollte Eric sehen, wie dieser Mann von den geraubten Ländereien abgesetzt wurde. Allerdings stand jetzt fest, dass es darüber zum Kampf kommen würde.

Als er davonritt und darum rang, die Beleidigungen, die ihm von den Mauern herab nachgerufen wurden, zu überhören, beschloss er, zu den MacMillans weiterzureiten. Wenn er dort den Kampf um seine Anerkennung gewinnen würde, hätte er mehr Männer, mehr Schlagkraft und mehr Geld zur Verfügung, um den Beaton-Landräuber zu bekämpfen. Eric nahm an, dass Sir Graham die Wahrheit kannte und glaubte, an all seinen Reichtümern festhalten zu können, wenn er sich weigerte, näher hinzusehen oder einer der Aufforderungen nach Übergabe des gestohlenen Landes Beachtung zu schenken. Vielleicht reichte ein durch Blutsbande gefestigtes Bündnis mit den weit höher in der Gunst des Königs stehenden MacMillans aus, um diesen Mann zu zwingen, die Wahrheit zu sagen und sich mit allem, was er geleugnet und als Lügen bezeichnet hatte, einverstanden zu erklären. Eric sah sich nun noch stärker dazu veranlasst, die Gunst seiner Verwandten mütterlicherseits zu gewinnen. Jetzt bedeutete das noch mehr als nur die gesetzmäßige Anerkennung seines Rechts als Erstgeborener. Es konnte leicht zur endgültigen Vertreibung einer langen Reihe von verachtenswerten Lairds aus den Reihen der Beatons führen.

»Maman?«

Bethia schluckte die plötzlich aufsteigenden Tränen hinunter, während sie die schmuckverzierte silberne Trinkschale an James' Mund hielt und ihn an dem Wasser, das sich darin befand, nippen ließ. Das kleine, flache Gefäß, in dessen Griffe meisterhaft ein altes keltisches Muster geritzt war, war die Hochzeitstrinkschale ihrer Schwester. Ihr Vater hatte sehr viel Geld dafür ausgegeben und lange und intensiv nach dem besten Künstler gesucht, um sie anfertigen zu lassen. Als sie hörte, wie Sorchas Kind nach seiner Mutter fragte, während es aus diesem in Ehren gehaltenen Erinnerungsstück trank, zog sich

Bethias Herz vor Schmerz zusammen, einem Schmerz, für den sie bisher keine Zeit hatte.

»Ich fürchte, ich muss nun deine Maman sein, Kleiner«, wisperte sie, als sie seine seidigen Locken zauste und ihm ein kleines Stück Brot zu kauen gab. »Ich weiß, dass ich nicht so gut bin wie die, die dir diese Mistkerle geraubt haben, aber ich werde mein Bestes geben.«

Eine kleine Stimme in ihrem Kopf flüsterte, dass sie James wenigstens am Leben erhalten würde, was seiner Mutter fast misslungen wäre, doch sie verfluchte sich für einen solch verräterischen Gedanken. Während der beiden Tage, die sie nun schon durch den Wald schlich und sich Schritt für Schritt ihren Weg zu ihrem Zuhause und in die Sicherheit bahnte, ertappte sie sich immer öfter bei unfreundlichen Gedanken über ihre Schwester und deren Mann. Sie verdammte deren Schwäche, verhöhnte sie im Stillen für ihre Blindheit und fragte sich, wie solch ein süßes Kind solche Dummköpfe von Eltern haben konnte. Jedes Mal, wenn sie so etwas dachte, fühlte sie sich von Schuldgefühlen überwältigt.

»Ich brauche Zeit, um mich hinzusetzen und einen Blick in mein Herz zu werfen«, sagte sie zu dem Jungen, bevor sie gedankenverloren auf einem Stück Brot herumkaute. »Ich bin so wütend, und seltsamerweise bin ich meistens auf deine armen Eltern wütend. Sie sind schlichtweg ermordet worden, was nicht ihr Verschulden war, nicht wirklich. Sicher, sie hätten wachsamer sein können, vorsichtiger, hätten vielleicht auf jene achten sollen, die um sie herum waren, anstatt nur immer sich gegenseitig anzusehen, aber das sind nicht wirklich Fehler.«

»Maman?«

»Nein, Kleiner, keine Maman.« Bethia küsste ihren Neffen auf die Stirn. »Sie ist fort. Nur noch du und ich. Vielleicht bin ich deswegen so verärgert. Sorcha sollte noch da sein. Sie war jung und gesund, nicht bereit für ein kaltes Grab. Ich fürchte, mir fallen zu viele Dinge ein, die sie und ihr gut aussehender

Mann hätten tun können, um sich zu retten, und dann werde ich wütend, weil keiner von ihnen etwas davon unternommen hat. Dabei gibt es nur einen Menschen, den ich verfluchen sollte – William. Ja, ihn und seine beiden hirnlosen Söhne. Die sind es doch, auf die sich all meine Wut richten muss, wie?«

»Baba.«

»Baba? Was ist ein Baba?« Sie lächelte, doch dann seufzte sie. »Wir wissen nicht viel voneinander, nicht wahr, James? Ich glaube allerdings nicht, dass die Flucht vor den Männern, die dich umbringen möchten, uns viel Zeit zum Kennenlernen lassen wird. Vielleicht können wir sie uns nehmen, wenn wir zu meinem Zuhause kommen, auf Dunnbea, und deine Großmutter wird erpicht sein, uns dabei zu helfen. Ja, und dein Großvater auch. Du wirst nicht alleine sein, süßer James, obwohl dir keiner von uns das ersetzen kann, was man dir geraubt hat. Es wird Liebe und Fürsorge in Hülle und Fülle geben, und vielleicht wird das den Verlust, den du erlitten hast, lindern. Es ist ein Segen, dass du noch ein so kleines Kind bist, denn der Verlust und der Schmerz werden vielleicht nicht ganz so tief gehen und leichter zu verkraften sein.«

Bethia wusste, dass sie in einer Sache Glück hatte. James war ein sehr ruhiges Kind, das wenig Theater machte noch schrie. Er hatte das sanfte Wesen seiner Mutter – Sorchas immer währende Zufriedenheit mit dem Leben und der Welt, die sie umgab. Dies kam Bethia sehr entgegen, während sie um ihr beider Leben rannte, allerdings war sie entschlossen, Sorchas Sohn den Sinn und Zweck von ein wenig Vorsicht und Bedachtsamkeit beizubringen.

Gerade als sie ihre Sachen zusammenpacken und ihren langen Marsch nach Hause fortsetzen wollte, hörte sie ein leises Geräusch. Sie verfluchte sich, weil sie nicht besser aufgepasst hatte, zog ihren Dolch und stellte sich vor das Kind. Zwei Männer glitten aus dem Schatten der umgebenden Bäume.

Sie legte die Stirn leicht in Falten, denn sie sahen nicht aus wie Williams Männer.

»Ihr werdet mir das Kind nicht nehmen«, sagte sie mit fester Stimme.

»Wir wollen das Kind gar nicht«, antwortete der größere der beiden Männer und warf einen kurzen Blick auf ihren Dolch, danach auf das silberne Trinkgefäß, das James noch immer in seinen Händchen hielt.

»Ihr seid nichts weiter als gemeine Diebe.«

»Na ja, ganz sicher sind wir nicht das, was Ihr erwartet habt, aber wir sind keine gemeinen Diebe. Wir sind sehr gute, und es sieht so aus, als ob uns das Glück lächelt.«

Bethia wusste, dass sie ihnen einfach das geben sollte, was sie haben wollten, da ein Kampf mit ihnen nur James und sie in Gefahr bringen würde, ja, sie sogar das Leben kosten konnte. Doch was die Räuber ihr nehmen wollten, war das Einzige, was ihr von Sorcha geblieben war. Ihr Verstand sagte ihr, sie solle das Baby hochnehmen und weglaufen, aber ihr Herz, das noch immer wund war und vor Trauer schmerzte, war entschlossen, diese Männer auf keinen Fall Sorchas Sachen berühren zu lassen.

»Meine Herren, Ihr werdet das, was mir gehört, nicht kampflos bekommen«, sagte sie eisig und hoffte, dass sie elende Feiglinge vor sich hatte.

»Na, Kleine, sind diese paar Sachen wirklich Euer Leben wert oder das des Kindes?«

»Nein, aber sollte nicht die Frage sein, ob sie wirklich Eures wert sind?«

2

Der Klang von Stimmen riss Eric aus seinen Gedanken. Er straffte sich im Sattel und horchte genauer hin, um die Richtung, aus der sie zu ihm drangen, zu bestimmen. Er hatte sich entschieden, die weniger frequentierten Wege zur Familie seiner Mutter zu nehmen, um Ärger zu vermeiden, doch jetzt schien es so, als sei er gerade dabei, mitten hinein zu reiten.

Vorsichtig lenkte er sein Pferd auf die Stimmen zu, überlegte flüchtig, abzusteigen und sich zu Fuß anzunähern, beschloss aber, im Sattel zu bleiben. Wenn es da vorne Ärger gab, und zwar mehr als er bewältigen konnte, wollte er so schnell wie möglich aus dessen Reichweite verschwinden können.

Als er durch die Bäume einen ersten Blick auf die Gruppe werfen konnte, hätte er sich beinahe die Augen gerieben. Eine kleine zierliche Frau mit kastanienfarbenem Haar stand mit nichts weiter als einem kleinen verzierten Dolch zwei Schwerter schwenkenden Männern gegenüber. Eric starrte eine ganze Weile auf das Kind hinter ihr, bevor er glauben konnte, dass es kein Traum war.

»Na, Kleine, sind diese paar Sachen wirklich Euer Leben wert oder das des Kindes?«, hörte Eric den größeren der beiden Männer sagen.

Und die kleine Frau entgegnete: »Nein, aber sollte nicht die Frage sein, ob sie wirklich Eures wert sind?«

Mutig, dachte Eric. *Töricht, aber mutig.* Die Frage reichte aus, um die beiden Räuber zögern zu lassen, und Eric beschloss, ihre Unentschlossenheit auszunutzen, um der Frau zu Hilfe zu eilen. Als die beiden Männer Kampfstellung einnahmen, ritt Eric unerschrocken auf die kleine Lichtung. Er musste lachen, als er sah, wie alle drei ihn offenen Mundes anstarrten, so als sei er irgendeine Erscheinung, die aus dem Nebel des Waldes hervorgetreten ist.

»Ich denke, die Dame wünscht, ihre Sachen zu behalten, meine Herren«, sagte er gedehnt, während er sein Schwert zog. »Wenn ihr eure gierigen Köpfe auf euren Schultern behalten wollt, dann würde ich vorschlagen, ihr lauft besser davon – jetzt – sehr schnell und sehr weit.«

Die Männer zögerten kaum einen Herzschlag lang, bevor sie in die Wälder zurückstolperten. Eric beobachtete sie bei der Flucht, bis er sie nicht mehr sehen konnte, bevor er sich zu der Frau umdrehte. Sie starrte ihn noch immer an, als sei er ein Geist, und er machte sich ihre Verblüffung und Verwirrung zunutze und musterte sie eingehend.

Die Frauen seiner Brüder waren nicht groß und zierlich gebaut, aber vermutlich würde diese hier selbst neben jenen klein aussehen. Ihr Haar war voll und lang, ging ihr in sanften Wellen bis zu den schmalen, aber sehr wohlgeformten Hüften. Es war von einem satten, tiefen Kastanienbraun und wurde von der Sonne, die durch das Blätterdach brach, mit rötlichen Lichtpunkten geschmückt. Ihr Gesicht war schmal, ein wenig herzförmig, mit einem andeutungsweise eigensinnigen Kinn, einer kleinen geraden Nase und einladend vollen Lippen. Erics Aufmerksamkeit wurde allerdings von ihren Augen angezogen und gefangen genommen. Sie waren groß, hatten dichte Wimpern und darüber sanft geschwungene Augenbrauen – und sie waren unterschiedlich. Das linke war von einem tiefen, klaren Grün, das rechte von strahlendem Blau.

Nachdem er ihre Gestalt von ihren kleinen, aber verlockenden Brüsten abwärts zu ihrer schmalen Taille überflogen hatte, warf er einen Blick auf das Baby hinter ihr. Der kleine Junge hatte auffallend rote Locken und grüne Augen. Eric ertappte sich plötzlich dabei, dass er brennend gern wissen wollte, ob es ihr Kind war oder nicht und wo der Vater steckte. Er blickte wieder zu der Frau und lächelte, da sie langsam den Schreck von sich abschüttelte. Bethia war wie betäubt, als der große schlanke Ritter auf die Lichtung geritten kam und dafür sorgte, das die Räuber um ihr elendes Leben liefen. Sein langes rotgoldenes Haar fiel ihm über die breiten Schultern, es war von solcher Fülle, dass es selbst von einem Band nicht ganz im Zaum gehalten oder versteckt werden konnte. Sein Gesicht gehörte zu den vollkommensten Gesichtern, die sie je gesehen hatte, besaß eine sanfte hohe Stirn, hohe breite Wangenknochen, eine lange, ansehnliche und von keinem Bruch entstellte Nase, ein markantes Kinn und einen Mund, den selbst sie in all ihrer Unschuld als gefährlich sinnlich empfand. Seine tiefen, intensiv blauen Augen wurden von überraschend langen braunen Wimpern eingerahmt und lagen in ihrer Vollkommenheit unter leicht gebogenen hellbraunen Augenbrauen.

Sein Gesicht aber war nicht das einzig Herrliche an ihm. Sein Körper, vornehm gekleidet in ein frisches weißes Leinenhemd und einen Überwurf, dessen Muster sie nicht kannte, war groß, schlank und muskulös. Breite Schultern, gut proportionierte Taille und Hüften sowie lange, bestens geformte und muskulöse Beine – das reichte aus, um das Herz jedes Mädchens höher schlagen zu lassen. Es überraschte nicht, dass sie ihn für eine Erscheinung gehalten hatte. Männer wie er ritten nicht einfach unter den Bäumen hervor und retteten einem das Leben.

Dies brachte Bethia auf die Frage, was er hier eigentlich zu suchen hatte, an diesem Ort und zu diesem so günstigen Zeitpunkt. Misstrauen machte sich breit, und sie hielt ihren Dolch weiterhin zum Angriff bereit. Nur, weil er für sie eine Augenweide war, hieß das nicht, dass er ein guter Mensch war. Er konnte schließlich in Williams Diensten stehen. Vielleicht war sie überhaupt nicht gerettet worden, vielleicht war sie einfach nur von einer Gefahr in die nächste geraten.

»Wer seid Ihr, Sir?«, wollte sie wissen. »Ich kenne Euer Muster und das Abzeichen Eures Clans nicht.«

»Welch nettes Dankeschön für meine Hilfe«, murmelte er.

Bethia ließ sich nicht von seinem sanften Tadel an ihrer vermeintlichen Undankbarkeit in Verlegenheit bringen. Es stand zu viel auf dem Spiel, um sich übermäßig mit Höflichkeiten aufzuhalten. »Ich bin mir noch nicht sicher, ob ich wirklich gerettet wurde.«

Er verbeugte sich leicht im Sattel. »Ich bin Sir Eric Murray of Donncoill.«

»Name und Ort sagen mir nichts, also müsst Ihr von sehr weit her kommen, Sir.«

»Ich möchte die Familie meiner Mutter aufsuchen. Und was macht Ihr hier mitten in den Wäldern, allein mit einem Dolch und einem Kind?«

»Eine Frage, die, wie ich meine, berechtigt ist.«

»Sehr berechtigt.«

Sie lockerte ihre angespannte Haltung nur ein wenig und bemühte sich, ihr Misstrauen nicht von seiner tiefen, anziehenden Stimme einlullen zu lassen. »Ich bringe meinen Neffen zu seiner Familie.«

Das Wort *Neffe* machte Eric weitaus glücklicher, als er es für gut hielt. »Ohne Beistand oder Bewachung?«

Bethia spannte sich erneut an, als er sein Schwert in die Scheide steckte und abstieg. In seinen Bewegungen lag nichts Bedrohliches, aber sie wagte es nicht, irgendjemandem zu trauen. James' Leben stand auf dem Spiel, und das war etwas viel zu Kostbares, um damit leichtsinnig umzugehen.

»Es gab niemanden, dem ich wagte, sein Leben anzuvertrauen.« Sie richtete sich auf und stellte sich entschlossen zwischen James und Eric, als er einen kleinen Schritt auf sie zu ging. »Ich denke, Ihr versteht, dass das im Augenblick auch Euch einschließt, Sir.«

»Ihr habt weder meinen Namen noch meinen Clan erkannt, Mädchen. Ich kann mir nicht vorstellen, dass ihr überhaupt wisst, wer genau Eure Feinde sind, und es ist klar, dass ich nicht zu ihnen zähle.«

»Noch nicht.«

Eric lächelte flüchtig. »Ich habe Euch gesagt, wer ich bin, aber Ihr habt diese Höflichkeit nicht erwidert.«

Bethia wünschte, dieser Mann würde aufhören, sie anzulächeln. Dieses wunderbare Lächeln drohte ihr den Verstand zu rauben, ihren Argwohn zu dämpfen und sie bereitwillig glauben zu lassen, dass er tatsächlich ihr Retter sei. Seine tiefe Stimme war fast eine Liebkosung und gab ihr das Gefühl, unverzeihlich unhöflich zu sein, weil sie ihm nicht sofort vertraute. Er mochte nicht zu Williams Männern gehören, aber sie begann zu glauben, dass er auf vielerlei andere Weise gefährlich sein konnte.

»Ich bin Bethia Drummond, und das ist mein Neffe, James Drummond, Laird of Dunncraig.«

»Dunncraig?«

»Ihr kennt den Ort?«

»Ich weiß nur, dass es einer von vielen ist, an denen ich vorbeimuss, um dorthin zu gelangen, wo ich hinwill.«

»Nun, je nachdem, wohin Ihr reitet, habt ihr ihn vielleicht schon verpasst.«

»Ich reite zu den MacMillans of Bealachan.«

Bethia kannte diese Familie gut, doch das verringerte ihre Vorsicht nur wenig. Dieser Mann war möglicherweise nicht als deren Freund unterwegs. »Warum?«

»Es sind die Verwandten meiner Mutter.«

»Dennoch sprecht Ihr so, als wärt Ihr das erste Mal dorthin unterwegs.«

»So ist es, aber die Gründe dafür ergeben eine lange, düstere Geschichte, und ich kann nicht behaupten, dass ich mich geneigt fühle, sie zu erzählen, solange mir ein Dolch an die Kehle gehalten wird.«

Bethia wusste sofort, dass es ein Fehler war, aber sie warf einen Blick auf ihren Dolch, um zu sehen, wohin er gerichtet war. Es ärgerte sie, ja, ängstigte sie sogar, doch es überraschte sie nicht, als sich seine langen Finger um ihr Handgelenk legten und er ihr den Dolch mühelos aus der Hand wand. Sie wartete angespannt auf seine nächste Bewegung und krauste leicht die Stirn, als er sie einfach freigab und sich umdrehte, um den fröhlich glucksenden James anzulächeln.

»Es ist wunderbar, solche Sorglosigkeit zu sehen. Es ist der Segen des Kindseins.« Eric warf einen Blick auf sie, als sie sich an ihm vorbeischob und neben den Jungen stellte. »Kinder vertrauen so leicht.«

»Weil sie das Böse auf dieser Welt noch nicht kennen.« Bethia nahm James schnell auf den Arm und sah Eric über die Locken des Kindes hinweg wütend an.

Er straffte sich und ging näher auf sie zu, froh, dass sie keinen Schritt zurück machte, weil es ihm zeigte, dass sie ihm jetzt trotz ihrer Verärgerung und ihres Argwohns vielleicht zu vertrauen begann. So, wie sie davon gesprochen hatte, dass sie niemandem das Leben des Kindes anzuvertrauen wagte, war sie in Gefahr oder dachte das wenigstens. Eric war entschlossen, ihr zu helfen, und er hatte den Verdacht, dass dieses Bedürfnis viel mit den wunderbar unterschiedlichen Augen und vollen Lippen, die er schon jetzt allzu gern geküsst hätte, zu tun hatte.

»Deshalb brauchen sie andere, die über sie wachen«, murmelte er.

»Genau das tue ich«, fuhr sie ihn an.

»Und Ihr glaubt dabei keiner Unterstützung zu bedürfen?«

Der Mann stand so nah bei ihr, dass es ihr schwindlig wurde. Sie war sich sehr bewusst, dass nur James' winziger Körper sie von ihm trennte. Ihr Blick war mit seiner Schönheit erfüllt. Was noch schlimmer war, er hatte seine Stimme gesenkt, und die süße Verlockung, die in ihr lag, ließ ihr Herz derart schnell und laut schlagen, dass sie über diesem Pochen kaum denken konnte. Dieser Mann schien auf sie wie ein zu großer Krug voll schweren Weins zu wirken.

»Vielleicht könnte ich ein bisschen gebrauchen«, gestand sie widerwillig ein, »aber das heißt nicht, dass sie von Euch kommen muss.«

»Ach, ich glaube schon, dass sie das muss.« Eric streckte die Hand aus, um die Locken des Jungen zu zausen, und lächelte insgeheim, als seine Finger Bethias eigensinniges kleines Kinn streiften und sie ihren Kopf zurückwarf, als ob seine Berührung sie verbrannt hätte. »Wohin seid Ihr unterwegs?«

»Nach Dunnbea«, antwortete sie, ohne zu zögern, verfluchte sich aber sofort für ihren Mangel an Listigkeit.

»Das ist ein weiterer Ort, an dem ich auf meinem Ritt zu meinen Verwandten vorbeimuss.«

»Ja.«

»Die MacMillans of Bealachan liegen nicht in Fehde mit den Drummonds of Dunnbea, oder?«

»Nein, sie sind seit Langem Verbündete.«

»Dann reiten wir denselben Weg.«

»Ich bin auf einer sehr verwickelten Route unterwegs. Das könnte Euer Tempo verlangsamen.«

»Nein, denn auch ich reite auf einer sehr verwickelten, versteckten Route. Wie Ihr sehen könnt, reise ich allein. Ich versuche, während meiner Reise Ärger zu umgehen.«

Beinahe hätte sie gelächelt. »Dann sollte ich weit zurückbleiben, mein gütiger Herr, denn mir folgt eine ziemliche Menge Ärger auf den Fersen.«

Bethia wusste nicht so recht, warum sie so ausweichend reagierte, so widerwillig Erics Hilfe gegenüber. Es stimmte zwar, dass sie die Murrays of Donncoill nicht kannte, aber vermutlich kam das, weil es über sie nicht viel zu erfahren gab, zumindest nicht viel Schlechtes. Geschichten über Schlimmes, das Menschen getan hatten, reisten weit, aber, wenn sich jemand zu benehmen wusste, wurde nur von dessen heroischsten Taten gesprochen. Die MacMillans waren seine Verwandten und sie wohnten nah, waren seit Langem beständige Verbündete ihrer eigenen Familie. Er hatte eindeutig das Aussehen eines MacMillan. Er war in derselben Richtung unterwegs wie sie. Er hatte sie gerade vor einer möglicherweise tödlichen Auseinandersetzung gerettet, und obwohl er ihr den Dolch abgenommen hatte, hatte er noch immer keine bedrohliche Bewegung ihr oder James gegenüber gemacht. Der gesunde Menschenverstand forderte von ihr, dass sie ihn um Hilfe bat.

»Kommt, Mädchen, legt Euren Stolz ab und nehmt ein ehrliches Hilfsangebot an«, sagte Eric.

»Es ist nicht nur Stolz, was mich zögern lässt, Sir«, erwiderte sie.

»Habe ich Euch nicht eben gezeigt, dass ich Euch keinen Schaden zufüge?«

»Schon, aber ich darf bei allen und jeden Entscheidungen, die ich treffe, nicht nur an mich denken.«

»Ich würde niemals ein Kind verletzen.«

In seiner liebenswerten Stimme lag ein angespannter Ton, und Bethia hätte fast gelächelt. Sie hatte ihn gerade beleidigt. Seltsamerweise verringerte dies ihr Misstrauen und ihre Zweifel erheblich. Auch wenn sie sich noch immer unbehaglich fühlte, glaubte sie allmählich daran, dass das nicht an mangelndem Vertrauen seinem Hilfsangebot gegenüber lag, sondern daran, dass er ein so gefährlich anziehender Mann war. Noch nie hatte sie sich in Gegenwart eines Mannes so verwirrt gefühlt wie in seinem Fall. Allerdings bestand diese Gefahr, gegen die sie kämpfen musste oder der sie unterliegen würde, nur für sie, und jetzt hatte sie allein an James zu denken.

»So bitte ich Euch, Herr Ritter, bei Eurer Ehre, das Kind und mich sicher auf Dunnbea zu bringen«, sagte sie schließlich, wobei sie innerlich derart vor Freude zitterte, dass es sie fast in Angst versetzte, als er sie anlächelte.

»Ein Versprechen, das leicht zu geben ist, Mylady.«

»Leicht zu geben vielleicht, aber Ihr werdet es vielleicht nicht so leicht finden, es zu erfüllen.«

»Ich gehe mit dem Schwert, das ich trage, nicht ganz unbeholfen um.«

»Dessen bin ich mir sicher, aber es könnte eine Menge Männer geben, die versuchen, den Jungen und mich davon abzuhalten, meine Familie zu erreichen. Sir, Ihr habt Euch gerade mitten in einen mörderischen Kampf begeben. Auf der einen Seite stehen im Moment dieses kleine Kind und ich – und steht jetzt auch Ihr. Auf der anderen Seite befinden sich ein Mann mit schwarzer Seele namens William und seine beiden zuschnappenden Söhne Ian und Angus, dazu all die Männer, die sie zwingen oder bezahlen können, um uns nachzujagen.«

»Warum?«

»Weil William versucht, das zu rauben, was diesem Kind rechtmäßig zusteht. Er hat bereits seine Frau ins Grab gebracht und danach meine Schwester und ihren Mann ermordet. Am Tag, bevor ich mitten in der Nacht geflohen bin, hat er versucht, mit Gift das Kind und mich zu töten. Dieser Mann trachtet danach, Dunncraig in seinen Besitz zu bekommen, durch Heirat und Tod etwas zu beanspruchen, das niemals ihm gehören würde.«

Eric blieb äußerlich unbewegt, aber innerlich fluchte er herzhaft. Er hatte wenig Ähnlichkeit mit den Männern, vor denen Bethia auf der Flucht war, aber sein Instinkt sagte ihm, dass sie seine Gründe für die Reise zu den MacMillans nicht gutheißen würde. Er entschied sich, ihr die Wahrheit erst später zu sagen. Sie vertraute ihm jetzt ein Stück weit, und er wollte sich ihr gegenüber noch mehr beweisen, bevor er ihr etwas sagte, das dieses neugeborene Vertrauen wieder ersticken konnte.

»Ihr habt in mir einen Mann gefunden, der sich eine gewisse Kenntnis über solche Fluchtversuche angeeignet hat. Mein Bruder und seine Frau flohen quer durch Frankreich, sie liefen vor Männern davon, die Gisèle für einen Mord hängen wollten, den sie nicht begangen hatte. Vielleicht kann ich endlich einige der Geschichten, die er mir erzählt hat, gebrauchen.«

»Warum reist Euer Bruder nicht mit Euch zu den Verwandten Eurer Mutter?«

»Weil seine Mutter nicht meine ist.« Fast hätte er gelacht angesichts des verwirrten Stirnrunzelns, das ihr hübsches Gesicht verfinsterte und schnell von einem Ausdruck großer Neugierde verdrängt wurde. »Eine andere lange Geschichte. Wir heben solche Dinge besser für später auf. Vor uns liegt eine lange Reise.«

»Das weiß ich. Und vermutlich sollten wir aufbrechen.«

Bethia zögerte, als Eric die Arme nach dem Jungen ausstreckte, legte James aber voller Unbehagen hinein. Zum ersten Mal seit dem Tod seiner Mutter gab sie ihn aus der Hand, und sie musste das Bedürfnis unterdrücken, ihn sofort wieder an sich zu reißen. Sie war dabei, diesem Mann ihrer beider Leben anzuvertrauen und sollte somit fähig sein, ihm zuzutrauen, das Kind ein paar Augenblicke zu halten.

Eric beobachtete sie beim Einsammeln ihrer Sachen, wobei sie innehielt, um mit ihren Händen über das kleine silberne Trinkgefäß zu streichen, bevor sie es in ihre Tasche legte. »Ich glaube, jener Mann hat eine gute Frage gestellt, Mädchen«, sagte er ruhig. »Sind es diese Sachen wirklich wert, dafür Euer Leben und das des Kindes aufs Spiel zu setzen?«

»Nein«, antwortete sie leichthin, indem sie aufstand. »Zumindest ist es das, was mir mein Verstand zurief, aber, ich fürchte, in jenem Augenblick hat mein Herz lauter gesprochen. Diese Trinkschale war die Hochzeitsschale meiner Schwester. Sie war meine Zwillingsschwester und ist noch kaum eine Woche tot. Ich konnte weder sie noch etwas anderes, von den Sachen, die ich aus Dunncraig herausholen konnte, diesen Männern überlassen. Es war töricht, das weiß ich.«

»Ja, aber ganz und gar verständlich.« Er nahm sie am Arm und führte sie zu seinem Pferd. »Eure Trauer ist zu jung.«

»Ich weiß nicht, ob sie jemals alt wird«, flüsterte Bethia.

»Nur die, die sich den Schoß einer Mutter geteilt haben, können sich so nahe stehen. Aber das Leben kennt Mittel, um die scharfen Kanten eines solchen Verlustes abzuschleifen. Man vergisst niemals, aber man lernt es zu akzeptieren.« Er reichte ihr James und befestigte ihre kleine Tasche am Sattel, während sie den kleinen Jungen in die Decke legte, die sie um sich geschlungen hatte. »Und sie hat Euch die schönste aller Erinnerungen an sie hinterlassen.«

»Stimmt«, sagte sie, indem sie schnell mit den Fingern durch James' Locken fuhr. Skeptisch sah sie auf das Pferd. »Werden wir alle darauf reiten?«

»Ja«, antwortete Eric, während er sie in den Sattel hob.

»Das Gewicht eines großen Mannes und zwei weiterer Personen könnte mehr sein, als es tragen kann.« Bethia schaute Eric finster an, als er lachte und hinter ihr aufstieg. »Was amüsiert Euch so?«

»Ihr nennt mich einen großen Mann.«

»Nun ja, das seid Ihr doch.«

»Vielleicht für ein kleines Mädchen wie Euch, aber – vertraut mir in diesem Fall, Mädchen –, ich bin nicht so groß.«

»Und ich bin nicht so klein«, brummte sie und fluchte innerlich, als sie ihn kichern hörte.

»Ihr seid die Zweitgeborene, nicht wahr?«, fragte er und hielt das Pferd zu einem langsamen Passgang an.

»Stimmt, und es stimmt auch, dass ich sehr klein und kränklich war, aber ich bin gewachsen und stärker geworden.«

»Oh ja, ein wahrer Berg von einer Frau.«

»Ihr treibt Euren Spott mit mir.«

»Vielleicht, aber es ist nicht unfreundlich gemeint. Glaubt mir, kleine Bethia, wenn Ihr mich neben einem anderen Mann seht, wird Euch klar, dass ich ganz genau weiß, wie Ihr Euch fühlt. Es ist nicht leicht, ein Zwerg zu sein.«

»Ich bin kein Zwerg«, fuhr sie ihn an, presste aber ihre Lippen zusammen, als Eric nur lachte.

Bethia wusste, dass sie genau das war, aber sie mochte es nicht hören. Zudem glaubte sie nicht, dass Sir Eric sich jemals

als klein empfunden hatte. Ganz gewiss hatte er sich nicht als klein empfunden, als er seine langen Arme um sie geschlungen und die Zügel aufgenommen hatte. Sie dagegen fühlte sich in seiner Umarmung völlig eingehüllt, aber auch kleiner und unsicherer, als sie es seit Langem getan hatte.

Allmählich kam ihr zu Bewusstsein, dass er mit seiner Nase in ihrem Haar wühlte. Sie spannte sich an und versuchte, Abstand von seinem großen Körper zu halten, aber seine Arme ließen ihr wenig Bewegungsfreiheit. Obwohl sie keine Angst um ihr Leben oder das von James hatte, fühlte sie sich nicht mehr sicher.

»Sir, was macht Ihr da?«, wollte sie wissen und zog angesichts ihrer schwankenden Stimme innerlich die Stirn kraus.

»An Eurem Haar riechen«, erwiderte er.

Ihre Augen wurden groß, da sie eine solche Offenheit nicht erwartet hatte. »Ihr könnt dieses Spiel sofort beenden.«

»Nett von Euch, dass Ihr mir die Erlaubnis gebt, es zu beenden, aber ich bin mir nicht sicher, ob ich dazu in der Stimmung bin.«

Eric wusste, dass er sich abscheulich benahm, aber er hatte das Bedürfnis zu sehen, wie weit er sie bringen konnte. Er begehrte sie, schneller und heftiger, als er jemals eine Frau begehrt hatte, und er wollte wissen, ob sie etwas davon erwiderte, egal, wie wenig es war. Bethia faszinierte ihn und weckte sein Verlangen. Er wünschte sich, dass sie ebenso litt.

»Nun, Ihr könnt immerhin versuchen, Euch jetzt in diese Stimmung zu versetzen.«

»Wenn ich muss.«

»Ja, Ihr müsst.«

»Ich schmeichle Euch nur, Mädchen.«

»Ich muss aber jetzt an wichtigere Sachen denken als an die Schmeicheleien eines Mannes. Ich glaube, ich muss Euch ein weiteres Versprechen abnehmen.«

»Und was wäre das?«

»Das Ihr mich mit dem Respekt behandelt, der einer Dame meines Standes zukommt.«

»Oh ja, das kann ich versprechen.«

Bethia versuchte, ihren Kopf zu drehen, um ihn anzusehen, konnte aber keinen deutlichen Blick auf seinen Gesichtsausdruck werfen. Sie hatte den Eindruck, dass sie ihre Forderung sorgfältiger hätte formulieren sollen und dieser Mann nicht das versprochen hatte, was sie von ihm wollte. Sie starrte vor sich hin und versuchte nichts zu empfinden, während er sie fest in den Armen hielt.

Ihr wurde bewusst, dass es ein mühsamer Kampf sein würde, seinen Zauber zu übergehen. Tief in ihrem Inneren antwortete etwas sehnsüchtig und schnell auf seine Berührung, sein Lächeln, selbst seine Stimme, und sie hatte den Verdacht, dass es eine ausgesprochen leichtsinnige Seite an ihr war. Sir Eric Murray mochte gerade rechtzeitig gekommen sein, um sie zu retten, und mochte gut und gern sein Versprechen halten, James und sie sicher auf Dunnbea zu bringen, aber Bethia vermutete, dass das auch alles war, was er versprochen hatte und versprechen würde. Sie konnte ihre Meinung jetzt nicht einfach ändern, wie ihr ein Blick auf den schlummernden James deutlich machte, aber sie hatte vermutlich eine tödliche Gefahr gegen eine weitaus heiklere eingetauscht.

3

»Setzt Euch, Mädchen«, befahl Eric mit sanfter Stimme, als er sie zu dem Feuer drängte, dass er eben entfacht hatte. »Kümmert Euch um den Kleinen, und ich werde alles Übrige machen.«

»Ich sollte helfen«, murmelte Bethia, noch während sie sich hinsetzte.

»Das tut Ihr. Ich kann das Pferd versorgen, ein Lager aufschlagen und uns ein armseliges, aber herzhaftes Mahl bereiten. Aber ich kann kein Kind versorgen.«

Sie nickte, als er ihre Tasche neben sie stellte. Erschöpfung erschwerte ihre Bewegungen, als sie die Windeltücher ausbreitete, die sie schon früher am Tag gewaschen hatte und die nun am Feuer endgültig trocknen sollten. Bethia konnte sich die große Müdigkeit, die sie überkommen hatte, nicht erklären. Sie war noch nicht lange zu Fuß unterwegs gewesen, als Sir Eric auf sie getroffen war, gerade einmal zwei Nächte und knapp zwei Tage. Dann hatte sie für den Rest des Tages die Erleichterung eines Rittes genossen, dennoch fühlte sie sich, als hätte sie seit Wochen nicht mehr geschlafen. Als sie James die Windel wechselte und sein Lager bereitete, versuchte sie, ihre Müdigkeit abzuschütteln, wenigstens so weit, dass sie während des Essens wach bleiben und Sir Eric Murray ein paar schwierige Fragen stellen konnte.

Am meisten bereitete ihr Sorgen, dass sie offensichtlich in dem Augenblick, in dem sie Sir Erics freundliches Angebot angenommen hatte, angefangen hatte, sich zu entspannen. Kurz nachdem sie auf sein Pferd gestiegen war, hatte sie diese tiefe Müdigkeit überfallen und die starre Wachsamkeit, die sie seit ihrer Ankunft auf Dunncraig aufrechterhalten hatte, weggespült. Sir Eric hatte seine schlanken kräftigen Arme um sie geschlungen, und sie hatte ihren Kampf aufgegeben. Da sie diesen Mann nicht wirklich kannte, spürte Bethia die Gefahr, die darin lag. Seine Schönheit und seine tiefe volle Stimme konnten vielleicht in ihrem Bauch Schmetterlinge erzeugen, aber sie konnte dieser kopflosen Hitze nicht erlauben, all ihren gesunden Menschenverstand und ihre Vorsicht wegzubrennen. Hätte nur ihr eigenes Leben auf dem Spiel gestanden, dann, so wusste Bethia, würde sie sich erlauben, sich von seinem guten Aussehen und seiner Freundlichkeit einlullen zu lassen, aber sie konnte keinen Augenblick vergessen, dass es James gab, den sie bei all ihren Überlegungen berücksichtigen musste.

Als sich Eric ans Feuer setzte und einen Haferflockenbrei bereitete, ertappte er Bethia dabei, wie sie ihn heimlich beobachtete, und er seufzte insgeheim. Sie war still gewesen, Erschöpfung hatte ihren Argwohn zum Schweigen gebracht, aber offensichtlich hatte sie einen Teil ihrer Müdigkeit abgeschüttelt. Sie würde nun Fragen stellen, Fragen, die er umsichtig beantworten musste. Er wusste, dass er im Recht war, wenn er um sein Erbe nachsuchte, wusste jedoch auch, dass sie einem solchen Ersuchen mit Argwohn begegnen würde. Es war nicht richtig, aber es war völlig verständlich. Ihren Argwohn nicht als Beleidigung aufzufassen, fiel Eric daher leicht; er hoffte nur, dass er jede gefährliche Frage, die sie vielleicht stellen würde, ebenso leicht abtun konnte.

Er musste ihr Vertrauen gewinnen, bevor er ihr die ganze Wahrheit sagte. Ihre Rettung vor jenen Räubern reichte dazu nicht aus. Irgendwie musste er sie davon überzeugen, dass er kein Feind war und es nie sein könnte. Selbst dann, so war ihm klar, konnte die Wahrheit ihm noch immer ernstlich schaden, doch wenn sie die Wahrheit jetzt entdeckte, musste er sie wahrscheinlich zur Gefangenen machen, um sie bei sich zu behalten.

In der Hoffnung, sie von den Fragen, die ihr geradezu auf

der Zunge zu liegen schienen, abzulenken, fragte er seinerseits: »Seid Ihr Euch sicher, dass dieser William ein Mörder ist?« Er schöpfte ihr etwas von dem zähflüssigen Haferbrei in eine grobe hölzerne Schüssel.

Bethia legte die Stirn in Falten. »Ich bin mir sehr sicher, Sir Eric.« Sie pustete sanft über einen kleinen Löffel Haferbrei und fütterte James. »Haltet Ihr mich für eines dieser feigen Mädchen, die meinen, hinter jeder Ecke lauert Böses?«

»Das nicht, aber Mord ist ein zu schweres Verbrechen, um ihn einfach einem Mann an den Hals zu hängen. Das könnte ihm ja sogar den Strang einbringen.«

»Das weiß ich. Sir William und seine ekelhafte Brut verdienen es, am höchsten Baum zu hängen.«

»Wenn sie das, was Ihr behauptet, getan haben, dann verdienen sie es.«

»Es ist nicht so abwegig, dass ein Mensch tötet, um sich Reichtümer anzueignen.«

»Stimmt. Habgier ist ein verbreitetes Motiv für Verbrechen, ebenso wie Rache oder Leidenschaft. Aber Ihr habt nicht von nächtlich durchgeschnittenen Kehlen oder einem Dolch zwischen den Rippen eines Menschen gesprochen. Solche Handlungen können leicht als Mord erkannt und offen angeklagt werden.« Er seufzte und schüttelte leicht den Kopf. »Ihr habt von Gift gesprochen – eine dunkle, raffinierte Mordmethode. Sehr schwer nachzuweisen. Es gibt ein paar Giftarten, die Spuren hinterlassen, deutlich sichtbare und allgemein bekannte. Andere wirken auf eine Weise, die mühelos als Krankheit ausgegeben werden kann.«

Bethia nickte widerwillig. »Aus genau diesem Grund eile ich jetzt zu meiner Familie, eile, um ihren Schutz und ihre Unterstützung zu erhalten. Na ja, deswegen und weil die Leute auf Dunncraig so eingeschüchtert sind, dass mir keiner von ihnen helfen würde. Selbst dann nicht, wenn William uns alle vor ihren eigenen Augen abschlachten würde.«

»Ihr habt zu verstehen gegeben, dass Eure Schwester und

ihr Gatte erst kürzlich gestorben sind, und trotzdem steht die Herrschaft bereits unter Williams Pantoffel?«

»Oh ja.« Bethia nahm einen großen Schluck aus dem Weinschlauch und reichte ihn dann weiter. »Ich fürchte, meine Schwester Sorcha und ihr Ehemann Robert waren, nun ja, nicht allzu klug. Vielleicht waren sie zu jung verheiratet und gingen zu sehr in der Freude über das Kind auf.« Sie zuckte die Achseln. »Was immer es war, etwas ließ sie in seligem Unbewusstsein darüber verharren, wie ihr Land ausgebeutet, ihre Burg dem Verfall überlassen und ihnen die Loyalität ihrer Leute abspenstig gemacht wurde. Die Leute von Dunncraig leben in Angst, und alle konnten sehen, dass Robert und Sorcha zu schwach waren, um sie aus Williams immer fester werdendem Griff zu befreien. Ich kenne Robert nicht so gut, aber vielleicht war er genauso durch William eingeschüchtert worden wie alle anderen.«

»Harte Worte.«

»Sehr hart«, stimmte sie ihm, erneut flüsternd, zu. Traurigkeit beschwerte ihre Worte. »Manchmal hasse ich sie beide für das Vertrauen und die Schwäche, die den Mord an ihnen ermöglichten, und weil sie keine Geschichte über märtyrergleiche Tapferkeit und Ehre hinterlassen haben, mit der ich mich trösten könnte.«

Eric schob sich an ihre Seite und legte seinen Arm um ihre schmalen Schultern. Es freute ihn, dass sich unter seiner Berührung ihre Starre schnell löste. Etwas von ihrem anfänglichen Argwohn war bereits verschwunden. Sie brauchte Hilfe und war klug genug, dies zu wissen. Das konnte ihm nur zu seinem Vorteil gereichen.

»Es wäre in der Tat schöner«, stimmte er zu. »Trotzdem, auf jeden ruhmreichen Tod kommen viele, die es nicht sind. Ihr müsst ihnen ihre Blindheit und Schwäche verzeihen. Zuletzt handelten sie doch, oder nicht? Sie schickten nach Euch, damit Ihr ihrem Sohn zu Hilfe kommt.«

»Ja, ich glaube, das haben sie. Ich habe es zuerst nicht verstanden. Erst als ich sie im Grab sah, erkannte ich, dass Sorchas Nachricht an mich eine Warnung enthielt. Sie bat mich, zu kommen und über ihren Sohn zu wachen. Ich hielt dies für eine eigentümliche Wortwahl, bis ich erkannte, wie die Dinge auf Dunncraig standen. Ich wünschte nur, sie hätte lange genug gelebt, um mir zu sagen, was sie gesehen oder gehört hatte, und um mir zu sagen, was sie endlich gewarnt hatte. Es hätte mir vielleicht zu irgendeinem Beweis für Williams Schuld verhelfen können.«

»Hat sich sonst niemand gegen ihn und seine Söhne ausgesprochen?«

»Nein. Ich habe es Euch ja schon gesagt, sie sind alle eingeschüchtert, haben Angst um ihr eigenes Leben.«

»Wer könnte sie dafür anklagen, falls sie wissen, dass William ihren Herrn und dessen Gattin ermordet hat? Wenn er so hochstehende Persönlichkeiten offensichtlich ungestraft niederstrecken kann, würde er keine Gewissensbisse haben, im Nu gewöhnliche Leute niederzumetzeln.«

»Das ist traurig, aber wahr.« Sie seufzte. »Und sie sehen, dass der Einzige, der den Platz ihres Herrn einnehmen könnte, ein gerade mal abgestilltes Kind ist. Zudem sind sie sich vermutlich auch nicht sicher, ob ich genug Waffenstärke zusammenbringen könnte, um diesem Mann Widerstand zu leisten.«

»Könnt Ihr das?«

»Ja. Meine Verwandten werden mir glauben und schnell handeln, damit dieser kleine Junge beschützt wird. Sorcha war äußerst beliebt. Viele werden außer sich vor Wut über ihre Ermordung sein. Unsere Verbündeten dürften sich höchstwahrscheinlich uns anschließen.«

»Verbündete wie die MacMillans?«

»Ja.« Mühsam unterdrückte sie ein gewaltiges Gähnen. »Viele werden darauf brennen, Sorchas Sohn sein Geburtsrecht zu sichern.« Sie beendete ihr Mahl und gab James ein wenig von ihrem schnell schwindenden Vorrat an Ziegenmilch. »Als man Sorcha bei Hof einführte, wurde sofort deutlich, dass sie eine Partie machen könnte, die unseren Clan mit einigen der mächtigsten Clans von ganz Schottland verbinden würde, aber sie wollte Robert, einen entfernten Cousin von uns, haben. Nichtsdestotrotz fand sie viele Freunde und ihre Schönheit und reizende Anmut halfen meinen Eltern, viele neue Bekannte und Verbündete zu gewinnen. Es ist schwer einzuschätzen, wie viele darauf begierig wären, uns zu helfen, ihren Tod zu rächen. Sie hat so unglaublich viele Herzen gewonnen.« James rollte sich in seiner Decke zusammen, saugte im wohligen Schlummer an seinen Fingern, und sie begann, ihm den Rücken zu streicheln.

»Auch Ihr müsst manches Herz gewonnen haben«, murmelte Eric, der nicht widerstehen konnte und seine Finger in ihr schweres Haar gleiten ließ. Sie hatte es offen gelassen, und noch immer fiel es in sanften Wellen auf ihre Hüften, geradezu darum bittend, gestreichelt zu werden.

»Ich war nicht bei Hof.«

»Nicht? Wart Ihr krank?«

Bethia legte um den inzwischen schlafenden James eine kleine Decke. »Nein. Es wurde beschlossen, alles Geld darauf zu verwenden, Sorcha bei Hof in strahlendem Licht erscheinen zu lassen, obwohl jeder sagte, dass sie selbst in Lumpen glänzen würde. Zudem war Sorcha fähig, die Herzen mit nichts weiter als ihrem Lächeln zu gewinnen.« Sie schenkte Eric ein kurzes schüchternes Lächeln. »Ich fürchte, ich habe eine scharfe Zunge, bekomme mein Temperament nicht ganz in Griff und vertraue nicht so leicht wie Sorcha. Sorcha sah in jedem nur das Gute.«

Eric mochte das Porträt, das durch Bethias Worte gezeichnet wurde, nicht. Sorcha war eindeutig das Lieblingskind und wurde als die Bessere der beiden gesehen. Selbst Bethia sprach von dieser Frau, als sei sie beinah eine Heilige. Bethia war offensichtlich in den Schatten ihrer Schwester gestellt und dort belassen worden. Eric hatte den Verdacht, dass sie als die kleinere von beiden nicht nur bei ihrer Geburt ums Überleben hatte kämpfen müssen, sondern vermutlich andauernd darum, überhaupt gelegentlich wahrgenommen zu werden.

»Ist es nicht eigenartig, wie jemand, der so rein im Herzen bleibt und Augen hat, die nicht von Misstrauen umwölkt sind, sich trotz dieses gesegneten Zustands nicht am Leben erhalten kann?«, sagte er.

In seiner Stimme lag eine Spur von Verärgerung, ein Hauch von Sarkasmus, und Bethia sah ihn stirnrunzelnd an. »Das ist es nicht. Robert war Sorcha sehr ähnlich. Gut aussehend, vertrauend und charmant. Es ist ein Jammer, dass solche Liebenswürdigkeit und Schönheit in dieser harten Welt anscheinend nicht lange überleben können.«

»Daran ist etwas Wahres, denn eine kleine Dosis Vorsicht erhält einen Menschen am Leben. Wenn man vorhat, hübsch, charmant und vertrauensselig durch das Leben zu schweben, sollte man besser einen zuverlässigen, wachsamen, durchsetzungsfähigen Mann im Rücken haben.«

Sie lächelte flüchtig. »Stimmt. Einer von uns hätte das bedenken sollen«, sagte sie mit schnell zurückkehrender Traurigkeit. »Wir haben zwei süße Kinder schutzlos in die Höhle des Wolfes geschickt.« Sanft berührte sie die glänzenden Locken des schlafenden James. »Über dieses Kind wird gewacht werden. Und ihm wird auch beigebracht werden, wie man sich im Rücken schützt. Der Kleine hat das gleiche freundliche Wesen wie seine Eltern, zwar will ich es nicht zerstören, aber ich habe vor, es in Bahnen zu lenken.«

»*Ihr* habt vor, das zu tun? Ich würde doch meinen, dass Eure Eltern die Erziehung des Jungen übernehmen.«

»Meine Eltern werden ihn lieben, weil er ein Teil von Sorcha ist, aber« – sie verzog das Gesicht und fühlte sich ein wenig schuldig wegen dem, was sie sagen wollte –, »sie haben auch Sorcha geliebt und großgezogen, nicht wahr? Sie werden zu leicht Opfer des Zaubers dieser Liebenswürdigkeit und Schönheit und spüren, dass es allen anderen genauso ergeht. Vorsicht, Argwohn und die Fähigkeit, hinter ein Lächeln zu sehen, waren nicht Gegenstand ihrer Erziehung. So erzogen sie Sorcha, und so würden sie versuchen, James zu erziehen. Nein, es wird meine traurige Aufgabe sein, diesem Kind beizubringen, dass ein Lächeln manchmal eine Lüge verdeckt oder, was noch schlimmer ist, einen Dolch, der auf dein Herz zielt. Vielleicht wird Bowen dabei helfen.«

Bethia fühlte, wie sich Erics Finger kurz in ihrem Haar verkrampften, und sah ihn neugierig an. Es war möglicherweise eine günstige Gelegenheit, ihm zu sagen, dass er damit aufhören sollte, es zu streicheln, aber die Worte kamen ihr nicht über die Lippen. Die Art, wie seine langen Finger durch ihr Haar fuhren, es liebkosten, damit spielten, es manchmal sogar an sein Gesicht hoben, um daran zu riechen oder es zu küssen, war seltsamerweise ebenso tröstlich wie anregend. Sie wollte nicht, so gestand sie sich kläglich ein, dass er damit aufhörte. Es hatte etwas Liederliches, wenn sie einem Mann, den sie gerade erst kennengelernt hatte, erlaubte, sie auf fast verführerische Weise zu berühren, doch – sie seufzte – er war ein so wunderbarer Mann. Was konnte Schlimmes daran sein, sofern sie es nicht zu weit gehen ließ?

»Wer ist Bowen?« Eric fragte in der Hoffnung, dass er nur mäßig interessiert klang und seiner Stimme nichts von der überraschenden Eifersuchtswoge, die ihn überkommen hatte, anzumerken war. Er verstand nicht recht, warum es ihn so beunruhigte, wenn sie den Namen eines anderen Mannes auf eine Weise aussprach, die verdächtig nach Zuneigung klang.

»Einer der Krieger auf Dunnbea. Er und Peter waren Söldner, die mein Vater vor fast zehn Jahren anwarb, als wir heftig unter Überfällen vonseiten der Engländer und eines alten Feindes litten. Sie blieben, als die schlimmsten Kämpfe vorbei waren, denn sie hatten bei vielen Gelegenheiten ihren Wert bewiesen. Beide Männer waren mit mir sehr geduldig, denn ich hängte mich oft wie ein treuherziger junger Hund an ihre Fersen. Ebenso machte es mein Cousin Wallace, der ein uneheliches Kind meines Onkels und nur zwei Jahre älter ist als ich. Bowen und Peter haben Wallace und mir eine Menge beigebracht. Wir vier standen uns sehr nah, doch als mein Vater erkannte, dass er keine weiteren Nachkommen mehr haben würde, hat er Wallace zu seinem Erben ernannt und ich konnte danach nicht mehr oft mit dem Jungen spielen. Er war zu sehr damit beschäftigt, zu einem Ritter und Laird ausgebildet zu werden.«

»So wie Ihr zu einer Edeldame erzogen wurdet, was zum Besten geraten ist.«

Bethia verzog ein wenig das Gesicht, ihr wurde bewusst, dass sie sich an Sir Eric lehnte und schläfrig und behaglich in seinem Arm lag, beschloss aber, sich angesichts ihrer Erschöpfung keine Gedanken über diesen Ausrutscher zu machen. »Ich fürchte, ich habe dabei nicht sonderlich gut abgeschnitten. Vielleicht war ich zu lange in Gesellschaft dieser Männer, vielleicht hatte ich zu lange die Erlaubnis, frei herumzutollen wie ein Junge, oder es lag daran, dass Sorcha so anmutig war, so schnell all die Künste einer Lady erlernte und deshalb niemand die Notwendigkeit sah, mich zu ständigen Fehlern und ständigem Versagen zu zwingen.«

Eric war sich sicher, dass Sorcha ihre guten Seiten hatte, doch er glaubte, ersticken zu müssen, sollte er noch mehr über ihre wundersame Perfektion hören. Er wusste nicht genau, warum ihn die Ablehnung, deren Bild Bethia so vergnügt zeichnete, derart verärgerte, aber er erlaubte sich dieses Gefühl. Vielleicht verspürte er ja solch ein schnelles, starkes Band zwischen ihnen, weil er ebenfalls Ablehnung erfahren hatte. Die Liebe und die Annahme durch die Murrays hatten den Schlag ganz sicher abgemildert, aber der Schmerz, den eine solche Geringschätzung durch die eigene Familie verursacht, konnte niemals ganz ausgelöscht werden. Er fragte sich, ob Bethia tatsächlich blind gegenüber der elenden Behandlung, die sie erfahren hatte, war oder ob sie sich einfach bemühte, es zu übergehen, weil es wehtat.

Oder noch schlimmer: Vielleicht glaubte sie, es zu verdienen. Bethia mochte aufrichtig meinen, dass ihre Zwillingsschwester so viel vollkommener gewesen sei als sie selbst. Solch ein Mangel an Selbstvertrauen, über Jahre gehegt und gepflegt, konnte es allerdings sehr erschweren, sie zu verführen, und Eric wusste, dass er sein Bestes geben wollte, um genau dies zu tun. Sein Verlangen nach ihr war stark und wurde immer stärker. Er war sich nur nicht mehr sicher, wie er es anstellen sollte. Schmeicheleien würde sie gewiss verspotten. Doch dann sah er, wie sie sich an ihn lehnte und es deutlich genoss, dass er ihr Haar streichelte. Vielleicht waren gar keine Schmeicheleien nötig.

Flüchtige Schuldgefühle flackerten in ihm auf, aber er schob sie erbarmungslos beiseite. Es war nicht richtig, ein Mädchen von hohem Stand zu verführen, er wusste allerdings auch, dass es ihn nicht aufhalten würde, wenn er so etwas wie Ehre und Achtung in Erwägung zog. Er entschied sich einfach, dass er sie, sollte sie ihm nachgeben und ihre Jungfräulichkeit preisgeben, heiraten würde. Seine Brüder würden ihn für verrückt halten, weil er eine solche Entscheidung traf, obwohl er das Mädchen erst seit ein paar Stunden kannte, aber zu seiner eigenen Überraschung verspürte er überhaupt keinen Zweifel an seinem Entschluss. Vielleicht, so grübelte er mit einem schwachen Lächeln, war endlich doch der Paarungstrieb in ihm erwacht.

Eric wurde bewusst, wie schwer sich Bethia an ihn lehnte, und schob sie widerwillig, aber sanft in eine Sitzposition. »Ich denke, Ihr müsst Euch nun hinlegen, Mädchen.«

Bethia zwinkerte, rieb sich mit den Händen übers Gesicht und bemerkte, dass sie mehr schlief als wach war. »Stimmt, ich bin müde.« Sie zog sich unsicher hoch. »Ich werde mich einen Augenblick zurückziehen.«

Sobald sie in die Dunkelheit hineintaumelte, begab sich

Eric ans andere Ende des Lagers und verrichtete ebenfalls seine Notdurft. So schnell wie möglich breitete er anschließend ihre Lager nebeneinander aus. Er setzte sich hin und zog gerade die Stiefel aus, als sie zurückkam.

Kaum einen Schritt vom Feuer entfernt, blieb sie unvermittelt stehen und starrte auf die Lagerstatt. Ihr schlafumnebelter Kopf brauchte eine ganze Minute, um zu glauben, was sie sah. Ihr Bett lag neben Erics. Sie blickte ihn wütend an.

»Nun, Mädchen, warum schaut Ihr mich an, als wäre ich eine Natter, die sich aufrichtet, um zuzubeißen?« Eric legte sich nieder, zog eine Decke über sich und verschränkte die Arme hinter dem Kopf.

»Vielleicht weil Ihr im Augenblick einer solchen sehr ähnlich seht«, erwiderte sie. »Ich werde auf der anderen Seite des Feuers schlafen.«

»Ein Feuer, das bereits so niedrig ist, spendet sehr wenig Wärme.«

»Wir haben Decken, die uns Wärme spenden.«

»Bethia, Ihr müsst keine Angst vor mir haben.«

»Nein? Seid Ihr sicher, dass Ihr nicht vorhabt, mich, nun ja, davon zu überzeugen, dass ich Euch in gewisser Weise Dank für Eure Hilfe schuldig bin?«

»Etwas, das ich sogar lernte, bevor ich alt genug war, mich dafür zu interessieren, war, dass ein Mann immer das Nein eines Mädchens respektieren muss.« Er klopfte auf das Bett neben sich. »Kommt und ruht Euch aus. Ihr könnt Euch fest in Eure eigene Decke wickeln. Benützt sie, wenn Ihr wollt, als Schutzschild. Es wird für uns trotzdem wärmer sein, wenn wir Seite an Seite schlafen. Und legt das Kind zwischen uns, denn es wird auch Wärme brauchen.«

Dagegen konnte sie nichts einwenden. James würde zwischen ihnen nicht nur in einem warmen Nest liegen, sondern auch geschützt sein. Obwohl es Bethia nervös machte, so nah bei Sir Eric zu liegen, erkannte sie, dass ihr diese Vorstellung nicht wirklich Angst machte. Sie konnte ihn nicht als Bedrohung empfinden. Nachdem sie James in die Mitte der Lagerstatt gelegt hatte, setzte sie sich und zog ihre Stiefel aus, wobei sie die ganze Zeit darum betete, das hübsche Gesicht dieses Mannes möge nicht ihren Verstand abstumpfen.

Nach vielem unruhigem Hin und Her legte sich Bethia auf die Seite und sah ins Feuer, dann allerdings fluchte sie leise. Sie sollte eigentlich James ansehen und das Kind leicht mit ihrem Arm umfangen, damit sie gewarnt wäre, falls er das Bett verlassen wollte. Nach weiterem Hin und Her hatte sie sich umgedreht und schützend zu dem schlafenden Kind gelegt. Obwohl sie sich sehr anstrengte, ihre Augen zu schließen und den Mann, der so nah bei ihr lag, zu übersehen, konnte sie nicht anders, sie musste Eric anschauen, und es überraschte sie nicht, festzustellen, dass er sie angrinste.

»Liegt Ihr nun richtig?«, fragte er und streckte selbstvergessen seine Hand aus, um ihr eine lose Haarsträhne aus dem Gesicht zu streichen, ohne dabei ihrem Stirnrunzeln Beachtung zu schenken.

»Ja. Ihr könnt mich nicht für meine Vorsichtigkeit tadeln«, gab sie zurück, innerlich fluchend über den rechtfertigenden Ton in ihrer Stimme. Sie war im Recht, sich zu fragen, ob er ein Spiel mit ihr spielte.

»Ihr könnt Euch entspannen. Das Kind trennt uns.«

»Es ist kein großes Hindernis.«

»Das nicht, aber ich verspreche Euch, Bethia, das Wort *nein* ist der einzige Schutzschild, den ihr mir gegenüber braucht.«

»Gut. Denn wenn Ihr glaubt, dass ich Euch einen Gefallen tu, weil Ihr mir helft, solltet ihr besser noch einmal nachdenken.«

»Ich muss keine Sekunde darüber nachdenken. Nein, ich möchte nicht, dass Ihr aus Dankbarkeit in meine Arme sinkt.«

»Dann sind wir ja einer Meinung.«

Sie fuhr zusammen, als sich Eric aufrichtete, auf den Ellbogen stützte und sich über das Baby beugte. Plötzlich war sein Gesicht ihrem viel zu nah. Bethia sah auf seinen Mund und wusste, dass es ein Fehler war, konnte sich aber nicht zurückhalten.

»Ja«, sagte er weich. »Wenn Ihr zu mir kommt, dann, weil Ihr meine Leidenschaft zu teilen wünscht. Das Letzte, was ich mir im Bett wünsche, ist Dankbarkeit. Na ja, ein kleines bisschen davon, nachdem ich Euch zufriedengestellt habe, wäre nicht schlecht.«

Bethia stockte ein wenig der Atem, sie wusste aber nicht, ob es nur war, weil sie seine Worte schockierten. Allein schon bei dem Wort *Leidenschaft* auf seinen Lippen raste ihr das Herz. Als seine Lippen die ihren berührten, verhinderte nur das Überraschungsmoment, dass sie sich losriss. Doch schnell reichte das Gefühl seines warmen Mundes auf ihrem, um sie an Ort und Stelle zu fesseln, während er ihr einen kurzen verführerischen Kuss gab. Als sie gerade wieder so weit bei Sinnen war, dass sie ihren Arm unter der Decke hervorziehen konnte, um ihn von sich wegzuschieben, legte er sich auf seiner Seite des unebenen Bettes nieder.

»Warum habt Ihr das getan?«, flüsterte sie, während sie ihre Hand zu einer harten Faust ballte, um nicht ihre Lippen aus Verwunderung darüber zu berühren, dass solch eine sanfte Liebkosung ihr Blut derart heiß durch die Adern strömen ließ.

»Nur um Euch Gute Nacht zu sagen.«

»Das nächste Mal versucht bitte, nur dieses Wort zu sagen.«

»Das macht nicht so viel Spaß.«

Bethia presste ihre Lippen aufeinander und weigerte sich, etwas darauf zu erwidern. Dieser unmögliche Mann würde es nur als weitere Chance sehen, noch mehr zu sagen und sie noch stärker zu beunruhigen. Sie schloss die Augen. Ihn anzusehen war genauso gefährlich.

Seine Worte waren allerdings nicht so leicht zu ignorieren.

Er wollte, dass sie seine Leidenschaft teilte. Sie war nicht dumm genug zu glauben, dass diese Leidenschaft allein ihr galt, aber diese Erkenntnis reichte nicht aus, um ihr plötzliches Interesse zu mindern. Ein viel zu großer Teil von ihr war neugierig geworden, war heftig versucht zu entdecken, wie Erics Leidenschaft sich äußerte. Bethia nahm an, dass ein derart gut aussehender Mann wie Sir Eric Murray eine Menge Erfahrung in Sachen Liebeskunst hatte und sehr talentiert war.

Diese Neugier war ihrer Meinung nach nicht unbedingt falsch. Beunruhigt war sie vielmehr von der durchaus bestehenden Möglichkeit, dass die Gefühle, die er in ihr weckte, weit über Neugierde hinausgingen. Bethia berührte leicht ihre Lippen und fühlte noch immer die Wärme seiner Lippen. Sein Kuss war nicht sonderlich leidenschaftlich gewesen – ein leichter Druck seines Mundes, ein kurzes Locken seiner Zunge –, aber er hatte ihr jähe, heiße Gefühle durch den Körper gejagt. Sir Eric war in der Tat eine Gefahr für sie, doch sie konnte nicht von seiner Seite weichen, weil sie viel zu sehr seiner Unterstützung bedurfte. Bethia konnte nur beten, dass er sie nicht an ihre Feinde verriet und dass sie die Stärke hatte, sich nicht selbst in seinen Armen zu verraten.

4

Bethia wusste, dass das tobende Wasser nicht langsamer oder niedriger wurde, nur weil sie den Fluss wütend anstarrte, aber sie tat es trotzdem. Drei lange Tage hatten sie sich durch das Land geschlichen – William und seine Söhne dicht auf den Fersen. Ein paar Mal hatten sie ihre Feinde sogar zu Gesicht bekommen und wären selbst beinahe von ihnen gesehen worden. Bethia wünschte sich inständig, dass sie genau in diesem Moment ein Heer aufbringen könnte, das losritt, um William zu stellen und ihn sowie seine abscheulichen Söhne niederzuschlagen. Die Angst und die ständige Notwendigkeit sich zu verstecken, machten sie verrückt. Sie sehnte sich verzweifelt danach, wieder in Sicherheit zu sein und James Schutz und Wärme geben zu können.

Ein schneller Blick auf den Mann neben ihr ließ sie innerlich fluchen. Sir Eric mochte seine Aufgabe, sie und James am Leben zu erhalten, sehr gut erledigen, aber auch er machte sie verrückt. Er sagte Abend für Abend mit einem Kuss Gute Nacht und weckte sie jeden Morgen mit einem weiteren auf. Die nächtlichen Küsse waren fast keusch, aber die morgendlichen waren reine, erregte Verführung. Töricht wie sie war, fand sie nie die Stärke, das eine wie das andere zurückzuweisen. Während sie ritten, bearbeitete er ihr Herz und ihren Verstand mit Liebkosungen und Worten, die ihre Leidenschaft weckten. Sie war angespannt, gereizt, hin und her gerissen zwischen dem Wunsch, ihn bewusstlos zu schlagen, und dem Wunsch, ihn auf den Boden zu werfen und zu zwingen, das zu vollenden, was er angefangen hatte. Dieser Mann brachte sie in der Tat zum Wahnsinn.

»Ich weiß nicht so recht, ob wir hier sicher hinübergelangen können«, sagte sie, und zwang sich, ihre Gedanken darauf zu lenken, wie sie den Männern, die James und sie verfolgten, entkommen konnten.

»Es kann funktionieren.« Gedankenverloren tätschelte Eric den Hals des Pferdes. »Ich würde es vorziehen, auf trockenem Untergrund zu bleiben, aber das ist nicht möglich. Und William ist so nah hinter uns, dass wir nicht die Zeit haben, herumzulaufen und uns nach einem besseren Weg umzusehen.«

»Und wenn es einen gibt, werden vermutlich er oder ein paar seiner Männer dort im Hinterhalt liegen.«

»Genau. Ich hoffe inständig, dass Ihr schwimmen könnt.«

»Oh ja, sehr gut. Bowen hat es mir beigebracht.« Sie lächelte matt. »Genau genommen haben er und Peter es Wallace beigebracht, und ich habe von ihnen gefordert, dass sie es mich auch lehren. Bowen stimmte schließlich zu und meinte, da ich ein scharfzüngiges Weibsbild sei, würde eines Tages ganz gewiss ein Mann versuchen, mich zu ertränken.«

Eric lachte leise, fühlte aber zugleich eine schmerzhafte Traurigkeit. Wann immer Bethia von ihrer Kindheit sprach, erzählte sie von Bowen, Peter und Wallace. Ihr Vater oder ihre Mutter wurde kaum erwähnt, es sei denn, sie sprach von Sorcha. Glücklicherweise hatte Bethia jemanden gefunden, der sich um sie kümmerte, dennoch hätten das ihre Eltern tun müssen. Alles, was Bethia erzählte, verriet, dass sie eine Zeitlang wie ihr Cousin Wallace behandelt worden war und damit wie irgendein unehelicher Bankert, den ihre Eltern gezwungen waren, bei sich aufzunehmen. Was noch schlimmer war, war der immer stärker werdende Eindruck, dass die wundervolle Sorcha nie etwas dagegen unternommen hatte, und das war ihm vollkommen unverständlich.

»Gut, am besten bringen wir es hinter uns.« Eric versicherte sich, dass die Decke, in der James lag, fest oben am Sattel angebracht war.

»Wäre es nicht besser, wenn einer von uns das Kind tragen

würde?«, fragte Bethia, während sie ihre Röcke raffte, um ihren Beinen Bewegungsfreiheit zu geben.

»Wir werden alle unsere Gliedmaßen zur Verfügung haben müssen, um der starken Strömung zu widerstehen. Und Connor ist viel größer als wir. Dort, wo er sich jetzt befindet, hat der Junge bessere Aussichten, dass sein kleiner Kopf trocken bleibt.«

»Wird denn Connor genau auf das gegenüberliegende Ufer zuhalten?«

»Ja, und dann dort warten. Er hat sich immer und immer wieder als kräftiger Schwimmer erwiesen, der nicht wasserscheu ist.« Eric hielt seine Hand über die Flanke des Pferdes. »Bereit?«

»Ja.«

Bethia unterdrückte einen plötzlichen Panikanfall, als Eric dem Pferd einen Schlag versetzte und Connor in den Fluss sprang. James begann sofort zu schreien, als das kalte Wasser seine Decke durchnässte und ihm ins Gesicht spritzte. Bethia holte tief Atem und machte einen Kopfsprung, Eric folgte ihr eilig nach. Die Kälte ließ sie fluchen, aber sie biss die Zähne zusammen und fing an zu schwimmen, den Blick starr auf das Pferd geheftet. Das Wasser war aufbrausend und mit Felsbrocken durchsetzt, die Strömung stark, doch das Pferd kam kein einziges Mal von seiner Bahn ab und erreichte zügig das andere Ufer. Connor schüttelte sich das Wasser aus dem Fell, was zur Folge hatte, dass James noch lauter schrie. Bethia verschloss ihre Ohren gegenüber dem Jammern des Jungen und konzentrierte sich darauf, zur anderen Seite zu gelangen. Als sie schließlich die Uferbank erreichte, zitterte sie vor Kälte und Anstrengung.

Sie setzte sich ungeachtet des Schlamms nieder und sah sich nach Eric um. Aus ihrer Kehle brach ein Warn- und zugleich Angstschrei, als sie sah, dass ein Ast in seine Bahn wirbelte. In der Sekunde, in der sie auf die Füße sprang, krachte er auf Eric. Ihr Herzschlag setzte aus, während er im Wasser verschwunden war. Als sein Kopf wieder auftauchte, sah Bethia, dass er seinen Arm um den Ast geschlungen hatte. Allerdings begann er nicht mehr zu schwimmen, und sie erkannte, dass er schlicht und einfach gegen das Ertrinken kämpfte. Sollte er keine Kraft mehr finden, war es ein aussichtsloses Unterfangen.

Bethia ergriff die Zügel des Pferdes und lief das Ufer entlang, wobei sie Eric nicht aus dem Blick ließ und krampfhaft überlegte, wie sie ihm helfen konnte. Einige Meter flussabwärts verhedderte sich das Holz, an dem er sich festklammerte, in einem Damm, der sich aus anderem Treibgut aufgestaut hatte. Eric schaffte es, sich etwas weiter aus dem Wasser zu ziehen, doch Bethia konnte sehen, wie schwach er war. Möglicherweise war er verletzt worden, als der Ast ihn getroffen hatte. Der kleine Damm geriet in Bewegung, wurde von der Strömung ergriffen, und sie wusste, dass er nicht länger halten würde.

Bethia warf bis auf ihr dünnes Leinenhemd die klatschnassen Kleider von sich. Deren Gewicht hatte sie vorhin beim Schwimmen behindert, und sie wollte nicht riskieren, nun dadurch den Rest ihrer Kraft zu verlieren. Sie griff nach dem Seil, das an Connors Sattel befestigt war, schlang ein Ende um den Sattel und warf sich den Rest über die Schulter. Mit einem tiefen Atemzug und einem Gebet um Stärke sprang sie in das eisige Wasser und schwamm auf Eric zu.

»Mädchen, Törin, was habt Ihr vor? Zurück!«, befahl Eric, als sie bei ihm ankam, doch die heisere Schwäche in seiner Stimme raubte seinem Befehl fast alle Macht.

»Ich habe vor, Eure hübsche Haut zu retten«, antwortete sie und befestigte das Seil um seine Taille.

»Ich bezweifle, dass ich im Augenblick recht hübsch aussehe.«

Sie bemerkte seine Blässe. Seine Lippen waren blau vor Kälte, und über eine Hälfte seines Gesichts war Blut aus einer Schramme an der Stirn verschmiert. »Nein, Ihr schaut ein kleines bisschen bemitleidenswert aus. So, und wie bringe ich nun Euer Pferd dazu, uns aus diesem Schlammassel herauszuziehen?«

»Befehlt ihm einfach nur zu ziehen. Es weiß, was es zu tun hat.«

Nachdem sie ihm ihren Arm um die Brust gelegt hatte, schrie Bethia Connor den Befehl zu. Sie musste noch ein weiteres Mal rufen, bevor das Pferd sich bewegte. Bethia drehte sich schnell auf den Rücken und schob ihren Körper unter Erics. Sie bemühte sich, ihre beiden Köpfe über Wasser zu halten und das tückische Treibgut, das um sie herumwirbelte, zu umgehen, während sie zum Ufer gezogen wurden.

Sobald sie auf der Böschung waren, wartete sie, bis Eric von seinem Pferd das Ufer hinaufgezogen worden war, und löste dann das Seil. Während Eric um Luft ringend und zitternd dalag, nahm sich Bethia ein paar Augenblicke Zeit, um sich trocken zu reiben und anzuziehen sowie James' Kleider zu wechseln. Indem sie aufsammelte, was sie zur Versorgung von Eric nötig hielt, eilte sie auch schon an seine Seite.

Trotz der äußersten Notwendigkeit Eric abzutrocknen und zu wärmen, beunruhigte es Bethia, den Mann zu entkleiden. Gewiss war er im Moment nicht gerade der Ansehnlichste, die Kälte entzog seiner Haut alles Leben, doch er sah noch immer gut genug aus, um ihre Hände leicht zittern zu lassen, als sie ihn abrieb. Seine Brust war breit und glatt. Eine dünne Linie blonden Haares zog sich von seinem Nabel zu seinen Leisten, wo sie erblühte und sich ein wenig auffächerte, um locker seine langen muskulösen Beine zu umkleiden. Es ärgerte sie ein bisschen, dass er sogar noch gut aussehende Füße hatte.

»In Anbetracht der Tatsache, dass ich bis ins Knochenmark hinein zu Eis erstarrt bin, bezweifle ich, dass ich im Moment sehr männlich aussehe«, sagte Eric mit einem kläglichen Blick auf seine Leistengegend, wobei die Kälte, die er noch immer spürte, seine Stimme zittern ließ.

Bethia warf ihm einen leicht empörten Blick zu, als sie begann, ihm trockene Kleider überzuziehen, dann erwiderte sie gedehnt: »Warum denn, Sir, nein, Ihr seht ebenso niedlich aus wie James. Ich wusste gar nicht, dass ein Mann da unten derart süß aussehen kann.« Trotz ihrer Ängste um seine Gesundheit, musste sie beinahe über sein Entsetzen lachen.

Eric begann nun seinerseits zu lachen, fuhr aber sogleich zusammen und griff sich an seinen schmerzenden Kopf. »Herrje, Mädchen! Wie der kleine James? Niedlich? Um Gottes willen«, sagte er und lachte erneut, diesmal allerdings etwas vorsichtiger. »Ihr verletzt mich zutiefst.«

»Ich glaube, dass Eure Eitelkeit das überleben wird.« Nachdem sie ihn in eine Decke gehüllt hatte, beugte sie sich über ihn und besah sich die Wunde an seinem Kopf näher. »Sie ist nicht so tief, dass sie genäht werden müsste«, murmelte sie und wischte mit einem Stück Stoff das Blut von seinem Gesicht.

»Wenigstens ein Hinweis auf Gnade.«

Bethia lächelte nur flüchtig, als sie etwas Salbe auf die Wunde tupfte und schließlich einen Verband um seinen Kopf legte. Er hatte aufgehört, derart heftig zu zittern, dass seine Zähne klapperten, aber er sah noch immer blass aus. Sie wusste, dass er sehr schwach war, denn obwohl er ihr beim Anziehen helfen wollte, schaffte er es gerade mal, etwas an seinem Wams herumzuzerren.

»Schaut nicht so verärgert drein, Mädchen«, sagte er, indem er seinen schmerzenden Körper langsam zum Sitzen hochzog.

»Seid Ihr sicher, dass Ihr Euch bewegen könnt?« Er stand auf und taumelte, und sie legte schnell ihren Arm um ihn, um ihn zu stützen.

»Genug, um auf mein Pferd zu kommen. Wir können nicht herumsitzen, Mädchen. Diese Hunde, die Euch und das Kind jagen, waren sehr nah, als wir das letzte Mal nach ihnen geforscht hatten. Wenn Ihr Euch erinnert, haben wir deshalb den Fluss hier durchquert.«

»Stimmt schon, aber Ihr seid sehr unsicher auf den Beinen, Eric.«

»Ihr müsst mir nur in den Sattel helfen. Ich werde hinter Euch sitzen und mich festhalten, während Ihr die Zügel nehmt.«

»Wird Connor mich akzeptieren?«, fragte Bethia mit einem besorgten Seitenblick auf das große Pferd, während sie Eric half, sich zu dem Tier zu schleppen.

»Ja, weil ich ebenfalls auf seinem Rücken sitzen werde.«

Es würde nicht einfach sein, Eric da hochzubekommen, dachte sie bei sich, als sie das Pferd erreichten. »Lasst mich nur schnell das Kind holen und die paar Sachen, die ich ausgepackt habe.«

»Macht das. Ich werde mich einfach an Connor lehnen und darauf vorbereiten, in den Sattel befördert zu werden.«

Etwas wie Gereiztheit färbte seine volle Stimme, und Bethia musste sich ein Lächeln verkneifen. Es war ganz klar, dass Eric es nicht mochte, von einer kleinen Frau abhängig zu sein – das galt vermutlich für jede Frau. Sie sammelte schnell die paar Sachen auf, die am Ufer verteilt lagen, darunter ihre triefend nassen Sachen, und setzte James in eine trockene Decke, die sie sich um die Brust schlang.

Es war nicht leicht, Eric in den Sattel zu bekommen, aber nach einigem Schieben gelang es. Bethia atmete tief durch, um ruhig zu werden, dann stieg sie vor ihm auf und nahm die Zügel. Obwohl sie sich für eine gute Reiterin hielt, hatte sie noch nie zuvor ein Streitross geritten oder ein Pferd, das ähnlich groß war wie Connor, deshalb war sie sich nicht sicher, ob sie es gut beherrschte. Sobald ihr Eric seine Arme um die Hüfte gelegt und sich fest an ihren Rücken gelehnt hatte, hielt sie Connor zu einem leichten Passgang an.

»Wir könnten ein kleines bisschen schneller sein, Mädchen«, sagte Eric, der darüber besorgt war, wie lange es dauerte, bis die Wärme in seinen Körper zurückkehrte.

»Nein, erst wenn ich diese Bestie ein wenig besser kenne«,

antwortete sie. »Glaubt Ihr, dass William in unserer Nähe ist?«

»Er müsste in Frankreich sein, bevor ich ihn nicht mehr für zu nah halte. Nein, selbst das wäre noch zu nah.«

»Ja, ich würde es vorziehen, wenn er und seine abscheulichen Söhne unter der Erde wären.«

Eric lächelte schwach in ihr nasses Haar hinein. »Ihr nennt sie immer die *abscheulichen Söhne.*«

»Ihr müsstet sie nur ein einziges Mal sehen, und Ihr würdet verstehen. Es sind große, dunkle, plumpe Biester mit kalten Augen, die ihre abgrundtiefe Bösartigkeit ganz deutlich enthüllen. William glaubt einen einwandfreien Grund für den Mord an Menschen zu brauchen. Seine Söhne wollen oder brauchen keinen.« Bethia seufzte und schüttelte den Kopf. »Dunncraig würde vermutlich knietief in Leichen versinken, führte William nicht ein straffes Regiment über dieses üble Pärchen. Trotzdem missbrauchen sie ungestraft die Mädchen, die sie in ihrer Reichweite finden. Ich habe das bald nach meiner Ankunft beobachtet. Sie machten das trotz meiner tiefen Trauer. Es hat mich einigermaßen verwirrt, das Sorcha sie niemals bestraft hat.«

Es fiel ihm zunehmend schwerer, sich nicht ziemlich scharf und unschmeichelhaft über Sorcha zu äußern. Eric nahm an, dass sie die Notlage der Frauen auf ihrem Land erst gar nicht gesehen hatte, weil sie schlicht und einfach nicht bemerkte, wer eigentlich all die Arbeit erledigte. Wenn diese Frau fähig gewesen war, die traurige Lage ihrer eigenen Zwillingsschwester jahrelang nicht wahrzunehmen, hatte sie gewiss die Qualen irgendeines armen Mädchens schon gar nicht gesehen. Doch das war eine Wahrheit, die sich Bethia im Moment nicht eingestehen konnte, und Eric war sich nicht sicher, ob sie es jemals tun würde.

Sollten Bethia und er heiraten, würde es schwierig sein, den Mund in Bezug auf Sorcha zu halten. Eric malte sich diese Frau als eitel, völlig auf sich selbst bezogen, egoistisch und wahrscheinlich verantwortungslos aus. Möglicherweise war sie all das und konnte trotzdem liebenswürdig und bezaubernd erscheinen. Offensichtlich hatte ihr keiner jemals etwas abgeschlagen. Sorcha Drummond hatte es geschafft, glücklich und mit einem entwaffnenden Lächeln durch ihr bedauerlicherweise so kurzes Leben zu tänzeln, weil die Leute sich beeilt hatten, ihr alle Hindernisse aus dem Weg zu schaffen, oder sie hatte sie einfach ignoriert. Eines Tages musste Bethia verstehen, dass zu viele Geschichten das charmante Desinteresse an allem, was um Sorcha herum vorging, enthüllten, und Eric fürchtete, dass er sich gezwungen fühlen könnte, ihr einige unliebsame Wahrheiten zu erzählen. Vielleicht, so dachte er mit einem gequälten Lächeln, würde der ständige Kampf darum, Bethia die Illusionen über ihre Zwillingsschwester zu lassen, die Buße sein, die er für ihre Verführung zu zahlen hatte.

Zu erschöpft, um weiterzusprechen, klammerte sich Eric an Bethia und versuchte wieder zu Kräften zu kommen. In seinem Kopf hämmerte es, und sein ganzer Körper schmerzte von dem Zusammenprall, den er im Fluss erlitten hatte. In seiner Kehle befand sich ein schmerzvoller Knoten, der zu tief saß, um ihn wegzuräuspern, und seine Lunge tat bei jedem Atemzug weh. Eric fürchtete, dass noch Wasser in seinem Körper war.

Nach ein paar weiteren Meilen erkannte Eric, dass er Einhalt gebieten musste. Auf dem Rücken eines Pferdes schaffte er es nicht, die nötige Kraft wiederzugewinnen. Er brauchte ein Bett, egal wie uneben, vielleicht ein bisschen zu essen und einen ausgiebigen Schlaf. Eine ausgiebige Pause war nicht sicher genug, solange Robert Drummonds mörderische Verwandten ihrer Spur nachschnüffelten, aber ohne eine hinreichende Erholungspause, das war Eric klar, würde er zusammenbrechen. Er konnte leicht sehr krank werden und tagelang unfähig sein weiterzureiten. Sie waren nah an Dunnbea, aber noch nicht nah genug. Das Gleiche galt für das kleine Dorf, auf das er zugeritten war. Selbst wenn er bis zum Dorf gesund und bei Bewusstsein bleiben könnte, so sagte ihm die frostige Feuchtigkeit in der Luft, dass sich ein Sturm zusammenbraute. Sollte er jedoch ein weiteres Mal völlig durchnässt werden, konnte das sein Ende sein.

Indem er seinen Stolz, der sich danach sehnte weiterzureiten, erbarmungslos unterdrückte, sagte Eric: »Bethia, wir müssen bald anhalten.«

»Wollt Ihr essen oder« – sie wurde rot – »ein anderes Bedürfnis erledigen?«

»Nein. Ich gebe es nur mit Beschämung zu, aber ich brauche eine Pause. Ich muss mich an ein warmes Feuer legen.«

»Es ist sicher das Beste, was Ihr machen könnt. Ich war mir nur nicht sicher, ob Ihr auf mich hören würdet, wenn ich es vorschlage.«

»Wenn Ihr es vorgeschlagen hättet, während ich am Flussufer zitterte, hätte ich es wahrscheinlich nicht getan. Ich war entschlossen, den Zusammenprall, den mir dieser zweimal verdammte Fluss beschert hat, so leicht abzuschütteln wie Wasser aus meinem Haar, aber das war hochmütiger Unsinn. Mein Kopf hämmert so heftig, dass es mir den Magen umdreht, und ich glaube kaum, dass es eine Stelle an mir gibt, die nicht wehtut.«

»Es würde James und mir auch nicht schaden, eine Pause einzulegen«, sagte Bethia, »und das sage ich nicht, um Eurem armseligen bisschen Stolz zu schmeicheln.«

»Der Stolz eines Mannes ist kein armseliges Bisschen, Mädchen.«

Sie überging dies. »James und ich haben zwar die Durchquerung gut überstanden, aber wir waren bis auf die Haut nass. Und auch ich fühle mich etwas mitgenommen. Außerdem hätten es unsere Kleider und noch ein paar andere Sachen nötig zu trocknen. Wir werden also anhalten und Pause machen, sobald ich eine passende Stelle gefunden habe.«

»Versucht etwas zu finden, dass nicht leicht entdeckt werden kann und dennoch einigen Schutz bietet.«

»Ihr wollt verborgen bleiben.«

»So verborgen, wie nur möglich, ja. Irgendeine Art Dach könnte nötig werden, ich wittere Regen in der Luft.«

Bethia nickte. »Ich kann auch spüren, dass ein Sturm über uns kommt.«

Es dauerte noch gut zwei Stunden, bis Bethia etwas fand. Angebaut an einen felsigen Bergabhang und von Bäumen fast ganz verborgen, lag eine erstaunlich gut erhaltene Hütte. Die kleine Schäferhütte hatte Steinmauern, die mit hartem Lehm zusammengehalten wurden, und ein, wie es schien, intaktes Strohdach. Entweder war sie erst gebaut worden, oder der Erbauer hatte über das Hüten seiner Tiere hinaus eine Menge anderer Fähigkeiten. Daneben war eine flache Ausbuchtung im Berghang, die vollkommen ausreichen würde, das Pferd zu beherbergen, ja, ihm sogar vor dem Sturm Schutz zu bieten, der jetzt den Himmel über ihnen verdunkelte.

Solch ein robustes Haus war dringend nötig, dachte sich Bethia und unterdrückte das Bedürfnis, Connor zum Galopp anzusporen, um zur Hütte zu eilen. Während der vergangenen Stunde hatte sich Eric schwerer an sie gedrückt und offensichtlich den Kampf gegen die Ohnmacht verloren. Was ihr allerdings noch mehr Sorgen bereitete, war die Tatsache, wie warm er sich anfühlte, zu warm für ihr Dafürhalten. Konnte sie ihn an einem Feuer ausruhen lassen, konnte sie vielleicht das Fieber, von dem sie fürchtete, dass es seinen Körpers in Besitz nahm, noch abwehren.

»Bethia?«, murmelte Eric, als er spürte, dass das Pferd stehen blieb. Er hatte zu kämpfen, um der Benommenheit, die seinen Verstand umnebelte, Herr zu werden.

»Ich habe einen Ort für uns gefunden, an dem wir uns ausruhen können«, sagte sie im Absteigen. »Bleibt bitte noch so lange oben, bis ich mich vergewissert habe, ob es hier leer ist und innen genauso gut aussieht wie außen.«

Während er sich am Sattel festklammerte, starrte Eric auf die kleine Hütte. Bethia hatte recht. Die Hütte sah gut aus und versprach ihnen ein wetterfestes, trockenes Obdach. Ja, sie war sogar besser als einige der Hütten von Kleinpächtern, die er gesehen hatte. Wer immer sie gebaut hatte, wollte keine Unbequemlichkeit erleiden, während er seine Tiere hütete, und hatte sich vielleicht sogar überlegt, dies eines Tages zu seinem Heim zu machen.

Während er sich noch darüber wunderte, warum die kleine Hütte eine richtige massive Holztür hatte und nicht einfach nur einen mit Öl imprägnierten Vorhang aus Tierfell, ging Bethia hinein und murmelte vor Freude und Zufriedenheit etwas vor sich hin. Die beiden kleinen Fenster bedeckte eingefettetes Leder, das zusammen mit der Tür dafür gesorgt hatte, dass kein Tier eingedrungen war, um dort zu hausen. An der einen Wand stand ein derbes großes Holzbett. Es war Erde weggekratzt worden, was der Hütte einen zwar unebenen, aber erstaunlich sauberen Steinboden bescherte. Was sie aber wirklich verblüffte, war die Tatsache, dass anstelle einer in der Mitte befindlichen Kochstelle an der dem Bett gegenüberliegenden Seite ein grob gemauerter Feuerplatz gebaut worden war. Daneben standen ein Tisch und zwei Stühle. Dieser Ort hatte viel mehr von einem richtigen Heim als von einer zeitweiligen Unterkunft für einen Schäfer.

Nach einer schnellen, aber gründlichen Untersuchung der dicken Strohmatratze auf dem Bett, um sich zu vergewissern, dass sie sauber und frei von Ungeziefer war, setzte sie James darauf und eilte zu Eric zurück. »Es ist ein wunderbarer kleiner Ort, Eric«, sagte sie, indem sie ihm beim Absteigen half.

»Glaubt Ihr, dass noch immer jemand hier lebt?«, fragte er und verfluchte insgeheim seine Schwäche, als er gegen sie sank.

Sie taumelte etwas unter seinem Gewicht, zog ihn aber in die Hütte und nötigte ihn auf das Bett neben James. »Nein, aber ich bin mir nicht sicher, ob es nur die Hütte eines Viehhüters ist.«

»Vielleicht eine Jagdhütte für den Laird, der hier herrscht, wer immer es sein mag?«

»Könnte sein. Vielleicht hat ja auch der Viehhüter, der sie gebaut hat, vor, hier zu leben, wenn er zu alt für die Arbeit ist.«

»Es könnte aber auch das Liebesnest irgendeines Laird sein.«

»Es scheint mir zu viel Arbeit darin zu stecken, um nur hierher zu kommen, damit man hin und wieder eine solche Balgerei genießen kann.«

Eric grinste flüchtig. »Manche Männer erledigen ihre Balgereien lieber in komfortabler Umgebung, Mädchen. Oder das Mädchen, mit dem dieser hier sich vielleicht herumbalgt, ist zu bekannt und ein verbotenes Stelldichein zu gefährlich.«

»Na ja, egal. Ich erwarte nicht, dass jemand daherkommt, also sollten wir sicher sein.«

Sie legte die Stirn in Falten, als sie sah, dass Sir Eric noch immer gefährlich blass war. »Könnt Ihr bitte für einen kurzen Augenblick ein Auge auf James werfen, damit ich ein paar Arbeiten erledigen kann?«

»Ja.« Eric lachte weich, als er das Kind ansah, das neben ihm lag und an seinen dicken kleinen Zehen knabberte. »So viel kann ich machen.«

Bethia eilte hinaus, um ihre Sachen zu holen, sattelte Connor ab und band ihn in dem kleinen Stall an. Sobald sie wieder in der Hütte war, spannte sie Erics Seil quer durch den Raum und legte ihre nassen Sachen darüber. Sie machte ein kleines Feuer, holte Wasser, um es zum Kochen zu bringen, und eilte wieder davon, um so viel trockenes Holz wie möglich zu sammeln, bevor es zu regnen begann. Als sie sah, dass sowohl James als auch Eric schliefen, nahm sie den kleinen Bogen und die Pfeile, die sie immer bei sich trug und schlüpfte hinaus, um etwas zu jagen.

Der Geruch von schmorendem Fleisch ließ Eric aus seinem tiefen Schlaf erwachen. Er erinnerte sich daran, dass er auf James aufpassen sollte und sah sich, leicht in Panik, um. Erleichtert atmete er auf, als er das friedlich schlafende Kind in einer mit Decken umspannten Kiste neben dem Bett auf dem Boden entdeckte. Schließlich blieb sein Blick an Bethia hängen, die langsam einen Spieß drehte, an dem das Fleisch röstete.

»Kaninchen?«, fragte er, wobei er sich wunderte, warum seine Kehle so schmerzte.

Ein überraschter Laut entfuhr Bethia, und sie wandte sich zu Eric um. Er hatte den ganzen Nachmittag und fast den ganzen Abend fest geschlafen, aber noch immer sah er nicht sonderlich gut aus. Seine Stimme klang sehr heiser. Sie hoffte inständig, dass er nur mit einer leichten Erkältung aus seinem Beinahe-Ertrinken hervorgegangen war, sagte es aber nicht.

»Ja, dieses kleine Tal wimmelt ziemlich von Wild«, erwiderte sie und stand schnell auf, um das Kissen aufzuschütteln, das sie aus Moos und weichem Gras gemacht hatte, indem sie beides in eines ihrer Hemden gewickelt hatte. Nun konnte er sich etwas behaglicher gegen die raue Stirnseite des Bettes lehnen. »Während Ihr fröhlich den Tag über geschnarcht habt, habe ich meinen kleinen Jagdbogen mitsamt den Pfeilen genommen und bin losgezogen, um uns etwas Fleisch zu holen.«

Eric berührte das eigenartige, aber bequeme Kissen, das in seinem Rücken lag. »Für ein Mädchen von Stand habt Ihr einige seltsame Fähigkeiten.«

»Wie ich bereits sagte, ich habe eine Menge Zeit damit zugebracht, Bowen, Peter und Wallace meine Gesellschaft aufzudrängen.«

»Ich bezweifle, dass es ihnen viel ausgemacht hat.« Er trank einen Schluck Wasser, das sie ihm reichte, und genoss die Tatsache, dass es den Schmerz in seiner Kehle linderte.

»Das bezweifle ich auch, obwohl es ihnen sehr gefiel, sich

darüber zu beklagen. Seid Ihr hungrig?«, fragte sie und nahm, nachdem er aufgehört hatte, zu trinken wieder die Tasse.

»Oh ja. Es war ja der Geruch von Essen, der mich aufgeweckt hat.«

Vorsichtig setzte er sich am Bettrand auf, noch immer etwas benommen, aber voller Zuversicht, dass er wenigstens etwas tun konnte, ohne ihre Hilfe zu benötigen.

»Hat es geregnet?«

»Geregnet, wieder aufgehört, und ich glaube, dass der Regen vorhat, sehr bald wieder auf uns herunterzutrommeln. Wohin geht Ihr?«, fragte Bethia scharf, als er ganz langsam aufstand.

»Ich mag so schwach sein wie ein Kind, aber ich muss darauf bestehen, wenigstens diese eine Sache ohne Eure Hilfe zu erledigen.«

Er lächelte flüchtig, als sie, nachdem sie einen Augenblick lang gedankenverloren und mit finsterem Blick dagesessen hatte, ein bisschen nach Luft schnappte und errötete.

»Genau.«

»Ich werde Euch eine Kleinigkeit zum Essen herrichten, solange Ihr draußen seid«, murmelte sie und eilte zurück zum Feuer.

Eric schwitzte und zitterte leicht, als er zurückkehrte, bemühte sich aber, es zu verbergen.

Er verstand nicht, warum er so schwach war.

Als er ins Bett kroch und gegen das Kissen sackte, begann er zu befürchten, dass ein Tag Pause nicht genug sein würde, um das, was ihn krank machte, auszuheilen. Eine skeptisch aussehende Bethia stellte eine kleine Schüssel mit Kaninchen und Haferbrei vor ihn hin, und ihm wurde bewusst, dass er nicht mehr sehr hungrig war.

»Esst so viel, wie Ihr könnt«, drängte ihn Bethia. »Mit einem leeren Magen könnt Ihr bestimmt nicht zu Kräften kommen.«

»Nein, aber ich weiß einfach nicht, was mich krank macht«, schimpfte er und begann langsam zu essen.

»Ihr habt von einem Ast eins über den Kopf bekommen und seid in eiskaltem Wasser fast ertrunken. Nach so etwas könnt Ihr nicht einfach aufstehen und davongehen. Ihr habt vielleicht auch eine Erkältung.«

»Ihr aber nicht.«

»Ich habe mir weder den Schädel spalten lassen, noch bin ich fast ertrunken.«

»In der Tat.«

Er beendete das Mahl, aber Bethia konnte sehen, dass es ein Kampf war, als sie die Schüssel nahm und ihm eine weitere Tasse mit Wasser reichte. »Macht Euch deswegen keine Sorgen. Wir haben genug Essen, Wasser und Feuerholz. Wir können uns hier niederlassen, bis Ihr wieder in Ordnung seid.«

»Eure Feinde suchen nach Euch.«

»Ich weiß, aber dieser Ort ist gut versteckt. Außerdem gibt es auf dem Kamm des Hügels, an den sich diese Hütte duckt, einen kleinen Trampelpfad. Ich bin dort oben gewesen, und man kann von dort aus, wie es scheint, meilenweit sehen. Zudem bin ich, als Ihr beschlossen habt, dass wir eine Pause brauchen, etwas von dem Weg abgewichen, dem wir folgten.«

»Ihr habt Euch verirrt.«

»Ein kleines bisschen«, gab sie widerstrebend zu.

»Ruht Euch aus, Eric, denn das ist es, was Euch gesund macht.«

Als er einfach nur seine Augen schloss, anstatt weiterzudiskutieren, fühlte sich Bethia unbehaglich.

Diesem Mann ging es ganz gewiss nicht gut, und sie hatte kein besonderes Talent zur Heilerin.

Nachdem sie die Hütte gesichert und das Feuer bedeckt hatte, schlüpfte Bethia neben ihn ins Bett. Es war ein Skandal, das Bett mit ihm zu teilen, und es barg mehr Verführerisches in sich, als sie vielleicht bewältigen konnte, aber sie hatte keine andere Wahl, denn sie hatte alle Decken zwischen James und Eric aufgeteilt. Bethia berührte vorsichtig Erics Gesicht, spürte dessen Wärme und fluchte leise.

Er fieberte, allerdings sah es nicht nach sehr hohem Fieber aus.

Sie betete, er möge sich schnell erholen, und das nicht nur, weil sie seinen Schutz brauchte. Zu ihrem Schrecken erkannte Bethia, dass es ihr das Herz zerreißen würde, sollte er sterben.

5

»Aha, ich lebe also noch.«

Die tiefe, ein wenig heisere Stimme direkt an ihrem rechten Ohr schreckte Bethia so plötzlich aus dem Schlaf auf, dass sie sich berappeln musste, um nicht aus dem Bett zu fallen. Langsam drehte sie sich um, damit sie Eric ansehen konnte, und legte ihm die Hand auf die Stirn. Sie war kühl. Erleichtert atmete sie auf.

»Es scheint beinahe so«, antwortete sie gedehnt, wobei sie sich bemühte, ihre Erleichterung über seine Genesung zu verbergen.

»Wie lange habe ich uns gezwungen, hierzubleiben?«

»Vier Tage. Ihr habt heftiges Fieber bekommen, Eric.«

»Vier Tage«, schimpfte er, fuhr sich mit der Hand durch die Haare und verzog in leichtem Ekel darüber, wie schmutzig und verfilzt sie waren, das Gesicht.

»Habt Ihr irgendetwas von Euren Feinden gesehen?«

»Nein, um ehrlich zu sein, ich habe niemanden gesehen. Der Regen muss unsere Spur verwischt haben, und es hat fast die ganze Zeit geregnet, während Ihr krank ward. William dürfte keine Spur haben, der er folgen kann. Außerdem schätzt er viel zu sehr seine Bequemlichkeit, um bei diesem üblen Wetter hinauszugehen und durch das Land zu reiten.«

»Gut. Wir sollten aufbrechen.« Eric versuchte aufzustehen, aber schon diese minimale Handlung war beinahe mehr, als er bewältigen konnte. Bethia musste ihm nur eine Hand auf die Brust legen, um ihn an Ort und Stelle zu halten.

»Nein. Ihr seid am ersten Tag unserer Rast hier nicht zu Kräften gekommen, weil Euch das Fieber bereits im Griff hatte. Jetzt ruht Euch erst aus und esst. Ein, vielleicht auch zwei Tage, und dann machen wir uns wieder auf den Weg.«

»Es ist gefährlich, so lange an einem Ort zu bleiben.«

»Es ist noch gefährlicher loszureiten, wenn Ihr so schwach seid, dass Ihr von Eurem Pferd fallt, bevor wir dieses Tal verlassen haben.«

»Ihr wisst, wie man die Eitelkeit eines Mannes verletzt.«

Sie lächelte nur und schlüpfte aus dem Bett. Mit äußerlich kühlem und reserviertem Auftreten half sie ihm, seine Bedürfnisse zu verrichten, wobei sie sein Schimpfen überging. Sobald er wieder im Bett war, machte sie ihm etwas Haferbrei. Da er darauf bestand, ohne ihre Hilfe zu essen, überließ sie ihn seinem Kampf und kümmerte sich um den inzwischen aufgewachten James.

Am späten Nachmittag, Eric hatte geschlafen und war fieberfrei geblieben, gab Bethia seinen Forderungen nach einer Wäsche nach. Sie ließ ihn mit zwei Eimern heißen Wassers zurück und nahm James mit sich, um auf den Berg zu steigen. Nachdem sie den Jungen zum Spielen im Gras abgesetzt hatte, musterte sie die unter ihr liegende Umgebung. Zu ihrer Erleichterung waren noch immer keinerlei Reiter zu sehen. Im Augenblick waren sie also noch sicher.

Mit einem Seufzer setzte sie sich nieder, nahm gedankenverloren James' Geschenke in Empfang, Insekten, Steinchen und fast alles, was er auf dem Boden finden konnte. Jetzt, wo sie außerhalb von Erics Sichtweite war, erlaubte sie sich, ihre große Erleichterung über seine Genesung zu zeigen. Vier lange Tage hatte sie in der Angst gelebt, dass er dem Fieber erliegen würde. Nun, da ihr die Last dieser Angst von den Schultern genommen war, fühlte sie sich erschöpft.

Die Zeit, die sie mit seiner Pflege und den Gebeten um sein Leben verbracht hatte, hatte sie gezwungen eine harte Wahrheit anzuerkennen. Sie liebte diesen Mann, tief und wahrscheinlich unheilbar. Es machte ihr Angst. Ein Mann wie Sir Eric Murray war nicht für sie geschaffen. Sie hatte nur ein gebrochenes Herz zu erwarten, aber es war ihr klar, dass es kein Zurück mehr gab.

Immer und immer wieder hatte sie neben ihm auf dem Bett gesessen und, während sie ihm die Stirn kühlte, über seinen Wunsch, sie solle seine Leidenschaft teilen, nachgedacht. Er hatte nicht von Liebe gesprochen, ihr keinen Anhaltspunkt dafür gegeben, dass er jemals mehr als Leidenschaft empfinden würde. Bethia hatte sich immer und immer wieder dafür getadelt, sich all die trockenen Warnungen ins Gedächtnis gerufen, die man jungen Mädchen von Stand erteilte, aber nichts von all dem änderte etwas. Während sie dort gesessen hatte und fürchtete, dass er sterben könnte, hatte sie sich dafür verflucht, seinem Verführungsversuch nicht erlegen zu sein.

»Dummkopf«, schimpfte sie.

Jetzt, wo er am Leben geblieben war, jetzt, wo sie wusste, wie sehr sie ihn liebte, war die Versuchung mit aller Gewalt zurückgekommen. Bevor er sich ganz erholt hatte, musste sie sich unbedingt entschieden haben, ob sie dieser Versuchung nachgeben wollte. Eine Heirat würde für sie dadurch unmöglich werden, aber andererseits war ihr noch keine angeboten und keine für sie arrangiert worden. Kurz nach Sorchas Hochzeit hatte Bethia angefangen zu glauben, dass ihre Eltern nicht die Absicht hätten, sie zu verheiraten, ja, nicht einmal einen Gedanken daran verschwenden würden. Sie erledigte fast die ganze Arbeit rund um die Domäne, und offensichtlich hatten ihre Eltern nicht vor, das aufzugeben. Es war ein einsames Leben mit wenigen Freuden und ohne Dank. Es war das Leben, das auf sie wartete, sobald sie auf Dunnbea zurückkehrte. Wollte sie wirklich zurückkehren, ohne die Leidenschaft, die Eric und sie miteinander erleben konnten, wenigstens einmal gekostet zu haben?

Die Antwort, die in ihrem Kopf tönte, war ein sehr lautes Nein, aber sie befahl sich, nicht voreilig zu sein. Während sie James hochnahm und zur Hütte zurückging, ermahnte sie sich selbst, vorsichtig zu sein. Eric Murray hatte ihr bis jetzt noch nicht viel von sich selber erzählt. Jedes Mal wenn sie angefangen hatte, ihm Fragen zu stellen, hatte er geschickt das Gespräch auf sie oder die Probleme, die ihr an den Fersen klebten, gebracht. Es war an der Zeit, dass ihr dieser Mann ein paar Wahrheiten über sich und seinen einsamen Ritt durch das Land verriet. Nur wenn sie diese kannte, konnte sie eine wie auch immer geartete Entscheidung darüber treffen, was sie vielleicht von ihm annahm oder nicht.

Bethia erwachte dank heftig fordernder Leidenschaft. Sie schlang ihre Arme um Erics Hals, als er sie küsste. Sanft saugte er an ihrer Unterlippe, und obwohl sie sich bei solch tiefen Küssen noch immer unsicher war, öffnete sie ihren Mund und gab tief erzitternd dem Streicheln seiner Zunge nach. Seine wunderbaren Hände glitten in einer Liebkosung über ihren Körper, die nicht ganz intim war, aber doch eine erregte Wärme in ihrem Körper erzeugte.

Einige Augenblicke nahm Bethia einfach das, was er ihr gab, und genoss die Glut, die durch ihre Adern floss, seinen Geschmack in ihrem Mund und das Gefühl seines groß gewachsenen starken Körpers, der sich ihr entgegendrängte. Unter ihrer wachsenden Leidenschaft lauerte ein Funken Angst, was aber ihre Aufregung nur noch steigerte. Dann glitt seine Hand über ihren Brustkorb und bedeckte ihre Brüste. Das heftige Begehren, dass durch sie hindurchjagte, als er mit seinem Daumen über ihre bereits fest werdenden Brustspitzen strich, brachte ihr die Gefahr zu Bewusstsein, mit der sie spielte. Mit einem leisen Entsetzensschrei entriss sie sich seinem Griff und kletterte aus dem Bett.

Die Gesundheit dieses Mannes hatte sich eindeutig gebessert, dachte sie benommen, während sie neben dem Bett stand und ihn anstarrte. Seit zwei Tagen war das Fieber vorbei, und seine Genesung grenzte schon fast an ein Wunder.

Bethia erkannte, dass es ein Fehler war, das Bett weiterhin mit ihm zu teilen, dämpfte ihre Schuldgefühle aber, indem sie sich sagte, dass es keine andere Schlafmöglichkeit gab. Um sich zu beruhigen und das noch immer schwach zuckende Begehren in ihrem Körper zu bekämpfen, atmete sie tief durch, bevor sie nach ihrem Kleid griff.

»Im Bett ist es wärmer«, murmelte Eric, während er sich auf dem Rücken ausstreckte und seine Arme hinter dem Kopf verschränkte.

Zu warm, dachte sich Bethia, als sie die verwirrende Anspannung spürte, die die Wärme seiner Berührung in ihr zurückgelassen hatte. Während sie ihr Kleid zuschnürte, betrachtete sie ihn. Er war nicht so ruhig und gelassen, wie er vorgab. Sein schöner Körper war angespannt, und in seinen Augen glitzerte Hitze. Er begehrte sie. Es war eine berauschende Erkenntnis – so berauschend, dass sie versucht war, zu ihm ins Bett zurückzukehren. Die Tatsache, dass ein Mann wie Sir Eric ihr gegenüber, einem mageren, kleinen Bauernmädchen mit nicht zusammenpassenden Augen, Leidenschaft empfand, ließ die Versuchung, die er für sie darstellte, fast größer sein als ihre Widerstandskraft.

Verzweifelt kämpfte sie um etwas Vernunft und Stärke, als sie eilte, das Feuer zu entfachen. Bisher hatte sie noch keine einzige Antwort auf ihre Fragen über ihn bekommen. Bethia wusste, dass sie sich aus Sorge um seine Gesundheit von ihrem Entschluss, mehr über ihn herauszufinden, hatte ablenken lassen. Doch, dachte sie sich, als sie hörte, wie er sich anzog und nach draußen schlüpfte, er war wiederhergestellt. Morgen würden sie weiterreiten, und sie wusste nicht mehr über ihn wie bei ihrer ersten Begegnung.

Sobald sie ihr Frühstück beendet hatten und James versorgt war, trug sie einen Stuhl zum Bett und setzte sich hin. Eric, der auf dem Rücken lag und für ihren Seelenfrieden viel zu gut aussah, drehte ihr den Kopf zu und beobachtete sie argwöhnisch. Entweder er sprach jetzt, oder sie würde dafür sorgen, dass er ihr nicht einmal mehr den kleinsten Kuss rauben konnte.

Eric musterte Bethias kleines Gesicht und schnitt innerlich eine Grimasse. Mehrmals, seit er fieberfrei war, hatte sie sanft versucht, ihn zu einem Gespräch über sich zu bewegen. Nun wurde deutlich, dass sie nicht länger sanft vorgehen würde. Er fühlte in seinem Körper ein ungestilltes Verlangen und seufzte. Eigentlich sollte er sich daran gewöhnen, denn nachdem er ihre Fragen beantwortet hatte, würde sie vermutlich noch schwerer zu verführen sein, als sie es sowieso schon war.

»Ich glaube, Ihr wisst mehr über mich, als sonst jemand außerhalb von Dunnbea«, sagte Bethia, »dennoch weiß ich sehr wenig über Euch, Sir Eric. Findet Ihr nicht, dass sich das ändern sollte?«

»Vielleicht habe ich nicht viel erzählt, weil ich mir sicher bin, dass Ihr das, was Ihr hören werdet, nicht mögt«, antwortete er.

»Wahrscheinlich, aber ich denke, ich muss es hören. Warum scheint Ihr nichts über die Verwandten Eurer Mutter zu wissen?«

»Ein gelungener Anfang«, murrte Eric. »Mein Vater dachte, ich sei ein Bastard, gezeugt vom Laird of Murray. Ich empfand sozusagen noch die Wärme des Mutterschoßes, als er mich auf einen Berg bringen ließ, wo ich sterben sollte.« Er lächelte finster, als Bethia der Atem stockte und sie errötete. »Ja, der Laird of Dubhlinn war ein harter Mistkerl. Und er war auch ein Narr. Hätte er nur einen Blick auf mich geworfen, hätte er gesehen, dass ich tatsächlich sein Abkömmling war. Der Leberfleck auf meinem Rücken?«

»Das kleine Herz?«

»Ja, das konnte nur vom Beaton-Laird stammen. Es sieht aus wie das von Maldie, der Frau meines Bruders, und ich weiß schon lange, dass wir Bruder und Schwester sind, beide von unserem Vater verflucht. Sie war nur eines der vielen Mädchen, die er gezeugt und sich selbst überlassen hat, sobald er gesehen hat, dass die Frau, die er besamt hatte, ihm nicht den Sohn geschenkt hat, den er haben wollte.«

»Den Sohn, den er verstoßen hat«, flüsterte sie, unfähig wirklich zu verstehen, wie man einem winzigen Baby so etwas antun konnte. »Wie habt Ihr überlebt?«

»Ein Murray fand mich und brachte mich auf Donncoill. Ich wurde als ein uneheliches Kind des Murray-Laird aufgenommen, denn er und meine Mutter hatten befürchtet, dass das Kind, das sie trug, seines war. Ich war dreizehn, überzeugt davon, ein Murray zu sein, und glücklich in dieser Unwissenheit, als ich der Wahrheit ins Angesicht sehen musste. Maldie plante, ihren Vater zu töten. Ihre sterbende Mutter hatte ihr auf dem Totenbett das Versprechen abgenommen, sie zu rächen, und ich glaube, Maldie wollte sich unbedingt dafür rächen, dass er nicht nur ihre Mutter, sondern auch sie verlassen hatte. Sie hatte ein schweres Leben an der Seite einer verbitterten Mutter geführt, einer Frau, die zur Hure geworden war und versuchte, auch Maldie dazu zu machen.«

»Sie muss sehr wütend gewesen sein«, sagte Bethia leise, indem sie den Stuhl näher ans Bett zog und ihren Arm auf die Matratze legte. »Bitte sagt, dass sie es nicht getan hat, denn niemand sollte einen solch schwarzen Fleck auf seiner Seele haben. Es ist so traurig, dass ihre eigene Mutter etwas von ihr verlangte, das sie derart verdorben hätte.«

»Nein, sie hat es nicht gemacht.« Eric lächelte flüchtig, als sie erleichtert aufseufzte, und er strich mit seiner Hand über ihren dicken Zopf. »Meine Mutter war tot, war zusammen mit ihrer Hebamme getötet worden, weil mein Vater es nicht ertragen konnte, dass sie ihn betrogen hatte. Darum habe ich meine Mutter niemals kennengelernt. Ich habe im Laufe der Jahre so viel wie möglich über ihre Verwandten in Erfahrung gebracht und ihnen eine Nachricht geschickt, aber sie haben weiterhin den Beatons Glauben geschenkt. Sie denken, ich sei nichts weiter als ein Bastard.«

»Aber selbst, wenn ihr einer wärt, seid ihr das uneheliche

Kind ihrer Verwandten. Sie sollten Euch wenigstens zu sehen wünschen.«

In dem Bewusstsein, dass das, was er nun zu sagen hatte, Bethia so weit von ihm entfernen würde, dass er sie vielleicht niemals mehr zu sich zurückholen könnte, fluchte Eric leise. »Ich versuche das, was mir durch meine Geburt von Rechts wegen zusteht, zu erhalten.« Er seufzte, als sie sich unter seiner Hand anspannte und von ihm löste. »Ich bin der wahre Erbe von Dubhlinn, doch ein anderer Beaton hat meinen Platz eingenommen und verleugnet mich. Der König will mit dieser Angelegenheit nicht belästigt werden, also können wir von ihm keine Hilfe erwarten. Dann war da noch das, was meine Mutter in die Ehe gebracht hatte. Ich weiß, warum Beaton möchte, dass ich weiterhin als Bastard gelte, denn ich würde alles nehmen, was er umklammert, aber ich bin mir nicht sicher, warum das den MacMillans etwas bedeutet. Ich kann mir nur denken, dass sie die Beatons nicht verärgern wollen. Und vielleicht schämen sie sich über die, wie sie glauben, Fehltritte ihrer Verwandten.«

»Und Ihr wollt darum kämpfen?«

»Es gehört mir. Dreizehn Jahre lang habe ich versucht, dies alles nur mit Worten in Ordnung zu bringen, mit Bittschriften, mit monatelangen Aufenthalten bei Hof, bei denen ich mit dem König alles besprach, und auf manch anderen ruhigen, friedlichen Wegen. Sie beachten mich nicht. Nun habe ich vor, ihnen entgegenzutreten.« Eric beobachtete unablässig Bethia, als sie langsam aufstand. »Ich bin kein William, der versucht, sich Land und Geld durch Mord und Raub zu erobern.«

»Natürlich seid Ihr das nicht«, fuhr sie ihn an, war aber zu abgelenkt, um dieser hastigen und scharfen Versicherung Beachtung zu schenken. »Ich muss darüber nachdenken.«

»Ja, ich verstehe.«

Wenigstens würde er es versuchen, dachte er bei sich, als er sie gehen sah. Für ihn schien alles so klar zu sein. Er war der rechtmäßige Erbe. Jahrelang hatte er sich friedlich darum bemüht, das, was ihm gehörte, zu erhalten, doch keiner wollte es hergeben. Es waren die Beatons und MacMillans, die eine Konfrontation herausforderten.

James' leises Glucksen lenkte Erics Blick auf das Kind. Das Baby lag in seinem grob zusammengebauten Bett, saugte an seinen Fingern und war dabei einzuschlafen. Seine Eltern waren tot, und jemand wünschte auch dessen Tod. Bethia war vermutlich noch zu sehr in ihrer Trauer und Angst befangen, um völlig vernünftig zu handeln. Sie sah diese Sache ausschließlich von ihren Gefühlen her. Er versuchte Trost darin zu finden, wie sie hastig und scharf seiner Angst, sie würde ihn mit William vergleichen, widersprochen hatte.

Eric stand auf und begann die Sachen zusammenzupacken. Sie würden am kommenden Morgen weiterreiten müssen. Er hatte heute schon das Gefühl gehabt, abreisen zu können, aber Bethia hatte ihn davon überzeugt, dass ein weiterer Tag der Ruhe sicherstellen würde, dass das Fieber nicht zurückkomme. Zugebenermaßen freute er sich nicht gerade auf einen ganztägigen Ritt. Eric schnitt eine Grimasse und sah zur Tür. Er hatte eigentlich gehofft, den Tag damit zu verbringen, den Versuch, Bethia in sein Bett zu locken, voranzutreiben. Stattdessen hatte sie ihn zu einem Geständnis gedrängt, er hatte es abgelegt und dabei genau das gesagt, was sie seinen Armen fernhalten würde. Obwohl er sie mehr begehrte als jemals eine Frau zuvor, war er überrascht, wie sehr ihn diese Vorstellung betrübte. Vielleicht, so grübelte er, sollte ich, während Bethia sich darum bemüht, ihre Gedanken zu ordnen, einen längeren, eingehenderen Blick auf das werfen, was sich außer dem Wunsch, sich in ihrer Wärme einzubetten, für Gedanken und Gefühle in ihm regten.

Bethia seufzte vor Erschöpfung, als sie den Bergkamm erreichte. Es war ein zu schwerer Aufstieg, um ihn innerhalb so kurzer Zeit gleich zweimal zu machen. Sie setzte sich ins Gras und starrte auf die Umgebung, nahm aber kaum etwas wahr. Erics Worte hatten sie zutiefst entsetzt. Nur wenn sie nicht in seiner Nähe war, wenn sie seinem schönen Gesicht und seiner verführerischen Stimme fern war, konnte sie darüber nachdenken.

Ihre Gedanken wurden von ihren Gefühlen durcheinandergebracht, und sie wusste das. Einen Augenblick lang hatte sie nur den einen Gedanken fassen können, nämlich dass dieser Mann, an den sie sich um Hilfe gewandt hatte, einer von denen war, die sich auf Kosten von anderen mit Land und Geld bereichern wollten. Die Tatsache, dass sie sich geweigert hatte, einen Vergleich mit William zu erlauben oder ihn in dem Glauben zu lassen, sie würde dies tun, verriet ihr, dass mitten in ihrem Gedankenwirrwarr wenigstens noch etwas gesunder Menschenverstand am Werk war. Bethia atmete mehrmals die frische Luft tief ein, sie musste sich beruhigen und nachdenken, musste zur Vernunft kommen und alle Gefühle beiseiteschieben.

Anders als William hatte Eric ein Recht auf das, was er erstrebte. Bethia glaubte nicht, dass sie seinem Anspruch darauf törichterweise vorschnell Glauben schenkte. Die Geschichte, die er erzählt hatte, war zu finster, zu barbarisch, um nicht wahr zu sein. Und egal, was sie von seinem Tun hielt, sie konnte einfach nicht glauben, dass Eric sie anlügen würde. Im Gegenteil, neigte er zum Lügen, würde er ihr niemals eine Geschichte erzählt haben, von der er wissen musste, dass sie Bethia sehr weit von ihm entfernen konnte.

Was ihr aber am meisten Sorgen bereitete, war die Andeutung, dass er bereit war, um das, was er als sein Eigentum betrachtete, zu kämpfen. Bethia hatte das ungute Gefühl, dass ihr Unbehagen darüber wenig mit den Problemen zu tun hatte, denen sie sich jetzt stellen musste. Es war sehr gut möglich, dass ihr die Vorstellung, Eric würde wegen irgendetwas in den Kampf ziehen, nicht gefiel.

Nachdem sie zu dem Schluss gekommen war, dass sie auf

seine Nachrichten schlecht reagiert hatte, stand sie langsam auf. Sie hatte nach der Wahrheit gefragt und musste nun damit leben. So schlimm war das alles doch nicht. Er wollte nur haben, was ihm zustand. Irgendwie musste sie ihre Abneigung gegenüber Kriegen, die wegen Land oder Geld ausgetragen wurden, überwinden. In Wahrheit, dachte sie mit einem Seufzer, als sie die Landschaft musterte, war es unerheblich, ob sie das schaffte oder nicht. Eric mochte mit ihr schlafen wollen, aber er hatte nichts von tieferen Gefühlen oder einer gemeinsamen Zukunft gesagt. Es war durchaus möglich, dass er sie auf Dunnbea zurückließ und weiterritt.

Gerade, als sie sich umdrehen und den Berg hinunterklettern wollte, fiel Bethias Blick auf eine Gruppe von Reitern. Schnell warf sie sich auf den Boden, damit man sie nicht sehen konnte, und beobachtete, wie die Männer langsam auf den Berg zuritten. Selbst aus der Entfernung erkannte sie die plumpen Gestalten von William und seinen beiden Söhnen, die charakteristische Figuren und ebenso charakteristische Reitstile hatten. Sie robbte auf dem Bauch zurück zum Weg, stand schließlich auf und kletterte den Berghang hinunter. Die Zeit der Erholung und der Stille war unvermittelt zu Ende. Sie betete, dass Eric und sie verschwinden konnten, bevor sie gesehen wurden.

Eric sah auf, als Bethia in die Hütte stolperte. Ihre offensichtliche Verzweiflung warnte ihn hinreichend. Schnell zog er sich die Stiefel an und griff nach seinem Schwert.

»Wie nah sind sie?«, wollte er wissen.

»Am anderen Ende des Berges.« Da sie bemerkte, dass er bereits ihre Sachen gepackt hatte, nahm sie James und machte aus der Decke, auf der er geschlafen hatte, eine Schlinge. »Sie scheinen es nicht eilig zu haben, daher glaube ich nicht, dass sie einer Spur folgen.

Eric riss ihr Gepäck an sich und hastete zur Tür hinaus. »Nehmt Euch einen Augenblick Zeit und versucht, einige der Anzeichen für unsere Anwesenheit zu verwischen.«

Bethia tat, was sie konnte, war sich aber nicht sicher, ob es ausreichte. Wenn William und seine Männer zu schnell an der Hütte ankamen, konnte die Asche durchaus noch warm sein. Zudem hing der Geruch von Feuer und erst kürzlich gekochtem Essen in der Hütte. Sie schwang einen Moment lang die Tür auf und zu, wusste aber nicht, ob dies genug Luft von außen hineinbringen würde, um den Geruch eben erst erfolgter Benutzung zu vertreiben. Alles, was sie noch tun konnte, war zu beten, dass William keine Zeit oder Lust hatte, genauer nachzusehen, oder, dass er diesen Ort gar nicht entdeckte.

Eric ritt mit Connor herbei, und sie beeilte sich, hinter ihm aufzusteigen. Er sagte nichts dazu, dass sie James' Bettchen ihrem Gepäck hinzufügte. Bethia bemerkte den Zweig, den er an den Schweif des armen Pferdes gebunden hatte, in der Hoffnung, beim Wegreiten ihre Spur zu verwischen. Sie schlang ihre Arme um seine schlanke Taille und klammerte sich an ihn, als er das Pferd zum Galopp antrieb. Wenn sie das kleine Tal verlassen konnten, bevor William hineinritt, hatten sie vielleicht die Möglichkeit wegzukommen.

Mehrere Meilen legten sie in scharfem Ritt zurück, bevor Eric anhielt und den Ast von Connors Schweif entfernte. Bethia konnte indessen Atem holen, nachdem Angst und Flucht ihn ihr geraubt hatten. Sie wusste, dass es noch zu früh war, um sich zu entspannen, aber es tröstete sie ein wenig, dass sie weder einen Warnruf noch die Geräusche einer Verfolgung gehört hatten.

»Glaubt Ihr, dass wir sie abgehängt haben?«, fragte sie, als er Connor etwas Wasser gab.

»Im Moment schon. Es ist eine Schande, dass ich niemals oben auf dem Berg war, denn dann hätte ich einschätzen können, wie weit sie noch weg waren, als Ihr sie gesehen habt.« Er reichte ihr seinen Wasserschlauch und bürstete sich gedankenverloren den Staub aus den Kleidern, während sie trank. »Es überrascht mich, dass Ihr meine Hilfe gesucht habt, als Ihr sie entdeckt habt.«

Als sie ihm den Wasserschlauch zurückgab, lächelte sie schwach. »Nein, dass tut es nicht.« Sie fing das Aufblitzen eines Grinsens auf, als er gerade etwas trinken wollte. »Außerdem brauchte ich Euer Pferd.«

»Ach, und ich dachte, es seien meine Fähigkeiten als Ritter und mein Charme, die Euch bewogen haben, wieder an meine Seite zu eilen.«

»Diese Eitelkeit.« Sie seufzte, der Augenblick zum Scherzen war schnell vorbei. »Ich glaube, nach all den Tagen ohne den Anblick dieses Mistkerls hatte ich die Hoffnung genährt, dass wir ihn abgehängt hätten.«

»Ihr könnt ihn nicht wirklich abhängen, nicht endgültig. Dieser Mann muss wissen, dass Ihr auf dem Weg nach Dunnbea seid.«

»Natürlich, und so braucht er einfach nur in diese Richtung zu reiten.« Sie zog die Augenbrauen hoch, als Eric vor ihr aufstieg und sich wieder auf den Weg machte. »Er kann sich doch nicht einbilden, meinen ganzen Clan herausfordern zu können?«

»Nein, das glaube ich nicht. Er muss hoffen, Euch aufzuhalten, bevor Ihr dort seid, aber vielleicht denkt er, dass er sich aus all Euren Anschuldigungen herausreden kann.«

»Das kann er nicht. Ich mag nicht den Beweis haben, um ihn zu stellen und hängen zu lassen, aber meine Familie wird meiner Version glauben. Sie wird James schützen.«

Eric nickte. »Sie hätte so oder so mehr Anspruch darauf, für ihn zu sorgen, als William.«

»Richtig, William ist kein Blutsverwandter.«

»Er besitzt immerhin Dunncraig.«

»Im Augenblick.«

»Und was wollt Ihr als Nächstes unternehmen? Um das, was von Rechts wegen James gehört, kämpfen?«

Bethia murmelte einen Fluch und antwortete ihm nicht. Genau das würde eintreten, wenn William Dunncraig nicht aufgab, aber sie wollte nicht darüber nachdenken. Land und

Besitztümer waren nicht das Leben von Menschen wert. Sie verstand nicht, warum sie die Einzige zu sein schien, die so empfand. Es war später Nachmittag, als Eric plötzlich von dem Weg, dem er gefolgt war, abwich und sie drängte abzusteigen. Bethia fuhr zusammen, als sie sich aufrecht hinstellte, ihre Muskeln protestierten gegen den langen Ritt. Die ausgiebige Pause in der Hütte hatte ihr die Robustheit geraubt, die sie sich vor den Problemen am Fluss erworben hatte.

»Wohin reitet Ihr?«, fragte sie, als Eric nicht abstieg, sondern das Pferd auf den Weg zurücklenkte.

»Ich möchte ein Stück zurückreiten und sehen, ob uns William dicht auf den Fersen ist. Wir sind eben an einem Hügel vorbeigekommen, auf dem ich genug Überblick haben müsste.«

»Und Ihr wollt, dass ich hierbleibe?«

»Ja«, sagte Eric und beugte sich hinunter, um ihr einen kurzen Kuss zu rauben. »Wenn er uns nah ist, wird er mich vielleicht sehen, und ich muss schnell vorwärtskommen. Es könnte sogar sein, dass ich ihn von Euch weg in eine andere Richtung lenken muss.«

»Er könnte Euch erwischen.«

»Dann müsst Ihr zu Fuß nach Dunnbea gehen. Es ist nicht mehr so weit. Diese Straße hoch liegt ein kleines Dorf, höchstens einen halben Tagesritt entfernt. Von dort aus sind es noch ein paar Stunden bis Dunnbea. Nicht mehr, als Ihr bei unserem ersten Zusammentreffen bereits hinter Euch gebracht hattet.«

Das stimmte, doch sie wollte nicht ohne Eric reisen. Sie atmete tief durch, um ihre Angst zu lindern. Obwohl sie nicht wollte, dass er auch nur im Geringsten sein Leben riskierte, konnte sie an seinem entschlossenen Kinn sehen, dass er von seinem Vorhaben nicht abzubringen war.

»Wie lange soll ich hier warten, bevor ich allein losziehe?«, fragte sie mit einem Blick auf das Gepäck, das er ihr zu Füßen warf, wobei sie dagegen ankämpfte zu weinen.

»Wenn ich bis zur Dämmerung nicht zurück bin, geht alleine los.«

»Ich habe Euch nicht durch ein gefährliches Fieber gebracht, damit Ihr Euch von William und seinen abscheulichen Söhnen töten lasst.«

»Ich habe nicht die Absicht, mich von diesen Dummköpfen erwischen zu lassen.«

Sie beobachtete, wie er auf dem Weg, den sie gerade gekommen waren, verschwand, und fluchte leise. »Ihr mögt nicht die Absicht haben, aber es ist reine Eitelkeit zu glauben, dass es nicht passieren kann«, brummte sie.

Eine Weile lang war es nicht so schwer, auf Eric zu warten. Bethia füllte die Zeit, indem sie James versorgte und mit ihm spielte. Mit jeder Stunde, die vorüberschlich, ohne ihn zurückzubringen, wurde das Warten jedoch unerträglicher und unerträglicher. Bethia entdeckte, dass sie eine lebhafte Fantasie hatte und sich zu leicht mehr schauerliche Todesmöglichkeiten für Eric ausmalen konnte, als sie fähig war zu ertragen.

Sie war sich bewusst, dass sie nicht nur vernichtenden Liebeskummer erleiden würde, sollte Eric etwas geschehen, sondern auch ein tiefes, bleibendes Schuldgefühl. William und seine Söhne waren ihre Feinde, nicht Erics. Sie hatte ihn mitten in ihre Probleme hineingezogen, ihm blindlings und bereitwillig erlaubt, ihre Gefahr zu teilen. Tatsächlich riskierte er im Moment sehr viel mehr als sie. Alles, was sie zu tun hatte, war sich zu verstecken.

Während sie James mit etwas kaltem Haferbrei fütterte, den sie für einen solchen Notfall aufgehoben hatte, und sein fast schon komisches Mienenspiel, mit dem er seinen Widerwillen ausdrückte, überging, versuchte Bethia die Kraft zu finden, die sie brauchte, um das zu tun, was Eric ihr gesagt hatte. Diese Kraft würde besonders wichtig sein, wenn er nicht zurückkommen sollte.

Mit einem Blick auf den Jungen versuchte sie sich daran zu

erinnern, dass er das Wichtigste von allem war. James war völlig unfähig, für sich selbst zu sorgen oder sich zu schützen.

Egal, wie sehr sie sich auch danach sehnen mochte, Eric zu folgen und sein Schicksal in Erfahrung zu bringen, sollte er bis zur Dämmerung nicht zurückkommen, sie durfte es nicht tun.

Sie musste sich ohne ihn auf den Weg machen und einzig und allein daran denken, Sorchas Sohn auf Dunnbea zu bringen.

6

Der Laut eines schnaubenden Pferdes drang dort, wo sie im Dunkeln zusammengekauert saß, als Erstes in Bethias müdes, vor Angst zu Eis gefrorenes Bewusstsein. Die Sonne war untergegangen, und sie hatte sich und James in den Schutz eines dichten, ungemütlich dornigen Dickichts begeben. Je dunkler es geworden war, desto mehr Angst hatte sie bekommen – um James und sich, und ganz besonders um Eric. Sie hatte nicht gewagt, ein Feuer zu entfachen, während sie in Decken gehüllt im Dunklen saß und eifrig für Erics Rückkehr zu ihr betete. Jetzt, wo sie hörte, dass sich jemand näherte, musste sie das Bedürfnis unterdrücken, ins Freie zu laufen und Erics Namen zu rufen. Sie zog ihren Dolch und wartete auf den, der in ihr Versteck eingedrungen war.

»Bethia?«, rief Eric leise.

Er sah sich an dem Ort, an dem er Bethia und das Kind zurückgelassen hatte, gründlich um, konnte aber nichts entdecken. Einen kurzen Moment fürchtete er, sich zum ersten Mal in seinem Leben verirrt zu haben und an die falsche Stelle zurückgekehrt zu sein. Dann hatte er Angst, dass William sie irgendwie ausfindig gemacht hatte. Doch auch diese schauderhafte Furcht schüttelte er von sich. Eric zweifelte nicht daran, dass er diesen Mann in die falsche Richtung gelenkt hatte. Ein leises Rascheln versetzte ihn in Alarmbereitschaft. Er zog sein Schwert und hätte beinahe nach Luft geschnappt, als Bethia aus dem Dunklen trat. Eric steckte das Schwert wieder in die Scheide und fragte sich, wie es sein konnte, dass er sie nicht gesehen hatte, wenn sie nah genug war, seinen leisen Ruf zu hören. Diese Frau hatte offensichtlich einige sehr ungewöhnliche Fähigkeiten.

»Wo seid Ihr gewesen?«, fragte er, während er anfing, Connor abzusatteln.

Sie presste ihre Hände vor ihrem Körper zusammen, um sich nicht in seine Arme zu werfen, und antwortete: »James und ich steckten in dem Dickicht dort.« Sie deutete auf einen schattigen Fleck direkt hinter ihr. »Seid Ihr in Ordnung?«

»Ja, Mädchen. Ich habe dem Mistkerl eine falsche Fährte gelegt, die reichen könnte, um uns sicher bis auf Dunnbea zu bringen.« Er ging in die Mitte der kleinen Lichtung und bereitete eine Stelle für ein niedriges Feuer vor. »Ihr habt eine wahre Begabung für das Verstecken, Mädchen. Hat Euer Freund Bowen Euch auch das beigebracht?«

Sie nickte und holte den schlafenden James aus seinem Versteck. »Als er noch neu auf Dunnbea war und wir wegen Überfällen und Kämpfen schrecklich in Bedrängnis waren. Jeder, der außerhalb der Mauern entdeckt wurde, war in Gefahr, und da ich frei herumlaufen durfte, beschloss er, dass ich wissen sollte, wie man sich versteckt. Er hatte den Eindruck, dass es für so ein kleines Mädchen der beste Schutz war, später hat er mir allerdings gezeigt, wie man den Dolch handhabt.«

»Ihr habt Eure Lektionen gelernt, Mädchen. Ich habe nicht das geringste Anzeichen dafür gefunden, dass Ihr noch hier seid, und schon gefürchtet, Ihr wärt geflohen oder in Gefangenschaft geraten.«

»James sonniges Gemüt war eine große Hilfe.«

Eric lächelte flüchtig, während er dem Feuer zum Leben verhalf. »Und seine Wertschätzung für ein nettes Schläfchen.«

Bethia lachte leise, als sie James absetzte und die Decken holte, um ihr Nachtlager aufzuschlagen. »Ja, die hat er. Das ist auch gut so, denn selbst wenn er nicht allzu oft weint, kann, wenn er wach ist, sein fröhliches Brabbeln recht laut werden.« Sie berührte sanft James' weiche Locken. »Er wird ein hübscher Junge.« Sie schmunzelte Eric zu. »So hübsch, dass er selbst für Euch eine Herausforderung darstellen könnte.«

»Ich bin froh, dass ich bis dahin zu alt bin, um mir darüber Gedanken zu machen«, antwortete er gedehnt und lächelte angesichts ihres Lachens.

»Glaubt Ihr, dass William unseren kleinen Zufluchtsort gefunden hat?«, fragte sie einen Augenblick später. Ihre gute Laune war verschwunden.

»Ich weiß es nicht, Mädchen. Möglicherweise trottete er nur des Wegs nach Dunnbea entlang, in der Hoffnung über Euch zu stolpern. Er mag die Gerissenheit haben, ein paar unbedarfte Leute zu vergiften, aber ich glaube, er weiß nicht, wie er im Augenblick um das kämpfen soll, was er haben will. Ich habe ihn und seine Männer ein paar Mal beobachtet, es schien, als würde keiner ernsthaft nach uns oder nach Spuren von uns Ausschau halten.«

»Ich wünschte nur, dies würde ihn weniger gefährlich machen.«

Eric erwiderte nichts, sondern kochte ihnen stattdessen etwas Haferbrei. Es war gleichgültig, wie schlecht William Drummond seine Arbeit erledigte, dieser Mann wollte Bethia und James tot sehen. Allein schon diese Absicht machte ihn zu einer ernsthaften Bedrohung. Selbst ein völliger Dummkopf konnte Glück haben und das erreichen, weswegen er aufgebrochen war. Die einzige Möglichkeit, dieser Bedrohung ein Ende zu setzen, war, diesen Mann zu töten und ziemlich wahrscheinlich auch seine Söhne. Doch bevor Bethia, das Kind und er nicht sicher hinter den Mauern von Dunnbea waren, würde er, das war Eric klar, über diese Lösung nicht weiter nachdenken.

»Vielleicht sollte ich diesen Mann einfach verfolgen und töten«, sagte Bethia mit starrem Blick in das Feuer.

Es war nicht einfach, aber Eric schaffte es, das Wasser, das er gerade zu sich nahm, zu trinken, ohne sich vor Überraschung zu verschlucken. Er fragte sich verstört, ob diese Frau

Gedanken lesen konnte, und befahl sich, kein solcher Narr zu sein. Bethia war eine kluge Frau. Sie war einfach zu dem gleichen Schluss gekommen wie er.

»Ihr könnt das nicht machen«, fuhr er sie an.

»Und warum kann ich das nicht?«

»Weil Ihr ein kleines Mädchen seid.«

»So klein auch wieder nicht.«

»Zu klein, um einen Mann zu verfolgen, der bereits drei Leute umgebracht hat, um das zu bekommen, was er haben will – und seine abscheulichen Söhne dazu. Und was gedenkt Ihr mit James zu machen, während Ihr Euch auf dieser Jagd befindet? Ihn in einer Schlinge auf Eurem Rücken zu tragen?«

Bethia starrte Eric überrascht an. Er schien fast wütend zu sein. Es war keine ausgesprochen gute Idee, aber sie war sich nicht sicher, ob sie eine solche Menge Gereiztheit verdiente. Doch dann erinnerte sich Bethia daran, wie es gewesen ist, wenn sie Bowen gegenüber etwas vorgebracht hatte, das sie für eine gute Idee gehalten und das sich bei genauer Überlegung als ein Mittelding zwischen dumm und ziemlich gefährlich herausgestellt hatte. Bowen hatte oftmals genauso reagiert, mit verärgertem Sarkasmus und einer Spur Enttäuschung. Offensichtlich fehlte Männern die kühle Vernunft, um einfach nur über das Gute und das Schlechte an einem Plan zu sprechen.

»Ich sehe, dass Ihr diese Sache nicht diskutieren wollt«, murmelte sie.

»Genauer gesagt, möchte ich nicht, dass Ihr auch nur daran denkt!«

Eine eigensinnige Seite in Bethia hätte zu gern Erics Wunsch heftig zurückgewiesen, und zwar jene Seite, die sich gegen seinen Befehlston sträubte. Welches Recht hatte er schon, ihr zu sagen, was sie zu tun hatte? Einen Augenblick später seufzte sie. Er besaß als ihr Beschützer, ihr Kämpe dieses Recht, sie hatte ihn bereitwillig in diesen Stand versetzt. Zudem hatte sie bereits selbst eingesehen, dass die Idee, William zu verfolgen, schlecht war, weil sie viel eher ein großes Risiko als Erfolg versprach. Sie konnte dieses Mal nachgeben, ohne sich etwas zu vergeben, und Eric würde dadurch vielleicht denken, sie sei ein gehorsames Mädchen. Männer mochten gehorsame Mädchen.

»Wie Ihr wünscht«, sagte sie leise und nahm die Schüssel voll Haferbrei, die er ihr reichte.

»So nachgiebig.« Eric lachte sanft und schüttelte den Kopf, bevor er zu essen begann. »Ihr gebt nicht nach.«

»Wie könnt Ihr so etwas sagen? Habe ich nicht eben dem zugestimmt, was ihr von mir verlangt habt?«

»Ja, äußerst brav, *nachdem* Ihr entschieden habt, es sowieso nicht zu tun.« Er schmunzelte über den verärgerten Ausdruck, der über ihr Gesicht huschte. »Ihr seid kein sonderlich folgsames Kind gewesen, nicht wahr, Bethia?« Eric legte die Stirn in Falten, als sie ein wenig verletzt und ein wenig traurig aussah.

»Nein, das war ich nicht.« Bethia verdrängte die plötzliche Erinnerung an den offensichtlichen Widerwillen und die Enttäuschung, die ihre Eltern ihr gegenüber empfanden. »Meine Mutter und mein Vater sagten oft, dass Sorcha alle Liebenswürdigkeit und ich alle Widerspenstigkeit mitbekommen hätte.« Bethia hielt kurz inne, um etwas Wasser zu trinken, denn unter dem Schmerz, den diese und viele ähnliche Sätze hervorriefen, regte sich eine leise Stimme, die diese Worte als unnötig herzlos und unwahr verurteilten.

»Stimmt etwas nicht?«, fragte Eric, der den Eindruck hatte, dass sie über ihre eigenen Gedanken erschrocken zu sein schien.

»Nein, ich bin nur sehr müde.« Bethia nahm die Schüsseln und säuberte sie mit etwas Sand und Wasser. »Ich werde mich einen Augenblick zurückziehen und dann schlafen. Ihr solltet Euch ebenfalls ausruhen, Sir Eric. Es ist noch nicht so lange her, dass Ihr mit Fieber im Bett gelegen seid.«

Er nickte und beobachtete, wie sie in der Dunkelheit der

umliegenden Bäume verschwand. Die Erschöpfung, die er empfand, war fast ein Segen. Sie würde es einfacher machen, neben Bethia zu liegen und nichts weiter zu tun, als zu schlafen. Nachdem er das Feuer bedeckt hatte, zog auch er sich für einen Augenblick zurück, wobei er darüber grübelte, ob er wegbleiben konnte, bis Bethia eingeschlafen war, ohne sie maßlos in Angst zu versetzen.

Bethia kam gerade rechtzeitig auf die Lichtung zurück, um zu sehen, wie Eric im Dunkeln verschwand. Sie seufzte und legte sich auf das unebene Lager, das sie sich bald teilen würden. Langsam zog sie sich bis auf ihr Hemd aus und fragte sich, was sie nun tun sollte. Zweimal, zum einen, als das Fieber ihn so fest im Griff hatte, und zum andern, als er versuchte, William in die Irre zu führen, hatte sie damit rechnen müssen, Eric zu verlieren. Nun näherte sich das dritte Mal. Sie hatten noch diese Nacht und die nächste, bevor sie Dunnbea erreichten. Bethia war sich sicher, dass Eric sie verlassen und nicht wiederkehren würde. Er hatte seiner eigenen Sache nachzugehen.

Sie begehrte Eric. Wenigstens einmal wollte sie in seinen Armen liegen und ihm die Liebe schenken, von der sie nicht zu sprechen wagte. Warf sie einen Blick in die Zukunft, sah sie keine großen Möglichkeiten, einen anderen Mann zu finden, den sie lieben konnte, sollte sie Eric jemals vergessen können. Sie wollte wissen, was Leidenschaft war. Eric hatte ihr mit seinen Küssen, seinen verführerischen Worten und Liebkosungen einen Vorgeschmack darauf gegeben, doch sie wollte alles kennenlernen.

Als sie einen Blick auf James warf, der sich in seine mit Decken ausgeschlagene Kiste, die sie aus der Hütte mitgenommen hatte, kuschelte und schlief, bemerkte sie, dass ein kleines Hindernis beseitigt war. Ohne James zwischen ihnen beiden, würden Eric und sie wie schon in dem Häuschen Seite an Seite schlafen. Bethia fragte sich, ob Eric das in den Sinn gekommen war, als er ihr so freundlich erlaubt hatte, sie ihrem Gepäck zuzufügen. Als sie unter ihre Decken schlüpfte, kam ihr als Nächstes die Frage, ob es wohl das Einfachste sei, einfach abzuwarten, bis Eric sie küsste, und sich dann nicht wie sonst immer zu entziehen.

Vieles an dem, was sie vorhatte, war nicht in Ordnung, doch Bethia fiel es schwer, sich darüber Sorgen zu machen. Ihre Entjungferung sollte ihrem Ehemann zustehen, aber sie war fast zwanzig und bisher war ihr noch keiner präsentiert worden. Nicht ein Einziger hatte ihr den Hof gemacht. Zudem war da die einfache Tatsache, dass sie Eric liebte und sich nach ihm verzehrte. Ein Mann, den ihre Familie für sie wählen würde, falls sie dies überhaupt machte, würde ihr Blut vermutlich nicht so in Wallung bringen, wie Eric es mit nur einem Lächeln schaffte.

Als dieser aus dem Wald kam, entkleidet bis auf die Kniehosen, und seinen Umhang über sie beide warf, um ihnen noch zusätzliche Wärme zu verschaffen, hatte sich Bethia fast entschieden. Kurzzeitig fürchtete sie, ihre Gefühle könnten zu sehr von seinem atemberaubenden Äußeren beeinflusst werden, schließlich aber schüttelte sie diese Angst von sich. Ihrer Überzeugung nach würde sie es kein zweites Mal erleben, dass ein derart wunderbarer Mann sie begehrte. Dies allein weckte nicht ihr eigenes Begehren, es trug allerdings zu dem Gefühl bei, eine Närrin zu sein, wenn sie nicht mit beiden Händen nach dieser Gelegenheit greifen und sich stattdessen über die Folgen und ihren späteren Liebeskummer Gedanken machen würde.

Eric drehte sich um, um Bethia anzusehen, und entdeckte, dass sie ihn intensiv musterte. Er fragte sich, ob sie vorhatte, ihn aufzuhalten, bevor er ihr auch nur einen Kuss geraubt hatte. Sie sprach nicht mehr über seine Pläne, sein rechtmäßiges Erbe zu erlangen, doch es konnte sein, dass Williams Erscheinen das Einzige war, was sie zu ihm zurückgetrieben hatte. Als er seinen Arm um ihre schmale Taille schlang, sie eng an sich zog und sie keinen Widerstand leistete, atmete er insgeheim erleichtert auf. Seine Pläne mochten ihr Unbehagen bereiten, aber sie würde dies nicht zwischen sie treten lassen.

Er zuckte überrascht zusammen, als er seinen Mund langsam ihrem näherte und sie ihm unvermittelt die schlanken Arme um den Hals legte und ihn noch näher zu sich zog. Er stieß ihre Lippen leicht mit seiner Zunge an, und sie öffnete sie bereitwillig. Als sie das Stupsen und Streicheln seiner Zunge schüchtern erwiderte und ihre langen Finger in seinem Haar verwickelte, zitterte er angesichts der Stärke seines Begehrens.

»Ihr müsst durcheinander sein, Mädchen«, sagte er, nachdem er ihren Mund freigegeben und ihre Kehle zu küssen begonnen hatte. »Das war ein morgendlicher Kuss.«

Sie kicherte und seufzte vor Genuss auf, als er seine Hände über ihren Rücken gleiten ließ. »Für verschiedene Gelegenheiten gibt es also verschiedene Sorten von Küssen?«

»In unserem Fall schon.«

»Welche Art von Kuss würdet Ihr mir dann geben, wenn ich Euch sage, dass ich noch nicht schlafen möchte?« Sie schrie vor Überraschung leise auf, als er sich unversehens umdrehte und sie unter seinem schlanken, festen Körper fixierte.

Hätte irgendeine andere Frau so etwas gesagt, hätte es Eric als offenkundige Einladung angesehen, mit ihr zu schlafen, und er hätte damit recht gehabt. Bei Bethia war er sich nicht so sicher. Obwohl ihre Küsse nun so waren, dass er dahinschmolz, war sie noch immer völlig unschuldig. Wenn er sie falsch verstanden hatte, ging er es vielleicht zu schnell an und würde sie verängstigen – oder er hielt sich zurück und vergab die Chance, sich den Preis zu erwerben, nach dem er sich vom ersten Augenblick an sehnte. Irgendwie musste er die Kraft und den Verstand zusammenraffen, genau die Mitte zwischen diesen beiden Möglichkeiten zu finden, bis er sicher war, was sie wollte.

»Das würde einen Kuss erfordern, der etwas erbittet, nein, erfleht«, sagte er mit sanfter, heiserer Stimme und strich mit seinem Mund über ihren.

Der Kuss, den er ihr nun gab, brachte alle Sinne Bethias zum Taumeln. Sie erkannte, dass er ihr gegenüber geduldig gewesen war, sich zurückgehalten hatte. Nun eroberte er mit seiner Zunge ihren Mund, dann zog er sich zurück, lockte sie, ihm mit ihrer eigenen zu folgen, um schließlich den Tanz wieder von vorne beginnen zu lassen. Er gab ihren Mund nur kurz frei, gerade so lange, um Luft zu holen, und fing wieder an, bis sie nichts mehr wahrnahm als seinen Geschmack.

Eric verlagerte seinen Körper auf eine Seite, ließ seine Hand über ihren Brustkorb gleiten und bedeckte ihre Brüste. Bethia stöhnte leise in seinen Mund hinein, als er mit seinem Daumen über eine ihrer Brustspitzen rieb, bis sie hart wurde und fast schmerzhaft gegen ihr Leinenhemd drängte. Zwischen ihren Beinen spürte sie eine zarte, heiße Schwellung, eine Feuchtigkeit, die sie sich nicht erklären konnte. Eric legte eines seiner Beine zwischen ihre, und mit einem verwirrten und sehnsüchtigen Murmeln rieb sie sich an ihm. Als er ihre schmerzende Brustspitze mit seinem Mund umschloss und daran saugte, klammerte sich Bethia an ihn und fühlte das Bedürfnis, sich das Leinen, das sie voneinander trennte, herunterzureißen.

Plötzlich hielt Eric inne. Noch bevor sie ihre Augen öffnete, konnte sie spüren, wie er sie ansah. Selbst in dem matten Licht des bedeckten Feuers und des abnehmenden Mondes konnte sie die Anspannung in seinem Gesicht erkennen. Seine breite Brust hob sich, als er mehrere tiefe Atemzüge machte. In seinem straffen Körper war ein leichtes Zittern. Bethia spürte ihr Verlangen in die Höhe schnellen, als sie erkannte, dass er sie begehrte, dass er genauso fest im Griff der Leidenschaft gefangen war wie sie.

»Mädchen«, sagte er mit leicht schwankender Stimme. »Wenn Ihr das hier beenden wollt, wäre es freundlich von Euch, es jetzt zu tun.«

»Es wäre auch klug«, murmelte sie und glitt mit ihrem Fuß seine von Härchen raue Wade auf und ab.

»Oh ja, sehr klug.« – »Ich fühle mich aber gerade jetzt nicht sonderlich klug.«

»Es ist schmeichelhaft für mich zu wissen, dass meine Küsse Eure Gedanken derart durcheinanderbringen, aber das heißt auch, dass Ihr Euch vermutlich nicht bewusst seid, in was Ihr uns durch Eure Bereitschaft hineinzieht.« Er ließ von ihr ab.

Bethia schlang ihre Arme und Beine um ihn und hielt ihn fest. »Wenn Ihr Euch jetzt entfernt, werde ich Euch vielleicht verletzen müssen, Sir Eric.«

Ihre Worte hallten in der völligen Stille, die ihrem Ausbruch folgte, wider. Bethia konnte selbst nicht glauben, dass sie so etwas gesagt hatte oder dass sie diesen Mann auf eine Weise festhielt, als wollte sie ihn bis zur Unterwerfung niederringen. Sie warf einen einzigen Blick auf seinen verdutzten Gesichtsausdruck, stöhnte vor Verlegenheit auf und bedeckte ihr Gesicht mit den Händen. Sie war eindeutig keine Lady, und Sir Eric konnte das nun sehr klar sehen.

»Süßes«, sagte Eric mit erstickter Stimme, »ich meine das nicht beleidigend, bitte glaubt mir, aber ...«

Er lachte so schallend und laut, dass Bethia nervös zu James schaute, um sicherzugehen, dass er noch schlief. Eric lachte derart herzhaft, dass er von ihr herunterrollte, und Bethia drehte sich auf den Bauch und drückte ihr schamrotes Gesicht auf ihre gekreuzten Arme. Ihre Nacht der Leidenschaft entwickelte sich nicht gerade so, wie sie es geplant hatte. Sie hatte sich zärtliche Worte der Zustimmung und der Ermutigung, fiebrige Küsse und Liebkosungen ausgemalt, hatte sich reizvoll, aber auch angemessen schüchtern gesehen, wenn sie diesen letzten Schritt zum Frausein in den Armen des Mannes, den sie liebte, machte. Stattdessen drohte sie ihm und musste dann sein Lachen aushalten. Das Einzige, das den Schmerz der Scham, den sie empfand, wenigstens ein kleines bisschen linderte, war die Erinnerung an seine Entschuldigung, bevor er zu lachen angefangen hatte. Es gab also die minimale Chance, dass er sie nicht für eine völlige Närrin hielt und auch nicht für eine schamlose. Bethia fuhr zusammen, als sie den sanften Druck seiner Hand auf ihrem Rücken spürte und die Berührung seiner Lippen auf ihrem Haar.

»Kommt, mein Herz, ich habe es nicht spöttisch gemeint«, sagte er, wobei in seiner vollen Stimme noch immer ein Hauch Lachen tönte. »Es war lustig. Wenn Ihr nicht darin verwickelt wärt, würdet Ihr auch so denken. Ich habe Frauen erlebt, die mich umworben haben, mich angefleht haben, die versucht haben, mich aufzureizen und mich zu kaufen.«

Diese Bemerkung zog Bethias Aufmerksamkeit derart heftig auf sich, dass sie unvermittelt aufhörte, über ihre Albernheit zu schmollen, und ihn stattdessen anstarrte. »Euch zu kaufen?«

»Ja.« Sanft, aber entschlossen schob er sie auf den Rücken und streckte sich auf ihr aus. »Sie hat mir eine sehr volle Börse angeboten.«

»Hat sie geglaubt, Ihr seid nur ein armer Teppichritter?«

Eric musste über die Wut, die Bethia um seinetwillen entwickelte, lächeln, ebenso über ihre auf gewisse Weise erbarmungslose Bezeichnung für einen Mann, der die Damen zufriedenstellte, während die anderen Männer in den Kampf zogen. »Nein, nur ein einfacher Bursche. Sie wusste nur, dass ich zu jener Zeit ziemlich mittellos war, und dachte sich, dass mich Geld mehr verlocken würde als ein süßes Lächeln oder Küsse. Vielleicht hat sie nicht geglaubt, dass ich beides erwidern würde, wenn es von ihr käme.« Er lächelte zärtlich und begann die feinen Linien ihres Gesichtes mit sanften Küssen nachzuzeichnen. »Es war verführerisch.«

»Eric, Ihr habt das nicht gemacht, oder?«

»Doch, leider. Ich war sehr jung und brauchte dringend etwas Geld, damit ich weiter am Hof bleiben konnte.« Er zwinkerte. »Ich fürchte, ich sagte mir auch, ›wer bin ich denn, dass ich ihre Pläne durchkreuze, wenn sie so dumm ist, für etwas teuer zu zahlen, das sie mit ein wenig Verführung so bekommen konnte‹.« Er war erleichtert, als Bethia schmunzelte, denn erst, nachdem er schon angefangen hatte, die Geschichte zu erzählen, war ihm bewusst geworden, dass sie sie vielleicht nicht genauso erheiternd fand, wie seine Familie es getan hatte. »Ich habe später herausgefunden, dass sie es sich zur Gewohnheit gemacht hatte, junge Ritter zu kaufen und sie ansehnlich dafür zu bezahlen, dass sie für ein oder zwei Nächte ihr Bett wärmten.«

»Na ja, Männer bezahlen auch dafür. Vielleicht hat sie es als berechtigte Art angesehen, das so in Angriff zu nehmen.«

»Vielleicht, aber es ist eine alte, irgendwie schmutzige Geschichte. Ich denke lieber an anderes.« Er begann ihr das Hemd auszuziehen, hielt aber inne und gab ihr eine letzte Chance, ihre Meinung zu ändern. »Seid Ihr Euch sicher, Bethia? Es wird kein Zurück geben?«

Eric wusste, dass sie nicht die volle Bedeutung seiner Worte verstand, sondern dachte, dass er sich nur auf ihre Keuschheit bezog. Es war nicht richtig, aber er beschloss, nicht deutlicher zu werden. Später, wenn er sie zur Seinen gemacht hatte, würde er ihr erklären, dass diese Art von Besitz endgültig war. Eric wusste, dass er im Begriff war, etwas Besonderes, etwas Großes und Wunderbares zu genießen, und er hatte nicht die Absicht, sie danach weggehen und dies mit einem anderen erleben zu lassen.

Bethia legte ihm ihre Hände in den Nacken und berührte mit ihren Lippen die seinen. »Ich weiß. Es ist vielleicht unvernünftig, aber ich will es.«

Er küsste sie schnell, zog ihr das Hemd aus und warf es beiseite. Als er sich über sie beugte und an ihrer schlanken Gestalt sattsah, verfluchte er das dämmrige Licht. Was er sehen konnte, angefangen bei ihren kleinen festen Brüsten bis hinunter zu ihren schmalen Hüften, war herrlich und entzündete seine Leidenschaft derart schnell und heftig, dass er befürchtete, vielleicht nicht die Geduld zu haben, die sie brauchte. Er zog seine Hosen aus und legte sich unverzüglich auf sie. Die Art und Weise, wie sie sich sofort gegen ihn drückte, ließ ihn erschauern. Ganz gewiss würde es schwer werden, langsam vorzugehen.

»Eine Haut wie weiße Seide«, murmelte er, als er ihr Schlüsselbein mit Küssen, zärtlichen, knabbernden Küssen, nachzeichnete.

Gerne hätte sie seine Schmeichelei auf gleiche Weise erwidert, aber es fiel ihr schwer zu sprechen. Die Art, wie er mit seiner feingliedrigen Hand ihre Brüste massierte, mit seinen Daumen ihre Brustspitzen zu harten, schmerzenden Punkten aufreizte, raubte ihr die Fähigkeit, zusammenhängende Worte zu finden. Als er mit seinen warmen Lippen ihre Brüste berührte, schrie sie leise auf und bog sich in besinnungsloser Hingabe seinem Körper entgegen. Sie konnte nicht ruhig liegen bleiben, während er ihre Brustspitzen zwischen seinen Fingerspitzen rieb, an ihnen saugte und das angespannte, ruhelose Gefühl in ihrem Unterleib mit jedem hungrigen Zerren seines Mundes verstärkte.

Seine zunehmend wilder werdenden Bewegungen hörten unvermittelt auf, als er mit seiner Hand über ihren zitternden Bauch und schließlich zwischen ihre Beine glitt. Er küsste sie und verdrängte, indem er sie geschickt ein wenig streichelte, ihr Erschrecken über eine solch intime Berührung. Eric schob seinen Finger in sie, seine Zunge machte die Bewegung in ihrem Mund nach, und Bethia war verloren. Sie klammerte sich an ihn, fuhr mit ihren Händen gierig über seinen warmen, festen Körper, bereit ihn das tun zu lassen, was ihm gefiel, solange er nur nicht aufhörte, solange die Gefühle, die sie durchströmten, zu keinem Ende kamen.

Bethia nahm nur teilweise wahr, dass er begann, ihre Körper zu vereinen. Er betäubte sie weiterhin mit Küssen, während er in sie eindrang und ihr mit einem einzigen schnellen Stoß ihre Unschuld nahm. Bethia stockte der Atem, als ein scharfer Schmerz den Dunstschleier des Begehrens, in dem sie versunken war, durchschnitt. Ihr wurde bewusst, dass sich ihre Nägel in die Haut seiner Schultern eingruben, aber er sagte nichts und sie brauchte einen Moment, um so weit zu Verstand zu kommen, dass sie ihren Griff lockern konnte. Während sie mehrere tiefe Atemzüge machte, um sich zu beruhigen, bemerkte sie, dass der Schmerz bereits nachließ. Zudem nahm sie wahr, dass Eric sich nicht bewegte.

Langsam öffnete Bethia ihre Augen und begegnete seinem unverwandten Blick. Sie spürte, wie sie rot wurde. Das Bewusstsein, dass der Mann, den sie sah, körperlich mit ihr verbunden war, ließ sie schüchtern und unsicher werden. Ein genauerer Blick auf seine angespannten Gesichtszüge verriet ihr, dass es Eric viel kostete, sich in ihr stillzuhalten, und ihre Beschämung legte sich.

Eric stützte sich auf seine Ellbogen und kämpfte so sehr darum, bewegungslos zu bleiben, dass er kaum zu atmen wagte. Sein ganzer Körper bebte vor Anstrengung. Schweißperlen traten ihm auf die Stirn, während sein Verstand darum kämpfte, seinen Körper von der Bewegung abzuhalten, die Instinkt und Schmerz von ihm forderten. Er wollte ihrem zarten Körper Zeit geben, sich an dieses Eindringen zu gewöhnen, doch das Gefühl ihrer ihn fest umschließenden Hitze brachte ihn vor lauter Begehren fast um den Verstand.

»Ich glaube, das ist nicht alles«, sagte Bethia leise und knetete langsam seine angespannten Rückenmuskeln.

»Oh ja, mein Herz, das ist es nicht«, flüsterte er, als er sie an den Waden packte und ihre Beine langsam so weit hochschob, bis ihre Knie gebeugt waren.

Als er sich tiefer in sie hineindrückte, zitterte sie und spürte, dass es ihm genauso ging. Er zog sich zurück, und sie schlang hastig Arme und Beine um ihn. »Verlass mich nicht.«

»Ich könnte dich selbst dann nicht verlassen, wenn William mitsamt der ganzen königlichen Armee neben uns stünde.« Eric lachte zittrig. »Ich könnte vielleicht gerade so viel Verstand aufbringen, sie darum zu bitten zu warten.« Bethia kicherte, und er musste sie küssen.

Eric begann sich zu bewegen, in einem langsamen und gleichmäßigen Tempo, das sie verrückt zu machen drohte. Ihr Körper spannte sich vor Erwartung, aber ihr war nicht ganz klar, was er haben wollte, sie wusste nur, dass Eric es ihr geben konnte. Sie ließ ihre Hände seinen Körper hinuntergleiten und begann seine festen Pobacken zu streicheln. Seine Bewegungen wurden schnell heftiger, und sie stöhnte aus Dankbarkeit auf. Gerade als sie zu glauben begann, dass etwas nicht in Ordnung sei, dass sie zu angespannt, zu wild sei, schob Eric seine Hand dorthin, wo ihre Körper sich vereinten. Er berührte sie, es war nur eine einzige schnelle, zärtliche Berührung, und sie schrie auf, als die Anspannung in ihrem Körper aufbrach und Wellen besinnungsloser Wonne ihren Körper überfluteten. Ein kleiner Teil ihres von Leidenschaft umnebelten Verstandes war sich bewusst, dass Eric einmal tief und hart in ihren zitternden Körper eintauchte und ihren Namen rief, als er in ihren Armen hochschnellte und bebte. Sie murmelte eine Begrüßung, als er auf ihr zusammenbrach, und strich sanft mit ihren Händen über seinen Körper, während sie die prickelnde Lust auskostete, die noch immer leicht in ihr pulsierte.

Ohne sich sicher zu sein, wie lange er in ihren Armen gelegen hatte, besinnungslos zufrieden, zog sich Eric aus ihrem Körper zurück. Er lächelte, als sie einen leisen, bedauernden Ton von sich gab, stützte sich auf einen Ellbogen und musterte sie, während er ihr wirres Haar aus dem Gesicht strich.

Nun war Bethia sein. Es war nicht nur eine Frage der Ehre, die von ihm forderte, dass er das Mädchen von edler Abkunft, das er eben verführt hatte, auch heiraten würde. Es war nicht einmal die Tatsache, dass die Leidenschaft, die er in ihren schlanken Armen erlebt hatte, ohne Vergleich war. In dem Augenblick, in dem er in die warme Schutzhülle ihres Körpers eingedrungen war, hatte er gewusst, dass sie sein war, hatte es in seinem Herzen gewusst, ja, und sogar in seiner Seele. Indem sie ihm erlaubt hatte, mit ihr zu schlafen, hatte Bethia ihr Schicksal besiegelt. Eric fragte sich, wie lange es dauern würde, bis sie das akzeptieren konnte, und wie sehr er darum kämpfen müsste, dass sie es tat.

Als Eric sich auf den Rücken drehte und sie in seine Arme zog, schmiegte sich Bethia sehnsüchtig an ihn. Sie fühlte sich ein wenig wund, ein wenig betäubt, doch die süße Befriedigung, die noch in ihren Adern summte, entschädigte sie mehr als genug für solche Unannehmlichkeiten. Heute Nacht und vielleicht auch die nächste Nacht gehörte Eric ihr. Mit Eric zu schlafen, hatte ihr die wahre Schönheit dieses Akts gezeigt, hatte ihr gezeigt, wie sehr sie diesen Mann liebte. Wenn sie sich auf Dunnbea trennen würden, würde der Schmerz sie wahrscheinlich vernichten, doch sie weigerte sich, jetzt darüber nachzudenken. Jetzt, genau jetzt, festgehalten in Erics Armen, war sie glücklich, und sie hatte vor, sich so lange wie irgend möglich daran festzuklammern.

7

»Es ist Markttag«, murmelte Bethia und starrte auf die ausgelassene Menge in den Dorfgassen, die Eric und sie gerade hinunterzureiten begannen.

»Stimmt, ich glaube, es ist besser, wenn wir absteigen«, sagte Eric und glitt behände aus dem Sattel. »Connor ist sehr ausgeglichen, aber es könnte sein, dass dies hier selbst ihm zu viel Lärm und Treiben ist, um ruhig zu bleiben. Wenn ich ihn durch die Menge führe, könnte es weniger Probleme geben.«

Nachdem Eric Bethia beim Absteigen geholfen hatte, half er ihr noch dabei, James' Schlinge vom Rücken nach vorne zu schieben. Sie fiel hinter ihm in seinen Schritt ein, als er sich langsam einen Weg die Straße hinunter bahnte. Immer und immer wieder streiften James' weiche Locken ihr Kinn, wenn er seinen Kopf hin und her drehte und mit weit geöffneten Augen auf all die Leute starrte.

Der Ort war zum Bersten voll mit Menschen und Tieren. Die Lautstärke, mit der die Marktschreier ihre Waren verkauften, die Leute schwatzten, Käufer über Preise verhandelten und Tiere kreischten, machte sie beinahe taub. Das alles hinterließ bei Bethia ein Gefühl des Unbehagens. Eine solche Menschenmenge hieß auch, dass es für sie keinen freien Raum geben würde. Ihre Feinde konnten sich in ihre Nähe schleichen, indem sie die Menge als Versteck nutzten. Und es bedeutete, dass unzählige Augenpaare auf Eric, das Kind und sie gerichtet waren und viele Leute William den Weg zu ihnen weisen konnten.

»Vielleicht sollten wir gleich auf Dunnbea weiterreiten«, sagte Bethia. Sie war nach vorne geeilt, um neben Eric zu gehen, damit er sie über den Lärm hinweg verstehen konnte.

»Ich bin mir nicht sicher, ob wir es vor Einbruch der Nacht schaffen«, erwiderte Eric.

Es war eine kleine Lüge und eine, wie er meinte, harmlose. Wenn sie gleichmäßig reiten und sich nur ein wenig beeilen würden, könnten sie Dunnbea noch bei Tageslicht erreichen. Allerdings hatte er nicht die Absicht, sie so schnell zu ihrer Familie zurückzubringen. Es war angesichts der Gefahr, die an ihren Fersen hing, vielleicht nicht vernünftig, aber er wollte wenigstens noch eine Nacht mit Bethia allein sein. Er musste das Band der Leidenschaft zwischen ihnen noch verstärken, musste sich ihres Besitzes noch einmal versichern. Sobald sie Dunnbea erreichten, sobald sie und James sicher hinter jenen Mauern weilten, musste er zu den MacMillans weiterreiten. Eric wollte sichergehen, dass er eine Frau zurückließ, die genau wusste, wohin sie gehörte.

Er fuhr zusammen, als er an den Grund dachte, der ihn zu den MacMillans führte, die Verbündete von Bethias Clan waren. Bethia hatte kein Wort über seine Ansprüche verloren, seit er ihr die Wahrheit gebeichtet hatte, und es widerstrebte ihm, diese Angelegenheit erneut zur Sprache zu bringen. Die Tatsache, dass Bethia seine Geliebte geworden war, beschwichtigte seine Sorgen ein wenig. Es war klar, dass sie sich nicht ganz von ihm abgewandt hatte, trotzdem war Eric nicht dumm genug zu glauben, damit sei alles in Ordnung. Er schöpfte nur dadurch Hoffnung, dass sie zusammen eine Lösung für den Konflikt, zwischen dem, was er tun musste, und den Gefühlen, die sie in Bezug auf die ganze Geschichte hegte, finden konnten.

»Ich glaube nicht, dass es so weit ist«, sagte sie.

»Wart Ihr noch nie hier?« Eric schien dies etwas seltsam, denn es war nicht so weit von ihrem Zuhause entfernt.

»Nein, ich habe Dunnbea niemals verlassen.«

»Niemals?«

»Nein.« Sie sah mit hochgezogenen Augenbrauen zu ihm auf. »Warum wirkst du so entsetzt?«

»Ich dachte, dass du wenigstens einmal zu einem Jahrmarkt oder einem Markttag geritten wärst oder zu den Herrschaftssitzen eurer Verbündeten.«

»Jemand musste über Dunnbea wachen, wenn meine Eltern und Sorcha unterwegs waren.«

»Das mag stimmen für die Zeit, wo du schon erwachsen warst, aber bist du denn auch als Kind zurückgelassen worden?«

Bethia gefielen Erics Fragen nicht. Sie musste sich dadurch an schmerzliche Zeiten erinnern, ihren Blick allzu genau auf Dinge lenken, die sie damals veranlasst hatten, gegen Groll und Wut anzukämpfen. Es war noch jetzt ein Kampf; Ärger und Verletzung stiegen nach wie vor zu leicht in ihr auf. Sie hatte ihre Tränen vor langer Zeit getrocknet, ihren Schmerz begraben und sich gezwungen, ihr Leben so zu akzeptieren. Offenbar gab es etwas in ihr, das ihre Eltern nicht hinnehmen konnten, also war sie zur pflichtschuldigen Tochter geworden. Sie schätzte es nicht, wenn Eric an dieser Fassade kratzte.

»Ich war ein plumpes Kind«, sagte sie, nicht fähig, all ihre Verärgerung aus ihrer Stimme fernzuhalten. »Und kränklich dazu. Man hielt es für das Beste, wenn ich in der Sicherheit von Dunnbea blieb.« Sie konnte es dem dunklen Blau seiner Augen ansehen, dass er dies für eine erbärmliche Erklärung hielt, doch unfähig und unwillig, etwas gegen seine Meinung einzuwenden, schaute sie einfach weg. »Als ich älter war, dachten alle, ich sei auf Dunnbea nützlicher, denn ich habe schon sehr jung die meiste Arbeit meiner Mutter übernommen. Sie ist eine zerbrechliche Frau, weißt du, und muss sehr auf sich achten.«

Eric öffnete den Mund, um dies alles als Unsinn abzutun, schloss ihn aber schnell wieder. Bethia war nicht dumm. Sie musste tief in ihrem Innersten wissen, dass das alles falsch war. Doch offensichtlich zog sie es vor, entweder dies alles zu ignorieren oder sich etwas vorzumachen. Er war sich nicht sicher, ob es ein Spiel war, das sie mit sich selbst spielte, um Schmerz zu vermeiden oder innerhalb ihrer Familie für Frieden zu sorgen; er war sich nicht einmal sicher, ob Bethia sich selbst kannte. Es würde im Moment nichts nützen, ihre Wunden, von denen sie so viele hatte, zu öffnen. Trotzdem gab es da noch eine Frage, auf die er eine Antwort haben musste.

»Sie müssen besorgt gewesen sein, als du dich plötzlich entschlossen hast, zu deiner Schwester zu reisen«, sagte er.

»Sorcha hat mich gebeten zu kommen. Das reichte aus.«

»Sie wollten dich nicht begleiten?«

»Sie waren nicht in der Nähe, als die Nachricht kam. Ich bin schnell mit einer kleinen Bewachung abgereist. Diese Männer müssten mit der Nachricht von ihrem Tod zurückgekehrt sein, kennen aber nicht meinen Mordverdacht. Meine Eltern sind wahrscheinlich tief in ihrer Trauer versunken.«

»Du wirst sie ein Stück weit trösten, wenn du ihnen Sorchas Sohn bringst«, murmelte er, unfähig etwas anderes zu sagen.

Bethia spürte die falsche Freundlichkeit in Erics Worten und wunderte sich darüber, aber ihre Gedanken wandten sich schnell James zu. Sie hoffte inständig, dass ihre Eltern das Kind, das sie ihnen zur Pflege brachte, anbeten würden. Es war gewiss niedlich und hübsch genug, um ihre Liebe zu gewinnen. Doch sie waren in ihrem Stolz auf Sorcha und ihrer Hingabe so bedingungslos, dass sie sich manchmal fragte, ob sie noch Liebe für andere übrig haben würden. James war ein Teil von Sorcha, und das sollte ausreichen; sicher war sich Bethia allerdings nicht. Sie küsste James auf den Kopf und versprach dem Kind, dass es ihm, ungeachtet wie sich seine Großeltern entschieden, niemals an Liebe mangeln würde. Bethia legte das Gelübde ab, immer für ihn da zu sein.

Sobald sie an der Herberge angelangt waren, wartete Bethia geduldig mit dem Pferd und ihren Sachen draußen. Als Eric nicht sofort zu ihr zurückkam, begann sie sich Hoffnungen zu machen. Es wäre schön, wieder einmal in einem richtigen Bett zu schlafen. Die kurze Zeit in jenem kleinen Cottage hatte sie verdorben. Trotz der Seligkeit, die sie vergangene Nacht in Erics Armen erlebt hatte, war sie nicht davon begeistert gewesen, wieder auf hartem Boden schlafen zu müssen. Außerdem wollte sie ein ordentliches Essen mit Fleisch und Wein sowie ein heißes Bad. Ihre Ängste vor Entdeckung und ihre Sorgen um James waren schnell beiseitegeschoben, als Eric mit einem breiten Lächeln auf seinem Gesicht aus der Herberge kam.

»Haben wir einen Raum?«, fragte sie, unfähig ihre Aufregung zu verbergen.

»Ja, und« – er küsste ihre Nasenspitze und fuhr durch James' Locken – »ich habe bereits ein Bad bestellt.«

»Oh, vielen Dank! Du bist der beste aller Männer. Und Essen?«

Eric lachte, als er sein Pferd zum Stall brachte. Er gab dem Stalljungen eine Münze, winkte ihn jedoch weg, weil er sich selbst um Connor kümmern wollte. »Und Essen. Genug Fleisch und Wein, um einen König zufriedenzustellen. Während du badest, werden Klein-James und ich etwas Brot, Käse und Wein für die Reise morgen zusammensuchen.«

»Du musst nicht dein Geld verschwenden. Es ist schließlich kein so langer Ritt bis Dunnbea.«

»Nein, aber wir werden nach jeder Meile tafeln.«

»Armer Connor«, sagte sie geziert und lachte mit ihm, als er sie zur Herberge zurückführte.

Es bedurfte nur weniger Worte vonseiten der Wirtin, und Bethia erkannte, dass diese Eric, sie und James für eine junge Familie hielt, die einen Raum für die Nacht brauchte. Bethia konnte sich nicht recht vorstellen, dass Eric die freundliche Frau geradewegs angelogen haben sollte, doch sie nahm an, dass er ihre falschen Schlussfolgerungen nicht korrigiert hatte. Bethia lächelte und machte es nicht anders. Sie würde lieber Buße tun für diese kleine Lüge, als das Risiko einzugehen, die Aussicht auf ein heißes Bad zu verlieren.

Die Mägde füllten bereits einen gewaltigen Bottich mit heißem Wasser. Er war vor ein warmes Feuer gestellt worden, damit sie sich nicht verkühlte. Eine der Mägde streute eine Handvoll Kräuter über das Wasser, und der Duft von Lavendel erfüllte den Raum. Bethia atmete tief durch, als sie James aus seiner Schlinge nahm und ihn Eric übergab.

Als die beiden widerlichen Mägde den Raum verließen, bemerkte Bethia ihren Blick auf Eric und deren offenkundig einladendes Lächeln. Schnell sah sie zu ihm und spürte, wie die Qualen der Eifersucht nachließen. Er war viel zu beschäftigt damit, für einen glucksenden James Grimassen zu schneiden, um die Köder, die nach ihm ausgeworfen wurden, überhaupt zu entdecken.

»Ich werde Euch Eurem Bad überlassen, Mylady«, sagte Eric, verbeugte sich tief mit James auf dem Arm und brachte das Kind zum Lachen.

»Ja, tut das bitte.« Bethia lachte und schob ihn zur Tür hinaus. »Und zwar schnell, bevor das Wasser kalt ist.«

»Vergiss nicht, die Tür hinter mir zu verriegeln.«

»In Ordnung.«

Sofort als er die Tür hinter sich geschlossen hatte, sorgte Bethia dafür, dass sie gut verriegelt war, und begann sich die Kleider auszuziehen. Sie hinterließ damit eine Spur von der Tür zum Badezuber. In der Sekunde, in der sie in das heiße Wasser stieg, seufzte sie vor Begeisterung auf. Es war zu lange her, seit sie einen solchen Luxus genossen hatte, und als sie bis zum Hals in das zart duftende Wasser eintauchte, nahm sie sich vor, es auszukosten.

Während die Wärme des Wassers ihre schmerzenden Muskeln entspannte, ertappte sich Bethia dabei, dass sie über die Mägde nachdachte und darüber, wie sie Eric angesehen hatten. Eric und sie waren auf ihrem Ritt nach Dunnbea allein gewesen, und nun erkannte Bethia, dass sie bis jetzt nie wirklich in Erwägung gezogen oder verstanden hatte, wie sehr Frauen sich zu Eric hingezogen fühlen würden, obwohl sie es sich leicht hätte vorstellen können. Trotz der Anwesenheit seiner vermeintlichen Gattin und seines vermeintlichen Kindes hatten die beiden Mägde versucht, Erics Aufmerksamkeit auf sich zu ziehen und ihm warme, einladende Blicke zugeworfen. Bethia zweifelte nicht daran, dass die beiden Frauen ihm trotz ihres Beiseins ein Stelldichein im Heu angeboten hätten. Es war nicht nur ein Affront – es war erstaunlich.

Einen Augenblick später versuchte sie ihre Sorgen von sich zu werfen. Nach dieser Nacht würde die Reaktion von Frauen auf Eric nicht mehr ihr Problem sein. Es zählte nur, dass Eric für diese eine Nacht ganz ihr gehörte. Sein völliges Desinteresse an den Mädchen bewies dies. Bethia war entschlossen, die ihnen verbleibende gemeinsame Zeit nicht mit kleinlicher Eifersucht und Ängsten zu ruinieren.

Zwei Stunden später löste sich diese Entschlossenheit völlig unvermittelt auf. Eric war nur Augenblicke, nachdem sich Bethia fertig angezogen hatte, zurückgekommen, und schnell wurde von denselben beiden Mägden für ihn ein neues Bad bereitet. Es tat fast weh, beobachten zu müssen, mit welchem Eifer sie ihn dank eines schnell zubereiteten Bades zufriedenstellen wollten. Als sie ihm gurrend anboten, ihm beim Baden zu helfen, und zwar in der unmittelbaren Gegenwart seiner vermeintlichen Gattin, reichte es Bethia. Sie befleckten ihre letzte Nacht mit Eric mit vulgären Tändeleien, und das konnte sie nicht zulassen.

Eine der Mägde streckte die Hand aus, um Erics Hemd aufzuschnüren, doch Bethia war zuerst an Ort und Stelle und warf ihr mehrere von Erics dreckigen Kleidungsstücken in die Arme. »Wenn du solch großes Bedürfnis danach hast, etwas zu schrubben, versuch dich daran. Ich möchte dies erledigt haben – und zwar schnell.«

Eric verbiss sich ein Lachen und scheuchte die Mägde höflich, aber bestimmt aus dem Raum, dann wandte er sich zu Bethia um. Sie sah göttlich wütend aus, und er war hocherfreut. Zwar hatte er nicht absichtlich etwas unternommen, um sie eifersüchtig zu machen, aber er nahm mit Freude das, was die Mägde mit ihrer Dummheit erreicht hatten, an. Das hier war der Beweis, dass ihre Gefühle bereits jetzt über Leidenschaft hinausgingen.

»Ist es immer so?«, fragte Bethia, nachdem sich die Tür hinter den beiden Mägden geschlossen hatte.

»Was soll so sein, mein Herz?«

Bethia warf Eric für seinen Versuch, sich so zu geben, als habe er nichts bemerkt, einen empörten Blick zu. »Sie haben alles getan, außer sich die Kleider vom Leib zu reißen und auf dich zu stürzen, und ich glaube fast, sie hätten das auch noch gemacht, wenn wir nur lange genug gewartet hätten.«

»Sie waren ungewöhnlich schamlos.«

»Es war, als ob ich gar nicht anwesend sei.«

Und das, dachte Eric bei sich, war vermutlich das Schlimmste daran. Bethia hatte viel zu viel Zeit ihres Lebens damit verbracht, übergangen und behandelt zu werden, als sei sie nicht anwesend. Die Mägde waren sehr dreist, das war in der Vergangenheit ein- oder zweimal geschehen, und es würde zweifelsohne wieder geschehen, so schamlos wie hier oder auch raffinierter. Er konnte nicht das Geringste dagegen unternehmen. Er glaubte nicht, dass er eitel war, wusste allerdings, dass Frauen sein Aussehen gefiel. Bis Alter oder Verletzungen ihn entstellten, würde es Frauen geben, die wahrscheinlich um ihn herumflatterten, unbeeindruckt davon, dass er vergeben war. Sein Desinteresse hatte sie in der Vergangenheit selten aufgehalten. Irgendwie musste er es schaffen, dass Bethia sich seiner so sicher fühlte, dass solche Unverschämtheiten sie nicht quälten. Eric seufzte, als er sein Hemd aufzuschnüren begann. Dies konnte sich als eine derart schwierige Aufgabe herausstellen, dass es ihn vielleicht überforderte.

»Es war nur eine gewisse Primitivität, Mädchen. Ja, und traurige Blindheit gegenüber dem völligen Desinteresse, das ich empfand.« Plötzlich lächelte er sie an. »Hast du vor, zu bleiben und mir beim Bad zu helfen?« Er zog sein Hemd aus und warf es zur Seite.

Der Anblick seiner nackten Brust reichte aus, um Bethias Herz einen Sprung machen zu lassen. Sie war versucht, seinen Vorschlag aufzugreifen. Es war also an der Zeit, sich zurückzuziehen.

»Ich nehme James, und wir werden versuchen, etwas Ziegenmilch aufzutreiben.«

»Feigling«, sagte Eric und lachte, als sie davoneilte.

»Es ist besser, wenn du die Tür verriegelst«, rief sie zurück. »Ich würde ungern zurückkommen und deinen armen Körper vergewaltigt vorfinden.«

»Mach dir keine Sorgen, Mädchen. Ich habe vor, alles für dich aufzusparen.«

Bethia lächelte, seufzte aber, als sie an den beiden Mägden vorbei aus der Herberge gehen musste. Vielleicht war es besser, dass Eric und sie sich bald trennen mussten. Es würde sie in den Wahnsinn treiben, wenn sie ständig zusehen musste, wie andere Frauen versuchten ihn in ihre Arme zu locken. Sie wäre dazu verdammt, ihre Tage mit der Frage zuzubringen, welcher Einladung er schließlich folgen würde. Ganz gewiss würde kein Mann so von bereitwilligen Frauen bedrängt werden, ohne endlich der Versuchung zu erliegen. Sollte Eric sie aufgrund eines Wunders zur Frau nehmen, so fürchtete Bethia, würde sie ihr Leben als eine stammelnde Irre beenden, die durch Angst und ständige Eifersucht zum Wahnsinn getrieben wurde.

»Und ich habe viel zu viel Fantasie«, schimpfte sie vor sich hin, konzentrierte sich dann aber darauf, für James die Ziegenmilch ausfindig zu machen, die er so liebte.

Als Bethia zur Herberge zurückkehrte, konnte sie das Essen schon riechen, bevor sie noch die Tür geöffnet hatte. Sie trat ein, atmete tief durch und genoss den Geruch von gebratenem Fleisch und frischem Brot. Ein sanftes Lachen lenkte ihren Blick auf Eric.

»Ich habe schon darüber nachgedacht, aus dem Fenster nach dir zu rufen«, sagte er, indem er auf den gut gedeckten Tisch zuging, der am Feuer stand. »Sie brachten all das erst vor wenigen Augenblicken und kurzes Einatmen reichte schon aus, mich heißhungrig zu machen. Ich hatte schon Angst, ich könnte nicht auf deine Rückkehr warten und mich schon vorher wie ein hungriger Wolf darüber hermachen.«

»Oh je, ich weiß gar nicht, was ich zuerst essen soll«, sagte sie, als sie sich mit James auf dem Schoß am Tisch niederließ und einen Blick auf das Essen warf. »Wenn wir all das essen, wird uns Connor nie und nimmer auf Dunnbea tragen können.«

Eric lachte nur und setzte sich ebenfalls hin. Er schnitt eine dicke Scheibe Brot für Bethia ab und eine kleinere für James. Sobald er eine große mit zähflüssigem Honig bestrichene Schnitte genossen hatte, schnitt er das Fleisch auf. Es brauchte nur noch ein paar Happen Essen und sie vergaßen ihre Tischmanieren völlig – sehr zu Erics Freude. Selbst Klein-James lachte glucksend und gurrte vor Begeisterung, während er seinen kleinen Mund wie ein gieriges Schweinchen vollstopfte.

Schließlich sackte Bethia in dem Bewusstsein, keinen weiteren Bissen hinunterzubringen, und sei sie noch so sehr versucht, auf ihrem Stuhl zusammen. Sie sah auf James hinunter und war zwischen Lachen und Entsetzen hin und her gerissen. Das Kind war mit Honig verschmiert und übersät mit verschiedenen Resten von dem, was es gegessen hatte.

»Was bist du doch nur für ein schmutziges kleines Schweinchen«, sagte Bethia, während sie James beim Trinken der Ziegenmilch half.

»Tja, er muss etwas abgeschrubbt werden.« Eric füllte ihre Krüge erneut mit Wein. »Drüben am Fenster stehen Wasserkrug und Waschschüssel. Es sieht so aus, als wäre das meiste Essen auf seinen Kleidern gelandet.«

Bethia nickte und zog das Kind aus. Trotz ihrer Sorgfalt fiel etwas von den Essensresten auf seinen Kleidern direkt auf den sich windenden und glucksenden Knaben. Sie tadelte ihn spielerisch, nahm ihn mit zum Wasser, wusch ihn ab und machte ihn zum Schlafen fertig. Nachdem sie ihn in seine kleine Kiste gelegt hatte, die in der Nähe des großen Bettes stand, musterte sie ihren Neffen einen Augenblick unverwandt. Bald würden sie auf Dunnbea sein, und er würde nicht länger nur ihr gehören.

»Du wirst ihn nicht verlieren, Mädchen«, sagte Eric, als er zu ihr trat und ihr einen Arm um die Schultern legte.

»Bald wird er in der Obhut meiner Eltern sein«, sagte sie, wobei sie sich an ihn lehnte und den Trost genoss, den seine Stärke ihr schenkte.

»Schon, aber er wird noch immer dir gehören. Er ruft dich bereits Mama.«

»Ich weiß.« Sie verzog das Gesicht. »Wenn er es macht, freue ich mich so sehr. Doch dann habe ich große Schuldgefühle wegen dieser Freude. Ich sollte mich nicht glücklich fühlen, nicht, wenn das bedeutet, dass er bereits meine Schwester, seine richtige Mutter, vergessen hat.«

»Er ist nicht alt genug, um viele Erinnerungen an sie zu haben. Und falls er häufig unter Aufsicht einer Amme war, sind es vielleicht noch weniger.«

Bethia fuhr zusammen und kehrte an den Tisch zurück, um ihren Krug zu nehmen. »Er hatte eine Amme. Ich sprach mit ihr ein wenig über das Kind und, Gott möge es mir verzeihen, dachte kaum darüber nach, was sie empfinden würde, wenn ich mit dem Jungen flüchte.«

»Wenn ihr der Junge am Herzen lag, war sie vermutlich froh, dass jemand den Verstand und die Stärke besaß, ihn retten zu wollen.«

»Ja, sie musste sich viel um ihn kümmern, und es war deutlich zu spüren, wie innig sie ihn liebte.« Bethia lächelte Eric schüchtern zu, als er seinen Weinkrug nahm und sich, während er trank, halb auf das Bett setzte, halb darauf ausstreckte. »Ich war erstaunt, als ich erfuhr, wie oft James in der Obhut dieser Frau gelassen wurde, aber andererseits war Sorcha ja ziemlich jung verheiratet und blindlings vernarrt in Robert, sie war nicht fähig, sehr lang von seiner Seite zu weichen. Wenigstens hat Sorcha die richtige Wahl getroffen. Sobald diese Probleme gelöst sind, werde ich nachforschen, ob diese Frau auf Dunnbea kommen möchte, um bei der Pflege des Jungen zu helfen.«

»Das wäre sehr gut.« Eric klopfte neben sich auf die Matratze. »Komm ins Bett, Mädchen.«

Obwohl sich Bethia neben ihn setzte, sagte sie: »Wir sind noch angezogen.«

»Immerhin haben wir unsere Stiefel nicht mehr an.«

»Welch gute Manieren wir doch unser Eigen nennen«, antwortete sie gedehnt, spannte sich aber leicht an, als er den Krug auf einem Tisch neben dem Bett absetzte und begann, ihr Kleid aufzuschnüren. »Es ist sehr hell hier.«

»Ja, und darüber bin ich sehr froh. Vergangene Nacht habe ich die Dunkelheit gründlich verwünscht«, erwiderte er, nahm ihr den Wein weg und stellte ihn neben seinen, damit er sie leichter ihres Kleides berauben konnte.

»Nun ja, ich war sehr froh darüber.«

»Ach, mein Herz, du bist hübsch.«

Er küsste sie, und für eine Weile vergaß sie, wie hell es noch im Raum war. Eric betäubte sie so sehr mit seinen Küssen, dass sie sich nicht dagegen wehrte, als er ihnen beiden geschickt die Kleider auszog. Dann lag sie plötzlich ausgestreckt auf dem Bett, während er über ihr kauerte. Er musterte sie von oben bis unten, und dabei lag in seinen Augen solche Wärme, dass sie sich fast schon als schön empfand, auch wenn sie vor Verlegenheit rot wurde.

Um sich von dem Unbehagen abzulenken, das sie angesichts ihrer Nacktheit empfand, die ihrer Meinung nach den Mangel an weiblichen Rundungen allzu deutlich verriet, betrachtete Bethia Eric. Sie hatte ihn schon damals nackt gesehen, als sie ihn während des Fiebers pflegte, doch ihr war klar, dass sein Anblick sie nie ermüden würde. Seine warme, glatte Haut, die sich über festen Muskeln spannte, war die reinste Freude. Dann blieb ihr Blick zwischen seinen Leisten hängen und ihre Augen weiteten sich. Sie hatte ihn noch nie erregt gesehen. Bethia war froh, dass sie ihn vergangene Nacht nicht in diesem Zustand sehen konnte, denn dann hätte sie alles Interesse daran verloren, seine Geliebte zu werden. Sie war darüber verblüfft, dass er es geschafft hatte, damit in ihr Inneres vorzudringen, ohne ihr wesentlich mehr Schmerzen zu bereiten.

Als er merkte, in welche Richtung ihr starrer Blick aus weit geöffneten Augen ging, schmunzelte Eric und bettete sich in ihre Arme. »Ich hoffe doch sehr, dass es kein so schrecklicher Anblick ist.«

»Nein, ich habe nur gerade darüber nachgedacht, dass es gut war, ihn vergangene Nacht nicht gesehen zu haben. Ich kann nicht glauben, dass er passt«, flüsterte sie.

»Er ist nicht größer als der von anderen Männern – und, nun ja, er passt sogar wunderbar.« Er nahm ihre Hand und legte sie darauf; als sie ihn schüchtern streichelte, schloss er vor Genuss die Augen. »Bist du wund, mein Herz?«

»Nein, sollte ich das sein?«

»Manche Frauen klagen, dass der Schmerz eine Weile anhält. Ich weiß nicht viel darüber, um ehrlich zu sein, denn ich war nie mit einer Jungfrau im Bett.«

»Nie? Wirklich? War das eine Art Spielregel?«

»Ja, das war es. Ich habe sie jetzt restlos gebrochen, nicht wahr?«

»Das tut mir leid«, murmelte sie, fragte sich dann allerdings, warum sie sich entschuldigte.

Eric lachte leise und küsste sie auf die Spitze ihrer kleinen Nase. »Und das sollte es auch tun, weil du eine so süße Verlockung bist, eine größere, als ein gesunder Mann ertragen kann.« Sanft löste er ihre folternde kleine Hand. »Genug davon.«

»Habe ich etwas falsch gemacht?« Bethia war ein wenig enttäuscht, weil sie es genossen hatte, ihn zu berühren.

»Nein, du hast es wirklich sehr gut gemacht. Zu gut.«

Bevor sie fragen konnte, was er damit meinte, küsste er sie. Bethia kam zu dem Schluss, dass er das ziemlich oft machte, aber es war eine so angenehme Art, eine Unterhaltung zu beenden, eine so süße Ablenkung, dass sie sich nicht beschweren mochte. Genau so wollte sie die Nacht verbringen, durchtränkt von dem Vergnügen, das nur Eric ihr bereiten konnte. Es war die letzte Möglichkeit, diesen Mann so umfassend zu lieben, und sie hatte nicht die Absicht, auch nur eine Minute davon zu verschwenden.

Bethia erlaubte es ihrem Hunger nach Eric – ihrem Bedürfnis, sich selbst an dem Gefühl und dem Geschmack von ihm zu sättigen –, dass er alle Spuren von Sittsamkeit und Verlegenheit vertilgte. Sie erwiderte Kuss um Kuss, Berührung um Berührung, obwohl er geschickt ihren Versuchen aus dem Weg ging, ihn ebenso intim zu streicheln wie er sie. Bald war sie so voller Sehnsucht, voller Begehren nach ihm, dass sie versuchte, ihn in ihre Umarmung zu ziehen. Als er dieses Mal lachte, lachte sie mit, denn sie wusste, dass er ihre Tollheit teilte, dass seine Heiterkeit aus der Freude heraus geboren wurde, die sie sich gegenseitig bereiteten.

Bei der Vereinigung ihrer Körper schrie Bethia in reiner Begeisterung auf. Allerdings wurde ihre Lust schnell getrübt, als er sich nicht bewegte. Sie sah ihn an und zitterte unter der glühenden Eindringlichkeit seines Blicks.

»Eric?« Ihre Hände glitten seinen Rücken hinunter, um seine Pobacken zu streicheln, doch obwohl er stöhnte und zitterte, bewegte er sich nicht.

»Du bist mein, Bethia«, sagt er in dem plötzlich verzweifelten Versuch, ihr zu verstehen zu geben, dass dies mehr als nur ein einfaches Liebesspiel war, viel mehr als eine Nacht fiebriger Liebeskunst, die von einem höflichen Lebewohl gefolgt wurde.

»Nun ja, da ich unter dir wie ein filetierter Schellfisch ausgestreckt liege, glaube ich auch, dass ich das sein könnte«, murmelte sie.

Eric lachte ungeachtet der Tatsache, wie fest ihn sein ungestillter Hunger geradezu zusammenknotete. »Du hast so eine liebenswerte Art, einem Mann zu schmeicheln«, sagte er schleppend, doch dann wurde er wieder ernst. »Nein, ich meine nicht nur jetzt in diesem Augenblick, in dem ich in deinem süßen Körper begraben liege. Ich meine, dass du zu mir gehörst, ganz und gar zu mir gehörst. Sag es, Bethia, ich muss es von dir hören.«

Obwohl Bethia nicht genau wusste, was er meinte oder worauf sein ausdrückliches Bedürfnis nach diesen Worten hinauslief, beschloss sie, ihm zu geben, was er haben wollte. Er konnte es nicht wissen, aber es war die einfache Wahrheit. Sie gehörte zu ihm, würde immer zu ihm gehören, egal, was mit ihnen in den Jahren, die vor ihnen lagen, geschehen sollte. Sein Zeichen war in sie eingebrannt, und selbst wenn sie es versuchen würde, es könnte niemals entfernt werden. Er besaß ihr Herz, und ihr Glück lag in seinen wohlgeformten Händen, aber das konnte sie ihm niemals gestehen. Würde sie zugeben, dass sie sein war, konnte sie wenigstens auf diese traurige Wahrheit anspielen. Es mochte vielleicht in den kalten, einsamen Jahren, denen sie entgegensah, etwas von dem Schmerz, der in unausgesprochenen Worten lag, lindern.

»Ja, Eric«, antwortete sie leise, während sie die Hand ausstreckte, um die feinen Linien seines Gesichts zu streicheln. »Ich bin dein.«

Es war nicht alles, was er haben wollte, aber es war im Augenblick genug. Es schenkte ihnen ein in Worte gefasstes Band. In ihren von Leidenschaft verdunkelten Augen lag Verwirrung, aber er wusste noch nicht, wie er diese lösen konnte. Es war jetzt nicht an der Zeit, von Ehe zu sprechen. Er musste erst zu viel Unvollendetes vollenden. Bethia würde zudem den Eindruck haben, dass er nur aus Ehrgefühl heraus fragte, nur, weil er ihr die Jungfräulichkeit genommen hatte. Er brauchte Zeit, um ihr deutlich zu machen, dass es so viel mehr war, was ihn dazu veranlasst hatte, sie fest an sich zu binden.

Eric begann sich zu bewegen, in einem langsamen, quälenden Rhythmus, der in Bethia schon bald wieder das Fieber des Begehrens auslöste. Sie wunderte sich, wie er es nicht wissen konnte, es nicht mit jeder Berührung spüren oder in jedem ihrer Schreie hören konnte. Als ihre Erlösung mit einer Stärke über sie hinwegfegte, die sie blind machte, fühlte sie, dass sich Eric nur noch zweimal bewegte, bevor er ihr in diesen glückseligen Zustand folgte. Selbst durch den Schleier der Leidenschaft hörte sie ihn aufschreien, aber über seine Lippen kam nicht ihr Name. Er schrie das Wort *mein,* als er in ihre Arme sank. Bethia fragte sich benommen, ob auch Eric an Zweifeln litt. Sie hielt ihn fest, küsste ihn träge auf die Schulter, während sie sich bemühte, wieder zu Kräften und zu Sinnen zu kommen. Sollte Eric Zweifel an der Stärke ihrer Bindung zu ihm haben, würden sich am Ende dieser Nacht, wenn sie endlich von ihrem Liebesakt zu erschöpft waren, um auch nur die Zehen zu krümmen, all seine Zweifel aufgelöst haben.

8

Als Eric die Augen langsam öffnete, kam er zu dem Schluss, dass kalter Stahl, der die Kehle liebkoste, nicht gerade eine wünschenswerte Art war, den Tag zu begrüßen. Er legte seinen Arm ein wenig fester um die noch schlafende Bethia. Man hatte sie gefunden, und alles war seine Schuld. Eric fühlte sich schwach vor Schuldgefühlen und wurde gequält von Enttäuschung und Wut. Es schien so grausam vom Schicksal zu sein, dass sein letzter Gedanke in diesem Leben die Erkenntnis seines völligen Versagens gegenüber Bethia und James sein sollte.

»Cousine, du machst besser deine kleinen Äuglein auf, sei es das blaue oder das grüne, und wirfst einen Blick auf dieses Jungchen, bevor ich es aufspieße«, sagte der große junge Mann, der das Schwert an Erics Kehle hielt.

Cousine. Eric hätte nicht geglaubt, dass dieses Wort jemals so süß klingen könnte. Bethia bewegte sich nah an seinem Körper, und er hielt sie weiterhin sehr fest. Sie war nackt, und er wollte nicht, dass sie aufwachte und sich unabsichtlich vor den vier Männern, die den Raum bevölkerten, aufdeckte.

Sanft schloss er seine Hand um ihre Schulter und drückte sie, während er die Männer, die ihn mit wachsender Abneigung beobachteten, musterte. Der Mann, der am Bett stand und das Schwert vom Standpunkt der Bequemlichkeit aus noch immer viel zu nah an ihn hielt, musste Wallace sein. Seine grünen Augen und das dunkle, rote Haar verrieten etwas Familienähnlichkeit. Die anderen drei Männer waren älter und besaßen dunklere Haut. Eric beschlich das bedrückende Gefühl, dass zwei von ihnen Peter und Bowen waren. Der erste Eindruck, den er auf die Männer, die während

Bethias einsamer Kindheit so wichtig für sie waren, hatte machen wollen, sollte eigentlich ein anderer sein.

»Eric?«, murmelte Bethia, als sie sich zu strecken begann, dann aber merkte, dass er sie fest im Bett hielt.

»Vorsicht Mädchen, wir haben Gesellschaft.«

Bethia war flüchtig entsetzt, als sie die Augen öffnete und sich umschaute. Doch das Entsetzen wandelte sich schnell zu heftiger Empörung, als sie Wallace, Peter, Bowen und einen Mann namens Thomas erkannte. Sie konnte nicht glauben, dass sie sie gefunden hatten, und dann auch noch in einer derart kompromittierenden Situation. Schließlich sah sie das Schwert, das auf Eric zeigte, und schob es mit einem leisen Fluch zur Seite.

»Was machst du da, Wallace?«, fuhr sie ihn an. »Es gibt keinen Grund, diesen Mann zu bedrohen.«

»Dieser Mann liegt mit dir, Cousine, nackt in einem Bett«, entgegnete Wallace verärgert, aber er senkte das Schwert. »Willst du mir erzählen, dass du mit ihm verheiratet bist?«

»Warum geht ihr nicht einfach hinaus und wir ziehen uns an, danach können wir über alles sprechen.«

»Du hast mir keine Antwort gegeben, Cousine. Bist du mit diesem reizenden Schurken verheiratet?«

»Ich gedenke nicht, diese Unterhaltung zu führen, solange ich nicht angezogen bin.«

»Fünf Minuten«, knurrte der größte der Männer, dessen dunkelbraune Augen kalt auf Eric lagen.

»Bowen«, protestierte Bethia.

»Fünf Minuten. Wir werden vor der Tür bleiben, und Thomas wird sich unter das Fenster stellen.«

»Wir beeilen uns besser«, sagte Bethia in dem Augenblick, in dem sich die Tür hinter den vier Männern schloss. »Wenn Bowen fünf Minuten sagt, werden es eher vier sein.«

Sie fluchte leise in sich hinein, als Eric und sie sich ansahen. Bethia hätte gerne mit Eric gesprochen, bevor die anderen zurückkehrten, aber Bowen würde ihnen nicht genug Zeit dazu lassen. Es war so traurig, dass ihre letzte Nacht mit Eric derart schlimm enden musste, aber sie unterdrückte ihre Enttäuschung. Sie musste sehr vorsichtig sein mit dem, was sie als Nächstes sagte, oder Eric und sie konnten sich mitten in einer Menge von Problemen wiederfinden.

»Eric, es tut mir so leid«, begann sie, zuckte aber zusammen, als die Tür laut aufgerissen wurde und James erschrocken zu weinen begann. »Sei doch vorsichtig«, fuhr sie auf. »Du hast das Kind geweckt, Bowen.«

Sie nahm James hoch und rieb ihm den Rücken, um ihn zu beruhigen, dann drehte sie sich um und sah zu den Männern. Die Mitglieder ihres Clans kreisten einen bemerkenswert gelassenen Eric ein. Bethia starrte sie alle mit einer gewissen Überraschung an, denn selbst Wallace, der kleinste der drei, war etwas größer und stämmiger als Eric. Bowen und Peter waren ihr schon immer sehr groß erschienen, aber langsam glaubte sie, dass Eric recht hatte und im Vergleich zu den meisten Männern nicht sonderlich hochgewachsen war. Dann sah sie die Wut, die die Gesichter der Männer ihres Clans verfinsterte, und sie begann um Erics Sicherheit zu fürchten.

»Ihr müsst ihn nicht so umstellen und auch nicht so böse anfunkeln«, sagte sie, als sie an Erics Seite eilte.

»Nein? Was ist das für ein Kind?«, wollte Wallace wissen.

»James, Sorchas Sohn. Was suchst du überhaupt hier?«

»Das tut nichts zur Sache. Ich möchte wissen, warum du mit diesem hübschen Kerlchen im Bett liegst!«

»Nun, ich denke, es tut etwas zur Sache, wie ihr uns gefunden habt.«

Eric hätte beinahe geschmunzelt über die Art und Weise, wie die drei Männer fluchten und ihre wütenden Blicke auf Bethia richteten. Er konnte es ihnen nachfühlen. Sie machte ihr Ablenkungsmanöver sehr gut, aber ihm war klar, dass es nicht lange funktionieren konnte. Der große dunkle Mann, der Bowen genannt wurde, wirkte eigensinnig genug, um länger als sie auszuhalten.

»Wir waren auf dem Markt«, antwortete Bowen. »Und frühstückten in der Herberge, bevor wir auf Dunnbea zurückkehren wollten. Eine der Mägde tratschte über einige Gäste, die sie hätten. Sie war völlig eingenommen von dem gut aussehenden Knaben, beklagte sich aber, dass er sie nicht zu beachten schien. Dies verwirrte sie, weil die Frau, die er bei sich habe, ein dünnes braunes Mädchen mit äußerst seltsamen Augen sei. ›Wie kann ein so schöner Mann nur ein so kurvenloses Mädchen mit Augen, die nicht zusammenpassen, mögen‹, fragte sie. Na ja, das hat mich interessiert. Also habe ich das Mädchen zu mir gerufen und ein kleines bisschen mit ihm geplaudert.«

»Schön«, sagte Bethia mit zusammengebissenen Zähnen. »Wenn du vorhast, das Ganze nochmals zu wiederholen, könntest du dann vielleicht in Erwägung ziehen, die Beleidigungen mir gegenüber wegzulassen?«

»Da bin ich mir nicht sicher, Mädchen. Es könnte sein, dass es dadurch schwer wird zu verstehen, warum wir uns entschlossen haben, hierher zu kommen und einen kurzen Blick zu riskieren.«

Nachdem sie Wallace, der breit grinste, angefunkelt hatte, lenkte sie ihren gereizten Blick wieder auf Bowen. »Ihr hättet wenigstens klopfen können.«

»Nein. Ihr wärt hinausgeschlüpft, wenn wir Euch in irgendeiner Form gewarnt hätten; ich habe Euch zu gut unterrichtet.« Bowen schaute finster auf Eric. »Nun ja, wenigstens in den meisten Dingen. Es scheint, als hätte ich Euch ein wenig mehr darüber erzählen sollen, wie man nicht auf die honigsüßen Worte von hübschen Knaben herein fällt.«

»Sir Eric Murray hat James und mir das Leben gerettet. Ich denke, dass ist das Allerwichtigste.« Als sie bemerkte, dass ihr die ganze Aufmerksamkeit gehörte, erzählte sie ihnen von ihrem Verdacht und ihrer Flucht. »Da ihr nun hier seid und das Kind und mich sicher auf Dunnbea bringen könnt, denke ich, dass wir Sir Eric erlauben dürfen, seines Wegs zu ziehen, nicht wahr?«

»Nein«, sagte Wallace und sah mit zusammengezogenen Augenbrauen Eric an. »Murray? Ihr habt das Aussehen eines MacMillan. Ja, und in diesem Clan gibt es eine hübsche Menge von Verführern.«

»Er ist Sir Eric Murray«, sagte Bethia, aber die Männer weigerten sich, ihre Aufmerksamkeit ein weiteres Mal von Eric ablenken zu lassen.

Dieser lächelte flüchtig, als ihn die drei musterten. Er fand es interessant, dass Wallace ihn für einen MacMillan hielt. Dies weckte in ihm die Hoffnung, dass das Treffen, das er bald mit den Verwandten seiner Mutter haben würde, nicht so schlecht laufen könnte, wie er befürchtet hatte. Mit einem innerlichen Seufzen dachte er, dass es besser verlaufen musste als dieses.

Ihm war klar, was jetzt kam. Sie würden verlangen, dass er Bethia das zugestand, was das Recht forderte. Es war nicht gerade die Art und Weise, wie er es sich gewünscht hatte, aber es gab keinen Ausweg. Irgendwie musste er Bethia zu verstehen geben, dass er nichts dagegen hatte, mit ihr vor den Altar zu treten, auch wenn sie ihn dazu zwangen.

»Seid Ihr verheiratet, Junge«, wollte Bowen wissen.

»Nein«, erwiderte Eric.

»Verlobt?«

»Nein.«

»Nun, dann seid Ihr es jetzt. Ihr habt Euch eben mit dem Mädchen verlobt und werdet es sehr bald heiraten.«

»Nein!«, protestierte Bethia, der es bei dem Gedanken schauderte, Eric könnte zu einer Heirat mir ihr gezwungen werden.

»Sei keine Närrin, Kind. Du bist ein Mädchen von Stand, und du warst Jungfrau.«

»Nein, das war ich nicht.« Sie sah Bowen finster an, als er zunächst sie mit leicht verärgertem Blick und dann Eric mit einer in wortloser Frage leicht gehobenen Augenbraue anschaute.

»Sie war es«, beantwortete Eric gelassen die unausgesprochene Frage.

»Eric!« Bethia konnte nicht verstehen, warum er so selbstzufrieden wirkte.

»Ich kann nicht zulassen, dass du deinen Namen in Verruf bringst, oder?«

Sobald die Heirat eingefordert war und Eric seine Zustimmung erteilt hatte, konnte Bethia nichts mehr vorbringen, um die Männer zu überreden, Eric einfach nur gehen zu lassen. Bethia stellte bald fest, dass sie größtenteils übergangen wurde, als man ihre Sachen zusammenpackte und sie alle die Herberge verließen. Es kam noch schlimmer, die Männer ihres Clans hielten sie geschickt von Eric fern, sodass sie nicht einmal mit ihm reden konnte. Es würde schwer werden, ihn zu befreien, wenn es ihr nicht einmal erlaubt war, mit ihm zu sprechen.

Der Ritt auf Dunnbea tat wenig dazu, ihre Stimmung zu heben. James und sie saßen hinter Wallace, während Bowen und Peter Eric flankierten. Das Einzige, von dem sie sprechen durfte, waren die Probleme mit William. Bethia fand etwas Trost in der Tatsache, dass die Männer des Clans ihre Geschichte von Mord und Bedrohung ohne zu zögern glaubten. Sie wünschte sich ein solches Entgegenkommen bei dem Versuch, ihnen auszureden, Eric vor einen Priester zu ziehen.

Als sie durch die Tore von Dunnbea ritten, waren Bethias Gedanken und Sorgen zum ersten Mal seit ihrem Erwachen in der Herberge von Eric abgelenkt. Nun würde sie ihren Eltern gegenübertreten. Plötzlich fühlte sie sich unbehaglich und war sich nicht sicher, dass sie ihr die Gefahr, in der James schwebte, glauben würden. Während sie eilig zu ihrem Gemach gebracht wurde, um sich und James frisch zu machen, bevor sie vor ihre Eltern trat, fürchtete sie sich darüber hinaus vor dem, was sie zu Eric sagen würden.

»Was für ein süßer kleiner Junge«, schwärmte ihre Magd Grizel, als sie in Bethias Schlafgemach hastete und James sah, der auf dem Bett lag und mit seinen Zehen spielte.

Während Bethia ihr Kleid auszog und sich wusch, beobachtete sie ihre Magd. Grizel und sie kannten sich seit beinahe zehn Jahren. Sie waren fast so etwas wie Freundinnen. Bethia hatte den Verdacht, dass sie tatsächlich sehr gute Freundinnen geworden wären, hätten ihre Eltern und Sorcha sie nicht von Sonnenaufgang bis Sonnenuntergang herumgescheucht. Es war einfach nicht genug Zeit geblieben, sich richtig nah zu kommen. Die etwas mollige, braunhaarige Frau war nur ein paar Jahre älter als sie und hatte erst vor Kurzem Peter geheiratet. Wenn Peter sie liebte, dann musste Grizel tatsächlich die freundliche, gutherzige Frau sein, die sie zu sein schien, und Bethia fragte sich, ob von ihr Hilfe zu erwarten sei.

»Oh nein. Nein, ich werde es nicht tun«, protestierte Grizel, die über James' Locken hinweg Bethia mit warmen braunen Augen ansah und das Baby umarmte.

»Ich habe dich bisher um nichts gebeten«, warf Bethia ein.

»Ich weiß, aber mein Peter hat mich gewarnt. Er sagte, wenn Ihr anfangen solltet, mich anzuschauen, unverwandt und fest, und ein nachdenklicher Ausdruck auf Eurem Gesicht liegt, dann soll ich einfach nein sagen und auch dabei bleiben. Er sagte, Ihr seid am allergefährlichsten, wenn Ihr Euch etwas ausdenkt.«

Bethia fragte sich, ob sie vor dem Zusammentreffen mit ihren Eltern Zeit haben würde, zu Peter zu gehen und ihm eine Ohrfeige zu geben. »Wohin haben sie Sir Eric Murray gebracht?«

»Nun, sie brachten ihn herein, um Eure Eltern kurz zu treffen, danach führten sie ihn in den Ostturm hoch.«

»Und dort haben sie ihn ohne Zweifel eingeschlossen.«

»Ja. O Mädchen, das ist ein schöner Mann.«

»Das ist er, aber sein gutes Aussehen verhilft ihm nicht dazu, aus dem Turm zu kommen, nicht wahr?«

Grizel legte James ab und eilte zu Bethia, um ihr in ein sauberes Kleid zu helfen. »Nein, und ihr auch nicht.«

»Grizel, sie zwingen diesen Man, mich zu heiraten.«

»Und das soll er auch tun, denn er hat mit Euch geschlafen und nicht versucht, es zu leugnen. Mein Peter hat mir erzählt, wie man Euch vorgefunden hat.«

»Du hast eine Menge zu besprechen gehabt, bevor du hier hereingehastet bist.«

»Peter kann sehr schnell sprechen und das meiste hat er mir erzählt, während ich hierher gerannt bin. Der Mann hat doch wissen müssen, dass das passieren kann, wenn er Euch verführt.« Sobald Bethia angekleidet war, begann Grizel James zu waschen. »Ihr seid eine Lady und seid Jungfrau gewesen. Die Ehre verlangt es, dass er Euch heiratet.«

»Vielleicht mag ich keinen Ehemann haben, der durch Ehrgefühl gezwungen wurde, mich zu heiraten.«

»Wenn man bedenkt, was ihr beide in der Herberge zusammen getrieben habt, würde ich meinen, dass da ein bisschen mehr nur als Ehrgefühl im Spiel ist. Schaut nicht so traurig, Bethia. Er schreit nicht gellend, ja, er ist nicht einmal wütend. Tatsache ist, dass er äußerst freundlich ist. Er ging zum Turm und hat dabei höchst liebenswürdig mit Bowen und Wallace geplaudert. Er sieht überhaupt nicht wie ein Mann aus, der gezwungen wird, etwas zu tun, das er nicht tun will.«

Erics freundliche Selbstzufriedenheit beruhigte Bethia ein wenig. Die paar Mal, die sie während ihres Ritts auf Dunnbea in seine Richtung sehen konnte, hatte er entspannt gewirkt und sie sogar angelächelt. Sie wusste nicht so recht, wie ein Mann, der gezwungen wurde zu heiraten, sich benehmen würde, aber sie glaubte nicht, dass sich Eric ganz so benahm, wie zu erwarten war. Sie wünschte, sie könnte mit ihm sprechen und herausfinden, was in ihm vorging. Doch Bethia hatte das bedrückende Gefühl, dass sie keine Möglichkeit haben würde, mit ihm auch nur ein Wort zu wechseln, bis sie verheiratet waren.

»Nun, da du allem Anschein nach nicht bereit zu sein scheinst mir zu helfen …« – »Nicht hierbei. Ihr seid verführt worden. Der Mann muss alles in Ordnung bringen und Euch heiraten. Kommt, Bethia, er ist ein gut aussehender Mann und Ihr habt keinen anderen als Ehemann angeboten bekommen. Wenn alles so gelaufen wäre, wie es eigentlich sein sollte, wäre ein Ehemann für Euch ausgewählt worden. Nehmt diesen, denn glaubt mir, Ihr bekommt einen viel besseren, als Eure Eltern für Euch gewählt hätten. Er sieht gut aus, ist jung, und offensichtlich habt Ihr es gern, wie er Euer Bett wärmt. Ich glaube nicht, dass Euch Eure Eltern jemals freiwillig einem Mann zur Gattin gegeben hätten.«

»Warum?«, fragte Bethia, die dasselbe dachte, es aber nicht verstehen konnte.

»Ihr erledigt die ganze Arbeit für sie. Ihr seid sehr nützlich. Ich bin nicht die Einzige, die glaubt, dass sie vorhatten, Euch hierzubehalten, damit Ihr Euch um all ihre Bedürfnisse kümmert und die Wirtschaft führt. Das hier ist die Gelegenheit für Euch, von Ihnen wegzukommen, einen Ehemann und ein paar eigene Kinder zu bekommen. Ergreift sie, Mädchen.«

»Ein vernünftiges Mädchen würde das tun, oder? Ein vernünftiges Mädchen würde nicht hoffen, dass dieser Mann ihm einen Antrag macht, weil er es gernhat und die Ehre sowie das Eheverlöbnis achtet, das so gut wie möglich abgelegt wurde. Und ein vernünftiges Mädchen würde sich keine Sorgen darüber machen, einen Mann zu heiraten, dem die Mädchen nachlaufen wie Jagdhunde einem Hasen.« Sie lächelte matt, als Grizel auflachte. »Nun ja, es tut nichts zur Sache, weil sowieso klar ist, dass weder Eric noch ich eine andere Wahl haben.«

»Stimmt, Mädchen. Keine. Sollen wir das Jungchen nach unten zu Euren Eltern bringen?«

»Ja, es ist besser, Derartiges so schnell wie möglich hinter sich zu bringen.«

Bethia bemühte sich um etwas Zuversicht und Gelassenheit, als sie zur großen Halle ging, wo ihre Eltern warteten, doch in dem Augenblick, in dem sie eintrat und ihre Eltern sah, kam ihr alles abhanden, was sie sich erkämpft hatte. Grizel ging zu ihren Eltern, um Lady Drummond ihren Enkel zu reichen, und Bethia folgte widerwillig.

Während ihr Vater und ihre Mutter James musterten, als wäre er ein seltsamer Gegenstand, stand sie unbeachtet da; schließlich wurde das Baby Grizel zurückgegeben. Bethia legte innerlich die Stirn in Falten, denn es hatte kaum Anzeichen von Freude gegeben und nur ein oder zwei kühle Bemerkungen darüber, dass James Sorcha ein wenig ähnlich sehe. Es schien zumindest im Augenblick so, als würde der arme kleine James nicht gerade mit Wertschätzung überschüttet werden, weil er Teil der so angebeteten Sorcha war. Der Gedanke, das Kind könnte vielleicht so behandelt werden wie Wallace und sie, ließ Bethia bis ins Innerste erschauern, doch sie wusste nicht, was sie dagegen unternehmen konnte.

Dann wandten ihre Eltern die zusammenpassenden grünen Augen ihr zu, und Bethia musste das plötzliche Bedürfnis unterdrücken, einfach wegzulaufen. Sie fühlte sich wie ein kleines verängstigtes Kind, und dieses Gefühl hasste sie. Sie hatte nicht nur Dunnbea verlassen, sie hatte auch zweimal mit einem Mann geschlafen. Sie hatte ihnen also sehr viel Anlass gegeben, sie heftig auszuschelten, und Bethia hegte das niederschmetternde Gefühl, dass angesichts dieser Schelte alle bisherigen als bedeutungslos erscheinen würden.

»So, du hast dich also dazu berufen gefühlt, dieses Kind aus seinem Heim wegzubringen«, sagte Lord Drummond und trommelte mit seinen dicken Fingern langsam auf die Armlehne seines schweren Eichenstuhls.

»Hat Wallace nichts von der Gefahr erzählt, in der James schwebte?«, fragte Bethia.

»Er hat uns gesagt, du würdest glauben, das Kind sei in Gefahr, aber du hattest schon immer zu viel Fantasie.«

»Das hat nichts mit Fantasie zu tun, Vater. Das Essen, das sie uns brachten, war vergiftet. Es hat James' kleinen Hund getötet. Nein, das hier ist kein Spiel«, sagte Bethia eindringlich, auch wenn ihr Herz vor Angst pochte. Sie hatte sich noch nie zuvor gegen ihre Eltern aufgelehnt, doch die Notwendigkeit, James zu beschützen, gab ihr die Kraft. »William Drummond wünscht den Tod des Jungen, und ich bin sicher, dass er Sorcha und Robert umgebracht hat.«

»Selbstverständlich wird er für den Tod unserer Tochter bezahlen, wenn das, wie du meinst, so ist.«

Aber nicht für den Versuch, James zu töten, dachte Bethia und schüttelte insgeheim den Kopf. Bowen und Wallace schenkten ihr Glauben, sie würden ihr dabei helfen, James hinter sicheren Mauern zu belassen, selbst wenn ihre Eltern sich weigerten, ihre Geschichte zu glauben. Und ob Eric es wollte oder nicht, er würde bald an die Familie gebunden sein. Auch er glaubte ihr und war während ihrer Flucht vor William und seinen Söhnen an ihrer Seite gewesen. Er brauchte ihre Eltern nicht, um sie zu verstehen oder ihr zu glauben.

»Was auch immer für eine Gefahr deiner Meinung nach bestehen könnte, sie rechtfertigt nicht dein Betragen«, tadelte Lady Drummond und faltete ihre plumpen Hände im Schoß. »Hast du nicht an die Schande gedacht, die du über uns bringen würdest, bevor du dich entschlossen hast, die Hure zu spielen?«

»Ich hoffe, dass dieser junge Mann der Einzige war, mit dem du ins Bett gegangen bist«, ergänzte ihr Vater.

Einen Augenblick lang starrte Bethia sie nur an. Sie konnte sich nicht an eine einzige Handlung erinnern, die ihre Eltern zu der Ansicht veranlassen konnte, sie hätte in dem Augenblick, in dem sie sich aus den Mauern von Dunnbea befreit hatte, für jeden daherkommenden Mann ihre Röcke von sich geworfen. Bethia überlegte sich, ob sie sie überhaupt kannten. Dann versuchte sie ihre verletzten Gefühle zu beschwichtigen, indem sie sich sagte, dass sie einfach nur schockiert und wütend waren und nicht alles, was sie sagten, so meinten. Es war ein alter Trick, um sie zu entschuldigen, allerdings funktionierte er nicht so gut wie früher, und Bethia fragte sich, was sich geändert hatte.

»Es war falsch, mit Sir Eric zu schlafen, aber er ist der einzige Mann, mit dem ich je zusammen war.«

»Nun, nach dem morgigen Tag wirst du sein Problem sein«, fuhr ihre Mutter sie an. »Wenn du Hurenangewohnheiten angenommen hast, wird er sie dir mit Schlägen austreiben müssen.«

»Hast du überhaupt nicht an uns gedacht?«, wollte ihr Vater wissen. »Hier wartet Arbeit auf dich, und jetzt musst du uns verlassen, ohne dass jemand deinen Platz einnehmen kann. Ich kann nicht glauben, welch rücksichtsloses Kind wir aufgezogen haben. Aber du hast ja immer getan, was du wolltest.«

»Anders als deine Schwester, Gott gebe ihrer gesegneten Seele Ruhe«, fügte ihre Mutter mit lautem Aufschluchzen hinzu. »Nein, unsere Sorcha wusste, wie sie ihre Eltern glücklich und stolz machen konnte. Aber sie ist tot, und du bist noch immer hier. Ich werde nie verstehen, wie Gott uns unseren Engel nehmen und dich hierlassen konnte. Es ...«

Was immer ihre Mutter sagen wollte, ging unter, denn James fing plötzlich an zu schreien. Bethia nahm Grizel sofort das Kind, umarmte es und streichelte seinen Rücken, um es zu besänftigen. Als sich James beruhigt hatte, schwer an ihrer Schulter lag und an seinen Fingern saugte, bemerkte Bethia, dass er Grizel böse anschaute. Sie warf einen Blick auf die Magd und fand, dass Grizel viel zu unschuldig wirkte. Es sah James nicht ähnlich, plötzlich zu schreien, und Bethia überkam der Verdacht, Grizel stecke dahinter. Sie hielt James fest an sich gepresst, wandte ihren Blick wieder den Eltern zu und ertappte sie bei einem angewiderten und verwirrten Blick auf James.

»Bist du sicher, dass es Sorchas Kind ist?«, fragte Lord Drummond. »Ich kann mich nicht erinnern, dass unser kleiner Engel einen solch schrecklichen Lärm gemacht hat.«

»Es ist Sorchas Sohn«, erwiderte Bethia. »Er kann sehr feinfühlig sein. Vermutlich hat ihn die gereizte Stimmung in dieser Halle zum Schreien veranlasst«, murmelte sie und küsste James auf den Kopf, um ihr Gesicht zu verbergen, falls sich die Lüge, die sie eben erzählt hatte, darin spiegeln würde.

»Nun, sie hat uns die Botschaft gesandt, dass sie Robert einen Sohn geboren hat, also müssen wir dir glauben, oder etwa nicht?«

»Du würdest doch wohl nicht versuchen, einen Bastard von dir als Sorchas Kind auszugeben, oder?«, fragte ihre Mutter mit einem argwöhnischen Blick auf James, so als könnte ihr das Kind einen Anhaltspunkt geben.

Bethia konnte nicht glauben, dass ihre eigene Mutter so etwas zu ihr sagte. Sie hatte sich immer gefragt, warum ihre Eltern nicht geeilt waren, um ihren neuen Enkelsohn zu besuchen. Nun wusste sie es. Sie hatten schlicht und einfach kein Interesse an ihm. Vermutlich steckte sogar noch Schlimmeres dahinter, wenn sie James so bereitwillig als ihren Bastard brandmarkten, nur weil er nicht so perfekt wie seine Mutter war.

»Dies ist Sorchas Sohn, und wenn es sein muss, zerre ich jeden auf Dunncraig vor Euch, um es zu bezeugen.«

»Du hast keinen Grund, derart spitz mit deiner Mutter zu sprechen«, sagte ihr Vater mit kalter Stimme. »Genug Gerede über das Kind. Du wirst morgen verheiratet werden. Ich habe Peter losgeschickt, um einen Priester zu holen. Er wird dir die Beichte abnehmen, und wir können nur beten, dass er dir die Absolution für all deine Sünden erteilen kann, dann wird er dich mit Sir Eric Murray verheiraten.«

Bethia täuschte einen Knicks an, und obwohl sie nicht offiziell entlassen worden war, eilte sie aus der großen Halle, Grizel dicht hinter sich. Sie hoffte inständig, dass sie ihren

Eltern nicht noch einmal ins Angesicht sehen musste. Eine Mischung aus Verletzung und Wut brachte ihre Eingeweide zum Rotieren. Unter allen Reaktionen, die sie sich vorher ausgemalt hatte, war niemals eine derart kalte Nichtbeachtung von James gewesen.

»Ich dachte, sie würden ihn so lieben, wie sie seine Mutter geliebt haben«, sagte sie leise, als sie ihr Schlafgemach betrat und James auf das Bett setzte.

»Ja, ich habe fast das Gleiche gedacht«, pflichtete ihr Grizel bei, die sich neben das Baby setzte und beobachtete, wie Bethia auf und ab ging. »Er ist so ein hübsches Kind und so lieb.«

»Außer, wenn ihn jemand zwickt«, murmelte Bethia, die einen Blick auf Grizel warf und leicht schmunzeln musste, als diese rot wurde. »Du musst ihn nun hätscheln, damit er es vergisst oder denkt, du hättest es nicht absichtlich gemacht.«

Grizel nahm das Kind hoch und setzte es sich mit einem Seufzer auf den Schoß. »Ich wollte, dass sie den Mund hält.«

»Das hat sie getan. Es hat wehgetan, es zu hören, aber ihr Wunsch, ich wäre auf Dunncraig beerdigt worden und nicht Sorcha, hat mich nicht überrascht. Wie auch immer, ich muss solche Verletzungen abstreifen und meine Gedanken auf die Betreuung des Jungen richten.« Sie ging zum Bett hinüber und fuhr James sacht durch die Locken. »Ich werde ihn aufziehen, und ich werde ihn beschützen.«

»Was ist mit dem Mann, denn Ihr heiraten werdet? Wird er bereit sein, außer der Frau auch ein Kind aufzunehmen?«

»Ich weiß nicht, was Eric empfindet, wenn er vor einen Priester gezerrt wird, aber ich zweifle überhaupt nicht daran, dass er ohne zu zögern die Verantwortung für James übernehmen wird. Er liebt den Jungen«, murmelte sie und versuchte, nicht eifersüchtig zu sein. »Ja, wir werden eine Familie sein. Ich bete nur zu Gott, dass ich die Kraft und den Verstand habe, eine gute und liebende Familie daraus zu machen.«

Eric sah von seinem Mahl auf, das er gerade beendete, als Bowen das Turmzimmer betrat. Er setzte sich in seinem Stuhl zurück, nippte an seinem Wein und beobachtete dabei, wie der große Mann die Tür schloss und sich dagegen lehnte. Der Ausdruck, der auf dem derben Gesicht des Mannes lag, verriet Eric, dass er nicht nur gekommen war, um zu sehen, ob er es in seiner Gefangenschaft bequem hatte. Er hatte ihn allerdings erwartet. Bowen war mehr Familie für Bethia, als einer von diesen plumpen, kaltherzigen Menschen, die er bei seiner Ankunft auf Dunnbea kennengelernt hatte.

»Wollt ihr das Mädchen haben?«, fragte Bowen unvermittelt, wobei sich seine braunen Augen verengten, als er Eric eingehend musterte.

»Ich dachte, das sei offensichtlich gewesen«, erwiderte Eric gedehnt.

»Ich meine zur Frau, Ihr Schurke.«

»Ich werde morgen mit ihr verheiratet.«

Bowen schnitt eine Grimasse und fuhr sich mit den Fingern durch das lange dunkle Haar. »Ja, so ist es geplant.«

»Seid Ihr hier, um mir eine andere Möglichkeit anzubieten?«

»Ich kenne das Mädchen, seit sie kaum mehr als ein Kind war, das die ersten Schritte machte. Ihr habt ihre Eltern kennengelernt. Kalte Miststücke, die nur die hübsche Sorcha gesehen haben. Klein-Bethia war für sie nichts weiter als ein ärgerlicher Schatten, der gelegentlich ihren Weg kreuzte. Die viel geliebte Sorcha hat sie nicht besser behandelt. Wallace, Peter und ich haben das alles durchgesprochen, und wir wollen nicht, dass sie einem Mann gegeben wird, der, sobald das Feuer in seinem Blut abgekühlt ist, genauso mit ihr umgeht. Hier kennt sie wenigstens die Situation und hat sich entsprechend eingerichtet.«

Eric lächelte flüchtig. »Und Ihr wollt mich laufen lassen, falls Ihr denkt, dass ich nicht angemessen für sie sorgen werde.« – »Genau.«

»Ich heirate Bethia. Sie ist mein. Ich wünschte, ich hätte die Zeit gehabt, ihr glaubhaft zu versichern, dass ich sie haben will, aber damit muss ich mich befassen, wenn das Eheversprechen abgelegt ist, und nicht vorher.«

»Liebt Ihr das Mädchen?«

»Ich bin mir meiner Gefühle nicht sicher. Die Flucht vor Männern, die versuchen, sie und das Kind umzubringen, hat mir nicht viel Zeit gelassen, mir über meine Gefühle den Kopf zu zerbrechen. Alles, was ich weiß, ist, dass sie zu mir gehört. Als ich sie zum ersten Mal im Arm hielt, wusste ich, dass ich ihr niemals erlauben würde, mich zu verlassen. Ich spürte das Band in meinem Herzen, meinem Kopf und meiner Seele. Als sie meine Geliebte wurde, hat sie ihr Schicksal besiegelt. Sie weiß es nur noch nicht«, fügte er mit einem Lächeln hinzu, das sich langsam über sein Gesicht ausbreitete und seine Freude darüber ausdrückte, dass Bowen in völligem männlichem Einverständnis zurückgrinste.

9

»Er wird jeden Augenblick hier sein, Mädchen«, sagte Bowen.

»Ich nehme an, dass es etwas dauert, die Ketten zu beseitigen«, schimpfte sie und blickte finster auf die Leute, die sich in der großen Halle versammelt hatten, danach auf Bowen, der schmunzelte.

»Mädchen, Ihr habt mit dem Mann geschlafen.«

»Das heißt nicht, dass ich ihn zum Ehemann haben möchte. Vielleicht dachte ich ja nur, dass er gut aussieht und es an der Zeit sei, mir einen Liebhaber zu nehmen.«

»Ja, ja, und ich bin im Begriff, mich in ein Kloster zurückzuziehen.« Er klopfte ihr auf die Schulter. »Ich kenne Euch zu gut, Mädchen. Ihr mögt es vielleicht nicht laut aussprechen, aber Ihr konntet gar nicht anders, als den Mann zu lieben, bevor Ihr mit ihm geschlafen habt. Er ist ein guter Junge, und er wird Euch ein großartiger Gatte sein.«

Bethia nickte und strich gedankenverloren über den tiefgrünen Samtüberrock, den sie trug. Grizel hatte einige der Kleider gefunden, die Sorcha zurückgelassen hatte, und nach ein paar Stichen, mit denen sie die Kleider ihrer schlankeren Figur anpasste, war Bethia schöner gekleidet als jemals zuvor. Sie trug ihr Haar offen unter einem geflochtenen goldenen Netz. Ihre Eltern machten einige scharfe Bemerkungen über ihre Dreistigkeit, das Haar so zu tragen, als sei sie eine jungfräuliche Braut, aber dieses eine Mal war es Bethia möglich, ihre Missbilligung zu überhören. Eric mochte es, wenn sie ihr Haar offen trug.

Ein Murmeln in der Menge wies sie auf Erics Ankunft hin. Sie beobachtete ihn, als er auf sie zuschritt, in seinen Umhang und ein edles Leinenhemd gekleidet. Er war ein wunderschöner Mann. Bethia konnte nicht anders, als sich zu fragen, wie er mit all dem hier glücklich sein konnte, wo er doch eine so viel bessere Frau finden konnte.

Eric lächelte leicht verzerrt, als er Bethias Hand nahm und einen Kuss auf ihren Handrücken drückte. Sie wirkte nervös und ein wenig traurig. Sie brauchte Sicherheit von seiner Seite, aber es war weder die Zeit noch der Ort, sie ihr zu geben. Er hielt ihre Hand fest in seiner, als er zu Bowen sah und nur einen kurzen Blick auf Bethias Eltern warf, die an der Stirnseite der Halle unter dem Baldachin saßen.

»Sie sind nicht mehr gekommen, um mit mir zu sprechen«, sagte er.

»Nein. In ihren Augen ist alles geklärt«, antwortete Bowen.

»Nach dem, was sie von mir wissen, könnte es sein, dass ich sie zu einer kleinen Hütte in den Bergen mitnehme.«

»Haben sie dir keine Mitgift für mich angeboten?«, fragte Bethia.

»Nein, Mädchen, aber die brauche ich nicht.« Er küsste sie auf die Stirn.

»Nun, das ist sehr ritterlich von dir, aber egal, ob du sie brauchst oder nicht, sie hätten dir eine anbieten sollen.«

»Ärgere dich nicht darüber. Komm, sie winken uns nach vorne. Es ist an der Zeit, vor den Priester hinzuknien.«

»Eric«, fing sie zu sprechen an, als er sie zu dem Priester ziehen wollte, der auf sie wartete.

»Du hast gesagt, dass du mein bist, oder hast du das nicht, mein Herz?«

»Ja, das habe ich.«

»Gut. Du bist im Begriff, eine Tatsache daraus zu machen, und zwar mit dem Segen der Kirche.«

Sie konnten nicht mehr weitersprechen. Bethia versuchte sich damit zu trösten, dass sie in ihm keine Abneigung spürte. Er mochte sie nicht gewählt haben, aber er schien die Vorstellung einer Bindung mit ihr nicht zu verabscheuen. Während der Priester über ihnen murmelte, betete sie, sie möge sich nicht in lebenslangen Liebeskummer stürzen.

Das Hochzeitsmahl verlief nicht so schlecht, wie sie befürchtet hatte. Ihre Eltern konzentrierten sich auf das reichhaltige Angebot an Speisen, das vor ihnen ausgebreitet lag, und schenkten ihr wenig Aufmerksamkeit. Die Leute auf Dunnbea schienen sich aufrichtig für sie zu freuen. Wallace, Bowen und Peter saßen ihr und Eric gegenüber, ignorierten die Missbilligung vonseiten ihrer Eltern, dass zwei Dienstmannen so hoch oben am Tisch saßen, und hielten die Unterhaltung in Fluss. Bethia entspannte sich etwas, als sie sah, dass Eric und die drei Männer sehr freundlich miteinander umgingen.

»Du isst nicht sehr viel«, sagte Eric, indem er Bethia ein Stück Apfel anbot.

»Ich war etwas aufgeregt«, murmelte sie.

»Du siehst sehr schön aus, Bethia.«

»Sorcha hat einige ihrer Kleider hiergelassen, und Grizel hat sie umgeändert, damit sie mir passen.«

»Gibt es noch mehr?«

»Ja, fast ein Dutzend. Warum?«

»Na ja, ich würde es vorziehen, dir deine eigenen Kleider zu kaufen, und ich kann es mir leisten, aber du brauchst vielleicht etwas Putz, bevor wir ihn auf dem üblichen Weg bekommen können. Kann Grizel noch ein paar weitere für dich ändern?«

»Ganz sicher, aber warum?« Sie nippte an ihrem Wein und sah ihn stirnrunzelnd an, denn er wirkte sehr ernst.

»Es kann sein, dass ich noch, bevor ich dich meiner Familie vorstelle, an den Hof muss.«

»An den Hof?« Bethia verschluckte sich fast an ihrem Wein. »Ich kann nicht an den Hof gehen.«

»Natürlich kannst du das. Du bist jetzt meine Frau. Wohin ich gehe, gehst auch du, wenigstens meistens.« Eric verzog innerlich das Gesicht, denn er hatte keine Zeit gehabt, ihr von seiner geplanten Reise zu den MacMillans zu erzählen.

Bowen und Wallace zogen seine Aufmerksamkeit von ihr ab, und Bethia versuchte sich zu beruhigen. Der bloße Gedanke an den königlichen Hof versetzte sie in Angst und Schrecken. Sie war nicht für so etwas erzogen worden. Es würde Regeln und Verpflichtungen geben, die zu befolgen ihr niemand beigebracht hatte. Bethia hatte Angst davor, Eric zu beschämen, und überlegte sich, ob es eine Möglichkeit gab, ihn zu überreden, sie zurückzulassen, falls er gehen musste.

Bald kam der Zeitpunkt für Eric und sie, sich auf ihr Schlafgemach zurückzuziehen. Er nahm sie bei der Hand und führte sie zu ihren Eltern, damit sie höflich um ihre Entfernung nachsuchen konnten. Bethia hielt den Atem an und hoffte inständig, dass ihre Eltern nur ein paar höfliche Floskeln murmeln und sie gehen lassen würden.

»Ich finde, du hättest fragen können, bevor du Sorchas Roben so ruinierst«, fuhr ihre Mutter sie an.

Bethia seufzte, sah dann aber fragend zu Eric. Er hielt ihre Hand jetzt so fest, dass es fast wehtat, und sein Blick funkelte vor kalter Wut. Sie legte ihre andere Hand über die beiden verbundenen und bat wortlos um Frieden.

»Ich wollte Euch nicht beschämen, indem ich ärmlich gekleidet zu meiner Hochzeit komme«, sagte sie.

Lord Drummond sah Eric finster an. »Ich vermute, Ihr werdet sie von hier wegnehmen.«

»So schnell, wie es mir möglich ist, Sir.«

»Hoffentlich habt Ihr den Verstand und die Stärke, aus ihr ein gehorsameres und respektvolleres Mädchen zu machen. Wir haben nie etwas mit ihr anfangen können. Jetzt wird sie Eure Bürde sein.«

»Ja, ganz und gar meine. Wir wünschen Euch eine gute Nacht, Laird, Mylady.«

Bethia hatte kaum Zeit, vor ihren Eltern andeutungsweise zu knicksen, bevor Eric sie schon aus der Halle zog. Sie nahm ihre Röcke mit einer Hand hoch, damit sie nicht stolperte, während sie sich hastig bemühte, mit ihm Schritt zu halten. Nur einmal zwang sie ihn stehen zu bleiben, indem sie an seiner Hand riss, und zwar als sie im Begriff waren, kurz vor dem Tor zur großen Halle an Grizel vorbeizugehen. Die grinsende Magd hatte James auf dem Arm, und Bethia küsste den Jungen auf die Wange. Eric hielt inne und tat es ihr nach. Nur ein paar wenige rüpelhafte Rufe folgten ihnen aus der Halle nach, und Bethia dankte Gott für die Zurückhaltung, die die Leute auf Dunnbea an den Tag legten.

Als sie das Schlafgemach erreichten, das ihnen zugewiesen worden war, schob Eric sie sanft hinein, knallte die Tür zu und ging sofort zum Tisch, auf dem ein Krug voll Wein und zwei Kelche standen. Bethia blieb stehen, wo er sie verlassen hatte, und presste die Hände zusammen, während sie versuchte, sich keine Sorgen wegen seiner plötzlichen Verärgerung zu machen. Er hat ein Recht darauf, sagte sie sich standhaft, und sie sollte nicht verletzt sein.

»Eric«, fing sie an, wobei sie sich gleichzeitig fragte, wie man sich für etwas entschuldigen konnte, das möglicherweise das restliche Leben beeinflussen würde, »es tut mir so leid.«

Eric trank aus, füllte sich erneut den Kelch und schenkte auch einen für Bethia voll. »Mädchen, ich habe den Eindruck, dass du dich für die falsche Sache entschuldigst.« Er reichte ihr den Kelch mit einem flüchtigen Lächeln und trank ein weiteres Mal.

»Du bist verärgert. Du hast jedes Recht dazu, verärgert zu sein. Ich habe dich mitten in meine Probleme hineingezogen, und jetzt sitzt du gewaltig in der Falle.«

»Ich habe nicht das Gefühl, in der Falle zu sitzen, mein Herz. Ich war nicht wegen der Hochzeit verärgert. Deswegen war ich kein einziges Mal verärgert. Nein, ich war auf deine Eltern wütend.«

»Oh, na ja, sie hätten ein kleines bisschen höflicher zu dir sein können.«

»Ich bin der Mann, der ihre Tochter verführt hat. Sie sollten wenigstens das Bedürfnis haben, mir den Hals umzudrehen, wenn schon sonst nichts. Nein, es war die Art und Weise, wie sie dich behandelt haben, die mich wütend machte. Du hast keine Ahnung, wie nah ich daran war, deinem Vater mit der Faust ins Gesicht zu schlagen.« Er lächelte über ihren entsetzten Gesichtsausdruck. »Aus diesem Grund sind wir so schnell gegangen, obwohl die Tatsache, dich in dieses Schlafgemach zu bringen, eigentlich Grund genug ist.«

Bethia trank hastig einen Schluck Wein. Sie war entsetzt, aber nicht, weil Eric am liebsten ihren Vater geschlagen hätte. Was sie wirklich entsetzte, war der flüchtige, aber sie heftig überfallende Wunsch, er hätte es getan. In ihr war eine Wut, die immer schwerer zu unterdrücken war. An ihrer übereilten Heirat mochte manches nicht in Ordnung sein, doch Bethia glaubte allmählich, dass sie Dunnbea so schnell wie möglich verlassen sollten. Eric würde sie hier wegholen, und vielleicht würde dadurch die Wut, die sich in ihr angestaut zu haben schien, weichen, bevor sie etwas tat, das sie vielleicht bereuen würde.

»Sie trauern noch immer über Sorchas Tod«, sagte sie. »Es macht sie unglücklich, und deshalb sind sie unfreundlich.«

Eric glaubte das nicht eine Sekunde lang, und er hatte den Eindruck, dass es Bethia schwerer und schwerer fiel, solche Entschuldigungen gelten zu lassen. Er würde sie niemals wissen lassen, dass ihn ihre Eltern beinah weggeschickt und sich erstaunt gezeigt hatten, dass er mit diesem Mädchen überhaupt ins Bett ging. Bowen, Peter und Wallace hatten auf der Heirat bestanden. Das einzige Gefühl, das ihm ihre Eltern gezeigt hatten, war Verärgerung darüber, ihre Dienstmagd zu verlieren, und zwar die, die dafür sorgte, dass die ganze Herrschaft reibungslos funktionierte.

»Bald brauchst du ihre Unfreundlichkeit nicht mehr zu

entschuldigen, denn du wirst dich damit nicht mehr abzugeben brauchen«, sagte er, als er seinen Kelch hinstellte und anfing, ihr Kleid aufzuschnüren.

»Eric, wegen James«, sagte sie, in dem Bedürfnis über ihren Neffen zu sprechen, bevor die Leidenschaft alles, was ihn betraf, in den Hintergrund drängte.

»Er wird bei uns bleiben.« Er ließ ihr Unterkleid herabgleiten und schnürte ihr Korsett auf. »Ich fragte Wallace, wie sie sich gegenüber dem Jungen betragen haben, und er sagte mir genug, um mir deutlich zu machen, dass wir ihn nicht bei ihnen lassen können. Wenn Wallace bereits der Herr hier wäre, hätte ich keine Bedenken, aber bei ihnen ist das anders. Sie glaubten nicht einmal, dass er sich in Gefahr befindet.«

Bethia umarmte ihn. »Ich danke dir, Eric. Sie nannten ihn ein ›Es‹«, flüsterte sie. »Sie stellten vorübergehend sogar in Frage, dass er Sorchas Kind ist.«

»Wessen Kind könnte er sonst sein?«, fragte er, doch dann fuhr er auf und schob sie so weit von sich, dass er ihr Gesicht sehen konnte. »Nein, sie haben doch nicht etwa gefragt, ob er dein Kind ist?« Er fluchte, als sie errötete und nickte.

»Gut, sie haben Sorchas Sohn nie gesehen, somit konnten sie ihn nicht als ihren identifizieren. Und die Tatsache, dass ich mit dir im Bett erwischt wurde, ließ sie an meiner Tugend zweifeln.« Bethia zog die Augenbrauen hoch. »Obwohl ich nicht weiß, wo ich ihrer Meinung nach gewesen sein soll, um schwanger zu werden, die Sache zu vertuschen und dann das Kind zu bekommen. Oder warum ich ihn ein Jahr lang verstecken sollte, um ihn dann dreist mit nach Hause zu bringen. Wie auch immer, ich habe mich das eine Mal in Schande gebracht, und sie lagen vielleicht nicht so falsch mit der Frage, ob ich es schon früher einmal getan habe.«

»Psst«, sagte er mit vor Wut heiserer Stimme. »Kein Wort mehr darüber.«

»Eric?«

»Nein, wir werden über diese Dummköpfe nicht sprechen.

Sollte ich noch mehr von dem Gift hören, das von ihren Lippen fließt, und deinen Versuchen, Entschuldigungen für sie zu finden, dann, fürchte ich, werde ich etwas sagen, das wir beide bereuen könnten.«

Seine blauen Augen waren dunkel vor Wut, und Bethia entschloss sich, seinen Wunsch, in Bezug auf ihre Eltern still zu sein, zu respektieren. Seine Empörung zu ihren Gunsten schenkte ihr ein Gefühl von Wärme. Etwas in ihr versuchte noch immer, ihre Eltern zu entschuldigen und sie zu überzeugen, dass sie Erics Wut nicht verdienten, aber dies wurde mühelos von der Freude erstickt, die sie angesichts seiner Verteidigung empfand.

Als Eric sie bis auf das Hemd aus edlem Leinen entkleidet hatte, trank Bethia nervös ihren Wein aus und erlaubte ihm, den Kelch wegzustellen. Er begann ihr auch noch dieses auszuziehen, und sie schloss die Augen. Sie fühlte sich noch immer unbehaglich, wenn er sie nackt sah, aber er war nun ihr Ehemann. Er hatte das Recht dazu und schien es zu genießen.

Als er sie auf seine Arme nahm und zum Bett trug, entfuhr ihr ein leises Keuchen. Sie lag da und beobachtete aus fast geschlossenen Augen, wie er die Kleider ablegte. Der Anblick seiner erregten Männlichkeit versetzte sie diesmal nur in Aufregung, und sie streckte die Hand aus, um sie zu streicheln, als er zu ihr ins Bett kam.

»Ich bin froh, dass du dein Haar offen gelassen hast«, murmelte er an ihrer Kehle, bevor er langsam seine Zunge über ihre Halsschlagader gleiten ließ. Sie zitterte.

»Ich war keine Jungfrau mehr, als wir das Eheversprechen ablegten, aber du bist der einzige Mann, mit dem ich jemals zusammen war, also dachte ich, ich könnte diesen Anspruch erheben, ohne allzu viel Kritik zu erregen.« Als er ihr Gesicht mit seinen wohlgeformten Händen umfasste, seufzte sie. »Ich werde versuchen, dir eine gute Frau zu sein, Eric. Ich weiß, dass du eine viel bessere Partie hättest machen können.«

Er hauchte einen Kuss auf ihre Lippen und bedeckte langsam ihre Brüste mit seinen Händen, während er sich zu ihnen hinunterküsste. »Ich hätte ein Mädchen mit einer größeren Mitgift finden können, vielleicht einem kleinen Stückchen Land.« Er rieb ihre Brustspitzen, bis sie hart waren, dann nahm er eine tief in seinen Mund. »Ich hätte auch ein Mädchen mit größeren Brüsten finden können.« Er lächelte nah an ihrer Magengrube, als sie ein wenig um Atem rang. »Und runderen Hüften.«

»Ja, das hättest du, warum hast du also ausgerechnet mit mir geschlafen?«, fragte sie scharf. Selbst die Leidenschaft, die er in ihr erregte, konnte all die schmerzende Eifersucht nicht stillen, die sie empfand.

»Weil du mir gehörst.« Er küsste die weichen braunen Löckchen, die ihre Weiblichkeit verbargen, und hielt sie fest, als sie sich ihm voller Entsetzen entziehen wollte. »Und ich glaube nicht, dass ich in ganz Schottland jemals eine Süßere gefunden hätte.«

Bethias ganzer Körper spannte sich vor Schrecken an, als er sie küsste und seine warmen Lippen gegen eine Stelle presste, für die sie nicht einmal einen freundlichen Namen kannte. Kaum einen Herzschlag später wurde der Schrecken allerdings von Leidenschaft verdrängt. Sie bebte unter der großen Vertraulichkeit seines Kusses, wickelte ihre Finger in seine Locken, um ihn festzuhalten, als er sie mit seiner Zunge zum Wahnsinn trieb. Er hielt sie so lange am Rand ihres Höhepunkts fest, dass sie schon begann, ihn zu verfluchen, und versuchte, ihn wieder in ihre Arme zu ziehen. Plötzlich ließ er sich erweichen und vereinte ihre Körper mit einer einzigen schnellen Bewegung. Das war alles, was sie gebraucht hatte, und sie schrie auf, als sie von Wellen der Zufriedenheit überflutet wurde.

Eric spürte, wie sich ihr Körper an seinen klammerte, beobachtete, wie die Erlösung ihr Gesicht veränderte, und fühlte sich selbst hinabgezogen. Er stöhnte ihren Namen, als er seine Saat tief in ihren Schoß ergoss. Als er auf ihr zusammensackte, wunderte er sich, dass sie nicht sehen konnte, wie sehr sie füreinander geschaffen waren. Es musste an ihrer Unschuld liegen, die sie nicht erkennen ließ, wie selten die Leidenschaft zwischen ihnen war und wie wunderbar sie zusammenpassten.

»Ach, Bethia, meine Einzige«, murmelte er, als er sich auf den Rücken drehte und sie an sich zog. »Ich war kein Zölibatär, nein, ich war noch nicht einmal vorsichtig bei den Damen, aber ich habe nie gewusst, dass es so herrlich sein kann.« Er setzte sich auf, um ein Tuch in der Waschschüssel, die neben dem Bett stand, anzufeuchten und sie beide ungeachtet ihres Errötens abzuwaschen, bevor er sich wieder hinlegte. »Glaub mir das«, sagte Eric, als er sie erneut in seine Arme zog.

Bethia streichelte müßig seine Brust und versuchte nicht darüber nachzudenken, wie viele Frauen er gekannt hatte, aber es gelang ihr nicht. »Ich nehme an, du kannst dich auf umfangreiche Erfahrungen berufen, wenn du ein solches Urteil fällst.«

Er lächelte in ihr Haar und küsste die weich fallenden Locken. »Ich fürchte schon. Ich war sehr gierig, als ich jung war, danach wurde ich eher, nun, wählerisch. Aber es stimmt, ich habe mit einer Menge Frauen geschlafen. Ich wünschte, ich wäre ebenso rein wie du in dieses Hochzeitsbett gestiegen, aber ich kann die Vergangenheit nicht ändern. Ich war ein ungebundener Mann, hatte niemandem mein Herz oder meinen Namen versprochen, also nahm ich mir, was man mir anbot. Allerdings weiß ich aufgrund dieser vergeudeten Jugend, dass das hier keinem Vergleich standhält. Ich sage immer wieder, dass du mir gehörst, aber glaube mir, meine kleine Frau, ich gehöre auch dir.«

»Nur mir?« Sie hatte den Mut zu fragen, obwohl ihre Stimme leicht zitterte.

»Nur dir. Hätte ich Bedenken gehabt, das Eheversprechen,

das ich vorhin abgelegt habe, nicht halten zu können, hätte ich es niemals geleistet.«

Es war kein Beweis für unsterbliche Liebe, aber Bethia trösteten seine Worte. Wenn Eric ihr gegenüber ehrlich blieb und sein Eheversprechen ernst nahm, würde sie ihn vielleicht dazu bringen können, sie zu lieben. Bestand denn nicht auch die Hoffnung, dass daraus Liebe werden könnte, wenn die Leidenschaft so wunderbar und selten war, wie er sagte? Bethia bat inständig darum, dass es so war, denn sie fürchtete sich davor, ihr Leben lang einen Mann zu lieben, der ihre Liebe nicht erwiderte.

»Wohin gehen wir von hier aus, Eric?«

Er seufzte und fuhr mit seiner Hand ihren schlanken Rücken auf und ab. »Ich fürchte, du wirst noch für kurze Zeit hierbleiben müssen, obwohl es mir lieber wäre, wenn ich dich so bald wie möglich von hier wegbringen könnte.«

Sie blickte zu ihm auf. »Gehst du irgendwohin?«

»Zu den MacMillans.« Er spürte ihre Anspannung. »Viele deiner Leute haben mich gefragt, ob ich ein MacMillan sei. Das Aussehen habe ich. Dieses Mal lasse ich es meine Verwandten sehen.«

»Und hast du vor, das allein zu machen?«

»Du könntest noch immer verfolgt werden. Die Ankunft auf Dunnbea reichte vielleicht nicht aus, um Williams tödliche Pläne zu einem Ende zu bringen. Und auch wenn ich keine Schwierigkeiten mit den MacMillans erwarte, wer kann schon wissen, ob sie mich anerkennen? Nein, es ist besser, wenn du mit dem Jungen bleibst, bis ich alles ins Reine gebracht habe.«

»Und was ist, wenn sie dich nicht als einen der Ihren anerkennen?«

»Das weiß ich jetzt noch nicht.«

»Wirst du sie wegen dem, was dir dank deines Erstgeburtsrechts zusteht, bekämpfen?«

Er umfasste ihr Gesicht mit den Händen und hauchte einen

Kuss auf ihre Lippen. »Ich möchte es nicht, aber ich will auch nicht lügen und behaupten, dass ich es nie tun würde.«

Bethia drückte ihre Wange an seine Brust. »Ich weiß, dass dir das, was du haben willst, rechtmäßig zusteht. Ich kann nur nicht glauben, dass es richtig ist, wenn Menschen um Geld und Land kämpfen und sterben.«

»Das ist aber für die meisten Leute der Anlass zum Kampf. Das und die Ehre.«

»Oh ja, und schau, was dir die Sorge um deine Ehre gerade eingebracht hat.«

Eric schob seine Hand zwischen Bethias Beine und liebkoste sie, wobei er das leise Stöhnen, das ihr entfuhr, genoss. »Es hat mir das eingebracht.« Er ließ einen Finger in sie hineingleiten und seufzte zufrieden auf. »Ach Mädchen, ich liebe es, dich zu spüren.« Er legte ihr seine Hand auf das Kreuzbein und drückte sie fest an sich. »Das Einzige, was ich versprechen kann, ist, dass ich versuche, alles kampflos zu lösen.«

Langsam strich sie mit ihrer Hand über seinen Bauch, hinunter zu seinen Leisten. Der tiefe Ton, den er von sich gab, brachte sie zum Schmunzeln, denn er hatte den Klang reiner männlicher Zufriedenheit. Sie streichelte ihn, fasziniert davon, wie es unter ihren Fingern zuckte und hart wurde. Als sie ihm einen Blick zuwarf, sah sie das leichte Rot wachsender Lust auf seinen hohen Wangenknochen und erkannte, dass sie nicht ganz ohne Macht war. Eric konnte sie vor Begehren fast verrückt machen. Vielleicht konnte sie das Gleiche mit ihm machen.

Eric zitterte, als er die Wärme ihrer Lippen auf der Innenseite seiner Oberschenkel spürte. Er ballte seine Hände, die neben dem Körper lagen, zu Fäusten und kämpfte darum, sein Begehren unter Kontrolle zu halten, damit sie ihre eigenen sich entfaltenden Fähigkeiten an ihm ausprobieren konnte. Es würde ihr gut tun, vielleicht sogar ein gewisses Selbstvertrauen geben, wenn sie erleben durfte, dass sie ihn so sehr erregen konnte. Als sie mit ihren Lippen sein erigiertes Glied berührte, erbebte Eric unter der ganzen Gewalt der Lust, die durch ihn hindurchtobte. Ihm war klar, dass er ihr nicht allzu lange erlauben konnte, ihr Spiel zu spielen.

»Mädchen, versuchst du mich in den Wahnsinn zu treiben?«, fragte er mit belegter Stimme, während er seine Finger in ihr Haar grub.

»Das hast du doch auch mit mir gemacht«, murmelte sie. »Die reinste Verrücktheit. Und vielleicht habe ich ja einen finsteren Beweggrund.«

»Du?« Eric hoffte, dass es ihm helfen würde, sich zu beherrschen, wenn er mit ihr sprach, doch die Art, wie ihn ihr Atem an intimer Stelle streifte, wenn sie sprach, die Art, wie sich ihre Lippen an seiner Haut bewegten, erschwerten die Selbstbeherrschung nur noch mehr. »Ich hätte nicht gedacht, dass du jemals einen finsteren Beweggrund haben könntest.«

»Du verlässt mich morgen, um zu den MacMillans zu reiten.«

»Ja, ich muss. Ich möchte, dass die Sache erledigt wird. Gott«, er ächzte, als sie seine Spitze flüchtig mit dem Mund berührte.

»Es werden eine Menge lieblicher Mädchen auf Bealachan sein. Man sagt von den MacMillans, dass sie hübsche Frauen zeugen.«

»Ich habe dich.«

»Ja, das hast du. Trotzdem, ich habe gesehen, wie sehr sich die Frauen zu dir hingezogen fühlen, Sir Eric Murray.«

Jedes Mal, wenn sie zu sprechen aufhörte, glitt sie mit ihrem Mund über ihn, langsam, straff, und er war sich nicht sicher, ob er noch ein verständliches Wort zustande bringen konnte. »Ich werde sie nicht einmal mehr sehen.«

»Nun, nur für den Fall, dass du ein oder zwei erspähst, und nur für den Fall, dass sie versuchen, ihre Schliche an dir zu erproben, dachte ich, ich schicke dich lieber mit einer derart warmen Erinnerung an mich auf die Reise, dass du ihre Aufmerksamkeiten verhöhnst und denkst: ›Warum soll ich mit ihr herumtändeln, wenn ich zu Hause solche Freuden erleben kann?‹«

»Du wirst mich auf dem ganzen Rückweg spotten hören.«

»Gut, ich werde hinhören.«

Sie sagte nichts mehr und konzentrierte ihre ganze Aufmerksamkeit darauf, ihn mit ihrem Mund zur Raserei zu treiben. Eric versuchte sich wenigstens etwas Verstand zu bewahren, da er sich danach sehnte, den Genuss, den sie ihm schenkte, so lange wie möglich auskosten zu dürfen, doch schnell unterlag er dem besinnungslosen Begehren. Mit einem Murren ergriff er sie unter den Armen und zog sie seinen Körper entlang hoch.

Bethia stockte in einer Mischung aus Schreck und Freude der Atem, als er sie auf sich setzte und mit einer einzigen Bewegung in ihren Körper eindrang. Sie saß einen Moment rittlings auf ihm und genoss die neue Stellung. Aufreizend bewegte sie sich ein einziges Mal sehr langsam auf und ab und lächelte, als er stöhnte und sie bei den Hüften packte.

»Für ein Mädchen, das noch immer recht unschuldig ist, lernst du sehr schnell«, sagte Eric mit heiserer, unsicherer Stimme.

»Das freut mich.« Sie schmunzelte ihn an, die Lust pulsierte durch ihre Adern und versetzte sie beinahe in Euphorie. »Ich habe langsam den Eindruck, dass es viele Arten gibt, dieses Spiel zu spielen.«

»Oh ja, und ich werde es genießen, dir jede einzelne beizubringen.« Eric bewegte sie auf sich und äußerte murmelnd Begeisterung über sein Empfinden. »Reite deinen Mann, mein Herz.«

Bereitwillig gehorchte sie seinem Befehl. Zu Erics Freude und Überraschung erwies sie sich als wahres Talent. Bethia hielt sie beide für geraume Zeit straff gestreckt auf der Folterbank der Leidenschaft, bevor sie zum Sturmangriff überging. Er fing sie in seinen Armen auf, als sie auf ihm zusammenbrach, während er gerade die letzten Schauer seines eigenen Höhepunkts auskostete.

»Ich glaube, wir müssen uns ausruhen, Mädchen«, sagte er, als er sie neben sich zudeckte. »Wir mögen zwar vergangene Nacht getrennt geschlafen haben, aber wir haben unsere Kräfte während der Nacht in der Herberge ziemlich strapaziert.«

Sie gähnte hinter vorgehaltener Hand und rieb ihre Wange schläfrig an seiner Brust. »Ja, wir sind ein gieriges Paar.«

Eric spürte, wie schwer sie an seiner Seite wurde und ihr Atem im Schlaf flach wurde. Vor ihnen lagen eine Menge Schwierigkeiten, und zwar nicht nur die möglicherweise dauerhafte Bedrohung durch William. Da war noch die Sache mit dem ihm rechtmäßig zustehenden Erbe, denn auch, wenn es vielleicht nicht zum Kampf gegen die MacMillans kommen würde, würde ihn Laird Beaton fordern. Dann war da die Notwendigkeit, Bethia von dem Gift wegzubringen, das ihr ihre Eltern in großen Dosen zuteilten. Da war der königliche Hof, an den er gehen musste, um sein Gesuch zu vertreten, und schließlich musste er sie auf Donncoill bringen, um sie seiner Familie vorzustellen. Und bei dem Versuch, ihr zu beweisen, dass sie jemand war und dass sie ihm wichtig war, würde es zu einem Ringen mit den Frauen aus seiner Vergangenheit kommen. Deren beträchtliche Zahl brachte ihn in Verlegenheit, und er hegte das bedrückende Gefühl, Bethia würde ihm auf gewisse Weise für jede Einzelne von ihnen eine Buße abverlangen.

Bethia versuchte angestrengt, nicht zu gähnen, während sie dastand und beobachtete, wie Eric sich für seine Abreise von Dunnbea bereit machte. Ihr Clan sollte auf keinen Fall den Eindruck bekommen, sie habe sich im Bett ihres neu gebackenen Gatten verausgabt. Genau das hatte sie zwar getan, aber das ging niemanden etwas an. Ihr behagte es nicht, Eric abreisen zu sehen. Er würde wieder allein sein, an jeder Kurve würde die Versuchung in seinen Weg wirbeln. Nicht etwa, dass ihre Anwesenheit hinreichte, die Frauen davon abzuhalten, nach ihm zu schmachten, doch, wenn er allein war, würde er Zeit haben, über das nachzudenken, in was er hineingezogen worden war: in Gefahr und Ehe. Möglicherweise kam er zu dem Schluss, sie sei all die Probleme nicht wert, und blieb einfach weg.

Eric kam auf sie zu und küsste sie sanft auf den Mund. »Ich bin mir nicht sicher, ob ich während des Ritts auf Bealachan auf meinem Pferd sitzen kann, denn meine kleine Frau hat mich entkräftet.«

Obwohl sie errötete, sagte sie scharf: »Gut so. Dann wirst du nicht fähig sein, auf irgendetwas zu reiten, wenn du dort angelangt bist.«

»Ich sollte dir sagen, dass du dir keine Sorgen machen musst, sollte dich sogar für deine Eifersucht tadeln und versuchen, dir zu versichern, dass ich mich, selbst wenn wir letzte Nacht nichts weiter getan hätten, als uns zu küssen, niemals einer anderen Frau zuwenden werde. Aber« – er schenkte ihr ein honigsüßes lüsternes Grinsen – »ich fürchte, ich würde mich damit zum Esel machen. Sei beruhigt, mein Herz, ich werde nicht allzu lang wegbleiben. Und« – er streichelte mit seinem Handrücken ihre Wange – »vergiss nicht, dass du jetzt meine Gattin bist. Nicht mehr die Tochter oder Schwester oder Dienstmagd von irgendjemandem, sondern meine Gattin.« Er stieg auf und ritt aus den Toren von Dunnbea.

Bethia wandte sich um, sah, dass ihre Eltern direkt hinter ihr standen und verstand plötzlich Erics Abschiedsworte. Er hatte ihre Eltern gesehen und wahrscheinlich ebenso zu ihnen wie zu ihr gesprochen. Als sie an ihnen vorbeischlüpfte und zu ihrem Schlafgemach ging, betete sie, Eric möge nicht zu lange wegbleiben. Es war eindeutig an der Zeit, Dunnbea zu verlassen, eindeutig höchste Zeit für sie, ein neues Leben zu beginnen.

10

»Murray?« Der stämmige Mann an den Toren von Bealachan sah ihn finster an, in seinen grauen Augen lag Verwirrung. »Seid Ihr da sicher? Ihr habt das Aussehen eines MacMillan.«

Erich hätte fast gelacht. Es war amüsant, dass so viele Menschen ihn das fragten, aber es gab ihm auch das Gefühl, dass es ein Fehler war, den Angehörigen seiner Mutter so lange ferngeblieben zu sein. Wenn die Ähnlichkeit so stark war, dass die Drummonds und jetzt auch die MacMillans sie sehen konnten, hätte vielleicht ein Blick ausgereicht, ihm Jahre voller ermüdender Bittschriften und Diplomatie zu ersparen.

»Doch, mein Name ist Sir Eric Murray. Ich verrate so viel: Es gibt eine Ungewissheit in Hinblick auf meine Geburt. Ich versichere dir außerdem, dass deinem Laird und seiner Gattin mein Name bekannt ist. Versichere du ihnen, dass ich allein gekommen bin. Ich möchte nichts weiter, als mit ihnen sprechen.«

Der Mann gab einem anderen die knappe Anweisung, auf Eric aufzupassen, und ging in die Burg. Eric saß ruhig auf Connor und machte keine Bewegung, die auch nur als leiseste Andeutung von Aggression oder Bedrohung hätte aufgefasst werden können, aber es fiel ihm schwer. Er wollte die Begegnung hinter sich bringen. Angesichts so vieler Leute, die seine MacMillan-Abstammung ahnten, wollte er, dass der Laird ihn mit eigenen Augen sah. Außerdem wollte er die Angelegenheit so schnell wie möglich erledigen, sei es zu seinen Gunsten oder nicht, damit er zu Bethia zurückkehren konnte. Zu seinen Gunsten wäre das Beste, denn dann musste er, zumindest im Fall der MacMillans, nicht entscheiden, ob er um das kämpfte, was ihm von Rechts wegen zustand, und damit Bethias Abwendung von ihm riskierte, oder ob er es völlig aufgab und nur noch danach trachtete, sich nicht als Betrogenen zu empfinden.

Der Mann kehrte zurück und führte Eric wortlos in die Burg. In dem Wächter herrschte angespannte Alarmbereitschaft, die Eric verriet, dass er nicht wirklich willkommen war, und er fragte sich, ob die Wache seine Ähnlichkeit mit den MacMillans erwähnt und er deswegen Audienz erhalten hatte. Während er in die große Halle geführt wurde, verriet ihm ein schneller Rundblick, dass die MacMillans seinen Anspruch sicher nicht deshalb zurückwiesen, weil sie arm waren. Es gab in der Halle mehr Stühle als Bänke, Gobelins hingen an den Wänden, das andere Ende wurde von einem riesigen Kamin dominiert, und auf dem Podium, auf dem der Laird und seine Gattin saßen, lag ein weicher Teppich.

Eric näherte sich dem Podium, der bewaffneten Wache an seiner Seite deutlich gewahr, und verbeugte sich. Als er sich aufrichtete, konnte er sehen, wie sich die Augen des Laird weiteten. Der Mann wurde so blass, dass seine Frau aufschrie und ihn am Arm packte.

»Du guter Gott, es ist meine Schwester Katherine«, flüsterte er und nahm einen großen Schluck aus dem Silberkelch, der vor ihm stand.

»Ich dachte mir doch, dass Ihr unser Aussehen habt«, brummte die Wache und entspannte sich neben Eric.

»Ich bin Sir Eric Murray of Donncoill«, sagte Eric.

»Ich kenne diesen Namen. Ihr habt uns dreizehn Jahre lang mit Bittschriften, Briefen und solchem Kram belästigt.« Der Laird winkte ihn auf einen Stuhl zu seiner Linken. »Ich habe das missliche Gefühl, dass ich angelogen wurde, und zwar nicht von Euch, wie ich immer glaubte.«

»Nein, Sir, nicht von mir«, bestätigte Eric ruhig, als er sich niedersetzte und den Wein nahm, den ihm ein Page eingeschenkt hatte. »Graham Beaton sitzt auf Dubhlinn und gedenkt dort sitzen zu bleiben. Ihm kommt es zugute, wenn mich niemand unterstützt.«

»Er sagte, Ihr seid irgendein Bastard, der behaupte, das Kind zu sein, dass Katherine geboren hat, ein Kind, das starb.«

»Aha, dann hat er Euch also nicht einfach nur erzählt, ich sei ihr Bastard.«

Laird Ranald MacMillan schüttelte den Kopf. »Wenn man uns das erzählt hätte, hätten wir Euch aufgenommen. Es wäre schwer gewesen, einen Ehebruch meiner Schwester hinzunehmen, aber es wäre nicht schwer gewesen, das Kind dieser Sünde zu akzeptieren. Nein, Beaton, Katherines Ehemann, und jetzt Graham haben immer behauptet, Ihr wärt nur ein Hochstapler, ein Lügner und ein Dieb, der leichte Beute riecht.«

»Und er hat uns sehr deutlich zu verstehen gegeben, dass er uns nicht mehr länger als Verbündete und Freunde ansehen würde, sollten wir Euch in unsere Nähe lassen, um Euer Spiel zu spielen«, fügte Lady Mairi MacMillan hinzu.

»Und Ihr habt niemals hinterfragt, warum es ihm etwas ausmachen sollte, wenn Ihr einen Blick auf mich werft, wo ich doch angeblich nur ein Hochstapler bin?«, fragte Eric.

Laird Ranald fuhr zusammen. »Das war leichter zu glauben, als dass meine Schwester einen Bastard geboren haben soll. Ihr Gatte …«

»War ein Ekel und ein Dummkopf. Er wollte einen Sohn haben und hat fast sein ganzes erbärmliches Leben damit zugebracht, jedem Mädchen, das er in die Finger bekam, Kinder zu machen, aber diese waren alle nur weiblichen Geschlechts. Der Mann dachte, ich sei der Sohn des Geliebten seiner Frau und hat mich hinausgeworfen.«

»Hinausgeworfen?«

»Er befahl seinen Männern, mich in die Wälder zu schaffen und auf einem Berg dem Tod zu überlassen. Dann ordnete er an, Eure Schwester, meine Mutter, und ihre Hebamme zu töten, oder er hat es mit eigenen Händen gemacht – ich war mir nie sicher.«

»Erzählt mir die ganze Geschichte.«

»Sie ist sehr hässlich.«

Laird Ranald lachte dröhnend und füllte sich erneut seinen Kelch. »Das merke ich langsam.«

Eric seufzte und begann zu erzählen. Das Meiste von dem, was er ihnen sagte, hatte er ihnen bereits in seinen Briefen und Bittschriften mitzuteilen versucht, aber er glaubte allmählich, dass sie sie nicht einmal gelesen hatten. Er beobachtete, wie Laird Ranald mit jedem Wort, das er sprach, blasser wurde, und ihm wurde bewusst, dass dieser Mann niemals die wahren Abgründe des Bösen im Ehemann seiner Schwester gesehen hatte. Eric lächelte flüchtig, als er in Lady MacMillans Augen Tränen glitzern sah. Bethia hatte ganz genauso ausgesehen, als er ihr die Geschichte erzählt hatte.

»Und dieser Graham ist von derselben Sorte?«

»Nun ja, ich glaube schon. Das Leben der armen Seelen auf Dubhlinn scheint sich unter seiner Herrschaft nicht gebessert zu haben. Das ist einer der Gründe, warum ich meinen Anspruch auf Dubhlinn nicht aufgegeben habe. Ich finde, die Leute dort haben zur Abwechslung einmal ein besseres Leben verdient.«

Lord Ranald beobachtete ihn scharf, als er sprach. »Ihr seid Beatons Erbe und ein echter MacMillan, dennoch fahrt Ihr fort, Euch als Murray zu bezeichnen.«

»Vermutlich werde ich das immer tun.« Eric zuckte die Achseln. »Ich bin dreizehn Jahre lang in dem Glauben, ein unehelicher Murray zu sein, erzogen worden. Ich fühlte mich auch dann noch als Murray, nachdem ich herausgefunden hatte, dass ich gar keiner war. Natürlich würde keiner gern Beaton als Vater bezeichnen, aber ich glaube nicht, dass das der einzige Grund ist. Balfour und Nigel mussten mich großziehen. Obwohl uns keine Blutsbande verbinden, sind wir auf jede erdenkliche andere Weise miteinander verbunden. Ich schulde ihnen mein Leben.«

»Ja, das tut Ihr.« Lord Ranald streckte die Hand aus und nahm kurz Erics Hand in seine. »Wollt Ihr eine Weile bleiben? Es gibt noch mehr Leute zum Kennenlernen, Tanten, Cousins und Cousinen. Ich würde Euch auch gerne von Eurer Mutter erzählen.«

»Ich bin frisch verheiratet, Sir.« Eric erzählte ihnen kurz von Bethia und wie er sie kennengelernt hatte, wobei er ein bisschen darüber lächeln musste, wie sich ihre Augen im Lauf der Geschichte weiteten.

»Die Drummonds haben nicht um Hilfe gebeten, oder seid Ihr hier, um uns diese Bitte zu übermitteln?«

»Nein, ich glaube nicht, dass Bethias Eltern diese Geschichte glauben.«

»Aber Ihr glaubt sie?«

»Ja. Das Einzige, dessen ich mir nicht sicher bin, ist, wie dieser Mann jetzt, wo Bethia und das Kind im Schutz von Dunnbea weilen, handeln wird. Habt Ihr jemals meine Gattin getroffen?«

»Ein- oder zweimal, wenn wir die Drummonds besucht haben.«

»Sie wurde nie geholt«, sagte Lady Mairi. »Man ist gelegentlich in sie hineingelaufen oder hat etwas über irgendeinen Schaden, den sie angerichtet hat, mitbekommen. Ich glaube, sie ist nicht sehr gut behandelt worden.«

»Nein, das ist sie nicht. Ich möchte sie von diesem Ort und ihren Eltern so schnell wie möglich wegbringen.«

»Machen denn ein oder zwei Wochen einen solchen Unterschied?«, fragte Lord Ranald.

Eric zögerte. Er vermisste Bethia bereits jetzt und war besorgt darüber, sie der unbarmherzigen Gnade ihrer Eltern zu überlassen. Wie leicht konnten sie das Wenige, das er erreicht hatte, zerstören, die Andeutungen von Lebendigkeit und Selbstvertrauen, die in ihr aufzuleuchten begannen, vernichten. Aber nach so vielen Jahren, in denen er versucht hatte, die Aufmerksamkeit der MacMillans zu erhalten, hatte er sie nun endlich bekommen und man akzeptierte ihn vorbehaltlos. Zum einen war es nur klug, diese vorsichtige Verbindung zu stärken, zum anderen war es durchaus möglich, dass sie ihm eine Menge über Beaton erzählen konnten, das ihm später zum Vorteil gereichen mochte.

»Ich werde eine Woche lang bleiben, allerhöchstens zwei, danach muss ich auf Dunnbea zurückkehren«, sagte er mit einem schiefen Lächeln über die Freude, die seine neu gefundenen Verwandten nicht verbergen konnten.

»Ich werde für Euch einen Boten mit einer Nachricht auf Dunnbea schicken«, sagte Lady Mairi. »Sie wird Eure Gattin beruhigen.«

Eric hoffte es. Bethia mochte versuchen, es zu verstehen, aber er wusste, dass sie sich seiner noch nicht sicher war. Er tröstete sich ein wenig mit dem Gedanken, dass sie hinter den Mauern von Dunnbea in Sicherheit war, sodass er sich, wenigstens im Moment, keine Sorgen über ihre Sicherheit zu machen brauchte.

Bethia seufzte, als sie sich auf den Grasfleck im rückwärtigen Teil des Burghofs setzte und beobachtete, wie James herumstolperte. Seine Schritte wurden mit jedem Tag sicherer, doch er versuchte noch immer, zu schnell vorwärtszukommen, und strauchelte deshalb sehr oft. Wenn sie ihn auf dem weichen Gras üben ließ, würden sich seine blauen Flecken in Grenzen halten.

Sie vermisste Eric und versuchte verzweifelt, es nicht zu tun. Er hatte jedes Recht dazu, eine Zeit lang wegzubleiben. Die MacMillans schenkten ihm jetzt Glauben und wünschten, ihren Verwandten näher kennenzulernen. Obwohl es nur vierzehn Tage waren, sehnte sie sich danach, ihn wiederzusehen. Ohne ihn an der Seite schlief sie nicht gut, und in ihren Träumen wurde sie von Bildern gequält, in denen er die

Gesellschaft wunderschöner Frauen genoss. Frauen, die ihn vielleicht für immer von ihr weglocken würden.

»Hört auf zu schmollen«, sagte neben ihr eine aufmunternde Stimme, als sich Grizel ins Gras setzte.

»Ich schmolle nicht«, erwiderte Bethia.

»Doch, das tut Ihr. Ihr vermisst Euren hübschen Gatten.«

»Vielleicht.« Bethia seufzte, als Grizel entrüstet über ihre Untertreibung schnaubte. »Wenn es dich glücklich macht, dann gebe ich zu, dass ich mir Sorgen wegen der Frauen mache, die er auf Bealachan unweigerlich kennenlernt.«

»Na, ich dachte mir schon, dass Ihr so dumm seid.«

»Bist du dir sicher, dass du nur eine Magd bist?«

»Versucht nicht, mich in meine Schranken zu weisen. Dieser überhebliche Ton funktioniert bei mir nicht. Wir sind praktisch miteinander aufgewachsen, und ich bin mit Peter verheiratet, der fast Euer Onkel ist.«

»Wenn du versuchst, mich dazu zu bringen, dich Tante zu nennen, ist es durchaus möglich, dass ich dir eine Ohrfeige gebe.«

»Ich zittere vor Angst. Mädchen, warum sollte denn Euer Gatte an den Blumen in einem anderen Beet riechen?«

Bethia starrte Grizel einen Augenblick lang an und musste schließlich lachen. »Was für ein eigentümliches Bild dafür.« Dann seufzte sie und wurde wieder ernst. »Du hast nicht gesehen, wie die Mädchen sich ereifern und nach ihm lechzen. Die Mägde in der Herberge hätten ihn am liebsten vor meinen Augen vergewaltigt.«

»Ja, das kann ich mir, glaube ich, vorstellen. Er ist ein gut aussehender Mann. Einige der Mädchen hier zeigen auch ein kleines bisschen von diesem Ereifern und Lechzen.«

»Wenn du versuchen solltest, mir zu besserer Laune zu verhelfen, dann machst du deine Sache miserabel.«

Grizel lachte. »Entschuldigt. Ich fürchte, Ihr müsst Euch einfach daran gewöhnen. Ihr könnt nicht alle Mädchen Schottlands mit Blindheit schlagen.«

»Das ist eine Idee.« – »Nein, Ihr könntet nie so grausam sein. Ich weiß nicht, was ich sagen soll. Ich habe absolut nicht das Gefühl, dass Euer Knabe einer ist, der auf sein Eheversprechen spuckt. Es scheint mir fast, als wärt Ihr ungerecht ihm gegenüber. Solange er Euch keinen Anlass gibt, ihn der Untreue zu verdächtigen, solltet Ihr ihn nicht in Gedanken dessen bezichtigen.«

Bethia nickte und fing James, der auf sie zustolperte, in ihren Armen auf; dann lachte sie, als er sofort wieder in eine andere Richtung loslief. »Ich weiß. Ich sollte ihm einfach vertrauen, bis er mir Anlass dazu gibt, es nicht mehr zu tun.«

»Ja, und hört auf mich. Ein Mann nimmt seiner Frau einen kleinen Anflug von Eifersucht nicht übel, aber nur einen kleinen Anflug. Um ehrlich zu sein, Ihr zweifelt jedes Mal, wenn Ihr denkt, dass er der Versuchung bereitwilliger Mädchen unterliegt, seine Ehre an.«

»Oh.« Bethia verzog das Gesicht. »So habe ich das noch nie gesehen.«

»Versucht es zu tun. Wenn Ihr solchen Vorstellungen erlaubt, Euch in Gedanken zu quälen, werden Euch bald gereizte Worte über die Lippen kommen. Als Nächstes beschuldigt Ihr ihn, mit allen Mädchen, die er in der Entfernung von einem Tagesritt bekommen kann, zu schlafen, und wenn Ihr ihn dessen oft genug anklagt, kann es sein, dass Ihr ihn sogar dazu treibt. Diese Art von Misstrauen und Eifersucht kann Gift für eine Ehe sein, Bethia. Ich habe es bei meiner Mutter und meinem Vater erlebt, deshalb weiß ich, wovon ich rede.«

»Oh, das tut mir leid.«

»Nein, es ist Vergangenheit. Aber es hat mich etwas gelehrt, und obwohl ich nicht behaupten kann, dass ich nicht eifersüchtig bin, wenn ein Mädchen meinen Peter anlächelt, schau ich erst ihn an. Lächelt er zurück? Liegt er jede Nacht in meinem Bett? Lodert seine Leidenschaft noch immer brennend heiß? Ich bekomme immer noch ein Ja auf alle diese Fragen, und das lindert meine Eifersucht. Natürlich hält mich das nicht davon ab, dieses anmaßende kleine Flittchen, das meinem Mann schöne Augen macht, zur Strecke zu bringen und es zu ohrfeigen.« Sie lachte gemeinsam mit Bethia.

»Es gibt ein Problem, wenn ich mir diese Fragen eben jetzt stelle. Er liegt nicht jede Nacht in meinem Bett.«

»Stimmt, aber Ihr wisst, wo er ist, und er hat Euch fast jeden Tag eine Nachricht geschickt.«

Die Erinnerung daran zauberte ein Lächeln auf Bethias Lippen. »Ja, und er gibt mir sehr schöne Namen. Mein Herz und mein Leben.«

»Mädchen, wenn er Euch so nennt, solltet Ihr weniger Gedanken auf die Reize der Mädchen von Bealachan verschwenden als vielmehr darauf, wie Ihr ihn gehörig dafür belohnen könnt, dass er sie alle zurückweist. Grizel stand auf und strich sich die Röcke glatt. »Ich denke, wir sollten das Jungchen besser mit hineinnehmen und ihm etwas zu essen geben. Für Euch ist es höchste Zeit, Euch weiter in höfischen Manieren zu üben.«

Bethia fluchte leise und nahm James hoch. Nachdem sie ihre Abneigung dagegen geäußert hatte, mit Eric an den Hof zu gehen, hatten Wallace und Grizel angefangen, sie zu unterrichten. Obwohl sie langsam den Eindruck gewann, dass sie Eric nicht beschämen würde, glaubte sie doch, dass der königliche Hof nicht gerade sonderlich angenehm sein würde. Es gab viel zu viele Regeln, die man beachten musste, sogar wem gegenüber man einen Knicks machen musste und wie tief er jeweils zu sein hatte. Das Einzige, was sie wirklich genoss, war der Tanzunterricht, allerdings war sie sich nicht sicher, ob sie jemals Gelegenheit zum Tanzen haben würde.

Erst am frühen Nachmittag war Bethia wieder allein mit James. Sie hatte nichts zu tun und beschloss, loszugehen und Kräuter zu suchen. Da sie sich gut an ihre Hilflosigkeit während Erics' Fieber erinnerte, hatte sie beschlossen, sich von Old Helda, der Heilerin des Clans, in der Heilkunst unterrichten zu lassen. Jetzt versuchte sie, ihre eigene Kräuter- und Arzneipflanzensammlung anzulegen.

Flüchtig fragte sie sich, ob es klug sei, sich außerhalb der Mauern von Dunnbea zu bewegen, schüttelte ihre Angst aber ab. Nach allem, was sie gehört hatte, versuchte William durch Petitionen an den König Dunncraig und durch Bittschreiben an ihre Eltern die Vormundschaft über James zu erlangen. Da die Botschaften, die er gesandt hatte, aus Dunncraig gekommen waren, konnte er nicht in der Nähe sein. Bethia glaubte, sich im Moment einigermaßen sicher hinauswagen zu können, und sie zog los, um Bowen zu suchen.

Bowen stimmte ihr nicht zu. »Ich denke, Ihr solltet genau da bleiben, wo Ihr jetzt seid.«

»Ich muss wenigstens für kurze Zeit diesen Mauern entfliehen«, flehte sie, indem sie ihm auf seinem Weg zu den Stallungen folgte.

»Ein Grab ist noch viel einengender.«

»Bowen, dieser Mann ist nicht einmal in der Nähe.«

»Wie könnt Ihr Euch da so sicher sein?«

»Weil er seine Botschaften aus Dunncraig schickt.«

Bowen lehnte sich gegen eine Box und sah sie zweifelnd an. »So sagt man. Allerdings will dieser Mann das Kind und Euch tot sehen. Ich finde, es gibt keinen Grund zu glauben, dass er seine Meinung geändert hat.«

Bethia seufzte. »Das finde ich ja auch, und deshalb hätte ich gerne zwei bewaffnete Männer zur Begleitung. Ich verstehe zwar nicht, was dieser Dummkopf damit erreichen will, wenn er James oder mir Schaden zufügt, aber ich weiß auch, dass er vielleicht nicht den Verstand hat, das zu erkennen, oder einfach nur unseren Tod wünscht, um seinen wundersamen Plan, Dunncraig an sich zu reißen, umzusetzen.«

»In Ordnung. Zwei bewaffnete Männer. Und Ihr kehrt vor Einbruch der Dunkelheit zurück!«

Sie stellte sich auf die Zehenspitzen und küsste seine bärtige Wange. »Ich glaube nicht einmal, dass ich so lange weg sein werde.«

Als sie und die beiden Wachen aus Dunnbea hinausritten, unterdrückte Bethia ihre nach wie vor lauernden Bedenken. Es war ein überraschend warmer sonniger Tag, und sie hatte die Absicht, ihn voll und ganz zu genießen. James saß vor ihrer Brust in seinem Tuch und sah sich überall um, wobei er plapperte und auf alles zeigte. Bethia hoffte, dass er das Sprechen ebenso schnell lernen würde wie das Laufen, denn sie hätte zu gerne gewusst, was er sagen wollte.

Sie warf einen Blick in Richtung Bealachan und war enttäuscht, dass Eric nicht hinter ihnen herkam, rief sich aber zur Ordnung. Er würde zurückkommen, sobald er konnte. Da er von seinem eigenen Vater verstoßen und in dem Glauben gelassen wurde, er sei ein unehelicher Bankert, und ihn zudem seinen richtigen Verwandten immer und immer wieder zurückstießen, hatte Eric mehr Recht darauf als irgendein anderer, so viel wie nur möglich über seine endlich gefundene Familie zu erfahren. Zudem musste er dank der Anerkennung durch die Familie seiner Mutter nicht gegen die MacMillans um seine Rechte kämpfen. Da ihn dies in Opposition zu ihrem Clan gebracht hätte, sollte sie eigentlich froh darüber sein, dass er sie besuchen und eine Weile dort bleiben wollte.

Nichtsdestotrotz wünschte sie ihn nach Hause, und zwar nicht nur, weil sie ihn bitterlich in ihrem Bett vermisste. Selbst wenn sie Grizels Rat befolgte und ihm vertraute, bis er etwas tat, das dieses Vertrauen zerstören würde, konnte sie nicht aufhören, sich Sorgen zu machen. Ihm vertraute sie mühelos, aber den Frauen traute sie ganz und gar nicht über den Weg, und sie konnte nicht vergessen, dass Eric ein leidenschaftlicher Mann war.

»Nein, hör auf damit, du Närrin!«, schimpfte sie sich selbst aus. »Du bist wieder im Begriff, ihm zu misstrauen.«

»Habt Ihr etwas gesagt, Mylady?«, fragte der Mann, der neben ihr ritt.

»Nein, Dougal, ich habe nur mit dem Jungen gesprochen«, erwiderte sie und seufzte auf, als Dougal verständnisvoll nickte.

Bethia lächelte schwach. Man kam in den Genuss einiger ungeahnter Vorteile, wenn man ein Kind hatte. So durfte man unsinnige Sachen machen, sofern man behauptete, mit dem Kind zu spielen. Es war möglich, eine Menge Selbstgespräche zu führen, ohne verrückt zu erscheinen, gab man nur vor, mit dem Baby zu sprechen. Doch als sie einen Blick auf James warf, kam sie zu dem Schluss, dass sie etwas vorsichtiger mit dem sein sollte, was sie in seiner Gegenwart äußerte. In seinem glückseligen Geplapper fanden sich mehr und mehr richtige Worte, und sie wollte nicht riskieren, dass er etwas wiederholte, das besser ein Geheimnis bleiben sollte.

Sie waren gerade einmal eine knappe halbe Stunde unterwegs, als Bethia anhalten ließ. Dies war die Stelle, die Old Helda ihr für das Sammeln von Kräutern und medizinischen Pflanzen empfohlen hatte. Dougal half ihr beim Absteigen und begab sich zu dem anderen Mann, um mit ihm Wache zu stehen, während sie das suchte, was sie haben wollte. Während sie sich bemühte, James davon abzuhalten, sich jede Pflanze, die sie fand, in den Mund zu stopfen, sammelte sie diejenigen, die Helda ihr geraten hatte.

Es dauerte nicht lange, den kleinen Beutel zu füllen, den sie mitgebracht hatte, und sie empfand ihre Suche als erfolgreich. Bethia drehte sich zu ihren beiden Begleitern um, um ihnen zu sagen, dass sie fertig war, und schrie vor Schreck laut auf. Dougal stöhnte und fiel, die Augen im Schock weit aufgerissen, bäuchlings zu Boden, wodurch der Pfeil in seinem Rücken sichtbar wurde. Der andere Mann schrie auf, als ein weiterer Pfeil ihn in die Brust traf und ihn hart gegen den Baum, vor dem er gestanden hatte, schleuderte.

James fest im Griff, starrte Bethia entsetzt auf beinahe ein Dutzend Männer, die aus dem Wald herausritten. Drei der Männer erkannte sie sofort, und verzweifelt fragte sie sich, wie William und seine Söhne so schnell von Dunncraig hierher hatten kommen können. Ihre letzten Bitten um die Vormundschaft über James waren erst gestern eingetroffen.

Als William abstieg und auf sie zukam, erkannte sie, dass sie offensichtlich von allen guten Geistern verlassen gewesen war.

Sie hatten alle geglaubt, William sei wieder auf Dunncraig, dabei hatte einzig und allein sein Bote diesen Anschein vermittelt.

Statt auf Dunncraig zu sitzen und zu versuchen, sich das anzueignen, was ihm nicht von Geburt aus zustand, hatten sich William und seine Gefolgsleute in der Gegend von Dunnbea herumgetrieben und nur auf die Gelegenheit gewartet, sich an sie heranzumachen.

Und ich bin ihm einfach in die Hände gelaufen, dachte sie wütend.

»Seid Ihr verrückt?«, fuhr ihn Bethia an, im verzweifelten Versuch, die eiskalte Angst, die ihr ins Herz kroch, zu verbergen.

»Verrückt?« William runzelte die Stirn, als denke er ernsthaft darüber nach.

»Nein, das glaube ich nicht. Immerhin habe ich Euch überlistet, sodass Ihr herausgekommen seid und ich mich an Euch heranmachen konnte, nicht wahr?«

»Ich bin nicht hierher gekommen, um Euch dabei zuzusehen, wie Ihr zwei gute Männer ermordet. Und ganz sicher bin ich nicht hierher gekommen, weil Ihr mich an diesen Ort gelockt habt.«

»Das weiß ich, aber letztlich seid ihr wegen mir hier und habt mir Klein-James mitgebracht. Mir war klar, dass Ihr es nicht sehr lange aushalten könnt, so eingeschränkt zu leben. Alles, was ich zu tun hatte, war, jedes Misstrauen über meinen Aufenthaltsort zu stillen und zu warten, bis Ihr die Burg verlasst.«

»Ihr haltet Euch für so viel klüger, als Ihr wirklich seid, stimmt's?« *Und ich bin sehr dumm,* dachte sie verzagt.

»Oh, ich bin klug, denn ich frage Euch: Wer hat gewonnen?«

Bevor sie antworten konnte, machte er eine Faust und schlug ihr ins Gesicht. Bethia verspürte noch einen Moment der Angst und des Schmerzes, dann nichts mehr.

»Bowen«, schrie Wallace, als er in die Stallungen torkelte. »Komm schnell!«

Bowen eilte dem jungen Mann hinterher und bahnte sich einen Weg durch die Menschenmenge, die auf etwas starrte, was auf dem Boden lag.

Als er endlich erkennen konnte, dass sie auf Dougal hinunterschauten, der aus einem Loch in der Brust blutete, stieß er einen Fluch aus.

Er kauerte sich neben Grizel und Old Helda, die sich bemühten, die Blutung zum Stillstand zu bringen.

»Was ist passiert, Dougal?«, fragte er, wobei er inständig darum betete, dass der junge Mann wenigstens lang genug bei Bewusstsein blieb, damit er alles, was er wissen musste, sagen konnte.

»Wir wurden im Wald angegriffen«, sagte Dougal mit dünner, heiserer Stimme. »Robbie ist tot. Sie dachten, ich wäre es auch. Es war dieser William. Er hat das Mädchen und das Kind entführt.«

»Hast du gesehen, in welche Richtung die Kerle geritten sind?«

»Nach Westen.«

»Guter Junge!«

Bowen warf beim Aufstehen den beiden Frauen einen Blick zu.

»Versucht Euer Bestes«, murmelte er, und beide nickten.

»Sagte er Westen?«, fragte Wallace.

»Ja.«

»Da geht es nicht nach Dunncraig.«

»Nein, tut es nicht. Ich denke, er möchte die Leichen an eine Stelle bringen, die keinen Verdacht auf ihn lenkt. Männer und Pferde, Junge! Wenn wir schnell losreiten, haben wir vielleicht eine Chance, sie zu retten.«

Wallace donnerte die Befehle, und als die Männer davoneilten, um ihnen Folge zu leisten, wandte er sich zu Bowen um.

»Hoffentlich können wir sie und das Kind zurückbringen, bevor ihr Mann herausfindet, was geschehen ist.«

»Zu spät«, sagte Peter, der auf Bowen zukam und auf den Mann zeigte, der gerade in diesem Moment in den Burghof geritten kam.

11

»Wo ist sie?«, wollte Eric umgehend wissen.

Bowen verzog das Gesicht und fuhr sich mit den Fingern durch die Haare, während er Eric ansah. »Wir glauben, dass dieser Mistkerl William sie entführt hat.«

Eric starrte den Mann an. Er hatte in dem Augenblick, in dem er durch die Tore von Dunnbea geritten war, gespürt, dass etwas nicht stimmte. Peter, Wallace und Bowen hatten geschäftig und mit finsteren Mienen Männer und Pferde im Burghof zusammengeholt. Eric hatte keine Zeit mit Absteigen verschwendet, sondern war sofort zu Bowen geritten.

»James?«, fragte er. Die Angst um Bethia saß ihm wie ein fester Knoten in den Eingeweiden.

»Ja, auch den Jungen.«

»Wie in Gottes Namen schaffte es William, in die Mauern von Dunnbea vorzudringen?«

»Hat er nicht. Das Mädchen war mit dem Jungen ausgeritten, um ein paar Kräuter zu sammeln. Sie hat zwei Männer mitgenommen. Ganz dumm war sie nicht. Na ja, jetzt ist einer dieser Männer tot, und der andere stark verwundet. Peters Frau Grizel weiß nicht so recht, ob er überlebt.« Bowen bestieg das Pferd, das Peter ihm eben gebracht hatte. »Wir wollen hinaus, um sie zu verfolgen. Kommt Ihr mit?«

»Selbstverständlich.«

»Die alte Helda und der arme Dougal haben uns gesagt, wo wir mit der Suche beginnen müssen, das wird uns ein Stück weit helfen«, erklärte Bowen.

Als die Männer aus Dunnbea hinausritten, hielt sich Eric neben Wallace, Bowen und Peter blieben dicht hinter ihnen. »Was hat denn das Mädchen dazu getrieben, die schützenden Mauern von Dunnbea zu verlassen?«, fragte er, als sie ihr Tempo mit dem Betreten des Waldes verlangsamten.

Wallace zuckte die Schultern.

»Ich glaube nicht, dass sie es für ganz sicher gehalten hat hinauszureiten, aber immerhin für sicher genug, um sich mit zwei bewaffneten Männern auf einen kurzen Ausflug zu begeben. Es schien, als hätte sich William zurückgezogen und würde nur noch mittels langer, ermüdender Botschaften sein Recht auf die Vormundschaft über das Kind einklagen. Mein Dummkopf von Onkel und meine ebenso dumme Tante haben dies wirklich in Betracht gezogen, was Bethia mehr erschreckte als die Möglichkeit, William könnte noch immer einen Mord planen.«

»Aber mich erschreckt Letzteres.« Eric warf einen Blick auf Thomas, der nach einer Spur, der sie folgen konnten, suchte. »Ist er gut?«

»Ich denke, der Beste. Ein paar von den unmittelbaren Nachbarn haben sich ihn schon ausgeliehen, wenn eine wichtige Spur zu verfolgen war. Thomas kann bereits an einem geknickten Grashalm einen Anhaltspunkt entdecken.«

»Hoffentlich findet er die Spur schnell. Bethia und James sind schon viel zu lange in Williams Händen.«

Wallace legte die Stirn in Falten. »Glaubt Ihr, dass der Bastard vorhat, sie umzubringen?«

»Oh ja.«

»Das ergibt keinen Sinn. Jedem würde klar sein, dass er es getan hat und warum er es getan hat.«

»Ich bin mir nicht sicher, ob er den Verstand hat, das zu erkennen, und selbst wenn dem so wäre, besitzt er genug Arroganz, um zu glauben, er könne mit seinen Erklärungen alles vom Tisch fegen und seinen Griff auf Dunncraig festigen.«

»Macht Euch keine Sorgen. Wir werden sie finden.«

»Das hoffe ich. Ich bin gerade einmal zwei Wochen verheiratet und hege nicht den Wunsch, schon Witwer zu werden.«

Beim Aufwachen war sich Bethia zweier Dinge bewusst: Ihre Nase nahm den intensiven Geruch wahr, den Pferde an sich haben, und sie konnte James wimmern hören. Schließlich fing es in ihrem Kopf an zu hämmern, und die Erinnerung an ihre Gefangennahme kehrte in allen Übelkeit erregenden Einzelheiten zurück. Vorsichtig setzte sich Bethia auf und bekämpfte den Brechreiz, der sie überkam. Obwohl sie aufgrund der Kopfschmerzen alles nur verschwommen sah, schaute sie sich nach James um. Ihr Herz machte vor Angst einen Sprung, als sie entdeckte, dass Ian, der brutalere von Williams Söhnen, das Baby vor sich im Sattel sitzen hatte.

»Ah, Ihr seid aufwacht?« William grinste, als er zu ihr kam. »Schmerzt der Kopf?«

»Ach, warum rollt Ihr Euch nicht einfach zusammen und scheidet aus dem Leben«, knurrte sie und hob ihre Hand, um sich an die Stirn zu langen. Dabei musste sie feststellen, dass ihre Handgelenke gefesselt und am Sattel festgebunden waren. »Wir alle wissen, dass Ihr gewonnen habt. Ihr seid einfach nur kindisch, wenn Ihr Eure Schadenfreude darüber zeigt.«

Sie konnte an Williams Gesicht erkennen, dass seine gute Laune schnell verschwand, und war froh darüber. Ein bösartiger, stumpfsinniger William war viel leichter zu verstehen als ein fröhlicher. So kannte sie ihn.

»Ich habe ein Recht auf Schadenfreude«, fuhr William sie an. »Ihr Drummonds, Ihr seid so stolz und arrogant. Ihr habt doch alle gedacht, dass ich verdammt dankbar sein soll, weil Ihr mir erlaubt habt, diesen Namen anzunehmen. Aber das war auch schon alles, was Ihr mir geben wolltet.«

»Das ist mehr, als Ihr vor Eurer Hochzeit mit Roberts armer, vernarrter Tante besessen habt. Ihr und Eure abscheulichen Söhne wärt in irgendeinem dreckigen Loch zerlumpt vor Hunger gestorben, wenn sie Euch nicht aufgenommen hätte.«

»Dunncraig gehört mir. Ich habe es mir verdient.«

»Mit was? Mit Herumstehen und Prahlen, was für ein wunderbarer Mann Ihr seid?«

»Wunderbarer als irgendein Drummond. Wo sind sie denn jetzt mit all ihrem Stolz? All ihrer Schönheit und ihrem feinen Benehmen? Tot. So wie Ihr es auch bald seid. Wie dieser verfluchte Bengel es bald sein wird.«

Verzweiflung überfiel sie, als er sich von ihr entfernte und sich wieder seinen Söhnen zugesellte. Sie kämpfte dagegen an, nicht schwach zu werden. Obwohl sie keine Fluchtmöglichkeit sah, insbesondere solange William James und sie voneinander trennte, war ihr klar, dass sie die Hoffnung nicht aufgeben durfte. Ohne einen Funken Hoffnung würde sie wie ein Lamm zur Schlachtbank gehen und sterben, ja schlimmer noch, sie würde James mit sich nehmen.

Bethia warf einen Blick zum Himmel und versuchte abzuschätzen, wann Sonnenuntergang war. Zwar hatte sie das noch nie gut gekonnt, zudem war der Schmerz in ihrem Kopf nicht sonderlich hilfreich, doch sie hatte den Eindruck, dass es bald soweit sein müsste. Dann würde Bowen kommen und nach ihr suchen. Es würde knapp werden, aber wenn sie William irgendwie hinhalten konnte und Bowen ausgesprochen ungeduldig war, bestand eine kleine Chance auf Rettung. Bethia hegte den Verdacht, dass es sich dabei um einen derart kleinen Hoffnungsschimmer handelte, dass er eigentlich gar keiner mehr war, aber wenigstens hatte sie etwas, an das sie sich klammern konnte.

Sie atmete mehrmals tief durch und bemühte sich, die Schmerzen in Kopf und Kinn zu vergessen. Diese umnebelten ihre Gedanken, doch sie brauchte einen klaren Kopf. Irgendwie musste sie es schaffen, William in ein Gespräch zu verwickeln – und das so lange, bis Bowen kam, um seine mörderische Kehle durchzuschneiden, und sie noch am Leben war, um ihn anzufeuern.

Als Bethia ihren Schmerz so weit unter Kontrolle hatte, dass sie nachdenken konnte, ohne zusammenzuzucken, gab

William die Order anzuhalten. Während einer der Männer sie losband und aus dem Sattel zerrte, ließ sie James nicht aus den Augen. Gerade als auf schmerzhafte Weise wieder Gefühl in ihre Hände zurückkehrte, wurde ihr James in die Arme gepackt.

»Kommt hierher und kniet Euch nieder«, befahl William, der auf einer kleinen Lichtung stand.

»Ihr erwartet von mir, dass ich demütig gehorche? Ihr seid verrückt«, erwiderte Bethia und schüttelte den Kopf.

Dann lief sie los. Sie wusste, dass sie nicht die geringste Chance hatte zu entkommen, schon gar nicht mit James auf den Armen, aber es konnten Wunder geschehen. Zudem kostete es Zeit – Zeit, in der vielleicht Bowen auf der Suche nach ihr hierher kam. Egal, wie flink sie war und wohin sie sich wandte, sie fand keinen Weg aus der Lichtung, den nicht einer von Williams Männern versperrte. Schließlich stürmte einer der Männer einfach auf sie los, und sie war nicht schnell genug, um ihm auszuweichen. Bethia konzentrierte sich ganz darauf, James so zu halten, dass er keinen Schaden nahm, als der Mann sich auf sie warf und sie hart zu Boden stieß.

Noch während sie wieder auf die Füße gezogen wurde und um Atem rang, versuchte Bethia mit allen Mitteln, den schreienden James zu beruhigen. Sie wusste, dass er äußerst verängstigt war, doch ein Blick auf William verriet ihr, dass er besser aufhören sollte zu weinen. William erweckte den Anschein, als wäre er mehr als bereit, das Kind unverzüglich zu töten. Außerdem erschwerte ihr der Lärm, den James machte, William in ein Gespräch zu verwickeln. Sie schickte ein wortloses Dankgebet zum Himmel, als James sich schnell auf lautloses Schluchzen und Aufstoßen beschränkte.

»Das war sehr töricht«, sagte William. »Wo wolltet Ihr denn hin?«

Bethia fluchte leise, als sie so heftig auf die Knie gezwungen wurde, dass der Schmerz durch ihren sowieso schon zerschundenen Körper nur so hindurchschoss. »Vielleicht hatte ich nie beabsichtigt, irgendwohin zu gehen. Vielleicht habe ich es nur gemacht, um Euch zu ärgern.«

»Ja, das kann ich mir vorstellen. Seit dem Tag, an dem Ihr durch die Tore von Dunncraig geritten kamt, wart Ihr nichts weiter als ein Stachel in meinem Fleisch.«

»Ihr habt meine Schwester umgebracht und versucht, Ihr Kind zu töten. Erwartet Ihr, dass ich Euch dafür danke?«

»Ich hatte erwartet, dass Ihr genauso schwach von Verstand seid wie Eure Schwester. Sie und ihr dummer Ehemann haben meinen Plan niemals erraten. Wie habt Ihr ihn in Erfahrung gebracht?« William sah sie stirnrunzelnd an. »Vielleicht seid Ihr eine Hexe? Ja, mit solchen Augen seid Ihr es wahrscheinlich.«

Er klang ganz nach einem gereizten Kind, und Bethia wünschte, man hätte ihr den Dolch nicht fortgenommen. Sie brannte darauf, ihn William tief ins Herz zu stoßen. Er redete, als seien ihre Versuche, ihn von der Ermordung eines Kindes abzuhalten, nichts weiter als unhöflich und unfreundlich, und verriet damit, dass er James ebenso wie die Eltern des Kindes und seine eigene Frau nur als Hindernisse auf dem Weg zum Reichtum betrachtete, Belanglosigkeiten, die man mit dem Fuß beiseitestoßen konnte. Ein solcher Mann war, wenn nicht bereits verrückt, so doch sehr nah daran.

Sie warf ihren Kopf hoch, um die Haare aus der Stirn zu bekommen, denn seine Bemerkung, sie sei eine Hexe, hatte sie auf eine Idee gebracht. Es konnte gefährlich sein, mit der Angst zu spielen, die so viele bei Dingen empfanden, die sich ihrem Verständnis entzogen, denn es konnte ihr sehr schnell das Leben kosten. Sollte sie die Männer davon überzeugen können, dass sie eine gewisse Macht hätte, würden sie vielleicht zögern. Es war närrisch, wenn Leute sie für bösartig oder mit geheimen Kräften begabt hielten, bloß weil ihre Augen nicht zusammenpassten, doch Bethia hatte diese Angst schon früher wahrgenommen. Jetzt konnte sie vielleicht Nutzen daraus ziehen. Sie starrte William geradewegs an und war nicht ernsthaft überrascht, als er sich anspannte und einen kleinen Schritt rückwärts machte, bevor er sich wieder unter Kontrolle hatte.

»Es war nicht schwer, in Eurer schwarzen Seele Eure widerlichen Pläne zu lesen«, sagte sie.

»Ich weiß«, antwortete er, und sein Triumph darüber, dass er recht hatte, war mit einer Spur Angst gemischt. »Es war die einzige Möglichkeit, mir zu entkommen, der einzige Weg, in Erfahrung zu bringen, welches Essen das Gift enthielt.«

Wenn ich so klug bin, dass ich Gedanken lesen kann, warum bin ich dann eigentlich hier? Am liebsten wäre sie auf ihn losgegangen. Dieser Mann war ein solch großer Esel, dass es sie überraschte, wie er lange genug am Leben hatte bleiben können, um sie zu quälen. Zudem machte es sie wütend, dass Sorcha von so einem Dummkopf umgebracht werden konnte und er vielleicht auch bei James und ihr erfolgreich wäre. Das schien einfach nicht gerecht zu sein. Sie unternahm nichts, um die Abscheu, die sie ihm gegenüber empfand, zu verbergen. Immerhin, so dachte sie bei sich, würde sie, wäre sie tatsächlich eine so mächtige Hexe, diesem Mann ganz sicher mit restloser Verachtung begegnen. Bethia betete inständig, jemand möge kommen und sie retten, denn wenn sie ein solches Spiel spielte, konnte sie sich leicht selbst in Brand setzen, anstatt mit durchgeschnittener Kehle zu enden. Sie schüttelte diesen furchtbaren Gedanken ab und konzentrierte sich auf das, was sie als Nächstes sagen sollte.

Indem sie sich so schnell und so lautlos wie möglich durch den Wald bewegten, ritten Eric und die Männer von Dunnbea in die Richtung, aus der James' Schreien zu ihnen drang. Doch plötzlich war alles still, und Eric fröstelte. »Er hat aufgehört.«

»Das heißt nicht, dass er tot ist«, versicherte ihm Bowen. »Es kann einfach sein, dass Bethia den Jungen erfolgreich beruhigt hat.«

»Sie sind nur wenige Meter vor uns«, sagte Peter, als er sich nach einer Erkundung wieder bei ihnen einfand.

»Lebend?«, wollte Eric wissen.

»Ja, obwohl klar ist, dass er beide töten will. Sie befinden sich auf einer kleinen Lichtung. Bethia kniet mit dem Jungen auf dem Boden und William steht mit seinen Männern vor ihr. Es handelt sich um etwa ein Dutzend.«

Bowen befahl eilig den Männern, die Lichtung zu umstellen, und platzierte zwei fähige Bogenschützen in Williams Rücken. Sobald der Angriff begann, war es wichtig, Bethia und das Kind so schnell wie möglich aus der Gefahrenzone zu bringen. Eric versuchte sich mit Wallace' und Bowens Zusicherung zu trösten, Bethia wisse, was zu tun sei, wenn es losging, aber er hatte viel zu viel Angst um sie, um klar zu denken. Als er hörte, was sie zu William sagte, steigerten sich seine Angst und seine Verwirrung.

»Was für ein Spiel spielt das Mädchen denn?«, schimpfte er, während er sich neben Wallace auf den Bauch legte, wobei er das dichte Gestrüpp als Versteck nutzte.

»William gehört offensichtlich zu jenen Dummköpfen, die Bethia für eine Hexe halten, weil ihre Augen nicht zusammenpassen«, antwortete Wallace mit ebenso leiser Stimme wie Eric – kaum laut genug, um von dem Mann neben ihm gehört zu werden und leicht vom Lärm, den die Männer und Pferde auf der Lichtung machten, zu übertönen. »Allerdings bin ich mir nicht sicher, wie sie glauben kann, dass ihr das hilft.«

»Es könnte sie nur umso schneller umbringen. Mit der Angst eines Mannes zu spielen ist nicht klug.«

»Ich weiß, was Ihr im Sinn habt«, sprach Bethia mit leiser, aber fester Stimme.

»Ja, ich habe vor, Euch und das Kind zu töten und Anspruch auf Dunncraig zu erheben«, fuhr William sie an. »Das war nicht schwer zu erraten.«

»Ihr werdet Dunncraig niemals bekommen.« Bethia war erfreut über die Kraft, die in ihrer Stimme lag, und Williams Blässe. »Meint Ihr tatsächlich, dass meine Clanangehörigen und mein Gatte glauben, das Kind und ich seien von Räubern oder Landstreichern getötet worden?« Die Art und Weise, wie Williams Augen sich weiteten und seine Söhne sie mit stockendem Atem erstaunt anschauten, zeigte ihr, dass sie seinen Plan richtig erraten hatte. »Sie wissen sehr wohl, wie Ihr versucht, Euch Euren Weg zum Stuhl des Laird of Dunncraig durch Mord zu bahnen.«

»Sie haben keinen Beweis.«

»Mein Wort reicht aus. Ihr tötet mich oder das Kind, und mein Clan sowie mein Gatte werden Euch zur Strecke bringen. Ja, und auch Eure abscheulichen Söhne. Sie werden Euch töten – langsam. Ihr werdet den Tod willkommen heißen, denn bevor ich mein Leben aushauche, werde ich über Euch, Eure Söhne und alle, die Euch helfen, einen Fluch verhängen. Ihr werdet mit großen, eitrigen Wunden übersät sein, deren Gestank so heftig ist, dass es keiner in Eurer Gesellschaft aushält.«

»Halt dein dreckiges Maul, Hexe«, schrie William.

»All Eure Haare werden ausfallen. Danach Eure Zähne.« Williams Söhne und seine Männer fingen an zu murmeln. »Ihr werdet in all Euren Gelenken durch bohrende Schmerzen gehörig verkrüppelt werden.«

»Bringt sie zum Schweigen, Vater«, brüllte Angus, der sich hastig bekreuzigte.

»Ich warne dich, Weib«, sagte William und zeigte mit seinem Schwert auf sie. »Wenn du nicht aufhörst, werde ich dir deine verdammte Zunge herausschneiden.«

»Für jeden Tropfen Blut, der meinem oder James' Körper entweicht, werdet Ihr eine neue Folter erleben. Eure Finger- und Zehennägel werden sich schwarz färben und abfaulen. Eure Männlichkeit wird sich verdrehen und …«

Ein Schrei durchschnitt die Luft und brachte sie zum

Schweigen. Einen kurzen Augenblick dachte Bethia, sie hätte tatsächlich in einem von Williams Männern Gottesfurcht geweckt. Doch dann sah sie einen Mann niederstürzen, in seinem Rücken steckte ein Pfeil. Gerade als ein zweiter schmerzerfüllter Schrei ertönte, ergriff sie James und rannte weg von William und seinen Männern – geradewegs in die Arme von Eric und Wallace.

»Bist du in Ordnung?«, fragte Eric und berührte vorsichtig den großen Bluterguss auf ihrem Gesicht.

»Ja«, erwiderte sie mit zittriger Stimme, schwindlig angesichts ihrer gerade noch rechtzeitig erfolgten Rettung.

»Passt auf sie auf, Wallace«, befahl er und ging, um sich dem Kampf zwischen Williams Männern und ihren Clanangehörigen anzuschließen.

Wallace grinste sie an. »Ihre Männlichkeit wird sich verdrehen?«

»Es schien mir einer jener Flüche zu sein, die einen Mann in Angst versetzen können«, murmelte sie mit einem Achselzucken.

»Oh ja, das kann er.«

Wallace stand wachsam da, bereit, James und sie zu verteidigen, falls sie in Gefahr geraten sollten, und sie wollte ihn nicht ablenken, doch es gab etwas, das Bethia wissen musste. »Wie habt ihr uns gefunden?«

»Wir – oder vielleicht du und das Kind – hatten Glück. Eines der Pferde, das ihr dabeihattet, war der Gefangennahme durch William entgangen und in der Nähe geblieben. Dougal hat überlebt, sich auf das Pferd gehievt und ist auf Dunnbea zurückgeeilt. Wir waren nicht weit hinter euch.«

»Und natürlich hattet ihr Thomas dabei, um die Spuren zu suchen.«

»Stimmt.« Er zauste James die Locken. »Und für kurze Zeit die Stimme dieses kleinen Jungen, der wir zu folgen konnten.«

»Ich hatte solche Angst, dass ich ihm gegenüber versagt und ihn geradewegs in den Tod geführt hätte.«

»Nein, Mädchen. William hat uns alle zum Narren gehalten. Auch wir dachten, er sei wieder auf Dunncraig, sonst hätten wir dich und den Jungen niemals aus den Mauern von Dunnbea hinausreiten lassen. Dein Mann war nicht gerade erfreut darüber, als er herausfand, was wir getan haben.«

Bethia warf mit gekrauster Stirn einen Blick in Erics Richtung, sah aber schnell wieder weg, da sie es nicht ertragen konnte, ihn kämpfen zu sehen, ohne würgende Angst zu empfinden. Sie fragte sich, ob sie aus seiner Verärgerung darüber, dass sie die Sicherheit, die Dunnbea bot, verlassen hatte, ein Anzeichen für seine Gefühle ihr gegenüber herauslesen durfte, schimpfte sich aber sofort eine Närrin. Er hatte damals gelobt, James und sie zu beschützen, und es bei ihrer Hochzeit nochmals bekräftigt. Eric war ein Ritter, ein Mann der Ehre. Er hatte sie in dem Glauben, dass sie in Sicherheit seien, auf Dunnbea zurückgelassen, und musste bei seiner Rückkehr erkennen, dass sie sich stattdessen in Gefahr befanden. Einzig und allein das hatte seine Verärgerung ausgelöst. Sie warf einmal mehr einen Blick auf Eric, sah, wie er sich seinen Weg zu William freikämpfte, und schloss hastig die Augen. Sie dachte nicht weiter darüber nach, was er ihr gegenüber empfand oder nicht empfand, und betete lieber um seine Unversehrtheit.

Eric stieß einen Fluch aus, als er den Mann, der zwischen William und ihm stand, niedergestreckt hatte und ihm sofort der Nächste in den Weg gestoßen wurde. William warf das Leben dieser Männer weg, um sein eigenes zu retten. Es fiel Eric schwer, seine Wut zu bezähmen, als er erkennen musste, wie nahe der Mann seinem Pferd und damit der Fluchtmöglichkeit war.

»Bleibt stehen und kämpft wie ein Mann, dreckiger Mistkerl«, schrie Eric noch, während er gegen den Mann kämpfte, den William in das Kampfgeschehen gestoßen hatte.

»Ich habe nicht vor, hier zu sterben«, erwiderte William, der sich mühte, sein nervöses Pferd am Zügel zu fassen.

»Nein, diese Hure da hat mich meine Söhne gekostet und die Ländereien, die mir gehören sollten. Ich habe die Absicht, lange genug zu leben, um sie teuer dafür bezahlen zu lassen.«

Mit einem wilden Fluch schlug Eric seinem Widersacher das Schwert aus der Hand und sah den leichenblassen Mann finster an. »Geh mir aus dem Weg!«, knurrte er, ohne überrascht zu sein, dass der Mann davonrannte und keinerlei Versuch machte, sein Schwert aufzuheben und den Kampf wiederaufzunehmen. »Ihr habt Euch selbst in diese Lage gebracht«, rief Eric, der an den Männern, die noch kämpften, und den Leichen der Niedergemetzelten vorbeistürmte.

»Dunncraig hätte mir gehören sollen!«, brüllte William, der sich in den Sattel schwang und sein Pferd zum Galopp anspornte – ohne Rücksicht darauf, wer ihm im Weg stand.

»Wallace!«, schrie Eric zur Warnung, wobei er schon dem flüchtenden William hinterherlief.

Wallace fluchte, als er sah, dass William mit erhobenem Schwert auf sie zuhielt. »Spring in der Sekunde, in der ich *jetzt* rufe, aus dem Weg, Bethia.«

»Guter Gott, hat er vor, uns niederzureiten?«, flüsterte sie, indem sie James an sich zog und sich fragte, wie sie ihn schützen sollte.

»Jetzt!« Wallace begegnete Williams tödlichem Schlag und lenkte ihn ab, geriet aber durch die Gewalt des Hiebs ins Straucheln.

Obwohl sie davor Angst hatte, suchte Bethia Schutz hinter Wallace, während William sich bemühte, sein in Panik geratenes Pferd unter Kontrolle zu bringen. Noch zweimal versuchte er Wallace niederzuschlagen und zu ihr zu gelangen, dann aber sah er auf sie hinunter und stieß einen Fluch aus. Ein schneller Blick über die Schulter verriet Bethia, warum. Eric und die anderen stürmten auf sie zu. William konnte nicht alle zusammen bekämpfen, und die wenigen seiner eigenen Männer, die überlebt hatten, nutzten die Ablenkung und rannten um ihr Leben.

»Das hier ist nicht vorbei, du Weibsbild«, schrie er Bethia zu.

»Ihr habt verloren, William. Gebt auf«, gab Bethia zurück, die sich vor dem Wahnsinn, der seine Gesichtszüge verzerrte, fürchtete.

»Nein. Du hast für das Leben meiner Söhne zu zahlen. Du und das Balg.«

William galoppierte davon und verschwand im Wald. Bowen schickte ihm zwei Männer hinterher, doch Bethia konnte seinem Gesichtsausdruck entnehmen, dass er nicht viel Hoffnung darauf verschwendete, den Mann diesmal zu erwischen. Sie zitterte, als Eric zu ihr kam und ihr den Arm um die Schultern legte. Nachdem ihr ein schneller Blick verraten hatte, dass er nicht verwundet war, lehnte sie sich an ihn. Er roch nach Schweiß und Blut, aber im Augenblick interessierte sie das nicht. Sie brauchte seine Stärke, um ihre Ängste zu beschwichtigen.

Sie waren noch einmal davongekommen, gerade noch einmal. Noch schlimmer, Bethia war bewusst, dass es noch immer kein Ende hatte. Mit so vielen Zeugen bei seinem Versuch, James und sie zu töten, konnte William nicht mehr länger aus dem Schutz von Dunncraig heraus handeln. Jetzt war er ein gejagter Mann. Trotzdem glaubte sie seinen Drohungen. Die Tatsache, dass er alles verloren hatte – seine Söhne und Ländereien, sein Geld und seine Recken –, würde William nicht aufhalten. Nun würde er sie nicht mehr aus Habsucht heraus verfolgen, sondern aus Rachsucht. Und jetzt, da ihm klar war, dass seine Anschläge, mit deren Hilfe er sich bereichern wollte, öffentlich bekannt waren, würde er aus dem Verborgenen heraus agieren.

»Was hast du dir dabei gedacht, den Schutz von Dunnbea zu verlassen?«, fragte Eric, der ausgiebig dem Weinschlauch, den Wallace ihm angeboten hatte, zugesprochen und ihn Bethia weitergereicht hatte.

Nachdem sie schnell einen Blick auf die Männer geworfen hatte, die den Toten alles Nützliche abstreiften, beschloss

Bethia, einen großen Schluck Wein zu trinken und sich ganz auf Eric zu konzentrieren. »Ich fürchte, ich bin auf die von ihm gelegte falsche Spur hereingefallen. Ich dachte, er sei auf Dunncraig.«

Wallace murmelte einen Fluch und nickte, als er den Weinschlauch wieder an sich nahm. »Wir haben nicht daran gedacht, seinen Boten auszuhorchen oder ihm hinterherzuspionieren.« Wallace trank, schaute sich um und zeigte auf einen der toten Männer in seinem Rücken. »Da, das ist er.«

»Erkennst du in diesen Männern Drummonds von Dunncraig?«, wollte Eric wissen.

»Nein«, antwortete Bethia, »aber William hat Roberts Männer offensichtlich durch seine eigenen ersetzt, die meisten von ihnen sind einfache Söldner.«

»Männer, denen es nichts ausmacht, für einen Mann zu kämpfen, der sich sein Land und seinen Reichtum durch feigen Mord erwirbt. Die wirklichen Männer von Dunncraig hätten vielleicht Skrupel gehabt, andere Drummonds, wirkliche Drummonds, anzugreifen.«

»Es hat ein paar gegeben, die bereit waren, in der Hoffnung auf eine Belohnung ihren Clan, ihre Blutsverwandten, zu verraten und diesen Eindringling zu unterstützen. Ich habe allerdings keinen von ihnen hier gesehen. Sie werden wahrscheinlich aus Dunncraig beseitigt werden müssen.« Sie sah in die Richtung, in die William geflohen war, und zitterte. »Es ist noch nicht vorbei.«

»Na ja, wenn einige der Verwünschungen, die du über ihn verhängt hast, wahr werden, wird er sehr einfach zu finden sein«, äußerte Eric gedehnt und grinste, als Wallace auflachte. »Es sollte recht einfach sein, einen kahlköpfigen, zahnlosen, von Schmerzen gepeinigten Mann ausfindig zu machen, der hinkt und schwarz gewordene Zehen- und Fingernägel hat.«

»Du hast alles mit angehört, nicht wahr?«, Bethia war ein wenig verlegen.

»Bis hin zu der Drohung mit der verdrehten Männlichkeit.« Er kicherte, als tiefe Röte ihr Gesicht überzog, wurde schließlich aber ernst. »Was hast du dir dabei gedacht, mein Herz? Du hast diesen Männern schwer zugesetzt, ihre schlimmsten Ängste geweckt. Sie brannten darauf, dich niederzustechen.«

»Um ehrlich zu sein, ich hoffte, sie würden aus dieser Angst heraus davor zurückschrecken, mich umzubringen. Sie waren eindeutig mehr als bereit, mich für eine Hexe zu halten. Und zwar, weil wir nichts von dem vergifteten Essen zu uns genommen haben, das William James und mir aufgetischt hat.«

»Es hätte genauso gut sein können, dass sie dich sehr viel schneller getötet hätten, als sie eigentlich im Sinn hatten.«

»Ich konnte an nichts weiter denken als an Zeitgewinn«, gestand Bethia kleinlaut. »Ich hatte ihn bereits dazu gebracht, mit all seinen Verbrechen zu prahlen, und hatte mit ihm über die Klugheit oder Unklugheit, James und mich umzubringen, diskutiert. Dann erwähnte er, dass er mich für eine Hexe halte. Das brachte mich auf die Idee, ihn möglichst glauben zu lassen, es sei zu gefährlich, mich zu töten. Wenn er dumm genug war, mich für eine Hexe zu halten, hätte er doch sicher auch vor meiner angeblichen großen Macht Angst gehabt. Ich war mir nicht sicher, ob jemand zu meiner Rettung eilen würde, weil ich meine beiden Bewacher für tot hielt, aber ich fühlte mich gezwungen, auf Zeit zu spielen, damit vielleicht doch jemand kommen und mich retten könnte. Bowen hatte mir aufgetragen, bei Sonnenuntergang zurück zu sein, und ich wusste, dass er Leute ausschicken würde, um nach mir zu suchen, sobald dieser Zeitpunkt verstrichen war. Ich versuchte, die Hinrichtung, die William für James und mich geplant hatte, aufzuhalten.«

»Nun ja, es war kein perfekter Plan, aber er hat seinen Zweck erfüllt«, gab Eric zu und nickte Bowen einen Gruß zu, als er sich zu ihnen gesellte.

»Es wird Zeit, diesen finsteren Ort zu verlassen«, sagte

Bowen, der kurz die Locken des schlafenden James berührte.

»Ja«, stimmte Bethia ihm zu. »Das hier ist ein Ort des Todes. Was prophezeit war, hat sich erfüllt.«

Bowen nickte und hielt auf die Stelle zu, an der die Männer aus Dunnbea ihre Pferde zurückgelassen hatten. »Hexenkünste.«

Bethia seufzte und schüttelte den Kopf, als die drei Männer lachten. »Das werde ich mir wohl bis zu meinem Tod anhören müssen, stimmt's?«

»Stimmt.« Bowen beugte sich hinunter, um ihr einen Kuss auf die Wange zu geben und lachte erneut. »Verdrehte Männlichkeit, eh? Jesus, das war grausig.«

Als die drei Männer einmal mehr lachten, beschloss Bethia, sie einfach zu übergehen. Sollten sie doch ihren Spaß haben. Es tat gut, das Lachen zu hören, obwohl sie bezweifelte, dass es von langer Dauer sein würde. William war noch immer irgendwo hier, und jetzt sann er auf Rache.

12

»Wenigstens hast du mit deiner Dummheit keinen unserer Männer das Leben gekostet«, blaffte Lord Drummond.

Bethia seufzte insgeheim und legte sich Essen auf ihr Brett. Sie hatte es geschafft, ihren Eltern aus dem Weg zu gehen, als man sie auf Dunnbea zurückgebracht hatte. Eric hatte sie geschickt die Treppen hoch in ihr Schlafgemach geführt, wo sie ein beruhigendes Bad nehmen und sich kurz hatte schlafen legen können, ohne dass ihre Eltern sie auch nur zu Gesicht bekommen hätten. Als er zurückgekehrt war, um sie zum abendlichen Mahl in der großen Halle abzuholen, hatte sie gehofft, es wäre genug Zeit verstrichen, während der sich die bissigen Bemerkungen ihrer Eltern abgeschwächt hätten. Es stimmte sie traurig zu entdecken, dass dies eine törichte Hoffnung war.

Ihre Eltern beabsichtigten eindeutig nicht zuzugeben, dass sie William Drummond falsch eingeschätzt hatten. Damit hätten sie auch zugeben müssen, dass Bethia in Bezug auf diesen Mann im Recht war, und dass konnten sie offensichtlich nicht über sich bringen. Irgendwie schien alles ihre Schuld zu sein; so, als sei sie ausgeritten, um brutal ermordet zu werden, und das alles nur ihnen zum Trotz. Nicht ein einziges Mal fragten sie, ob sie verletzt wurde. Was ihr aber wirklich Sorgen machte, war, dass sie sich nicht nach James erkundigten. Ihrem einzigen Enkelkind war die Schwertspitze an die Kehle gehalten worden, und sie verloren kein Wort darüber. Es war, als würde das Kind nicht existieren.

»Es tut mir leid«, antwortete sie. »Wenigstens haben wir unsere Feinde bis auf einen dezimiert.«

»Und wie konnte es geschehen, dass der entkam?«

In dieser Frage schwang Kritik an Eric, Wallace, Bowen und Peter mit, und das konnte Bethia unmöglich zulassen. Der Laird of Dunnbea saß innerhalb der Mauern seiner Burg sicher auf seinem wohlgerundeten Hinterteil und wagte es dennoch, die Leistungen seiner Männer herabzusetzen. Als ihr dieser Gedanke durch den Kopf schoss, stockte Bethia vor Schreck fast der Atem. Niemals zuvor hatte sie einen derart wütenden, ja, beinahe verräterischen Gedanken gegen ihren Vater gehegt. Ihre einzige Erklärung war, dass die Notwendigkeit, jene Männer zu verteidigen, die James und sie so heldenhaft gerettet hatten, sie für kurze Zeit überwältigt und solch sündhafte Gedanken hervorgerufen hatte. Ihr Vater war der Herr, so sagte sie sich streng. Er hatte das Recht, seine Männer zu befragen. Trotzdem wunderte sich Bethia, dass diese Ermahnung ihre Verärgerung nicht ganz tilgte, kam aber zu dem Schluss, sie sei einfach zu müde, um vernünftig zu sein.

»Er benützte seine Männer als Schutzschild«, erklärte Eric. »Wir konnten diese nicht schnell genug töten, um an ihn heranzukommen.«

Lord Drummond knurrte und bedachte Eric mit einem mürrischen Blick, bevor er sich wieder seinem überfüllten Essensbrett zuwandte. Bethia seufzte im Stillen erleichtert auf und versuchte etwas zu essen. Ihr Vater konnte keine Kritik vertragen, egal, wie geschickt sie verpackt war, genau das aber hatte Eric eben getan. Schlimmer noch, sie konnte in Eric kalte Wut spüren, und obwohl sie verstand, dass er sich gekränkt fühlte – in seinem Namen und dem der anderen Männer –, betete sie, dass er die Kontrolle über sich nicht verlieren würde. Sie wollte sich nicht inmitten eines Streits zwischen ihrem Ehemann und ihrem Vater wiederfinden.

Es wurden noch ein paar weitere Bemerkungen über ihre Rettung und die Bedrohung, die William noch immer darstellte, gemacht. Die Kritik ihres Vaters klang nicht sonderlich sanft, und Eric und Wallace verteidigten sich nicht mehr so zurückhaltend, während sie ihn zurechtwiesen. Es gab keine offene Auseinandersetzung, doch Bethia konnte es bald kaum mehr ertragen. Das Essen, das sie inzwischen mühsam zu sich genommen hatte, lag ihr wie Blei im Magen und schließlich verlor sie ihren Appetit ganz und gar.

»Ich glaube, ich werde jetzt das Schlafgemach aufsuchen«, sagte sie zu Eric, laut genug, damit ihre Eltern es hören mussten.

Eric gab ihr einen Kuss auf die Wange. »Ich werde mich dir bald anschließen.«

»Eric«, flüsterte sie aus Angst, er werde vielleicht der noch immer spürbar vorhandenen Wut auf ihren Vater freien Lauf lassen, sobald sie gegangen war.

»Mach dir keine Sorgen, mein Mädchen, ich werde mich nicht zu sehr provozieren lassen.«

Sie nickte und entfernte sich aus der großen Halle. Es war ebenso schön wie beunruhigend, wenn er ihre Gedanken so leicht erraten konnte. Bethia hoffte nur, dies rührte daher, weil er sie verstand, und nicht, weil ihr alles zu deutlich ins Gesicht geschrieben war. Schließlich konnten auch andere ihre Gefühle allzu leicht aus ihrer Miene ablesen, wenn er es konnte; sie wollte aber nicht, dass ihre Eltern die gelegentlichen Anflüge von Wut und Unmut in ihr, die sie immer mühsamer zu kontrollieren fand, wahrnehmen konnten.

»Ihr habt Euch nicht sehr lange in der Halle aufgehalten«, bemerkte Grizel, als Bethia ihr Gemach betrat.

»Ich konnte keinen einzigen Bissen mehr essen«, erklärte Bethia, während Grizel anfing, ihr das Gewand aufzuschnüren. »Vater ist nicht erfreut über die Feststellung, dass er sich in William so ganz und gar getäuscht hat, und er versucht, wie ich fürchte, den Männern eigenes Verschulden nachzusagen. Eric und Wallace sind wütend darüber. Das Mahl, das ich zu mir nahm, begann mir wie ein Stein in der Kehle zu drücken, während ich darauf wartete, dass irgendeiner von ihnen die gezähmte Wut über Bord werfen und richtig aufbrausen würde.«

»Ich würde mal sagen, kein Mann kann es ertragen, wenn der Kampf, den er eben ohne Rücksicht auf sein eigenes Leben geführt hat, von einem Mann herabgesetzt und kritisiert wird, der seit mehr als einem Dutzend Jahren sein Schwert nicht mehr erhoben hat.«

Die Schärfe, die in Grizels Stimme mitschwang, überraschte Bethia, allerdings erinnerte sie sich daran, dass Peter einer ihrer Retter war. Auf gewisse Weise häufte ihr Vater seine Verachtung auch auf das Haupt von Grizels Ehemann. Bethia wünschte, ihr Vater würde mit seiner Kritik vorsichtiger umgehen, kam aber zu der Überzeugung, dass es wohl zu spät war für diesen Mann, sich noch zu ändern. Vermutlich verblieben trotz der ständigen Vorwürfe vonseiten ihres Vaters viele Männer nur aus Loyalität zu Wallace und Bowen auf Dunnbea in Diensten.

»Ich bin mir sicher, dass mein Vater ihre Leistung nicht ganz und gar herabsetzt«, murmelte sie, wobei sie Grizels ungläubiges Schnauben überging. »Wie geht es James?«, fragte Bethia, indem sie sich, nur in ihr Nachtgewand und einen dicken Umhang gehüllt, am Feuer auf einen Stuhl setzte, damit ihr Grizel das Haar auskämmen konnte.

»Er schläft wie ein kleines süßes Kindchen, und das ist er ja auch«, gab Grizel zurück. »Euer Gatte und ich haben ihn von seinen weichen Locken bis zu seinen winzigen Zehchen genau untersucht und nichts weiter als ein paar blaue Flecke gefunden.«

»Das hoffte ich. Ach, Grizel, wie kann jemand, sei es Mann oder Frau, auch nur darüber nachdenken, dieses Kind umzubringen?«

»Habsucht, Mädchen. Reine und blinde Habsucht. Peter und Bowen sind aufgebracht darüber, dass ihnen diese Natter aus der Hand geglitten ist.«

»So geht es mir auch. Zudem habe ich Angst.« Bethia zitterte und schlang die Arme um sich. »Hättest du gehört, wie er James und mich bei seiner Flucht bedroht hat, dann hättest du sie auch. Ich habe immer schon gedacht, dass er nicht ganz normal ist. Wie hätte er es sonst in Erwägung ziehen können, wegen irgendwelcher Ländereien fünf Menschen zu töten – Menschen, die ihm niemals Unrecht getan haben? Aber jetzt, jetzt hat er völlig den Verstand verloren. Ich konnte das in seinem hässlichen Gesicht sehen, als er mich finster anstarrte.«

»Macht Euch keine Sorgen. Man wird Euch und den Jungen gut bewachen.«

»Aber wie kann man jemanden gegen Verrücktheit gut bewachen?«

»Mit kräftigen, bestens bewaffneten Männern«, versicherte Grizel mit fester Stimme. »Man wird Euch und das Kind nicht nur bewachen, sondern den Mistkerl auch verfolgen.« Sie stellte einen Krug mit Wein und einen Trinkkelch auf ein Tischchen neben Bethia. »Ihr bleibt jetzt hier am Feuer sitzen und trinkt ein bisschen Wein. Es wird Euch guttun, bevor Ihr ins Bett geht.«

»Ja, ich bin trotz der Ruhepause vorhin ein wenig erschöpft.«

Als sich die Tür hinter Grizel schloss, schenkte sich Bethia etwas Wein ein und starrte, während sie trank, ins Feuer. Sie musste zur Ruhe finden, und zwar nicht nur nach der Zerreißprobe, der sie bei ihrer Gefangennahme ausgesetzt war, sondern auch nach der Zerreißprobe während des Abendessens in der großen Halle. Bethia war davon ausgegangen, ihre Eltern würden Eric akzeptieren, sobald er sie heiratete, aber das war, wie sie jetzt erkennen musste, nicht der Fall. Eric sah gut genug aus, um ihnen zu gefallen, er sah sogar besser aus als Robert, doch, je mehr sie darüber nachdachte, desto deutlicher wurde ihr, dass es zwischen Eric und Robert einen sehr großen Unterschied gab. Eric war ein starker Mensch; Robert dagegen war reizend und leicht zu führen gewesen, so wie Sorcha. Eric hatte es nicht gern, wenn man ihn führen wollte, zumindest nicht, was ihre Eltern betraf. Wahrscheinlich war es an der Zeit, dass Eric, James und sie Dunnbea verließen, und sobald Eric zu ihr kommen würde, mussten sie darüber sprechen.

»Was macht Ihr denn hier?«, fragte Bowen, als Wallace und Eric sein kleines Cottage, das außerhalb der Mauern von Dunnbea lag, betraten. »Es ist schon spät.« Er zwinkerte Eric zu und schenkte seinem unerwarteten Besuch Bier ein. »Ich hätte mir gedacht, dass Ihr gern ein oder zwei Worte mit Bethia wechseln wollt, nachdem Ihr zwei Wochen lang weg gewesen seid.«

Eric grinste und setzte sich auf die Bank, die am grob gezimmerten Tisch stand. »Ich denke, ich kann sie aufwecken, falls sie einschläft, bevor ich da bin.« Zusammen mit den anderen lachte er kurz auf, wurde aber sofort wieder ernst. »Ich habe vor, Bethia in ein oder zwei Tagen mit an den königlichen Hof zu nehmen.«

»Ihr wollt also ein paar Männer zu Eurer Begleitung«, sagte Bowen.

»So ist es, doch mein größtes Problem ist, das ich James hierlassen will.«

»Macht Euch keine Sorgen um den Jungen«, versicherte Wallace ihm. »Mein Onkel mag ein viel zu großer Narr sein, um die Gefahr, in der der Junge schwebt, zu erkennen, wir sind es aber nicht. Das Kind wird Tag und Nacht streng bewacht werden.«

»Ich danke Euch, aber ich möchte Euch um mehr als das bitten.« Eric nahm einen großen Schluck, um sich zu beruhigen. Es war eine Sache, wenn die Mitglieder des eigenen Clans den Laird kritisierten, aber eine ganz andere, wenn ein Außenseiter es tat. »Ich würde es vorziehen, dass der Laird und seine Gattin während Bethias und meiner Abwesenheit so wenig wie möglich mit dem Kind zu tun haben. Ich hoffe, dass sich Grizel zusammen mit der Kindermagd die Pflege teilt und den Jungen auf diese Weise ohne viel Aufhebens von ihnen fernhalten kann«, sagte Eric.

Bowen nickte. »So wird es geschehen.«

»Vielleicht macht es ja keine Mühe, da der Laird und seine Gattin nicht sonderlich an dem Jungen interessiert zu sein scheinen. Jesus, ich bin mir nicht einmal sicher, ob sie sich an seinen Namen erinnern.«

Wallace legte die Stirn in Falten und rieb sich das Kinn. »Das ist mir aufgefallen. Um ehrlich zu sein, ich hatte Bedenken, dass sie ihn in ihre Obhut nehmen und ebenso abgöttisch lieben würden wie Sorcha, als ich gesehen habe, wie ähnlich er seiner Mutter sieht. Es machte aber den Anschein, dass sie ihn sich angesehen, für nicht vollkommen genug erachtet und sofort vergessen haben.«

»Vielleicht wollten sie einfach nicht den Beweis dafür sehen, dass ihr kleiner Engel tatsächlich mit einem Mann geschlafen hat«, gab Bowen mit gedehnter Stimme zu bedenken.

Erics Augen wurden vor Überraschung groß. »Damit habt Ihr vielleicht recht. Tja, es tut nichts zur Sache, wie ihr befremdlicher Verstand arbeitet, solange sie James nicht damit verderben. Gut, nun werde ich Bethia beruhigen können, wenn ich ihr sage, dass das Kind hierbleibt.«

»Seid Ihr sicher, dass Ihr ausgerechnet jetzt an den königlichen Hof reisen wollt?«

»Ich würde lieber warten, bis William tot ist, aber jetzt ist eine günstige Zeit dafür. Ich besitze die Anerkennung und Unterstützung der MacMillans, und das wird meinem Anspruch auf das Land der Beatons zusätzliches Gewicht geben. Außerdem, um ganz offen zu sein, lenke ich, sollte ich noch länger bleiben, meine Faust gewiss Richtung Kehle Eures Laird – vielleicht auch in Richtung Eurer Lady.« Eric verzog den Mund zu einem Lächeln, als die anderen Männer zu lachen anfingen. »Ich möchte mich nicht mit Bethias Eltern anlegen und sie nicht in eine Situation bringen, wo sie sich vielleicht zwischen uns entscheiden müsste. Für jede frisch verheiratete Frau wäre das eine Prüfung, für Bethia aber wäre es besonders schwer.«

»Geht an den Hof. Der Junge wird vor William und Bethias Eltern beschützt werden«, gelobte Bowen. »Bringt das Mädchen von hier weg. Es wird ihr guttun, wenn sie für kurze Zeit deren Fußtritten entkommt.«

Eric hegte den Verdacht, dass Bowen nur zu recht hatte. Während er sich zu seinem Schlafgemach begab, überlegte er sich mehrere Varianten, wie er Bethia von seinen Plänen unterrichten und sie dazu bringen wollte, ihm zuzustimmen. Er lächelte schwach, als er ihr Gemach betrat und entdeckte, dass sie vor dem Kamin eingenickt war. Leise, um sie nicht zu erschrecken, ging er zu ihr und berührte sie an der Schulter.

»Oh, Eric, du bist es.« Bethia hielt sich schnell die Hand vor den Mund, um ihr heftiges Gähnen zu verbergen.

»Ins Bett mit dir, meine kleine Frau, bevor du vom Stuhl und ins Feuer fällst«, neckte er sie, während er ihr beim Aufstehen half und sie auf ihr gemeinsames Bett zuschob.

Bethia legte ihren Umhang ab und kletterte ins Bett. Schon allein das Aufstehen und die Bewegung reichten aus, um sie zu wecken. Sie vermutete, dass der Wein und die Wärme des Kaminfeuers sie so schläfrig gemacht hatten.

Als sie beobachtete, wie Eric sich bis auf die Hosen auszog und wusch, beschloss sie, noch etwas länger wach zu bleiben. Sie hatte ihn vermisst, hatte seine Berührung vermisst. Nachdem sie heute dem Tod ins Angesicht gesehen hatte, empfand sie das große Bedürfnis von ihm festgehalten zu werden, ihr Blut zum Wallen und ihr Herz zum Pochen bringen zu lassen, damit sie spüren konnte, dass sie tatsächlich noch am Leben war.

Als er ins Bett kam und sie in seine Arme zog, schmiegte sich Bethia eng an ihn, machte aber plötzlich ein nachdenkliches Gesicht. Er hatte ihr einen Kuss auf die Stirn gehaucht und ihr einen Moment lang selbstvergessen über den Rücken gestreichelt, weiter nichts. Nach zwei langen Wochen in einem leeren Bett, erwartete sie sich etwas mehr. Für einen flüchtigen Augenblick überfiel sie die Angst, er habe sich auf Bealachan mit so vielen willigen Frauen übersättigt, dass er kein Interesse oder keine Kraft mehr hatte; dann aber erinnerte sie sich mit aller Macht daran, dass sie geschworen hatte, ihm zu vertrauen. Sie bewegte ihr Bein, sodass es über seiner Leistengegend zu liegen kam und erhielt den eindeutigen Beweis dafür, dass er von beidem noch immer genug besaß.

Warum also lag er wie ein Klotz da?, fragte sie sich. Als sie in ihrer zunehmenden Verwirrung mit den Fingern auf seine Brust zu trommeln begann, hielt sie schnell inne. Bethia atmete tief durch und unterdrückte ihre inneren Quälgeister – diejenigen, die ihr einreden wollten, dass er sie nicht mehr begehrte. Aus irgendeinem Grund behandelte Eric sie sehr vorsichtig, offensichtlich wollte er ihr sein Verlangen nicht aufzwingen. Schließlich rief sich Bethia all das in Erinnerung, was sie durchgemacht hatte, und lachte sich selbst aus. Wahrscheinlich hatte Eric das Gefühl, dass sie Ruhe und Fürsorge nötig hatte, nicht jedoch Leidenschaft, und sie dachte über alles nach, das den wenn auch ritterlichen, so doch törichten Sinn ihres Mannes vielleicht ändern konnte.

Eric biss die Zähne zusammen, um sein Begehren im Zaum zu halten, als ihm Bethia mit ihrer kleinen zarten Hand über den Bauch streichelte. Er sehnte sich so heftig nach ihr, dass er keine Stelle an seinem Körper zu entdecken vermochte, die nicht zu schmerzen schien. Sie war geschlagen, entführt und mit dem Tode bedroht worden, ja, hatte sogar die Angst über sich ergehen lassen müssen, dass auch James des Todes war. Sie brauchte Ruhe und nicht einen vor Lust verrückt gewordenen Idioten, der in sie hineinhämmerte, um einen Hunger zu stillen, der ihm zwei lange Wochen zugesetzt hatte. Somit war es seiner Meinung nach eine günstige Zeit, die Reise an den Hof zu besprechen.

»Ich habe beschlossen, dass wir in ein oder zwei Tagen an den königlichen Hof abreisen werden«, verkündete er unvermittelt und ergriff ihre Hand, um deren quälendes Vorrücken seinen Oberschenkel hinauf ein Ende zu bereiten.

Sofort war Bethias Aufmerksamkeit von dem Versuch, ihren Ehemann zu verführen, abgelenkt. »So bald schon?«

»Ja. Die MacMillans glauben mir nun ohne Einschränkung.«

Sie zog sich ein Stück hoch und gab ihm einen Kuss auf den Mund. »Das freut mich so sehr, Eric.«

Er unterdrückte das Bedürfnis, sie um eines tieferen, leidenschaftlicheren Kusses willen fest an sich zu ziehen. »Es ist ein gutes Gefühl, akzeptiert zu werden. Ich bin damit zufrieden, ein Murray zu sein. Ich wollte auf Donncoill nichts weiter haben, doch etwas in mir fühlte sich bedrückt, weil meine eigenen Blutsverwandten mir den Rücken kehrten. In dem Moment, in dem ich zu den Toren von Bealachan kam und die Wache mich fragte, ob ich wirklich ein Murray und kein MacMillan sei, wurde mir bewusst, dass es ein Fehler war, nicht früher gekommen zu sein. Alles, dessen der Laird bedurfte, war ein einziger Blick. Er erkannte in mir klar und deutlich seine Schwester. Die Beatons hatten ihn überzeugt, ich sei irgendein dahergelaufener Bastard. Sie haben nicht einmal die Briefe, die ich ihnen geschrieben hatte, gelesen.«

»Wenn dieser Mann seine Schwester geliebt hat, muss es ihm sehr wehgetan haben, diese Intrige zu entdecken.«

»Genau das hat er gesagt. Seine Gattin hat außerdem erzählt, die Beatons hätten sie unterschwellig bedroht – so etwa wie: Sie würden es als persönliche Beleidigung ansehen, wenn der Laird versuchen sollte, sich auf irgendeine Weise mit mir abzugeben. Es würde den Eindruck erwecken, als stellten sie den Laird of Dubhlinn als Lügner hin.«

»Schlau.«

»So waren die Beatons schon immer. Jetzt allerdings, wo die MacMillans mich anerkennen, jetzt glauben sie meiner Geschichte von Mord und Lügen und sind bereit, mir beizustehen, wenn ich meinen Anspruch auf Dubhlinn mit Nachdruck vertrete. Während ich hier bin, senden sie dem König schon eine Nachricht, die ihn von ihrer Unterstützung informiert. Ich denke, es wäre klug, dieser so schnell wie möglich zu folgen.«

Eric beschloss, besser nicht zu erwähnen, dass die MacMillans ihm zugleich Männer und Waffen angeboten hatten, falls er gezwungen wäre, um Dubhlinn zu kämpfen. Bethia schien zu akzeptieren, dass er ein Recht auf das besaß, was seinem Vater und seiner Mutter gehört hatte. Wahrscheinlich hätte sie aber die Aussicht auf einen Kampf beunruhigt. Im Augenblick würde er es mit Bittschriften genug sein lassen. Er hoffte nur, dass Bethia, wenn es zum Kampf kam – und er war sich sicher, dass es so weit kommen würde –, verstand, dass ihn weitaus mehr als nur Habsucht nach Land dazu veranlasste, das Schwert zu erheben.

»Nun, ich habe so viel über die höfischen Sitten gelernt, wie ich nur lernen konnte«, murmelte sie, »also wird es hoffentlich kein so großes Martyrium sein.« Sie lächelte ein wenig, als Eric lachte. »Vergiss nicht, dass ich Dunnbea nie wirklich verlassen und deshalb wenig Erfahrung habe.«

»Du wirst das sehr gut machen.« Er atmete tief durch, bereitete sich auf einen Wortwechsel vor und fügte hinzu: »Ich finde, wir sollten James hierlassen.«

Bethia zog sich auf die Ellbogen und krauste die Stirn ein wenig. »Denkst du, es ist gefährlich, jetzt zum Hof zu reisen?«

»Keine Reise ist ganz und gar ungefährlich, und William lauert noch immer im Verborgenen. Es wäre schwierig, ihn mitten in der Menschenmenge und dem Durcheinander, die am Königshof herrschen können, streng zu bewachen. Hier auf Dunnbea kann dies Tag und Nacht geschehen und kein Fremder kann ungesehen in seine Nähe kommen.«

»Das stimmt.« Sie seufzte, verzog aber plötzlich das Gesicht. »Ich möchte ihn nur nicht zu lange der Fürsorge meiner Eltern überlassen. Vermutlich ist es nur ihre tiefe Trauer über Sorchas Tod, die es ihnen so schmerzhaft macht, sich mit dem Kind zu beschäftigen.« Bethias Gesichtsausdruck wurde einmal mehr nachdenklich, sie hatte gesehen, dass Eric die Augen verdrehte. »Sie scheinen ihn zu ignorieren, und das tut dem Jungen nicht gut. Er ist ein liebevolles Kind, das viel Liebe und Aufmerksamkeit braucht.«

»Ich habe mit Bowen geredet, und ich werde auch mit Grizel reden. Bowen und Wallace haben bereits versprochen, dass sie den Jungen beschützen und darauf achten, dass er nicht in die Obhut deiner Eltern gerät.«

»Man könnte meinen, du hast an alles gedacht«, erwiderte sie schleppend und mit einem skeptischen Blick auf ihn.

»Ich habe es versucht«, gab er zu. »Wenn ich den Eindruck habe, dass das, was ich zu sagen habe, eine Auseinandersetzung zur Folge haben könnte, bemühe ich mich, alles zu durchdenken, damit ich meine Gedanken geordnet und meine Antworten parat habe. Ansonsten werde ich vielleicht auf die bloße Wiederholung meiner Forderungen reduziert, weil ich zu sehr in das Wortgefecht verstrickt bin, um mich irgendeiner Beweisführung oder Erklärung zu widmen.«

»Aha, und schon klingst du wie ein hochmütiger Laird, der seinen Gegner in Rage versetzt.« Bethia lächelte ironisch. »Insbesondere, wenn dieser Gegner eine Frau ist. Vermutlich hast du das während deiner vielen Jahre als Filou entdeckt.«

»Genau genommen habe ich aus dem Umgang meiner Brüder mit ihren Frauen gelernt. Wenn man ab und zu einen Wortwechsel aus der Distanz betrachtet, kann man leichter feststellen, was falsch läuft. Ich habe nicht lange gebraucht, um festzustellen, dass es Frauen gegenüber, die sowohl Mut als auch Verstand haben, nicht gut funktioniert, wenn man weitläufige Forderungen stellt.«

»Du glaubst, ich hätte Mut und Verstand?«, fragte Bethia.

»Mehr als du vermutlich selbst weißt.« Er berührte sanft den Bluterguss auf ihrem Gesicht und wünschte, er könnte William dafür bezahlen lassen. »Du bist William furchtlos gegenübergetreten.«

»Eric, mir war ziemlich schlecht vor lauter Angst um mich und vor allem um Klein-James.«

»Ja, aber du hast dich davon nicht beherrschen lassen, hast dich nicht in ein geducktes, dummes Schaf verwandeln lassen, das sich bereitwillig zur Schlachtbank führen lässt. Das ist Mut.«

Bethia war von seinem Lob so bewegt, dass sie beinahe geweint hätte, und gab ihm aus Verlegenheit einen Kuss. Er versuchte es bei einer kurzen Berührung der Lippen zu belassen, aber das erlaubte sie nicht. Sie reizte seine Lippen mit ihrer Zunge, und er gab ihr schnell nach, schlang seine Arme um sie und schenkte ihr den leidenschaftlichen Kuss, nach dem sie sich sehnte. Zu ihrer Enttäuschung und Verärgerung fand er trotzdem die Kraft, nach nur einem Kuss innezuhalten.

»Genug damit, Mädchen«, forderte er mit unsicherer Stimme, indem er sie von sich schob, »oder ich werde dich nicht schlafen lassen.«

»Ehemann, sehen meine Augenlider etwa so aus, als würden sie vor Müdigkeit zufallen?« Sie öffnete weit ihre Augen und starrte ihn an.

Eric lächelte schwach. »Nein, sie sehen ziemlich groß und wach aus. Wie auch immer, du hast heute eine schwere Prüfung durchgemacht.«

Beim letzten Wort versagte ihm die Stimme ein wenig, denn seine zarte Frau schlängelte sich seinen Körper hinunter, küsste seine Brust und seinen Bauch und rieb ihren geschmeidigen, warmen Körper auf eine Weise an seinem, dass heißes Begehren durch seine Adern pulsierte. Er stöhnte, als sie ihre Finger um seine Männlichkeit schloss. Das hier war eine Verlockung, die kein Mann sollte ertragen müssen.

»Ja, ich wurde geschlagen, entführt und mit dem Tode bedroht.« Sie ließ ihre Zunge über ihn gleiten und lächelte triumphierend, als er leise aufschrie und seine Finger in ihr Haar verwickelte. »Dennoch, das letzte Mal, als ich mich untersucht habe, war nichts gebrochen oder durchschnitten.«

»Mein Herz, nach zwei Wochen des Alleinschlafens bin ich mir nicht sicher, ob ich dir gegenüber sehr zärtlich sein kann.« Es überraschte Eric, dass er noch immer des Sprechens fähig war, während ihr Mund und ihre Zunge ihn derart intim liebkosten.

»Gut. Nach zwei Wochen des Alleinschlafens bin ich mir ebenfalls nicht sicher, ob ich dir gegenüber sehr zärtlich sein kann. Und vielleicht ist ja, nachdem ich dem Tod ins Angesicht gesehen habe, ein kleines, wildes und derbes Liebesspiel genau das, was ich brauche, um sicherzugehen, dass ich überlebt habe. Es wird mich gewiss froh stimmen, dass ich überlebt habe.«

Sie umfing ihn mit der feuchten Wärme ihres Mundes, und Eric gab seinen Kampf auf. Bevor er all seine Selbstbeherrschung verlor, zog er sie von ihm weg und legte sie auf den Rücken. Bald schon hatte er sie zu einer Ekstase getrieben, die seiner ebenbürtig war, wobei er keinen Zentimeter ihres seidenweichen Körpers unberührt und ohne Liebkosung ließ. Als er schließlich ihre beiden Körper vereinte, hielt er sich für einen Augenblick still, voller Sehnsucht danach zu spüren, wie ihr Körper seinen umfing.

»Eric?«, rief Bethia zärtlich. Ihre Hände glitten seinen geschmeidigen Rücken auf und ab.

»Beweg dich nicht, Liebes. Ich möchte ein Weilchen deine Wärme genießen.« Er strich mit seinen Lippen über ihre. »Ich habe zu viele lange, einsame Nächte damit verbracht, mir das vorzustellen.« Er spürte, wie sich ihre Muskeln um ihn herum anspannten und stöhnte auf in dem Wissen, nicht länger warten zu können. Als sie einen Augenblick später Erics Aufschrei vernahm, wusste Bethia, dass er in ihren berauschenden Sturz mit eingefallen war, und dies trug nur noch mehr zu ihrer Begeisterung bei. Sie drückte ihn fest an sich, während sie beide langsam wieder zu Sinnen kamen, und fragte sich ein wenig traurig, ob sie ihm wohl jemals sagen würde, wie viel er ihr bedeutete.

»Fühlst du dich nun lebendig, Eheweib?«, fragte er, als er sich endlich ihrer innigen Umarmung entwand, auf den Rücken rollte und sie an sich zog.

»Oh ja.« Schläfrig tätschelte sie seine glatte, kräftige Brust. »Das hast du gut gemacht, Ehemann.« Sie schmunzelte, als er lachen musste.

»Ihr seid zu gütig, Madam.« Er gähnte, schnitt reumütig eine Grimasse und schüttelte den Kopf. »Während ich von Bealachan hierherritt, malte ich mir äußerst großartig aus, wie wir die Nacht verbringen und uns bis zur Ohnmacht lieben würden.«

»Ich meine doch, dass wir das getan haben.«

»Schon, aber ich habe nicht erwartet, dass es nur ein einziges Mal der Fall sein würde.«

»Aha, du hattest nicht einkalkuliert, dass du schon zu meiner Rettung eilen müsstest, bevor du überhaupt die Möglichkeit hast, aus dem Sattel zu steigen.«

In Erinnerung an seine Angst um sie hielt Eric sie noch fester in den Armen. »Stimmt, deshalb habe ich das Bedürfnis, dich in einen Turm einzusperren, der umgeben ist von bewaffneten Männern.«

»Ich wäre dadurch in Sicherheit, doch irgendwie käme es einem Sieg Williams gleich.«

»Genau, und dich würde es unglücklich machen. Aus diesen beiden Gründen gebe ich meinem Bedürfnis nicht nach.«

Bethia küsste ihn auf die Schulter und rieb ihr Gesicht daran. »Der Gedanke, dass dieser Mann da draußen lauert und sich nach meinem Tod verzehrt, ist schrecklich. Und das alles in erster Linie wegen seiner eigenen Fehler. Gleichwohl darf ich dieser Angst nicht erlauben, jeden meiner Schritte zu lenken. Es wird genug Belastung sein, ständig einen Blick über die Schulter nach hinten zu werfen und zu versuchen, ihn aus dem – wo auch immer befindlichen – Loch, in dem er sich verkrochen hat, herauszuscheuchen.«

»Ich weiß.« Er küsste sie auf den Kopf und schloss die Augen. »Wir werden diesen Mistkerl finden, und dann töten wir ihn.«

»Es tut mir leid, Eric.«

»Was tut dir leid, mein Herz?«

»Dass ich dich in so etwas hineinziehe und dass du einen Menschen töten musst.«

»Das ist alles nicht deine Schuld. Dieser Mann ist längst überfällig für eine Hinrichtung. Es ist nur gerecht. Schlaf nun, Liebling. Du wirst für die Reise zum Königshof Kraft brauchen.«

Lange Zeit lag Bethia in seinen Armen, hörte sein langsames Atmen und spürte, wie sein Arm auf ihr schwer wurde, als er in den Schlaf fiel. Obwohl ihr Körper geradezu nach Schlaf flehte, war ihr Verstand viel zu beschäftigt, um sich dem hinzugeben. Noch vor ein oder zwei Monaten war ihre größte Sorge, ob ihre Kleidung sauber roch oder sie es schaffen würde, ihrem Vater ein Mahl vorzusetzen, an dem er nichts zu mäkeln hätte. Jetzt gab es da einen Geisteskranken, der sie verfolgte, einen Ehemann und ein Kind.

Es fiel ihr schwer, die Schuldgefühle, die sie empfand, weil sie Eric in Gefahr brachte, abzulegen. Zwar war es zweifellos eine Situation, für die jeder wahre Ritter bereitwillig in den Kampf ziehen würde, aber Eric hatte keine Wahl gehabt. Sie schlang sich ein wenig stärker um ihn. Bethia war klar, dass die Schuldgefühle und die Angst, die sie um ihn empfand, nur einem Nadelstich gleichkommen würden, verglich man sie mit der Verzweiflung, die sich ihrer bemächtigen würde, sollte Eric etwas zustoßen. Alles, was sie tun konnte, war zu beten, dass sein Ehr- und sein Gerechtigkeitsgefühl ihn nicht teuer zu stehen kamen. Es schien ihr eine armselige Waffe gegen einen Verrückten zu sein.

13

Bethia verzog das Gesicht, als die Magd eintrat, um ihr beim Umkleiden für das abendliche Bankett zu helfen. Der Hof stellte sich als nicht sonderlich aufregend heraus. Er bestand überwiegend aus Klatsch und Tratsch, Zeremonien und Essen. Und die Frauen schienen nicht zu verstehen, dass Ehebruch eine Sünde war, dachte sie verärgert. Sie war außerdem nur einmal bei einem Tanz gewesen.

Langsam zog sie sich aus dem Bett hoch, auf dem sie anmutig ausgestreckt gelegen hatte. Sie setzte sich regungslos hin, klammerte sich fest an die Bettkante und atmete ein paar Mal tief ein und aus, um die Übelkeit und das Schwindelgefühl, die sie kurz überkamen, zu bekämpfen. Bethia fragte sich, ob sie durch ein Zuviel an schwerem Essen und Ränkespielen krank geworden war.

»Ich kann Ihnen einen Trank dagegen holen, Mylady«, sagte die Magd, während sie Bethia in das tiefblaue Mieder und den Rock half.

»Einen Trank?«

»Ja, damit Ihr das Kind loswerdet.«

»Das Kind?« Bethias Augen weiteten sich, als sie über diese durchaus mögliche Erklärung für ihre seltsame Unpässlichkeit nachdachte.

»Oh.« Die Magd wurde rot. »Dann ist es das Kind ihres Gatten, oder?«

Bethia sah das plumpe junge Mädchen an und schüttelte verwundert den Kopf. Dass dieses Mädchen ihr so ungeniert einen Trank anbot, um einen Abgang auszulösen und, was noch schlimmer war, ein wenig überrascht schien, dass sie tatsächlich das Kind ihres rechtmäßigen Ehemannes tragen könnte, sagte mehr über die Unmoral bei Hofe aus, als Bethia eigentlich wissen wollte. An diese Art von Leben würde sie sich niemals gewöhnen. Sie wunderte sich ein wenig darüber, dass Eric sich so wohlzufühlen schien, vermutete aber allmählich, dass er alldem kaum Beachtung schenkte. Männer, so dachte sie, zeigten oftmals ein wahres Talent darin, das nicht wahrzunehmen, was in ihrer Umgebung vorging.

»Es handelt sich hierbei nicht um eine delikate Liebesaffäre«, erklärte sie der Magd Jennet mit mattem Lächeln. »Es ist das Kind meines Gatten. Es kann gar nicht das Kind eines anderen sein.« Sie hob die Augenbrauen, als Jennet heftig an dem Spitzenbesatz ihres blassblauen Übergewands zerrte. »Sofern ich wirklich ein Kind trage. Ich bin mir dessen nicht sicher.«

»Habt Ihr Eure Monatsblutungen so gehabt, wie es sein sollte?«

»Nein. Nicht mehr, seit ich verheiratet bin.«

Die Magd nickte. Sie drückte Bethia sanft auf einen Stuhl und begann, ihr Haar in eine der bei Hof so beliebten komplizierten Flechtfrisuren zu zwingen. »Und Euch ist jeden Tag um etwa die gleiche Zeit übel und schwindelig.«

»Ja, stimmt genau. Obwohl ich mich am vergangenen Abend, als sie dieses Eiergericht mit dem merkwürdigen Geruch vor mich hinstellten, ganz gewiss auch nicht allzu gut fühlte.«

»Manche Frauen können bestimmte Gerüche und Gerichte nur schwer ertragen, wenn sie schwanger sind.«

»Es scheint mir zu früh zu sein.«

Die Magd kicherte. »Manche Frauen werden in ihrer Hochzeitsnacht schwanger.«

Bethia legte ihre Hände auf den Bauch. Es war durchaus möglich, dass sie ein Kind trug. Sie spürte, wie in ihren Adern Aufregung zu pulsieren begann, bemühte sich aber, sie unter Kontrolle zu bringen. Es war noch zu früh, um es sicher zu wissen. In letzter Zeit hatte sich in ihrem Leben eine Menge geändert, und sie lebte in ständiger Gefahr. So etwas konnte leicht ihre Monatsblutungen beeinflussen. Und obwohl sie es verabscheute, überhaupt daran zu denken, rief sie sich doch ins Gedächtnis, dass viele Frauen ihr Kind in den ersten Monaten verloren. Sie beschloss, nichts davon zu erwähnen, bis sie ganz sicher war, dass sie ein Kind trug und es sich gut in ihrem Schoß eingenistet hat.

»Ich werde meinem Gatten gegenüber noch nichts davon erwähnen«, sagte sie.

»Von mir wird es keiner erfahren, Mylady.«

»Gut. Ich verabscheue den Gedanken, dass mein Mann durch Klatsch davon erfährt, bevor ich es ihm mitteilen kann.«

»Und Ihr habt einen so netten, so gut aussehenden Mann.«

»Danke.« Bethia lächelte und warf mittels eines polierten Metallspiegels einen Blick auf das kunstvolle Gebilde aus ineinander verschlungenen Zöpfen. Sie hoffte inständig, nicht so närrisch auszusehen, wie sie sich fühlte. »Das sehe ich auch so«, murmelte sie, lenkte dann aber die Aufmerksamkeit der Magd mühelos auf Mode und Haartrachten.

Sobald sie für das abendliche Bankett fertig hergerichtet war, schickte sie die Magd weg. Sie schenkte sich einen Trinkkelch voll Wein und trank ihn leer. Es half ihr, sich für den vor ihr liegenden Abend zu stärken. Mit reumütigem Lächeln setzte sie den Kelch wieder ab und verließ das Gemach. Wenn Eric und sie noch viel länger am Hof verweilen würden, würde sie zu einer Trinkerin werden.

Eric kam ihr, gerade als sie die große Halle betreten wollte, entgegen und führte sie zu ihrem Tisch. Zu Bethias Bedauern ließ sich Lady Catriona MacDunn genau gegenüber von ihnen nieder. Seit ihrer Ankunft, die erst eine Woche zurücklag, war diese Frau zu einem ständigen Ärgernis geworden. Lady Catriona machte aus ihrem Verlangen, Eric in ihr Bett zu bekommen, kein Geheimnis. Bethia hatte den Eindruck, dass Eric außerhalb ihres gemeinsamen Schlafgemachs niemals allein unterwegs war, und, so dachte sie verdrossen, wenn Lady Catriona einen Weg dorthinein wüsste, würde sie ihn nehmen.

Als Lady Elizabeth MacFife sich auf die andere Seite von Eric setzte, stöhnte Bethia beinahe auf. Lady Elizabeth verbrachte ebenfalls viel zu viel Zeit damit, Eric schöne Augen zu machen. Bei einem kurzen Blick auf Lady Catriona erhaschte Bethia einen flüchtigen Ausdruck von Verärgerung auf dem hübschen Gesicht dieser Frau. Diese Frau schien ebenfalls keinen Gefallen an Lady Elizabeths Tändeleien zu finden. Bethia wünschte sich, darin eine gewisse Genugtuung zu finden, doch stattdessen sah sie ein langes, aufwühlendes Mahl vor sich. Hätte sie nicht bereits Magenprobleme gehabt, hätte ihr dieses Bankett ganz sicher welche verursacht.

Bethia rief sich ins Gedächtnis, dass Eric Nacht für Nacht in ihrem Bett lag. Zudem verbrachte er sehr viel Zeit damit, den König dazu zu bewegen, sich seiner Sache gegen William und die Beatons anzunehmen. Die Art und Weise, wie er die Damen, die ihm nachliefen, behandelte, verriet nichts weiter als bloße Höflichkeit und kühle Zuvorkommenheit, aber keinerlei Ermutigung. Es half alles nichts, es war schwer, Ruhe und Vernunft zu bewahren, während sich das Mahl hinzog, und nur wenn sie rücksichtslos die beiden anderen Frauen unterbrach, gelang es Bethia, mit ihrem eigenen Mann ein Wort zu wechseln.

Als sie eben darüber nachdachte, es aufzugeben und sich herzhaft schmollend auf ihr Schlafgemach zurückzuziehen, gab ihr Eric einen Kuss auf die Wange. Bethia hoffte inständig, dass er dies nicht getan hatte, weil sie in Selbstmitleid zu zerfließen schien. Doch die höchst verärgerten Blicke, die die beiden Frauen ihr zublitzten, besänftigten ihre mitgenommenen Gefühle ein wenig.

»Macht es dir etwas aus, allein in unser Gemach zurückzugehen, mein Herz?«, fragte Eric. »Lord Douglas gibt mir Zeichen, und ich muss zu ihm gehen und sehen, was er möchte. Vielleicht hat er sich endlich entschlossen, mir zu helfen. Wenn ja, erreiche ich bald, was ich haben will, und wir können diesen verfluchten Ort verlassen.«

»Ich denke, das würde mir zusagen«, murmelte sie und glitt dabei mit der Hand über die edle Stickerei, die das Vorderteil seines Wamses schmückte.

Eric lächelte, sein Blick war zärtlich vor Mitgefühl. »Ich weiß, dass es ein ermüdender, unfreundlicher Ort ist.«

»Du musst hier sein, um das zu erreichen, was dir von Rechts wegen zusteht. Doch ich vermisse Klein-James.«

»Ich auch.« Er stand auf und beugte sich nieder, um sie auf die Stirn zu küssen. »Erlaube keinem dieser lüsternen Frauenhelden, dich durcheinanderzubringen.«

»Nein, ich habe einen guten, kräftigen Prügel gefunden, um die Horden zurückzuschlagen«, erwiderte sie scheinbar geziert.

Er lachte und schüttelte den Kopf, eilte dann aber davon, um Lord Douglas zu treffen. Bethia nahm die Männer, die mit ihr anbändeln wollten, auf liebenswerte Weise nicht wahr. Einige versuchten aus Boshaftigkeit, sie von seiner Seite zu locken, oder einfach nur, um das Bravourstück zu leisten, ihm Hörner aufzusetzen. Doch viele waren von Bethias Aussehen und der Ausstrahlung von Unschuld ehrlich fasziniert. Eric konnte einen Anflug von Stolz und Zufriedenheit nicht ganz unterdrücken, wenn sie einen Raum betrat und ihr Blick ihn, nur ihn suchte.

Über sein Gesicht huschte eine Grimasse, als er zu ihrem Tisch zurückblickte und die Damen Catriona und Elizabeth beobachtete, mit denen er einst getändelt hatte. Seiner Meinung nach waren die Affären schon vor langer Zeit und auf freundschaftliche Weise zu Ende gegangen, aber beide Frauen schienen in Bethia eine Herausforderung zu sehen. Bethia plagte ihn nicht mit Anfällen von Eifersucht, doch ihm war klar, dass die Spielchen, die die Frauen spielten, für sie schwer zu ertragen waren. Dies war ein weiterer stichhaltiger Grund, sie so schnell wie möglich von hier wegzubringen. Das Allerletzte, was er brauchen konnte, war, dass eine seiner früheren Geliebten anfing, Bethia mit Geschichten ihrer Beziehung oder unberechtigten Ansprüchen auf eine vermeintlich noch bestehende Verbindung zu unterhalten. Selbst er konnte verstehen, dass eine Frau nur ein gewisses Maß hinnehmen konnte, unabhängig davon, ob Bethia ihm vertraute oder nicht.

Bethia seufzte, als sie Eric in der Menge entschwinden sah. Sie betete, dass er recht hatte und Lord Douglas im Begriff war, ihm zu dem zu verhelfen, was er begehrte. Obwohl sie bleiben würde, wenn es nötig wäre, wünschte sich Bethia tatsächlich nach Hause zu reisen. Ihr Zuhause war Erics Zuhause – das tat nichts zur Sache. Sie hatte mehr als genug vom höfischen Leben.

Als sie aufstand, um zu gehen, stellte sie bestürzt fest, dass Lady Elizabeth und Lady Catriona dasselbe taten und zum ersten Mal an diesem Abend zusammen auftraten. Sie hatte das ungute Gefühl, dass diese beiden Frauen mit ihr unter vier Augen sprechen wollten. Auch wenn Eric ihr nichts über sie erzählt hatte, war Bethia davon überzeugt, dass er einst sehr viel mehr als nur der kühle, zuvorkommende Höfling ihnen gegenüber war. Sie wollte ihren Verdacht nicht wirklich bestätigt sehen. Das Wissen, dass er in der Vergangenheit mit anderen Frauen geschlafen hatte, konnte sie hinnehmen und abschütteln, doch sollte sie schmutzige Details über diese Affären erfahren, würde sie dies nicht so leicht abtun können, sie würden vielleicht sogar in Kopf und Herz verweilen und wie ein schleichendes Gift auf ihre Ehe wirken.

»Wir werden Euch zu Eurem Schlafgemach begleiten, Lady Bethia«, sagte Lady Catriona mit süßem Lächeln.

»Das ist freundlich von Euch, aber nicht nötig«, murmelte Bethia, während sie sich vom Tisch entfernte.

»Es bereitet keine großen Umstände«, erwiderte Lady Elizabeth, indem sie und Catriona Bethia flankierten. »Wir müssen an Eurem Gemach vorbeigehen, um zu unseren Gemächern zu kommen.«

»Ihr müsst uns unbedingt verraten, wie Ihr unseren lieben, hübschen Eric kennengelernt habt«, erklärte Catriona.

Ergeben in das Schicksal eines langen, möglicherweise zermürbenden Wegs zu ihrem Schlafgemach, erzählte Bethia die Geschichte, auf die Eric und sie sich geeinigt hatten. Es entsprach der Wahrheit, wenn sie sagte, dass Eric und sie sich auf dem Weg nach Dunnbea getroffen hätten und er eingeladen worden sei, sich ihrem Gefolge anzuschließen, da er allein unterwegs war. Die Lüge lag in der Schlussfolgerung, die man daraus ziehen musste, nämlich, dass ihr Gefolge aus den üblichen bewaffneten Männern und Mägden bestanden hat und nicht nur aus James und ihr. Darüber hinaus war es nicht gelogen, dass sich daraus eine Liebesbeziehung entwickelt hatte, denn zumindest sie war zutiefst verliebt.

»Wie romantisch«, murmelte Catriona, »aber Eric war schon immer ein Mann heftiger Leidenschaften.«

»Oh ja«, stimmte Elizabeth zu und legte dabei viel Bedeutung in diese beiden Worte.

»Ein ausgesprochen begehrter Liebhaber, aber er war so wählerisch.«

Catriona tastete nach ihrem raffiniert frisierten blonden Haar und tat, nachdem sie einen raschen Blick auf Bethias Busen geworfen hatte, so, als würde sie eine unsichtbare Falte auf ihrem gut gefüllten Mieder glatt streichen.

Nicht sonderlich scharfsinnig, dachte Bethia bei sich, während sie sich anstrengte, zwischen den beiden größeren und üppigeren Frauen nicht wie ein Kind zu wirken.

»Sehr wählerisch«, stimmte Elizabeth zu. »Viele Männer reagierten auf Erics Eroberungen ausgesprochen eifersüchtig, aber Ihr habt, wie ich vermute, schon etwas davon zu spüren bekommen. Ich bemerkte, wie einige von Erics Feinden um Euch werben.«

Bethia hätte, mit hochgezogenen Augenbrauen den Frauen gegenüber, beinahe verraten, dass sie keine Annäherungsversuche bemerkt hatte. Die unterschwellige Behauptung, ein Mann würde sich ihr gegenüber nur aus Rache an Eric so verhalten, war dennoch beleidigend, weshalb sie nur nickte. Sie fragte sich insgeheim, ob einer von Elizabeths momentanen Liebhabern oder einer von denen, denen sie nachstellte, ein flüchtiges Interesse an ihr zeigte. Dass sie darauf nicht eingegangen war, ja, dies nicht einmal bemerkt hatte, würde in Elizabeths Augen nichts ändern. Bethia vermutete, dass Elizabeth eine derjenigen Frauen war, die die schwankende Aufmerksamkeit eines Mannes für nichts weniger als eine Beleidigung hielten.

»Wie wahr«, stimmte Catriona ihrerseits zu. »Nur wenige Männer schaffen es, Erics allseits bekannte Talente als Liebhaber so hinzunehmen. Sir Lesley Moreton war ziemlich wütend, als Eric anfing, mich zu umwerben. Man muss sich immer vor eifersüchtigen Männern hüten«, belehrte Catriona Bethia in der Manier einer guten Freundin, die eine große Weisheit preisgibt.

»Ja, bei Lord Munroe war es genauso, als Eric seinen so wunderbaren Blick in meine Richtung lenkte.«

Bethia fragte sich, ob die beiden Frauen öfter bei einem Glas Wein zusammensaßen und sich über ihre wechselseitigen Liebhaber austauschten, tadelte sich aber sofort für ihre Gehässigkeit. Daraufhin überlegte sie, ob sie ein plötzlich aufgetretenes heftiges Unwohlsein geltend machen und auf ihr Gemach eilen konnte. Sie waren im Begriff, ihr alles über ihre Liebschaften mit Eric zu erzählen; in Bethias Augen zitterten die unerwünschten Geständnisse geradezu auf deren Lippen und machten ihr Angst.

Sie versuchte gelassen zu bleiben, sogar höflich, als Catriona und Elizabeth ihr zur Eroberung eines so wundervollen Liebhabers gratulierten. Die Entschuldigungen, zu persönlich zu werden, die gelegentlichen Rückfragen, ob sie sie mit ihren Enthüllungen quälten, waren reine Höflichkeit und von himmelschreiender Verlogenheit. Sie sprachen über Erics Werben, ihre vielen Stelldichein, sogar über die zärtlichen Liebesworte, die er gebraucht hatte, um sie geschickt zu verführen. Bethia war so froh, als sie die Tür ihres Gemachs erreichten, dass sie am liebsten laut gejubelt hätte. Die beiden Frauen hatten jedes Detail ihrer Affären mit Eric, das mit einiger Raffinesse offenbart werden konnte, erschöpfend ausgebreitet, und Bethia fürchtete, sie wären drauf und dran, ihr zu verraten, wie oft Eric mit ihnen geschlafen habe, auf welche Weise und andere derartige Dinge. Soweit sie sehen konnte, war das das Einzige, was sie noch nicht ausgeplaudert hatten.

»Ich beneide Euch, Lady Bethia«, sagte Catriona. »Wie schafft Ihr es bloß, einen solch prächtigen Mann zu halten?«

Während sie die zwei Frauen ansah, die sich nichts dabei dachten, ihre großen Taten mit einem Liebhaber dessen Frau zu erzählen, wurde Bethia plötzlich wütend. Es half ihr nichts, in genau der Tonlage, in der Catriona diese Frage gestellt hatte, zu hören, dass diese Frau offensichtlich den Eindruck hatte, sie besitze eine seltsame Anziehungskraft auf Eric, da er sonst nicht bei ihr bliebe. Und trotz ihrer alles andere als feinsinnigen Andeutungen wusste sie, dass Eric ihnen keine falschen Versprechungen gemacht hatte. Sie versuchten, sie zu verletzen – weiter nichts. Es tat nichts zur Sache, ob es aus Boshaftigkeit, aus verletztem Stolz oder Eifersucht war, sie waren unnötig gemein, und in diesem Augenblick hasste sie sie dafür.

»Ich halte ihn an seinem Drehbolzen fest«, gab sie mit einer Stimme zurück, die so honigsüß war, dass ihr fast übel davon geworden wäre. »Gewiss werden die zwei größten Huren am Hof des Königs das verstehen.«

Sie schritt in ihr Gemach und schlug den schockiert aussehenden Frauen die Tür vor der Nase zu. Während sie ihr Gesicht an die Holztür presste, hörte sie, wie die beiden sich entfernten, nicht aber, was genau sie sprachen. Die Wut in ihren Stimmen war allerdings deutlich zu vernehmen. Jetzt hatte sie ihnen allen Grund gegeben, sie zu hassen. Bethia wunderte sich, dass sie sich dabei nicht besser fühlte.

Sie beschloss, nicht nach der Magd zu rufen und kleidete sich bis auf ihr Unterhemd aus. Sie wusch sich schnell, hatte aber nicht das Bedürfnis, ihr Haar auszukämmen, und so löste sie einfach nur die hochgesteckten Zöpfe und stieg ins Bett. Bethia legte sich auf den Bauch, vergrub das Gesicht ins Kissen und erlaubte sich zu schmollen. Der Abend, den sie eben hatte ausstehen müssen, schrie geradezu danach.

Wie sehr sie sich auch bemühte, sie konnte das, was Catriona und Elizabeth gesagt hatten, nicht so einfach abtun. Es waren exaltierte, blonde Frauen, und es versetzte ihr einen Stich ins Herz, wie mühelos sie sich die beiden als Erics Geliebte vorstellen konnte. Zudem fiel es ihr ebenso schmerzlich leicht, ihre schmale Figur mit deren üppigen Rundungen zu vergleichen, und sie fing an, sich furchtbar unzulänglich zu finden. Bethia vermutete, dass auch deren Talente im Schlafgemach ihre bei Weitem übertrafen.

Selbst als sie sich sagte, dass Eric *ihr* Bett aufsuchte und kein anderes, dass er noch immer brennende Leidenschaft für sie empfand, schenkte ihr das kein Selbstvertrauen. Sie waren jung verheiratet und erst seit so kurzer Zeit ein Liebespaar. Was würde geschehen, wenn der Reiz des Neuen nachließ? Was würde geschehen, wenn ihr Körper durch das Kind, das sie vielleicht trug, rundlich wurde?

Das Geräusch der sich öffnenden und wieder schließenden Tür und Erics unverwechselbarer Schritt auf dem Steinboden lenkten Bethia von ihren brütenden Gedanken ab. Sie drehte ihren Kopf nur so weit, dass sie ihn aus dem Augenwinkel heraus sehen konnte. Er blieb an der Bettkante stehen, stemmte die Hände in die Taille und sah sie stirnrunzelnd an.

»Schmollst du, Bethia?«, fragte er.

»Wie kommst du darauf?« Die Fähigkeit dieses Mannes,

ihre Stimmungen zu erraten, war nicht immer angenehm, dachte sie bei sich. Es wäre nett, rätselhaft zu wirken.

»Vielleicht durch die Art, wie du daliegst und dich im Kissen vergräbst«, zog er sie auf, wobei er begann, sich zu entkleiden. »Ich glaube langsam, dass du es tatsächlich genießt, von Zeit zu Zeit herzhaft zu schmollen.«

»Vielleicht ist es so. Ich habe dich nicht so bald zurückerwartet, also dachte ich, ich könnte es mir genehmigen.«

»Meine Zusammenkunft mit Lord Douglas war kurz, aber es gab auch nicht viel zu sagen. Er hat mir seine Hilfe zugesagt.«

»Das ist ja herrlich!« Allein der Gedanke an eine baldige Heimkehr reichte aus, um ihrer Stimme den einschlägigen Klang von Freude zu verleihen.

»Arme Bethia.« Eric küsste sie auf die Wange, warf Wams und Hemd auf eine Truhe und ging zum Waschkrug. »Was hat dich zum Schmollen verleitet?«

»Eric, wie kommt es, dass du mir niemals Blumen schenkst?«, fragte sie, fluchte aber gleichzeitig innerlich, weil sie ihre Schwäche und Zweifel verriet.

»Es gibt keine und wird bis zum Frühling keine geben. Ich könnte vielleicht ein bisschen blühendes Heidekraut für dich finden, aber das wäre auch schon alles.« Er beobachtete sie unablässig, während er sich mit einem Handtuch trockenrieb. »Diese zwei Weibsstücke hatten eine kleine Unterhaltung mit dir, oder?«

Sie starrte ihn einigermaßen überrascht an. »Das scheint mir eine herbe Art zu sein, um über Geliebte zu sprechen.«

»*Ehemalige Geliebte,* zudem musst du wissen, mein Herz, dass ein Mann eine Frau weder mögen noch respektieren muss, um mit ihr zu schlafen. Bevor ich dich kennengelernt habe, achtete ich nur darauf, ob sie ansehnlich und willig ist. Catriona und Elizabeth waren beides. Ich habe sie auf meine Art bis in ihre Betten hinein umworben, und glaube mir, es bedurfte sehr wenig Werbens, damit sie ihre Röcke hoben.

Ich nahm mir, was ich haben wollte, und ging. Eigentlich dachte ich, ich hätte dieses Spiel ebenso gut gespielt wie ihre früheren Liebhaber, aber vielleicht täuschte ich mich ja. Sie wollen mir, indem sie den Weg über dich nehmen, eindeutig Probleme verursachen.«

»Ich glaube, sie sind nur ein kleines bisschen pikiert darüber, dass du mich geheiratet hast – ein Mädchen, das nicht annähernd so prächtig aussieht wie sie.« Sie hob die Augenbrauen, als Eric neben ihr ins Bett kletterte. »Vermutlich wurde ihr Stolz verletzt.« Sie warf ihm einen schuldbewussten Blick zu, als er sie in seine Arme zog. »Ich fürchte, ich habe es noch schlimmer gemacht.«

»Ja? Was hast du angestellt?«

»Nun ja, sie begleiteten mich zu unseren Gemächern.« Bethia nickte, als er das Gesicht verzog. »Mach dir keine Sorgen. Wir sind hier angelangt, bevor sie mit ihren Erzählungen allzu deutlich werden konnten. Aber ich wurde plötzlich ziemlich wütend.«

»Es tut mir leid, Bethia. Ich wünschte, ich könnte meine Vergangenheit auslöschen.« Eric legte überrascht die Stirn in Falten, als sie ihm ihre Finger an den Mund legte.

»Ich war nicht wütend auf dich oder auf die Tatsache, dass du mit Frauen geschlafen hast, bevor wir uns getroffen haben. Zugegeben, ich habe sie nicht gern kennengelernt, aber, wie du schon sagtest, keine hat deinen Namen oder dein Herz besessen. Du warst ein freier Mann und wusstest nicht, wer ich war. Nein, ich war auf die beiden wütend. Es gab keinen Grund für sie, mir solche Dinge zu erzählen. Ich habe ihnen niemals irgendetwas Böses getan, und dennoch wollen sie mich verletzen, vielleicht sogar meiner Ehe schaden, indem sie mich zu Eifersucht und Zweifeln anstacheln. Ich fürchte, ich habe etwas gesagt, das sie mir schwerlich verzeihen werden, und jetzt, wo ich darüber nachdenke, finde ich es auch nicht sonderlich nett, in solcher Weise von dir zu sprechen.«

Bethias Zögern und Erröten weckten Erics Neugierde. »So? Was hast du denn gesagt?«

Bethia atmete tief durch, um gelassen zu werden, wiederholte ihm die Frage, die Catriona ihr gestellt hatte und ihre Antwort darauf. Eric starrte sie einen Augenblick lang entsetzt an, und Bethia fürchtete schon, sie sei zu weit gegangen und er sei von ihr vielleicht restlos angewidert. Doch dann begann er zu lachen.

»O Mädchen, du musst sie sprachlos gemacht haben«, sagte er endlich und zog sie wieder in seine Arme.

»Zumindest so lange, wie ich brauchte, um in diesen Raum zu gelangen und die Tür zu schließen. Trotzdem, es war nicht richtig von mir.«

»Es war nicht so richtig schlimm, und sie haben es verdient. Sie schauten dich, überheblich wie sie sind, an, sahen ein kleines Mädchen mit einem süßen Gesicht und glaubten, sie könnten dich unter ihren Pantöffelchen zertreten. Du hast recht, sie waren ausgesprochen gemein. Es gab keinen Grund, dir von der Vergangenheit zu erzählen. Was immer du ihnen gegenüber sagen oder machen wolltest, sie haben es verdient.«

»Möglich.« Sie strich mit ihrer Hand über seinen Bauch. »Sie werden jetzt mir gegenüber nicht einmal mehr Sympathie heucheln, und das ist ja vielleicht nicht so schlecht. Genau genommen ist es mehr Ehrlichkeit, als solche Frauen mir zugestehen würden. Ich bete darum, dass ich mir nicht mehr allzu lang Gedanken über sie machen muss. Oder doch?«, fragte sie.

»Nein, nicht mehr sehr lang. Doch, was du gesagt hast ...«

»Eric, ich habe es nicht so gemeint. Ich war nur so gereizt.«

»Ach, das ist schade.« Er packte ihre Hand und legte sie über seine erregte Männlichkeit. »Ich hatte eigentlich gehofft, du würdest heute Nacht anführen.«

Bethia lachte und gab ihm in dem Wissen einen Kuss, dass die Leidenschaft, die sie füreinander empfanden, ihn von Zeit zu Zeit ebenso heftig beherrschte wie sie. Bald schon musste sie sich fragen, wer führte und wer folgte, als sie sich mit einander ebenbürtiger Hingabe küssten und liebkosten. Zusammen erklommen sie den Gipfel der Leidenschaft, und Bethias Zweifel legten sich für eine Weile; sie schlief ein, bevor Eric ihren Körper verließ.

Eric hielt Bethia fest an sich gepresst und löste langsam ihre Zöpfe, wobei er sich fragte, was Frauen wohl dazu trieb, sich das Haar auf solch komplizierte Weise hochzustecken. Er hatte sie nicht nur, weil er sie an seiner Seite haben wollte, an den Hof gebracht, sondern um sie vom Gift ihrer Eltern fernzuhalten. Eigentlich hätte Bethia ein wenig Stolz und Selbstvertrauen aufbauen sollen, wenn deren ständige Kritik und Demütigung fehlten, zumindest war das seine Idee, und er hatte sie für gut gehalten. Stattdessen aber hatte er Bethia mitten in die gemeinen, kleinlichen Intrigen am Hof katapultiert.

Natürlich hatte er die Möglichkeit in Betracht gezogen, dass sie etwas über irgendwelche seiner ehemaligen Geliebten hören oder gar die eine oder andere treffen könnte, aber ihm war nicht klar gewesen, welche Bedrohung von solchen Frauen ausgehen konnte. Selbst eine starke selbstbewusste Frau hätte es schwer gefunden, Elizabeths und Catrionas eifersüchtiges Geschwätz zu ertragen. Bethia dagegen war alles andere als selbstbewusst, sondern hatte ihr ganzes Leben damit zugebracht, ignoriert und zu ihren eigenen Ungunsten mit ihrer Schwester verglichen zu werden, und war sie ausnahmsweise einmal beachtet worden, hatte man sie gründlich kritisiert. Für eine solche Frau musste es schmerzlich sein, zwei wunderschönen, üppigen Frauen zuhören zu müssen, die damit angaben, dass sie im Bett ihres Ehemannes gelegen hatten. Kein Wunder, das Bethia nach Schmollen zumute gewesen war.

Seine Lippen umspielte ein kleines Lächeln, als er ihr einen Kuss auf die Stirn gab und mit seinen Fingern durch ihr inzwischen offenes Haar fuhr. Er fand es auf seltsame Weise reizvoll, dass Bethia es liebte, sich einem, wie sie es nannte, *herzhaften Schmollen* hinzugeben. Sie war liebenswert offen in ihren Gefühlen, in guten wie schlechten. Dies war sicher noch ein weiterer Grund dafür, dass sie das Leben am Hof so schwer zu ertragen fand.

Als Eric vom Schlaf überwältigt wurde, versprach er Bethia im Stillen, noch stärker darauf zu drängen, das zu bekommen, was er haben wollte, damit sie abreisen konnten. Er hatte zugelassen, dass er beiseitegedrängt wurde. Er hatte höflich Entschuldigungen für Verzögerungen akzeptiert und sie sich selbst immer und immer wieder vorgesagt, in dem Glauben, sein König wolle sich einfach nur der Fakten ganz sicher sein, bevor er Recht über William Drummond und Sir Graham Beaton sprach. Es war an der Zeit, Zurückhaltung und Höflichkeit aufzugeben. Er wollte Bethia aus der Umgebung solcher Frauen wie Catriona und Elizabeth entfernen, bevor deren Gift mehr erreichte, als Bethia nur in einen ihrer Schmollanfälle zu treiben.

Bethia dehnte sich und stutzte, als sie die Hand ausstreckte und statt Erics warmer Brust kaltes Leinen berührte. Sie öffnete die Augen und erkannte an dem trüben Licht, das in das Gemach sickerte, dass eben erst die Morgendämmerung angebrochen war. Als sie hinüberlangte, um sich sein Kissen zu nehmen, warf etwas Falten, und sie bekam eine Nachricht, die dort zurückgelassen worden war, zu fassen. Sie lächelte flüchtig, während sie seine Entschuldigungen über sein so frühes Weggehen las, war allerdings erfreut über seine Absicht, sein Anliegen noch kräftiger zu vertreten. Es fiel einem schwer, das Zögern des Königs zu verstehen, wo doch die Beweise gegen William und Beaton derart erdrückend waren; schließlich brauchte er sie nicht als Verbündete.

Sie streckte sich erneut, kletterte vorsichtig aus dem Bett und rief nach einer Magd. Nachdem sie gebadet, ihr Haar gewaschen und getrocknet hatte, war es Zeit für ihr Frühstück. Bethia unterdrückte den feigen Wunsch, sich das Essen kommen zu lassen. Es waren ihre eigenen Worte, die Elizabeth und Catriona verstimmten. Sie musste also die Folgen tragen. Glücklicherweise, so dachte sie sich auf dem Weg in die große Halle, war es noch viel zu früh für die beiden Frauen, um schon auf zu sein.

Als sie durch die schweren Tore der großen Halle schritt, wäre sie beinahe mit Catriona und Elizabeth zusammengeprallt. Elizabeth sagte nichts und brüskierte sie nicht öffentlich, aber ihr Blick war eiskalt. Bethia hatte nichts anderes erwartet.

Catriona dagegen lächelte freundlich und bereitete Bethia damit großes Unbehagen.

»Schaut nicht so besorgt, Kind«, sagte Catriona und legte Bethia den Arm um die Schultern, wobei sie dicht an ihrer Wange einen Kuss in die Luft hauchte. »Ihr wart verärgert. Es war unser Fehler. Wir hätten besser auf unsere Worte achten müssen.«

»Das ist in meinen Augen keine Entschuldigung für meine Unhöflichkeit«, murmelte Bethia, die beschlossen hatte, sich Großzügigkeit leisten zu dürfen. Eric und sie würden schließlich bald abreisen.

»Um Euch zu zeigen, dass alles vergeben und vergessen ist, wollen wir mit Euch gemeinsam frühstücken und dann zusammen zum Markt gehen.«

»Ich brauche nichts vom Markt«, widersprach Bethia, als man sie zum Tisch zog.

»Seid nicht so schüchtern, Lady Bethia. Jede Frau genießt es, den Markt zu besuchen. Wir werden sicher sehr viel Spaß haben.«

Bethia musste erleben, wie Catriona bei ihren Plänen über sie verfügte.

Eine Entschuldigung wurde nicht hingenommen, und Bethia zögerte, eine offenkundige Unhöflichkeit zu begehen.

Immerhin hatte sie die Frauen schon einmal schwer beleidigt.

Sie wusste nicht, wen sie kannten und welche Macht sie auszuüben vermochten.

Bethia wollte nicht alles, wofür Eric gearbeitet hatte, aufs Spiel setzen, indem sie Catriona so sehr verärgerte, dass diese Frau gegen ihn intrigieren würde.

Ob sie es wollte oder nicht, dachte sie seufzend, sie musste mit in die Stadt gehen. Sie wünschte nur, sie würde sich angesichts des kleinen Ausfluges nicht so unbehaglich, fast verängstigt fühlen.

14

»Catriona? Elizabeth?«

Bethia krauste die Stirn, als sie um sich blickte und keine der Frauen mehr sehen konnte. Der Markttag hatte eine Menge Leute in die Stadt gelockt, und so durfte sie sich, wie sie sich sagte, von deren Verschwinden nicht beunruhigen lassen. Es konnte leicht sein, dass sie wohin gegangen waren, um sich etwas anderes anzuschauen, und vergessen hatten, ihr Bescheid zu geben, oder vielleicht hatte sie es gar nicht gehört. Sie zählte sorgfältig das Geld ab und bezahlte die Frau, die ihr das Band gab, das sie sich ausgesucht hatte, danach sah sie sich erneut suchend nach den beiden Frauen um.

Es war schwierig, über die Köpfe der umherspazierenden Leute hinweg etwas zu sehen. Bethia fluchte, dass sie nicht größer war, und ging auf eine Bank zu, die vor der Bierschenke stand. Mit nervösem Lächeln auf die Leute, die sich dort versammelt hatten, schob sie sich an den Männern und derben Frauen vorbei und gelangte schließlich zur Bank. Bethia zögerte einen Augenblick, weil sie nicht recht wusste, ob es ziemlich war, sich auf so etwas zu stellen, kam aber zu dem Schluss, dass sie keine andere Wahl hatte. Wenn sie die Frauen finden wollte, musste sie entweder durch die Menschenmenge hindurch- oder darüber hinwegsehen können, und das erforderte einen höheren Standpunkt. In der Hoffnung, dass sie keiner, der sie als Erics Frau identifizieren konnte, sah, kletterte sie auf die Bank.

Es dauerte ein paar Minuten, doch endlich konnte Bethia den kunstvollen Kopfputz der Frauen ausmachen. Sie zog die Augenbrauen hoch, denn es hatte ganz den Anschein, als ob die Frauen zum Schloss zurückeilten. Sie hilflos auf dem

Markt zurückzulassen, schien ihr bemerkenswert kindisch zu sein, aber während sie von der Bank stieg, sagte sich Bethia, dass sie so etwas hätte erwarten müssen. Es passte nicht zu Catriona und Elizabeth, die Beleidigung, die sie ihnen zugefügt hatte, ungestraft hinzunehmen.

Obwohl sie es ärgerlich fand, beschloss Bethia, das es auch sein Gutes hatte. Die Frauen hatten sie den ganzen Morgen über verhöhnt und beleidigt, indem sie die Rolle von Freundinnen spielten, die ihr helfen wollten, eine bessere und ihrem Gatten würdigere Lady zu werden. Sie fing schon an zu glauben, die beiden hätten bei ihren Eltern Unterricht genommen, tadelte sich aber gleich für ihre unfreundlichen Gedanken ihren Eltern gegenüber. Es war schwer einzuschätzen, wie viel länger sie ihr Temperament hätte zügeln können.

»Geht es Euch gut, Lady Bethia?«, hörte sie eine Stimme sagen, die sie einen Moment lang nicht zuordnen konnte.

Als Bethia sich langsam umdrehte, erkannte sie die kleine Magd Jennet, die ihr seit ihrer Ankunft fast jeden Abend beim Umkleiden für das abendliche Bankett half. »Ich habe eben meine Begleiterinnen verloren«, antwortete sie.

»Ach, die beiden.« Jennet nickte und ergriff Bethias Arm. »Es ist nicht gut, wenn Ihr allein auf dem Markt seid, und ich habe den Verdacht, dass die beiden es wissen. Es sind keine besonders netten Damen, Mylady. Sie sollten sich vor ihnen in Acht nehmen.«

»Ich fange an, dass klar und deutlich zu erkennen.«

Eric würde wütend sein, dachte Bethia seufzend. Als sie das Schloss verlassen hatte, waren sie zu fünft gewesen: Elizabeth, Catriona, eine Magd, eine bewaffnete Wache und sie. Dies schien mehr als genug Schutz zu sein, und sie hatte dies Eric in der Nachricht, die sie hinterlassen hatte, versichert. Wenn sie allein zurückkehren sollte, würde er sich fragen, ob sie ihn angelogen oder etwas Dummes angestellt hatte, wie zum Beispiel sich zu verirren. Einen kurzen Moment erwog sie, ihm das Vorgefallene genau zu schildern, doch dann seufzte sie. Es wäre zwecklos. Er könnte dagegen nichts machen, und die Frauen würden es mit größter Wahrscheinlichkeit leugnen. Vermutlich musste sie sich darauf einrichten, ihm zu sagen, dass sie von ihren Begleitern einfach so getrennt worden sei.

»Ich könnte Euch sofort zurückbringen, wenn Ihr wollt, Mylady«, sagte Jennet.

»Es ist besser, wenn ich nicht allein aufs Schloss zurückkehre, aber ich möchte dir lieber erst folgen, wenn du mit allem fertig und bereit bist zu gehen«, sagte Bethia.

»Ich habe nicht mehr viel zu erledigen. Es wird nicht sehr lange dauern.«

»Lass dir Zeit. Ich habe mir noch gar nicht alles angesehen, was angeboten wird.«

»Wird Euch Eurer Ehemann nicht suchen?«

»Ich benachrichtigte ihn, wohin ich gehe, aber er wird wohl nicht vor mir auf unser Gemach zurückkommen. Er hat sich sehr viel vorgenommen.«

Jennet nickte. »Man sagt, er habe verschiedene Anliegen, die er vor dem König vertreten will, und um ehrlich zu sein, Mylady, der König ist immer sehr langsam mit seinen Urteilen, egal, wie sehr man im Recht ist. Manchmal glaube ich, unser König mag es, wenn ihn die wichtigen Männer des Landes um etwas bitten, und sorgt deshalb dafür, dass es länger dauert, als es notwendig ist.« Sie holte Luft und sah Bethia ein wenig beunruhigt an. »Aber ich bin nur eine kleine Magd. Was weiß ich schon von Königen und solchen Sachen?«

Bethia hätte gerne gesagt, dass das Mädchen sehr viel mehr als manche Männer verstand, aber sie lächelte bloß. Jennet hatte Angst, sich zu unbesonnen geäußert zu haben, ja, sich sogar der Gefahr ausgesetzt zu haben, ihre Stelle bei Hof zu verlieren. Es war besser, diesen Augenblick verstreichen zu lassen und nicht mehr darauf zurückzukommen.

Um die Magd noch weiter zu beruhigen, begann Bethia, sie

in Modedingen um Rat zu fragen. Jennet entspannte sich schnell, während sie über den Markt wanderten und sie Bethia dabei half, die Farben auszuwählen, die ihr am meisten schmeichelten, und ihr bestimmte Arten von Stoffen, die sich gut eigneten, zu empfehlen. Bethia hatte sich um solche Dinge früher nie kümmern müssen, doch nun war sie die Frau eines Laird oder würde es sein, sobald Erics Ansprüche anerkannt wurden, somit war es wahrscheinlich an der Zeit, sich über Derartiges zu informieren.

Sie hoffte, dass Eric nicht zurückkehrte und sie dann nicht vorfand oder, was noch schlimmer war, Catriona und Elizabeth im Schloss ohne sie antraf, obwohl sie doch gesagt hatte, sie würde mit ihnen zum Markt gehen. Er würde sich Sorgen machen, dabei hatte er im Augenblick schon genug Probleme. Als sie sich anfangs ganz allein wiedergefunden hatte, hatte sie ein wenig Angst bekommen, doch jetzt, wo sie mit der sehr gesprächigen Jennet umherschlenderte, umgeben von Menschen, die den Markttag genossen, begann sie sich behaglicher zu fühlen. Ihr einziger wirklicher Feind war William, und er würde es schwer haben, sie an einem so bevölkerten Ort zu entführen oder umzubringen.

»Mir gefällt das nicht«, schimpfte Elizabeth, als Catriona ihrer Magd und der Wache befahl zurückzubleiben und sie in eine enge, dunkle Gasse an der Straße, die zum Schloss führte, zog. »Ich denke noch immer, dass der beste Weg, uns zu rächen, der ist, den Ehemann dieser kleinen Schlampe ins Bett zu bekommen und es sie wissen zu lassen.«

»Eric zeigt kein Interesse«, fuhr Catriona sie an. »Vielleicht weil er erst frisch verheiratet und sie etwas Ungewöhnliches ist, doch im Augenblick hat er kein Auge für die Damen der Gesellschaft.«

»Das sagt Ihr doch nur, weil er nicht auf Eure Schliche hereinfällt. Vielleicht ist er ja einfach nicht an Euch interessiert.«

»An Euch ist er genauso wenig interessiert. Zieht man in

Betracht, was er für ein leidenschaftlicher Mann ist, finde ich das ein wenig seltsam, nicht wahr?«

»Vielleicht ist er ja verliebt«, sagte Elizabeth, wobei der Ton ihrer Stimme den Anschein erweckte, als würden sie diese Worte fast erwürgen.

»In dieses dürre Frauenzimmer mit den komischen Augen? Das kann ich mir nicht vorstellen. Ihn zieht doch nichts weiter als ihre Unschuld an, doch das wird bald verblassen.«

»Dann folgt meinem Vorschlag und lasst uns diese in seinen Augen zerstören«, drängte Elizabeth, als sie stehen blieben und auf den Mann warteten, dem sie zugesagt hatten, ihn hier zu treffen.

»Ich habe diese Schlampe beobachtet, seit sie hier ankam, und glaubt mir, die gehört nicht zu denen, die man verführen kann. Wir müssten über sie reine Lügen erzählen – Lügen ohne auch nur ein Gramm Wahrheit. Eric würde es mühelos durchschauen.« Catriona kreuzte die Arme über der Brust und tippte in wachsender Ungeduld mit dem Fuß auf. »Wo ist dieser Idiot?«

»Schon hier, Mylady.«

Elizabeth trat näher zu Catriona, als die raue Stimme aus der Dunkelheit heraus erklang und ein vierschrötiger Mann auftauchte, der dringend sauberer Kleidung und eines Bades bedurfte. »Das gefällt mir nicht«, flüsterte sie und fuhr zusammen, als Catriona sie heftig mit dem Ellbogen anstieß.

»Wir wollten eben gehen, Sir William«, sagte Catriona mit kühler Stimme. »Ich mag es nicht, wenn man mich warten lässt.«

»Ihr solltet es lernen. Geduld kann einem reichen Lohn bescheren. Wo ist das Mädchen?«

»Allein zurückgelassen auf dem Marktplatz, wie ich es versprochen habe. Sie hat ein zartgrünes Kleid an und einen dunkelgrünen Umhang. Kopfputz trägt sie keinen.«

»Wisst Ihr noch, was Ihr zu sagen habt, wenn ihr Mann nach ihr fragt?«

»Ja, dass sie darauf bestand zurückzubleiben, um sich Spitze anzusehen. Was immer Ihr vorhabt zu tun, solltet Ihr so schnell wie möglich tun, denn ich glaube nicht, dass ihn unsere kleine Geschichte lange hinhalten wird. Der Mann bewacht sie scharf.«

»Macht Euch keine Gedanken. Ich werde nur einen oder zwei Augenblicke brauchen.«

Elizabeth zitterte erneut, als der Mann im Dunkeln verschwand. »Jetzt gefällt mir das alles noch weniger.«

»Ich wusste gar nicht, dass Ihr so kleinmütig seid, Elizabeth.«

»Wie habt Ihr diesen Mann ausfindig gemacht?«

»Eine meiner Wachen entdeckte ihn, als er vor der Schenke herumlungerte. Ich weiß seit zwei Tagen, dass er diese kleine Schlampe sucht. Nur wusste ich bis zum vergangenen Abend nicht, was ich mit diesem Wissen anfangen sollte.« Catriona machte sich auf den Weg aus der Gasse hinaus.

Indem sie sich beeilte, sie einzuholen, sagte Elizabeth: »Ich glaube, er will ihr etwas antun.«

»Oh, das hoffe ich.«

»Ich wollte damit sagen: Ich glaube, er will sie töten.«

»So?«

»Ich weiß nicht so recht, ob ich bei einem Mord die Hand im Spiel haben will.«

»Versucht Euch mit der Aussicht zu trösten, dass es vielleicht bald einen Witwer mit gebrochenem Herzen gibt, der des Trostes bedarf.«

Eric las die Nachricht, die Bethia auf seinem Kissen hinterlassen hatte. Es beunruhigte ihn, dass sie mit Catriona und Elizabeth ausgegangen war. Nachdem Bethia sie beleidigt hatte, musste er die Gründe der beiden Frauen hinterfragen, aus denen heraus sie Bethia zu einem Ausflug auf den Markt eingeladen hatten. Das Allerletzte, was sie im Sinn hatten, war eine Freundschaft mit seiner Frau.

Er ermahnte sich, nicht übervorsichtig zu sein. Die beiden würden nur weiterhin versuchen, Bethia Geschichten von früheren Affären zu erzählen und sie vielleicht ein wenig beleidigen. Hätte Bethia geglaubt, mit solchen Schmähungen nicht umgehen zu können, wäre sie nicht mitgegangen. Er hoffte nur, dass sie nichts allzu Intimes verrieten. Eric gefiel die Vorstellung nicht, dass seine Frau genau wusste, was er in den Betten anderer Frauen getrieben hatte.

Er verdrängte diese Bedenken, weil er wenig dagegen unternehmen konnte, und ging zur großen Halle, um am Mittagstisch teilzunehmen. Er hatte gehofft, mit ihr zusammen essen und ihr die guten Neuigkeiten, die er hatte, berichten zu können, aber dafür blieb nach ihrer Rückkehr noch eine Menge Zeit. In dem Augenblick, in dem er die große Halle betrat, vergaß er allerdings jeden Gedanken ans Essen, denn am Tisch saßen die beiden Frauen, mit denen Bethia eigentlich unterwegs sein sollte.

Während er sich um Gelassenheit bemühte und versuchte plötzliche düstere Vorahnungen beiseitezuschieben, ging er zu dem Platz, an dem Elizabeth und Catriona saßen und mit zwei jungen Höflingen schäkerten.

»Myladies«, murmelte er in die Runde, wobei er die Männer mit einem Kopfnicken begrüßte, »ist meine Gattin nicht bei Ihnen?«

»Nein, warum, sollte sie das denn sein?«, fragte Lady Catriona.

»Sie hat mir eine Nachricht hinterlassen, in der stand, dass sie mit Euch zum Markt gehen würde.«

»Ach so, ja, das hat sie getan, aber sie ist nicht mit uns zurückgekehrt.«

»Und warum nicht?«

»Sie konnte sich nicht entscheiden, welche Bänder sie kaufen wollte. Stimmt das nicht, Elizabeth?«

Elizabeth nickte und murmelte: »Ja, aber sie hat nach Spitze gesucht.«

»Ihr seid nicht bei Ihr geblieben, bis sie fertig war?«, wollte Eric wissen.

»Nein, war das denn notwendig?«, erwiderte Catriona. »Sie bestand darauf, dass wir unseres Weges gingen, und sagte, sie werde sich uns bald wieder anschließen. Sie muss auf Eurem Gemach sein.«

»Nein, daher komme ich gerade.«

»Dann, fürchte ich, kann ich Euch nicht sagen, wo sie ist.«

Es war nicht leicht, aber Eric widerstand dem Bedürfnis, Catriona solange zu schütteln, bis sie ihm sagte, dass sie ganz genau wusste, wo Bethia war, und dass sie in Sicherheit war. Obwohl er den Eindruck hatte, dass Catriona ihm nicht die ganze Wahrheit sagte, wusste er, dass sie nicht verstehen würde, warum es für ihn so wichtig war zu wissen, wo Bethia war und warum es für seine Frau so gefährlich war, allein zu sein.

Er verbeugte sich höflich gegenüber der kleinen Gruppe und eilte aus der großen Halle hinaus. Eric hatte vor, noch ein weiteres Mal im Schlafgemach nachzusehen, danach wollte er zum Markt gehen, um Bethia zu suchen. Immerhin bestand die Möglichkeit, dass Catriona und Elizabeth, auch wenn es kindisch war, Bethia dort in der Absicht allein gelassen hatten, sie ein bisschen zu erschrecken und sie das plötzliche Verschwinden ihrer Begleiterinnen schmerzlich spüren zu lassen. Wenn Bethia dumm genug war, das zu tun, was sie ihm erzählt hatten – nämlich sie ihres Weges zu schicken und vorsätzlich allein und ungeschützt zurückzubleiben –, würde er ganz gewiss dafür sorgen, dass sie verstand, wie töricht das war, bevor er sie wieder außerhalb seiner Sichtweite lassen würde.

Bethia krauste die Stirn und warf einen Blick in die dunkle kleine Gasse, in deren Nähe sie standen. Jennet und der Mann, von dem sie ihre Kräuter kaufen wollte, waren in einen erhitzten Wortwechsel über den Preis seiner Ware verwickelt. Dies war für einige Zeit ganz amüsant gewesen, doch Bethia hatte sich schließlich entfernt, und sei es nur, um ihren armen strapazierten Ohren eine Pause zu gönnen. Ihr plötzliches Bedürfnis, sich wieder der Magd anzuschließen und einmal mehr dem Gezänk zuhören zu müssen, ergab keinen Sinn.

Gerade als sie dieser wie auch immer gearteten inneren Stimme Folge leisten und sich von der Gasse entfernen wollte, legte sich eine Hand über ihren Mund und sie wurde in die Dunkelheit hineingezerrt. Bethia grub ihre Fingernägel in die Hand, die sie fast erstickt hätte, und hörte einen Mann fluchen. Die raue Stimme war ihrem Ohr nah und ließ ihr das Blut in den Adern gefrieren.

»Du kleine Schlampe«, fauchte er, als er ihr den Arm um den Hals legte. »Du wirst für alles, was du mir angetan hast, zahlen.«

Sein würgender Griff an ihrer Kehle machte es Bethia unmöglich, mehr als nur ein Flüstern zustande zu bringen. »Ihr müsst verrückt sein, wenn Ihr glaubt, mich hier töten zu können. Jeder wird erfahren, dass Ihr es wart.«

»Glaubst du, dass mich das interessiert? Dein Mann arbeitet daran, mich zum Geächteten erklären zu lassen – zu einem Mann, den andere ohne zu zögern töten dürfen, einem Mann, der sein Leben lang davonlaufen und sich verstecken muss. Soll er ruhig wissen, wer dich umgebracht hat, und dann soll er versuchen, den Jungen zu schützen.«

Bethia unternahm alles in ihrer Macht Stehende, um William zu behindern, während er sie vom Marktplatz wegzerrte, aber es war ihr nicht möglich, ihn ganz davon abzuhalten. »Dann lauft und verbergt Euch. Wenigstens werdet Ihr am Leben bleiben.«

»Nicht sehr lang, aber ich möchte die Befriedigung haben, Euch tot zu wissen, bevor ich meinem Schicksal begegne.«

»Lady Bethia?« Jennet rief nach ihr.

Bethia versuchte zurückzurufen, aber ihre Stimme war

kaum mehr als ein Krächzen. »Ihr werdet es nicht einmal zur Stadt hinaus schaffen.«

»Wer ist das?«

»Meine Magd.«

»Als ob ich eine dumme kleine Hure fürchte. Ich weiß, dass dein Mann nicht in der Nähe ist. Diese beiden Frauen haben mir versichert, dass er bei Hof ist und dich in Sicherheit glaubt. Eine einzelne Magd reicht nicht aus, um dich zu retten.«

Bethia war überrascht, dass Catriona und Elizabeth das hier eingefädelt hatten, allerdings waren das die einzigen beiden Frauen, auf die er sich beziehen konnte. Sie hätte nicht gedacht, dass sie sie derart beleidigt hatte, dass sie ihren Tod wünschten. Ihr einen Mörder nachzuschicken, schien doch eine ziemlich harte Strafe für eine Beleidigung zu sein.

»Lady Bethia? Seid Ihr da drin?«

Bitte, betete Bethia, die langsam schwächer wurde und William damit ermöglichte, schneller vorwärtszukommen. Selbst die kleine Jennet würde ihr eine Hilfe sein. Der Gedanke zu sterben war hart genug, aber die Vorstellung, dass sie ihr ungeborenes Kind mit sich in den Tod nehmen würde, war mehr, als sie ertragen konnte.

Eric hörte, wie Bethias Name gerufen wurde, und bahnte sich einen Weg durch die Menschenmenge zu der Frau, die gerufen hatte. Er brauchte eine Minute, um die kleine Magd zu erkennen, und bis er sie erreichte, versuchte er sich an ihren Namen zu erinnern.

»Jennet, wo ist meine Frau?«

»O, Sir Eric, ich bin so froh, Euch zu sehen«, sagte Jennet. »Ich habe sie noch unmittelbar vorher hier stehen sehen, doch jetzt ist sie weg.«

»Hast du jemanden bei ihr gesehen?«

»Nein. Ich glaube, sie ist dort hineingegangen, obwohl ich mir nicht vorstellen kann, warum.«

Als Eric eben in die dunkle Gasse hineinhorchte, hörte er ein leises Geräusch, so, als würde etwas oder jemand vorwärtsgezerrt. Er zog sein Schwert und ging die Gasse hinunter. In der Hälfte sah er sie und fluchte leise. Es würde nicht einfach sein, Bethia von diesem Mann wegzubekommen.

»Ihr seid gefangen, William. Gebt das Mädchen frei«, rief Eric, während er sich näherte.

»Ah, der große Sir Eric. Ihr kommt gerade rechtzeitig, um mir dabei zuzusehen, wie ich ihr die Kehle durchschneide.«

»Und Eure wird durchgeschnitten sein, bevor meine Frau auch nur den Boden berührt.«

»Ihr habt mich zum Geächteten erklären lassen. Ich bin bereits ein toter Mann.«

Eric fragte sich, wie William das wissen konnte. »Ihr könnt Euch noch ein wenig Lebenszeit erkaufen, wenn Ihr das Mädchen gehen lasst.«

»Und Euch eine leichtere Zielscheibe sein?« William lachte. »Für wie dumm haltet Ihr mich eigentlich?«

Bethia spürte, wie sich Williams Griff um ihren Hals lockerte, als er nach dem Schwert fasste und sich auf einen möglichen Angriff vonseiten Erics vorbereitete. So vorsichtig, wie sie nur konnte, atmete sie ein paar Mal tief durch, sie wollte William nicht merken lassen, dass sie sich von seinem würgenden Griff erholte. Es war klar, dass Eric nichts unternehmen konnte, solange sie im Weg war. Erics Anwesenheit sowie die Rückkehr von Sauerstoff in ihre Lungen und ihren Kopf halfen Bethia, für einen Augenblick ihre Angst zu vergessen. Dann erinnerte sie sich an etwas, das Bowen sie gelehrt hatte.

Sie betete inständig, dass Eric sich schnell genug bewegen konnte, wenn sie es schaffte, Williams Griff zu lockern, ballte eine Faust und schlug William so hart wie irgend möglich in die Leistengegend. Sein Schmerzensschrei hätte sie beinahe taub gemacht. Als er sich instinktiv bedeckte, löste er den Griff und sie fiel zu Boden. Sie versuchte von ihm wegzukommen, war aber zu schwach, um mehr als ein Krabbeln zustande zu bringen. In dem Augenblick, in dem sie hörte, wie er lautstark und stolpernd den Rückzug antrat, brach sie zusammen.

»Bethia?« Eric steckte das Schwert in die Scheide und kniete sich neben ihr nieder.

»Verfolg ihn«, krächzte sie

»Jennet! Komm hierher und hilf deiner Herrin«, rief Eric, und sobald er die Magd herbeieilen hörte, nahm er Williams Verfolgung auf.

»Mylady«, schrie Jennet auf und kniete sich neben Bethia, um ihr aufzuhelfen. »Was ist Euch geschehen?«

»Es wird mir wieder gut gehen«, sagte Bethia mit einer Stimme, die kaum mehr als ein heiseres Flüstern war.

»Mein Gott, Ihr hört Euch an, als ob man Euch gewürgt hat.«

Bethia hätte fast laut aufgelacht, als Jennet ihr hochhalf. »Man hat.«

Es überraschte sie nicht, als Eric sich ihnen schon anschloss, bevor sie die Gasse verlassen hatten. Sie musste nur einen Blick auf seinen finsteren Gesichtsausdruck werfen, um zu wissen, dass William ihm entkommen war. Dieser Mann erwies sich als erschreckend schwer einzufangen.

Es brauchte eine Weile, bis sie Eric davon überzeugt hatte, dass er sie nicht den ganzen Weg zum Schloss zurück tragen musste. Mit Jennets Hilfe brachten sie sie auf ihr Schlafgemach. Eric ging, um seine Männer auszuschicken und nach Anzeichen von William Ausschau zu halten, und Jennet half Bethia dabei, zu baden und ins Bett zu gehen. Die Magd reichte ihr eben ein Getränk aus würzigem Bier, das mit ziemlich viel Honig gesüßt war, um ihre gereizte Kehle zu beruhigen, da kehrte Eric zurück.

Bethia saß da und trank in kleinen Schlucken, als Eric Jennet ein paar Münzen in die Hand legte und ihr für ihre Hilfe dankte. Sobald die Magd gegangen war, kam er und setzte sich zu Bethia ans Bett. Er sah sich ihren Hals an, und Bethia konnte dem mörderischen Ausdruck seiner Augen entnehmen, dass sie üble Blutergüsse haben musste.

»Ich brenne darauf, diesen Mistkerl zu lynchen«, schimpfte er, indem er sie kurz umarmte und einen Kuss auf ihr Haar drückte.

»Ich auch«, murmelte Bethia.

»Warum bist du allein auf dem Markt geblieben?«

In seiner Stimme schwang mehr Verwirrung als Verärgerung mit, und Bethia wünschte sich, ihm die ganze Geschichte erzählen zu können. Allerdings hatte sie keinen hinreichenden Beweis dafür, dass Catriona und Elizabeth wirklich hinter Williams Anschlag standen. Alles, was sie wusste, war, dass sie sie absichtlich allein und schutzlos gelassen hatten und William die Hilfe vonseiten zweier Frauen erwähnt hatte. Es war nicht so, dass Eric keine Feinde hatte. Es konnte durchaus auch ein anderer die Absicht haben, ihn mittels seiner Frau einen Schlag zu versetzen, und dabei entdeckt haben, dass William das perfekte Werkzeug war. Sie konnte sich nicht dazu überreden, die Frauen der Beihilfe an einem versuchten Mord anzuklagen, wenn sie keine besseren Beweise hatte.

»Ich wurde von den anderen getrennt«, erwiderte sie in dem Versuch, so nahe wie möglich an der Wahrheit zu bleiben. »Als ich mich auf den Weg zum Schloss zurück machte, traf ich Jennet und beschloss, dass es besser sei, mit ihr zusammenzubleiben, als allein zu gehen.«

»Catriona und Elizabeth behaupten, du hättest dich nicht entscheiden können, welche Spitze du kaufen willst, und ihnen gesagt, sie sollten ohne dich zurückgehen.«

»Vermutlich haben sie bemerkt, dass du aufgeregt warst, und wollten nicht, dass du dich über sie ärgerst.«

»Vielleicht.« Eric hatte das Gefühl, dass sie ihm nicht alles erzählte, wollte sie aber nicht drängen.

»Sie wussten nicht, dass ein Verrückter mich zu töten versucht. Sie konnten nicht ahnen, dass es gefährlich ist, mich allein zu lassen. Wir haben es nur wenigen Leuten erzählt. Du hast mit ihnen gesprochen und dich entschlossen, mich zu suchen?«

»Ja. Ich muss zugeben, dass ich etwas erstaunt darüber war, dass du überhaupt mit ihnen gegangen bist.«

Bethia lächelte flüchtig. »Ich wollte es nicht, war aber der Meinung, dass ich sie genug beleidigt hatte. Um ehrlich zu sein, fragte ich mich, ob eine der Frauen vielleicht Leute kennt, die dir Schwierigkeiten verursachen können. Da wir bald von hier weggehen, dachte ich, es wäre besser, sie nicht weiter zu reizen.«

»Und wir werden tatsächlich bald von hier weggehen.«

»Wirklich?« Allein schon bei dem Gedanken, nach Hause zurückzukehren, fühlte sie sich besser.

»Ja.« Er lächelte und hauchte ihr einen Kuss auf die Lippen. »Ich hatte gehofft morgen abzureisen, aber …«

»Mir wird es gut gehen.«

»Natürlich. Wenn man beinahe stranguliert wird, ist das kein Grund zur Sorge.«

Bethia überging Erics Zynismus. »Hast du erreicht, was du wolltest?«

»Ja. William wurde geächtet. Er hatte recht, als er sagte, er sei beinahe ein toter Mann, obwohl ich gerne wüsste, woher er die Kenntnis von seiner Verurteilung hat, denn ich habe es selbst erst vor Kurzem erfahren.«

»Wahrscheinlich hat er gehört, dass du danach verlangt hast, und nicht dran gezweifelt, dass du bekommst, was du willst.«

»Das könnte sein. Er muss sich eine ganze Weile hier herumgetrieben haben, um dich so leicht zu finden. Ich überlege mir, dich wieder wegzusperren«, schimpfte er.

»Und ich fange an zu glauben, dass ich dir darin bald nachgeben werde. Was ist mit der anderen Sache, die du verfolgt hast?«

»Ich bin der Laird of Dubhlinn. Sir Graham Beaton wurde in aller Form ersucht, zu gehen und die Burg sowie die Ländereien mir zu übergeben. Wenn er das nicht tut, könnte auch er die Erfahrung machen, geächtet zu werden. Und das Letzte, nach dem ich ersucht habe, ist, wie ich hoffe, eine erfreuliche Überraschung. Ich habe es dir bis jetzt noch nicht verraten, weil ich nicht wollte, dass du enttäuscht bist, wenn es nicht gelingt.«

»Und was ist das?«

»Ich wurde zu James' Vormund erklärt.«

Bethia verschlug es die Sprache, Überraschung und Freude hinderten sie daran, etwas von all dem zu sagen, was ihr im Kopf herumwirbelte. Sie fühlte, wie ihr Tränen in die Augen traten, stellte hastig ihr Getränk auf den Tisch, der am Bett stand, und warf sich in Erics Arme. Er lachte leise und zog sie an sich.

Eric küsste sie auf die Wange, fühlte die feuchte Spur ihrer Tränen und sagte: »Das sollte dich auch glücklich machen.«

»Oh, das hat es.« In dem vergeblichen Versuch, sich ihre Tränen abzuwischen, strich sie sich mit den Händen über die Wangen. »Ich hatte solche Angst, was aus James werden soll, jetzt da er zwar Laird, aber gleichzeitig zu jung ist, um seinen Platz an der Spitze seines Clans einzunehmen. Ich habe einfach versucht, nicht zu viel darüber nachzudenken. Die Vorstellung, ihn zu verlieren, hat mir zu wehgetan. Nun dürfen wir ihn großziehen. Du hättest mir kein schöneres Geschenk machen können.«

»Außer vielleicht der Rückkehr nach Hause, um dem Jungen die gute Nachricht zu erzählen?« Er lächelte ihr zu, als sie ihn anschaute und langsam zu schmunzeln anfing.

»Ja, außer diesem.«

15

»Und du bist überheblich genug zu glauben, du könntest Sorchas Kind besser erziehen als wir?«, wollte Lady Drummond wissen.

Bethia starrte ihre Eltern an und konnte sich kaum davon abhalten, ihnen mit einem scharfen *Ja* zu antworten. Sie war erst seit einer Stunde auf Dunnbea zurück, gerade lang genug, um sich von dem Staub der dreitägigen Reise zu säubern und James einen Kuss zu geben. Zwar war in der Tat sie diejenige, die um diese Zusammenkunft mit ihren Eltern gebeten hatte, aber sie fand es einigermaßen rücksichtslos von ihnen, dass sie schon so schnell nach ihrer Rückkehr vom Hof befohlen hatten, sie in der Kemenate aufzusuchen. Sie hatte nicht einmal die Gelegenheit gefunden, Eric davon zu erzählen, der unterwegs war, um nach ihren Gefolgsmännern zu sehen und das Abladen zu überwachen. Bethia fragte sich, ob ihre Eltern das nicht sogar beabsichtigt hatten.

»Eric und ich sind jung«, begann sie.

»Wir liegen noch nicht im Grab.«

»Das weiß ich, Mutter. Es ist nur so, dass Ihr bereits zwei Kinder aufgezogen habt – drei, wenn wir Wallace mitzählen. Es ist an der Zeit, dass Ihr es leichter bekommt. Ein lebhaftes Kind wie James kann eine Belastung darstellen, selbst mit einer Kindermagd und anderen helfenden Händen.«

»Du weißt noch gar nicht, wo du leben wirst«, sagte ihr Vater. »Dieser Mann hat uns noch nicht gesagt, wohin er gedenkt, dich und das Kind mitzunehmen. Wir müssen schließlich wissen, wo unser Enkelsohn leben wird, bevor du ihn uns wegnimmst.«

»Er wird vorerst auf Donncoill leben«, sagte Eric, als er

eintrat und sich neben Bethia stellte. »Es ist eine herrliche, stark befestigte Burg südlich von hier. Sie gehört dem Murray-Clan. Mein Bruder Balfour ist dort der Laird.«

»Euer Bruder? Ich dachte ihr seid ein MacMillan?«

Bethia stand still daneben, während Eric ihrem Vater kühl und knapp die Verwandtschaftsverhältnisse erklärte. Sie glaubte nicht, dass ihr Vater das alles noch nicht wusste. Eric musste ihm davon berichtet haben, aber ihren Vater hatte es offensichtlich nicht genug interessiert, um zuzuhören. Es machte den Anschein, dass sich ihr Vater nicht wirklich mit der Frage, wen sie da heiratete, beschäftigen wollte, solange es der Mann war, den man bei ihr im Bett gefunden hatte. Ihr Vater hatte bereits seine Verachtung in Bezug auf sie und ihre Heirat geäußert, und das sogar ihrem Gatten gegenüber, indem er ihm nicht die geringste Mitgift für sie angeboten hatte.

»Ihr seid also bald der Laird of Dubhlinn?«, fragte Lady Drummond, die einen finsteren Blick auf Bethia warf, bevor sie Eric böse ansah.

»Ja, und bestens dazu im Stand, James zum Laird of Dunncraig zu erziehen.«

»Gut, ich hoffe, Ihr habt seine Ländereien besser im Griff als Eure eigenen.«

Bethia nahm Erics Hand in ihre und versuchte wortlos den Schmerz, den die Beleidigung ihrer Mutter ihm bereiten musste, zu lindern. Sie verstand nicht, warum ihre Eltern Eric so schlecht behandelten. Er sah gut aus, war stark und vermögend – ein Laird mit einem ziemlich beeindruckenden Stammbaum. Die Heirat brachte den Drummonds neue Verbündete. Dennoch sprachen ihre Eltern, wenn sie geruhten, ihn überhaupt zur Kenntnis zu nehmen, oftmals so zu ihm, als sei er irgendein Almosenempfänger niederen Standes.

»Ich habe bereits meinen Cousin Sir David MacMillan gebeten, Dunncraig für James zu verwalten, bis er volljährig ist«, erwiderte Eric mit kalter, harter Stimme, die seine kaum zu kontrollierende Wut verriet. »Dieser Mann ist nicht nur ein Verwandter von mir, sondern auch einer Eurer ältesten Verbündeten. Ich bin überzeugt, dass wir ihm vertrauen können.«

Man stellte ihnen ein paar weitere Fragen, warf ihnen ein paar weitere Klagen und Beleidigungen an den Kopf und entließ Bethia und Eric mit kalter Geste. Bethia fühlte sich sowohl beschämt als auch verwirrt. Zudem hatte sie bemerkt, dass ihre Eltern James nicht ein Mal bei seinem Namen genannt hatten. Sie warf einen Blick zu Eric hoch, während er sie zur Kinderkemenate begleitete, damit sie James länger sehen konnte, und fuhr zusammen, als sie die Wut in seinem Gesicht entdeckte.

»Es tut mir leid, Eric«, sagte sie. »Ich weiß nicht, warum meine Eltern dich so« – sie zögerte, suchte nach den richtigen Worten – »so unfreundlich behandeln. Es ergibt alles keinen Sinn.«

Eric biss sich auf die Zunge, um die verärgerten Worte zurückzuhalten, die geradezu darauf brannten, über seine Lippen zu strömen. Er hätte Bethia zu gerne gesagt, dass ihre Eltern ihn nicht mochten, weil er in ihnen klar und deutlich die kaltherzigen, überheblichen Dummköpfe erkannte, die sie tatsächlich waren; dass er wahrnahm, wie niederträchtig sie ihre eigene Tochter behandelten und nicht einen einzigen Gedanken an ihren Enkel verschwendet hatten, bis offenkundig wurde, dass Bethia das Kind haben wollte. Und dass er auch sah, wie sehr sie es ihm verübelten, dass er sie ihrer pflichtbewussten, demütigen Dienerin, zu der sie Bethia gemacht hatten oder wenigstens versucht hatten zu machen, beraubte. Solche Wahrheiten würden Bethia nur verletzen, und egal, wie sehr er sich wünschte, sie dem grausamen Zugriff ihrer Eltern zu entziehen, sie erkennen zu lassen, wie falsch diese sich verhielten, wenn sie sie so behandelten, wie sie es taten, würde er ihr nicht wehtun wollen, indem er sie zwang, all das einzusehen. Er war sich sicher, dass sie es selbst wahrnehmen würde. Und sobald diese Erkenntnis endlich da war, wäre sie mehr als verletzt, ohne dass er es mit seiner Wut noch schlimmer machen musste.

»Vielleicht haben sie mir nicht verziehen, dass ich dich verführte«, sagte er schließlich, obwohl er der Meinung war, dass ihnen dies nur Unannehmlichkeiten bereitet hatte, weil es eine Ehe erzwang.

»Viele Eltern würden insgeheim erfreut sein«, sagte sie und schenkte ihm ein Lächeln. »Ich wählte einen vermögenden, gut aussehenden Laird, um mich zur Sünde verleiten zu lassen, und zerrte ihn auf diese Weise vor den Altar. Es wundert mich, dass kein anderes Mädchen so klug war.«

»Ein paar haben es versucht, sogar noch, bevor darüber getratscht wurde, dass ich Laird of Dubhlinn werden könnte. Ich habe schnell gelernt, diese Gefahr zu erkennen.«

Bethia war im Begriff, ihn zu fragen, warum er diese Gefahr nicht auch in ihr gesehen hatte, aber sie betraten die Kinderkemenate und James' Begrüßungsjauchzen lenkte sie ab. Die Kindermagd lächelte und ließ Eric und sie schnell mit dem Kind allein. Bethia setzte sich auf den Boden und beobachtete, wie Eric mit dem Kind spielte. Mit einem Seufzen stellte sie sich vor, wie wunderbar er als Vater sein würde.

»Beunruhigt dich etwas, Mädchen?«, fragte Eric, der einen kichernden James sanft auf seinen Knien hopsen ließ.

»Nein, ich habe nur einmal mehr darüber nachgedacht, wie froh ich bin, dass du zu seinem Vormund ernannt wurdest. Du wirst ihm ein so guter Vater sein.«

»Danke. Obgleich man eigentlich dich zu seinem Vormund hätte ernennen müssen. Immerhin bist du die Zwillingsschwester seiner Mutter.«

»Kein Mensch würde einer jungen Frau die Vormundschaft übertragen. Selbst wenn sie bereit dazu wären, so ist es James' Bestimmung, Laird of Dunncraig zu werden. Kein Hof und kein König würde einen solchen Knaben einer Frau anvertrauen.«

»Ja, das ist traurig und ungerecht, aber wahr.« Eric atmete tief durch, um gelassen zu wirken, und sagte: »Ich möchte, dass wir nach Donncoill aufbrechen.«

»Selbstverständlich. Ich habe diese Reise erwartet. Es ist dein Zuhause«, sagte sie ruhig.

»Nun, ich möchte, dass wir sobald wie möglich aufbrechen. Wenn ich könnte, wäre das noch heute.«

»Ist eine Reise denn sicher genug? Zu dieser Jahreszeit kann sich das Wetter sehr schnell verschlechtern.«

»Ich meine, wir sind mit einer sehr milden Witterungsperiode gesegnet. Bist du nervös oder hast du Angst, weil du an einen fremden Ort gehen musst?«

»Natürlich bin ich nervös. Aber ich habe eben einen ganzen Monat am Hof des Königs von Schottland überlebt. Gewiss kann ich ein paar Murrays kennenlernen, ohne daran zugrunde zu gehen.« Bethia schmunzelte, als er lachen musste.

»Sie werden dich ins Herz schließen«, versicherte Eric ihr. »Bist du dir sicher, was deine Abreise aus Dunnbea betrifft? Dies hier ist immerhin dein Zuhause, und sobald du fern von hier zusammen mit mir auf Donncoill weilst und Herrin von Dubhlinn bist, wirst du diesen Ort nicht mehr sehr oft sehen.«

Bethia warf einen tiefen Blick in ihr Innerstes und konnte keinerlei Bedauern darüber entdecken, dass sie ihr Heim verließ, ja, nicht einmal großes Zögern. Es gab Menschen, die sie vermissen würde, sehr sogar, aber sie konnten jederzeit kommen und sie besuchen. Je mehr sie sich erforschte, desto mehr stellte Bethia fest, dass sie brennende Sehnsucht danach verspürte, Dunnbea zu verlassen. Es war fast schon Freude darüber, bald frei zu sein. Frei von was, dessen war sie sich allerdings nicht sicher.

»Es gibt Leute, die ich schmerzlich vermissen werde«, gab sie zu, »aber das ist auch alles. Ich bin deine Ehefrau. Ich gehe dorthin, wohin du gehst – immer.«

Eric gab ihr einen Kuss. Es war kein Liebesversprechen, aber ihre Worte enthielten eine stille, innig empfundene Überzeugung, die ihn froh machte. Zumindest sprach nicht reines Pflichtbewusstsein daraus, auch wenn er nicht wusste, welches Gefühl sich hinter der Bereitschaft, an seiner Seite zu bleiben, verbarg. Für den Augenblick genügte es ihm.

»Vielleicht musst du nicht alle sehr lang entbehren«, murmelte Eric mit einem Lächeln.

Bevor Bethia ihn fragen konnte, was er damit meinte, kam Wallace, um ihm zu sagen, dass sie bereit seien, sich auf die Suche nach William zu begeben. Sie nahm Eric James ab und zog das Kind fest an sich, als er sie mit ihrem Cousin verließ. Allein schon der Name ihres Widersachers reichte aus, um ihr das Herz frösteln zu lassen. Sie versuchte, sich ein Stück weit damit zu trösten, dass sich William trotz seines Ausweichens und seiner Versuche, sie zu töten, seit dem Tod seiner Söhne nicht mehr in die Nähe von James begeben hatte.

Eric rutschte im Sattel hin und her und fuhr sich mit den Fingern durchs Haar. Am liebsten hätte er aus lauter Enttäuschung aufgeschrien. Es gab Hinweise darauf, dass William in der Nähe war, dass er ihnen vom Hof aus hierher gefolgt war, aber der Mann selbst war nicht zu sehen. Nicht einmal Thomas hatte am Ende eine Spur entdeckt, der er hätte folgen können.

»Ich glaube langsam, dass dieser Mistkerl fliegen kann«, brummte Wallace, als er zu Eric aufschloss.

»Oder sich in Luft auflösen kann, wann immer es ihm beliebt«, fügte Bowen hinzu, der an Erics anderer Seite anhielt. »Der arme Thomas denkt, dass ihn sein Talent verlassen hat. Er ist restlos entmutigt.«

»Ich dachte nicht, dass dieser Mann derart klug ist«, bemerkte Eric mit einem Kopfschütteln. »Vielleicht war es ja Überheblichkeit, aber ich habe wirklich nicht geglaubt, dass es so schwer sein würde, ihn aufzuspüren und zu töten. Ganz gewiss hat er früher keinen großen Verstand oder entsprechende Talente bewiesen.«

»Nein«, stimmte Bowen zu. »Er benützte Gift, die Waffe des Feiglings, und seinen Erfolg kann er mehr der Tatsache zuschreiben, dass er es mit blinden Dummköpfen zu tun hatte, als seinem Verstand. Es ist die Verrücktheit.«

»Ihr glaubt, dass er verrückt ist?«

»Ich glaube, dass er es schon immer war. Es ist die einzige Erklärung für die Morde an so vielen Leuten. Und es ist bestimmt die einzige Erklärung dafür, warum er Bethia und James noch immer verfolgt. Jeder andere wäre inzwischen geflüchtet, hätte eingesehen, dass er das Spiel verloren hat, und hätte versucht, seinen Hals zu retten.«

»Er sieht nur ein, dass er gleichsam ein toter Mann ist«, murmelte Eric, der sich an das erinnerte, was dieser Mann gesagt hatte, als er Bethia in der Allee in seiner Gewalt hatte. »Noch bevor ich erreichte, dass er geächtet wird, hat er das so gesehen. Alles, was er scheinbar will, ist, Bethia mit in den Tod zu nehmen. Er spricht zwar auch von James, aber ich bin mir nicht sicher, ob er wirklich noch viel an den Jungen denkt. Er sucht nach Bethia.«

»Sie war diejenige, die all seinen Plänen ein Ende bereitet hat«, sagte Wallace. »Er gibt ihr die Schuld an seinem Versagen.«

»Nichts«, knurrte Thomas, als er auf sie zukam. »Ich finde eine Spur, und dann verschwindet sie wieder, oder scheint zu verschwinden. Ich kann diesen verfluchten Mann nicht ausfindig machen.«

Eric musste beinahe lächeln, als er beobachtete, wie Thomas zu seinem Pferd ging und aufstieg. Der gesamte Körper dieses Mannes drückte Verzweiflung und Wut aus. Als Thomas dem nichts mehr hinzufügte, sondern losritt, zurück auf Dunnbea, wandte sich Eric zu Bowen um.

»Ich denke, die Jagd auf William ist für heute vorbei«, sagte Eric mit schleppender Stimme. Er lächelte flüchtig, als sowohl Wallace als auch Bowen lachten. »Ich fürchte allmählich, Thomas wird mir dies hier niemals verzeihen.«

»Es hat seinen Stolz böse verletzt«, stimmte ihm Bowen zu, und seine Begleiter wandten ihre Pferde in Richtung Dunnbea.

»Wir werden Bethia noch strenger bewachen müssen«, sagte Wallace.

»Stimmt«, seufzte Eric. »Ich beabsichtige, sehr bald nach Donncoill aufzubrechen, sofern das gute Wetter anhält.«

»Es besteht durchaus die Möglichkeit, dass William Euch dahin folgt.«

»Ich weiß, aber er wird sich auf unbekanntem Terrain bewegen, vielleicht trägt das zu seiner Gefangennahme bei. Egal, ich muss Bethia von hier wegbringen.«

»Es wird dem Mädchen guttun«, sagte Bowen. »Und Ihr seid ihr Gatte. Sie sollte Euch folgen, wohin Ihr auch geht.«

»Sehr wahr, aber Bethia wurde nicht dazu erzogen, woanders hinzugehen, oder? Anders als andere Mädchen wurde sie nie darauf vorbereitet, ihr Zuhause zu verlassen, ihre eigene Familie zu haben. Nein, Bethia wurde dazu erzogen, die Arbeit zu erledigen, die ihre Mutter hätte erledigen müssen.«

Wallace schnitt eine Grimasse und nickte. »Genau, Ihr seht das richtig. Es war deutlich zu erkennen, als Bethia noch sehr jung war. Sorcha sollte die gute Partie machen, und Bethia sollte diejenige sein, die zurückblieb, um sich um die Belange ihrer Eltern zu kümmern. Es ist eigenartig, dass diese meist undankbar wirken, obwohl sie ja genau das bezwecken.« Er warf einen Blick auf Eric und schmunzelte. »Ihr werdet nie zu ihren Lieblingen gehören, denn Ihr nehmt sie ihnen weg.«

Eric lachte, als sie durch die Tore von Dunnbea ritten. »Oh, das habe ich von Anfang an durchschaut. Nein, ich bringe Bethia von hier weg, und vielleicht kann sie sich endlich von deren Zugriff befreien.«

»Werdet Ihr Männer brauchen, die Dubhlinn verteidigen?«

»Ja, die brauche ich.«

»Dann bekommt Ihr welche.«

»Und ich nehme an, Ihr werdet auch einige Leute brauchen, die auf Eurer neuen Burg arbeiten«, sagte Bowen, als sie abstiegen und ihre Pferde den Stallburschen übergaben.

»Auch das.« Eric sagte es vorsichtig und warf einen Blick auf Wallace, als er hinzufügte. »Jeder, der bleiben möchte, wird gut versorgt werden, mit Geld und mit Wohnraum.«

»Dann werden sich Peter und ich Euch vielleicht anschließen. Wir werden ganz bestimmt für Euch kämpfen, und sei es nur, um einem kleinen Mädchen ihre eigene Burg zu erwerben.«

»Ich würde mich freuen, Euch mitzunehmen, und muss wohl nicht erwähnen, dass Bethia begeistert sein wird.« Eric beobachtete, wie Bowen in den Stallungen verschwand, dann drehte er sich zu Wallace um und ging mit ihm auf die hohen, schweren Tore der Burg zu. »Was habt Ihr dazu zu sagen? Ihr verliert zwei gute Männer, wenn sie vorhaben, mit mir auf Dubhlinn zu leben.«

»Das ist so, und vermutlich gehen noch ein paar mit, wenn Ihr so wenige vertrauenswürdige und fähige Männer habt, wie Ihr glaubt.« Wallace lächelte traurig. »Bowen und Peter waren noch nie meine Männer oder die Männer meines Onkels, sie waren schon immer Bethias Männer. Ja, sie waren meine Lehrmeister, und dafür bin ich ausgesprochen dankbar, aber sie müssen dorthin gehen, wo sie das Gefühl haben, für ihre Mühen am meisten zu erreichen. Und das ist nicht hier.«

»Dunnbea ist keine arme Herrschaft.«

»Nein, aus diesem Grund haben wir so viele gesunde Leute. Und das heißt, dass es nicht so viele Tote gibt wie woanders. Zumal wir seit vielen Jahren kaum Kämpfe erleben mussten. Es ist inzwischen ein friedlicher Ort. Es gibt mehr Hände, um die Arbeit zu erledigen, als es Arbeit dafür gibt. Und da zu viele Menschen von Dunnbea abhängig sind, heißt das, dass einige nicht so gut arbeiten, wie sie es vielleicht woanders tun würden. Nein, ich werde Bowen und Peter gehen lassen, wenn sie möchten, denn sie verdienen eine Chance, ihren Fähigkeiten und Bemühungen gemäß etwas zu erreichen, und hier können sie nichts erreichen.«

»Kein Dank für ihre Mühen«, murmelte Eric, als sie die Burg betraten und vom Laird und der Lady kaum zur Kenntnis genommen wurden, während sie auf der Treppe an ihnen vorbeigingen.

»Der war schon immer knapp.«

»Ihr habt ihn nicht gefunden. Ist es so?«, sagte Bethia, als Eric in ihr Schlafgemach kam.

Es überraschte sie nicht, ein Kopfschütteln von ihm zu ernten, bevor er sich für das abendliche Mahl in der großen Halle bereit machte. Bei seinem Kommen hatte auf seinem Gesicht ein grimmiger, enttäuschter Ausdruck gelegen, der allzu leicht zu entziffern war. Bethia unterdrückte ihre eigene Enttäuschung und Wut und wandte ihre Aufmerksamkeit Eric zu.

Während sie ihm beim Ausziehen seiner staubigen Kleider behilflich war, erzählte sie von James und wie sehr er gewachsen war. Sie brachte ihn mit ihren Geschichten von all den neuen Fähigkeiten und Worten, die der Junge erlernt hatte, zum Lächeln. Als er fertig war, um sie in die große Halle zu begleiten, hatte sie den Eindruck, ihn aufgeheitert zu haben. Er zog sie in seine Arme und gab ihr einen schnellen, herzhaften Kuss, bevor er sie aus dem Schlafgemach führte.

»Für was war der?«, fragte sie, während sie sich bemühte, ihren rasenden Puls in Griff zu bekommen.

»Für deine harte Arbeit, mir meine schlechte Laune zu vertreiben«, antwortete er.

»Oh.« Sie verzog das Gesicht. »Du hast also meine Absicht erraten?«

»Schau nicht so schuldbewusst drein. Ich denke, das gehört zu den Dingen, die man von Ehefrauen erwartet. Ich bin fast schon versucht, dich zu Thomas zu schicken, denn dem setzen verletzter Stolz und Wut sehr zu.«

»Wie schafft es William, ständig zu entkommen? Ich hätte nie gedacht, dass er so geschickt ist oder so klug, sich so lange zu entziehen.«

»Ich dachte das auch nicht, aber Bowen glaubt, dass Verrücktheit die Sinne schärft.«

»Das könnte sein. Es ist traurig, dass eine Geisteskrankheit einen Menschen stärker machen kann als die meisten anderen, schlau und verschlagen, obwohl er es nie zuvor war. Vielleicht müssen wir ihn in eine Falle locken«, sagte sie und krauste nachdenklich die Stirn.

»Eine Falle erfordert einen Köder, und wenn du glaubst, du könntest dich als Köder anbieten, solltest ich einen Moment innehalten und noch einmal nachdenken.«

»Es könnte funktionieren«, murmelte sie, ein wenig verärgert darüber, dass er ihre Idee vom Tisch fegte, bevor sie überhaupt die Möglichkeit hatte, darüber zu sprechen.

»Und es könnte dich töten. Wir haben es nicht mit dem Mann zu tun, mit dem wir glaubten, es zu tun zu haben. Er taucht auf und verschwindet. Nicht einmal Thomas kann ihm folgen, und Thomas kann die Spur von Distelwolle aufspüren. Williams Spuren scheinen einen Anfang zu haben, dann aufzuhören, dann wieder an einer anderen Stelle anzufangen, so als ob er durch das Land hüpft. Wenn wir dich in offenes Gelände stellen, scheinbar ohne Bewachung, könnte ihn das durchaus hervorlocken, aber ich bin mir nicht mehr sicher, ob wir ihn daran hindern können, dich zu töten und wieder zu entkommen.«

Bethia zitterte und trat einen Schritt näher an ihn heran, als sie die große Halle betraten. Ihr Verstand war so mit dem Problem William besetzt, dass sie ihren Platz am Haupttisch neben Eric einnahm und dabei die üblichen mürrischen Blicke ihrer Eltern zur Begrüßung kaum wahrnahm. Im Vergleich zu der Gefahr, die William darstellte, waren ihre Eltern ein geringfügiges Ärgernis. Sie hatten die wahre Gabe, ihr das Gefühl zu geben, nutzlos zu sein, und ihre Gefühle zu verletzen, aber William konnte sie umbringen.

»Es reicht also nicht, dass du alle Kleider deiner Schwester an dich genommen hast«, zeterte Lady Drummond mit kalter, harter Stimme, »oder dass du uns unseren Enkel wegnimmst, jetzt hast du auch noch vor, uns einige unserer Männer zu nehmen.«

»Ich habe Euch keine Männer weggenommen«, sagte Bethia, die so unerwartet von ihren Gedanken über William abgezogen wurde, dass sie nicht richtig verstand, über was sich ihre Mutter eigentlich aufregte.

»Wallace hat mir freundlicherweise einige der Männer aus Dunnbea angeboten, damit sie mir dabei helfen, Dubhlinn einzunehmen und zu halten«, sagte Eric.

Dies schien ihr auf einen Kampf hinzuweisen, und Bethia legte die Stirn in Falten. Sie hatte sich nicht erlaubt, darüber nachzudenken, auf welche Weise Eric beabsichtigte, Sir Graham Beaton Dubhlinn wegzunehmen. Der König hatte es Eric gegeben und Sir Graham befohlen zu weichen. Bethia vermutete, dass es wohl höchst naiv von ihr war zu glauben, dass damit alles zu Ende ist. Sir Graham hatte dreizehn Jahre lang Eric seinen rechtmäßigen Besitz verweigert, er würde jetzt wohl kaum stillschweigend das Land verlassen.

»Es ist nicht die richtige Jahreszeit für einen Kampf«, sagte Lord Drummond.

»Ich wollte nicht sagen, dass ich schon morgen vor die Tore reiten und Sir Graham auffordern werde, zu gehen oder zu kämpfen.« Eric trank einen großen Schluck Wein, um standhaft zu bleiben und sich nicht von ihnen ärgern zu lassen. »Eure Tochter, Euer Enkel und ich werden trotzdem Männer an unserer Seite brauchen, wenn wir auf Donncoill reiten. Und da es bald Frühling wird, scheint es vernünftig, die Männer bei mir zu behalten, die Wallace mir bis dahin zur Verfügung stellt. Das ermöglicht ihnen, zusammen mit den Männern zu trainieren, die die MacMillans schicken, und mit den Männern meines Bruders.«

»Ich wurde dabei nicht zu Rate gezogen.«

»Die Murrays sind nun unsere Verbündeten, und die MacMillans sind es immer gewesen«, sagte Wallace. »Ich finde nicht, dass wir irgendeinen Grund haben, ihre Bitte um Unterstützung in dieser Angelegenheit auszuschlagen.«

Bethia konnte voraussagen, dass diese gelassene Argumentation ihren Vater reizen würde. Obwohl sie den Gedanken an einen Kampf fürchtete, verstand sie nicht, warum er sich dagegen sträubte, seine Hilfe anzubieten. Sie wusste, dass Dunnbea nicht unbewaffnet zurückbleiben würde und er seinen Geldbeutel nicht allzu sehr bemühen müsste.

»Ich werde mein Bestes geben und darauf achten, dass Eure Männer nicht unvorsichtigerweise in einen nutzlosen Kampf verstrickt werden«, sagte Eric, »und dass sie so schnell wie möglich zu Euch zurückkommen.«

Er tauschte Blicke mit Bethia, konnte aber ihrem Gesichtsausdruck wenig entnehmen. Sie setzte immer eine ruhige, demütige Miene auf, wenn sie in Gegenwart ihrer Eltern war. Doch gerade jetzt brannte er darauf zu erfahren, wie sie auf das Gespräch über einen Kleinkrieg reagierte. Er hatte immer versucht, es von ihr fernzuhalten. Da ihrem Gesicht nichts zu entnehmen war, musste er wohl oder übel warten, bis sie allein waren, um darüber zu sprechen.

Bowen kam in diesem Augenblick herein und brachte Sir David MacMillan mit. Bethia war ein wenig darüber erstaunt, wie sehr der junge Mann Eric glich. Kein Wunder, dass jeder Erics Behauptung, er sei ein Murray, in Frage gestellt hatte, als er sich den Ländereien der MacMillans genähert hatte. Nachdem alle einander vorgestellt waren, setzte sich Sir David Eric und ihr gegenüber, und Bethia sah sich weiteren Gesprächen über eine mögliche Schlacht um Dubhlinn ausgesetzt.

Sie seufzte bei sich, während sie sich abmühte, ihr Mahl zu

beenden. Keiner der Männer klang sonderlich blutrünstig, doch es wurde augenfällig, dass sie eine gewisse Vorfreude auf mögliche Kampfhandlungen empfanden. Sie sahen es als eine gute Streitsache an, bei der sie das Recht auf ihrer Seite hatten. Bethia wünschte sich, das ebenso zu sehen. Doch alles, was sie sehen konnte, war, dass diese Männer, darunter der Mann, den sie liebte, im Begriff waren, ihr Leben und das Leben anderer für ein Stück Land aufs Spiel zu setzen.

»Vielleicht solltet ihr das Jungchen und Bethia hierlassen, bis alles erledigt ist«, sagte Lord Drummond.

»Nein«, erwiderte Eric mit fester und ein bisschen scharfer Stimme, als er nach Bethias Hand langte und sie in seine nahm. »Meine Gattin und James kommen mit mir.«

Zu Bethias völliger Verblüffung widersprach ihr Vater nicht. »Reisen wir bald ab?«, fragte sie leise.

»Morgen, wenn das Wetter so bleibt«, gab Eric zurück.

Bethia öffnete den Mund, um etwas dagegen einzuwenden, schloss ihn aber schnell wieder. Sie würde Erics Pläne nicht im Beisein ihrer Eltern in Frage stellen. Eine innere Stimme sagte ihr, dass diese versuchen würden, jedes Anzeichen einer Unstimmigkeit auszunutzen, und das würde die Anspannung, die sie in ihrem Mann spürte, nur noch verstärken. Tatsache war, dass sie eigentlich keine Einwände gegen den Zeitpunkt der Abreise hatte, sie reagierte einfach nur auf den Befehlston, den Eric angeschlagen hatte. Das allerdings überraschte sie, denn sie war im Lauf der Jahre ziemlich gut darin geworden, sich diesem Ton unbestreitbarer Befehlsgewalt und Überheblichkeit zu beugen. Ihr Vater und ihre Mutter benutzten ihn oft.

»Nun, Mädchen, es sieht so aus, als will dich dein Gatte mitten in seine Schwierigkeiten hineinziehen«, sagte ihr Vater. »Ich hoffe, du bist bereit, dich so zu betragen, wie es einer Ehefrau geziemt. Es ist an der Zeit, all deine Rücksichtslosigkeit und deinen Ungehorsam abzulegen und deinem Gatten zu folgen.«

»Rücksichtslosigkeit?«, murmelte Bethia und fragte sich,

wann sie ihrem Vater jemals Gelegenheit gegeben hatte, sie als rücksichtslos zu empfinden.

Lord Drummond sah Eric an und sagte: »Ich fürchte, wir haben das Mädchen nicht sonderlich gut auf eine Heirat vorbereitet. Hätten nie gedacht, dass ein Mann sie haben will, wo sie doch ein so seltsam aussehendes Ding ist. Aber ich bin sicher, ihr könnt dem Kind beibringen, was es wissen muss, um eine gute Frau abzugeben. Wir haben unser Bestes gegeben. Zu unserer Schande war es niemals genug.«

Eric stand unversehens auf und zog Bethia hoch. »Ich denke, Ihr habt mehr als genug getan. Wir werden bei Sonnenaufgang aufbrechen. Vielleicht wollt Ihr sie dann nochmals sehen, um sie zu verabschieden.«

Bethia stolperte hinter Eric her, der sie aus der Halle zog. Etwas hatte ihn in Rage versetzt, und das waren möglicherweise die Bemerkungen ihres Vaters über sie. Sie war so sehr an solche Klagen über ihr Aussehen und ihr Benehmen gewöhnt, dass sie ihnen längst keine große Beachtung mehr schenkte.

»Vielleicht sollte ich mit dem Packen beginnen«, sagte Bethia, als Eric sie in ihr Gemach zog.

»Es ist fast erledigt«, gab Eric scharf zurück, seufzte dann aber und zog sie in seine Arme. »Es tut mir leid. Ich bin nicht auf dich wütend.«

»Das weiß ich, obwohl mir nicht klar ist, was dich so wütend macht.« Sie schlang ihre Arme um seine Taille und schaute zu ihm auf.

»Die Tatsache, dass du so sehr daran gewöhnt bist, solche Dinge über dich zu hören, dass du schon gar nicht mehr verärgert darüber bist, macht mich nur noch wütender.«

»Vater war von dem Tag meiner Geburt an von mir enttäuscht, oder zumindest von dem Tag an, an dem er feststellte, dass ich nicht genauso war wie Sorcha. Hätte ich seinen Bemerkungen zu viel Beachtung geschenkt, wäre ich inzwischen schon verrückt.«

Er lächelte matt und begann sie zum Bett zu schubsen. »Und ich werde verrückt, wenn ich hierbleiben und weiterhin solche Beleidigungen dir gegenüber schlucken soll. Also ist es um unserer geistigen Gesundheit willen am besten, wenn wir so schnell wie möglich abreisen.«

Bethia lachte und schnappte vergnügt und überrascht nach Luft, als Eric sie aufs Bett warf. »Wenn wir morgen so früh abreisen wollen, sollten wir möglichst viel schlafen«, sagte sie, ohne ihn davon abzuhalten, ihr die Kleider auszuziehen.

»Oh, das werden wir«, murmelte er nah an ihrer Brust, »danach.«

16

In eine Decke gekuschelt und eng an Grizel gedrängt, James zwischen ihnen eingepackt, starrte Bethia hinaus auf die Männer, die mit ihnen ritten. Sie sahen genauso verfroren aus, wie sie sich fühlte. Seit drei Tagen ritten sie, so schnell sie es wagten, und hatten dabei ständig danach Ausschau gehalten, ob sich das Wetter gegen sie richten würde. Stattdessen blieb es nur kalt, obwohl Bethia langsam glaubte, dass die Kälte eine ebenso große Gefahr darstellte wie Schnee oder Eisregen.

Sie freute sich, Donncoill zu erreichen. Jede Schüchternheit oder jedes Unbehagen, das sie angesichts des Zusammentreffens mit Erics Familie empfunden haben mochte, war aus ihr herausgefroren worden. Ihr größtes Anliegen war, in die Wärme zu kommen.

Der zweirädrige Wagen wurde langsamer, und Bethia lehnte sich nach vorn, um zum Himmel zu sehen. Es war spät, und ihr wurde mit einem Aufstöhnen bewusst, dass sie eine weitere Nacht im Freien verbringen mussten. Die großen Feuer, die die Männer aufschichteten, die Zelte und die Art und Weise, wie sich die Menschen aneinanderpressten, hatten dem Frost ein wenig die Spitze gebrochen, aber Bethia sehnte sich danach, in ein schönes warmes Bett zu steigen.

»Nur noch eine Nacht, mein Herz«, sagte Eric, als er hinter dem Wagen auftauchte.

»Ist schon in Ordnung, Eric«, entgegnete sie, griff nach seiner ausgestreckten Hand und ließ sich von ihm aufs Pferd ziehen. »Connor wird sehr froh über seinen Stall sein«, murmelte sie und tätschelte den Hals des Reittieres.

»Wenn wir im Augenblick einen Stall zur Verfügung hätten, würde er sogar gegen die Männer kämpfen, um darin ein Plätzchen zu bekommen.«

»Wenigstens gab es keinen Sturm. Jedes Mal, wenn ich das Bedürfnis habe, mich zu beklagen, rufe ich mir das ins Bewusstsein.«

»Ja, ich mache dasselbe.« Eric schüttelte den Kopf, als er von dem Lager, das die Männer errichteten, wegritt. »Dennoch war es vielleicht nicht klug, jetzt zu reisen. Ich hätte wahrscheinlich noch warten sollen.«

»Du hast dich danach gesehnt, nach Hause zu kommen. Ich bin mir sicher, dass jeder das versteht.«

»Komm, Mädchen. Du weißt, dass mein Bedürfnis, jetzt schon nach Hause zu reiten, teilweise auf meine Wut gegenüber deinen Eltern zurückzuführen ist.«

Bethia seufzte und drückte sich enger an ihn. Als er seine Decke um sie schlang und sie in seine Wärme zog, murmelte sie vor Freude darüber einige dankbare Worte. »Ich weiß. Es ist schwer, mit meinem harten Vater auszukommen.«

»Wallace schafft es.«

»Nein, Wallace ignoriert ihn nur die meiste Zeit.« Sie lächelte und Eric fing an zu lachen. »Und Wallace muss es nicht allzu oft mit ihm aufnehmen, denn er schläft meist bei den Männern. Da er außerdem bereits als Erbe meines Vaters eingesetzt ist, zögern meine Eltern, ihn zu sehr zu kritisieren. Immerhin könnte das das Vertrauen der Männer in Wallace zunichte machen, und mein Vater müsste gegebenenfalls die Männer selbst in einen Kampf führen.«

Eric hätte sie beinahe geküsst. In ihren Worten schwang eindeutig Sarkasmus mit, und zum ersten Mal entschuldigte sie sich nicht sofort für das, was sie gesagt hatte, und versuchte nicht, ihren Vater irgendwie zu entschuldigen. Er wollte nicht, dass sie ihre Eltern hasste, aber er war sehr erfreut über dieses erste Anzeichen einer klareren Sichtweise auf ihre Eltern. Sobald sie anfing, deren Fehler zu erkennen, würde sie auch zunehmend einsehen, dass sie mit dem Bild, das sie sich von ihr machten und das mit den Jahren auch zu Bethias Selbstbild geworden war, im Unrecht waren.

»Wohin reiten wir, Eric?«, fragte Bethia, als sie bemerkte, dass er sich so weit vom Lager entfernte, dass sie nicht mehr in Sichtweite der anderen waren.

»Ich möchte dir Dubhlinn zeigen«, murmelte er und hauchte einen Kuss auf ihr Haar.

»Liegt es hier in der Nähe?«

»Gleich dort, hinter den Bäumen.«

»Es ist eigenartig, dass wir uns ungestraft so weit nähern können.«

»Wir wurden gesehen. Die Nachricht, dass der König meinen Anspruch bestätigt hat, hat Sir Graham bereits erreicht. Er wagt es nicht, mir Probleme zu verursachen, zumindest jetzt noch nicht.«

Bethia warf ihm über die Schulter einen Blick zu. »Ich dachte nicht, dass er die Burg bereits verlassen hat.«

»Nein.« Eric küsste ihre kalte, gerötete Nasenspitze. »Er sitzt noch immer darin und wird mir einige Zeit geben, um mich zu entfernen, aber nicht viel. Er hat dieses Land schon zu lange ausbluten lassen.«

Sie entgegnete nichts, und Eric war ein wenig enttäuscht. Er wollte, dass sie ihn offen unterstützte, wenn er in den Kampf ziehen musste. Zwar stand er ihrer Meinung, dass um Ländereien oder Geld willen niemand sterben sollte, wohlwollend gegenüber und teilte diese Meinung weitgehend, doch bei der Einnahme von Dubhlinn ging es um mehr als das. Aus diesem Grund zeigte er ihr ungeachtet der Kälte das Land, das er nun sein Eigen nennen durfte, aber noch nicht besaß.

»Dort steht die Burg«, sagte er, als er die Zügel anzog.

Bethia schaute skeptisch zu der großen, dunklen Burg. Sie stand mitten in verödetem Land – diese Öde wurde noch verstärkt durch die kalte Stumpfheit des Landes, die der Winter mit sich brachte. Die Tore waren geschlossen und niemand verweilte im Freien. Sie drückte sich noch fester an Eric.

Dubhlinn sah nicht gerade einladend aus, in Wahrheit ließ es sie sogar schaudern.

»Willst du diesen Ort wirklich haben?« Beinahe war sie erleichtert über den Anschein einer Bewegung auf der Befestigungsmauer. Auch wenn dies bedeutete, dass Dubhlinn gut bewacht war, war es immerhin ein kleines Lebenszeichen.

Eric lachte kurz auf. »Ich weiß, dass es nicht sehr warm und einladend aussieht. Die Burg wurde zu Zwecken der Verteidigung erbaut. Und der Winter raubt ihr das besänftigende Grün auf den umliegenden Feldern. Mein ganzes Leben lang und noch viele Jahre davor war diese Burg nichts anderes als ein Ort für Aas, das sich dort ausruht und von den Menschen der Umgebung ernährt.«

»Dieses Aas waren und sind die Beatons?«

»Ja, ich fürchte. Im Moment spiegelt dieser Ort das Böse seiner Herren wider. Ich bin nur einmal dort gewesen, als mein Vater mich in seine Fänge bekommen hat. Er dachte immer noch, ich sei nichts weiter als ein Bastard, aber er brauchte einen Sohn. Er hatte keine weiteren Söhne gezeugt und war krank, dachte, er würde sterben. Er wollte die Herrschaft nicht irgendeinem entfernten Verwandten überlassen. Also nahm er mich zu sich und wollte mich zu dem Mann machen, den er sich wünschte.«

»Und du fandest keinen Gefallen an seiner Erziehung.«

»Ich verbrachte die meiste Zeit in den Verliesen, und zwar so lange, bis er meine Halbschwester Maldie einfing, die uns befreite. Am besten erinnere ich mich daran – und das verfolgt mich noch immer im Traum –, dass ich zusehen musste, wie er einen Murray tötete. Ich war erst dreizehn und hatte ein einigermaßen behütetes Leben geführt. Er folterte diesen Mann zu Tode und zwang mich, jeden Schmerz, den man ihm zufügte, mit anzusehen, jeden Schrei mit anzuhören. Er dachte, es würde mich abhärten.«

»Es hat dich dazu gebracht, ihn zu hassen, nicht wahr?«, flüsterte Bethia, die entsetzt über die Geschichte, die er ihr eben erzählt hatte, war und dagegen ankämpfen musste, um nicht um den Jungen, der er damals gewesen war, zu weinen.

»Ich hasste ihn. Nachdem ich gesehen hatte, wie grausam er sein konnte, war ich nicht erfreut über die Entdeckung, dass er mein Vater war.«

»Hast du keine Angst, in mancher Hinsicht wie er zu sein oder so zu werden?«

»Nein, obwohl mich das einige Zeit beunruhigt hat.« Eric wandte sein Pferd um und ritt auf das Dorf zu. »Mir half es, jemanden zu beobachten, der auch sein Spross war und dem sein Gift nicht geschadet hat. Ja, zumal er ein viel härteres Leben geführt hatte als ich und seine Mutter nicht fähig war, ein Kind zu erziehen. Obwohl sie von beiden Seiten mit dem Bösen belastet war, haftete Maldie kein Makel an. Wieso also mir?«

»Aus diesem Grund nennst du dich weiterhin Murray, oder? Du erträgst es nicht, den Namen dieses Mannes zu führen.«

»Nein, das kann ich nicht, und die beiden, die vor ihm und nach ihm kamen, verdienen ebenfalls keine Ehrenbezeugungen. Mein Großvater war so bösartig, dass mein Vater dazu getrieben wurde, ihn umzubringen.« Eric zuckte mit den Achseln, als Bethia vor Entsetzen der Atem stockte. »Ich bleibe auch ein Murray, weil ich mich als einer fühle. Ich kenne kein anderes Leben, keine andere Familie.«

»Dann sollst du ein Murray sein.« Bethia musterte die paar Dorfbewohner, die sich nicht im Inneren ihrer Heimstätten zusammendrängten, während Eric und sie langsam durch das Dorf ritten. »Sollen all diese Leute auch deinen Namen annehmen?«

»Nein. Sie dürfen sich nennen, wie sie wollen. Für eine Weile wird es hier eine eigenartige Mixtur von Leuten und Namen geben. Zweifellos werden ein paar MacMillans bleiben und auch ein paar Drummonds. Und wenn es nötig sein sollte, werden sich uns auch einige Murrays anschließen.«

»Ein neuer Anfang.« – »Das hoffe ich.« Bethia sah auf das Dorf hinunter, als Eric am oberen Ende der leicht ansteigenden, unebenen und engen Straße anhielt. Obwohl sie es nicht wirklich beurteilen konnte, weil sie Dunnbea kaum verlassen hatte, überkam sie das Gefühl, dass dieser Ort etwas sehr Trauriges und Vernachlässigtes an sich hatte. Trotz der späten Stunde und der Kälte, sollte es doch Anzeichen irgendwelcher Aktivitäten geben. Die einzige Bewegung aber, die auszumachen war, war das Hasten einzelner Leute in ihre Häuser. Ein Mann und eine Frau, die zusammen auf einem Pferd an ihnen vorbeiritten, reichten aus, um die Dorfbewohner in ihre Schlupfwinkel zu treiben.

Ungeachtet der zunehmenden Dunkelheit, sah Bethia ein wenig genauer hin. In den Ställen standen keine Pferde, es waren überhaupt keine Geräusche von Tieren zu hören. Nur aus ein paar Kaminen stieg Rauch auf, der verriet, dass ein Herdfeuer brannte. Mehrere Hütten besaßen nur noch einen Teil ihrer Dächer. Das Dorf starb aus. Bethia fing an zu glauben, dass Sir Graham es ausgeblutet hatte.

»Ich fürchte langsam, dass du dir mehr Probleme als Gewinn einhandelst, wenn du diese Herrschaft übernimmst«, murmelte sie, als Eric ihr Pferd zum Dorf zurücklenkte.

»Ich weiß. Es wird geraume Zeit dauern, bis ich Erfolg sehe.«

Es fiel ihr schwer, nicht an all das zu denken, was sie gesehen hatte, während sie zum Lager zurückritten. Es war traurig ansehen zu müssen, wie ein Ort, der hätte florieren können, dem Ruin nahegebracht worden war. Auf Dubhlinn war nicht mehr viel Leben übrig – so, als sei aus diesem Ort alles herausgewürgt worden.

Als sie im Lager abstiegen, eilte Bethia zu Grizel und James, um vor einem großen Feuer sitzen zu können. Sie aß den dürftigen, aber sättigenden Haferbrei und sagte sich, dass sie am morgigen Tag ein Festmahl verzehren könnte. Die Männer standen Wache, und ihre angespannte Haltung verriet Bethia, dass sie nicht allein, nicht unbeobachtet waren.

»Ihr glaubt doch nicht etwa, dass die Beatons angreifen, oder doch?«, fragte Grizel, die mit gerunzelter Stirn auf den Wald starrte, in dem ihr Mann eben verschwunden war.

»Eric meint nein«, erwiderte Bethia.

»Aha, also wird Sir Graham das Land so einfach übergeben?«

»Ich glaube nicht, dass das geschieht. Er wird Eric nur nicht hier und jetzt angreifen. Er müsste inzwischen wissen, dass er verloren hat, aber offensichtlich braucht er Zeit, um zu entscheiden, wie und wann er kämpfen will.«

Grizel seufzte. »Na, das überrascht mich nicht. Kein Mann mag Land und Reichtum aufgeben. Sir Graham hat vielleicht nicht das Recht auf diese Herrschaft, aber er hält daran fest; man muss sie ihm wohl aus den Händen winden.«

»Das muss man«, stimmte Eric zu, der am Lagerfeuer stehen blieb, um James einen Gutenachtkuss zu geben.

»Hältst du Wache?«, fragte Bethia Eric, dessen flüchtigen Kuss sie eben erwiderte.

»Ja, eine Zeit lang, und danach werde ich mir das größte Feuer suchen und mich davor zusammenrollen.«

Bethia lächelte nur und beobachtete, wie er sich entfernte. Sie half Grizel dabei, James nach dem Essen sauber zu machen, und gesellte sich zu ihrer Magd und ihrem Neffen in den Wagen. Jemand hatte ihn sehr nah ans Feuer gezogen, und sobald die Abdeckungen fest zugezogen waren, war es im Inneren fast warm.

»Ich fühle mich beinahe schuldig, weil ich hier bin, während die Männer dort draußen sind«, sagte Grizel, als sie es sich neben James in ihrem Bett aus Decken bequem machte.

»Beinahe«, pflichtete ihr Bethia bei und tauschte mit Grizel ein Schmunzeln, als sie ebenfalls unter ihren Stapel Decken kroch. Sie lag auf dem Rücken und starrte auf den hölzernen Rahmen, über den die zeltartige Plane des Wagens gespannt war. »Trotzdem sehne ich mich noch immer danach, morgen in ein anständiges Bett zu klettern. Vielleicht warte ich gar nicht bis zum Sonnenuntergang.«

»Ich denke, ich klettere geradewegs in jedes Bett, dreckig oder was sonst, das sie Peter und mir geben, hinein. Ha! Ich werde nicht einmal auf Peter warten. Nein, das Einzige, was ich vorher noch mache, ist ein sehr großes Feuer.«

»Genau, ich glaube, ich werde mein Bett ganz nah vor den Kamin ziehen.« Beide lachten leise, und dann seufzte Bethia. »Obwohl James, du und ich es warm genug haben, werde ich erleichtert sein, wenn Eric wieder neben mir liegt.«

»Ja, ich weiß, was Ihr meint. Auch wenn Männer laute und haarige Wesen sein können, taugen sie doch sehr gut dazu, es sich bei ihnen gemütlich zu machen.« Einmal mehr wechselte Grizel über James' Kopf hinweg ein Grinsen mit Bethia. »Beunruhigt es Euch, Erics Familie kennenzulernen?«

»Ein bisschen. Ich bringe Probleme mit mir« – Bethia berührte sanft die Locken des schlafenden James – »und bürde ihrem Verwandten schon jetzt ein Kind auf.«

»Eine Bürde, die ihn mehr als glücklich zu machen scheint. So, wie sich Sir Eric mit dem Jungen und den anderen Kindern abgibt, scheint Donncoill doch ein Ort zu sein, an dem ein Kind mit offenen Armen empfangen wird. Ein Mann ist nicht so gut zu einem Jungen, der nicht sein eigener ist, wenn er nicht dazu erzogen wurde, das Geschenk, das die Kleinen sind, zu schätzen.«

»Ich glaube, du hast recht. Na ja, wir werden morgen da sein. Die Zuversicht, dass das kleine Jungchen willkommen ist, tut gut. Ich bete nur darum, dass die Menschen von Donncoill auch bereit und fähig sind, ein kleines Mädchen zu akzeptieren.«

Während sie auf Donncoill einritten, sah sich Bethia, die vor Eric auf dem Pferd saß, um und erkannte sofort den Unterschied zwischen dieser Herrschaft und Dubhlinn. Hier gab es

Leben und Wärme. Männer eilten herbei, um die Pferde zu übernehmen und sich um die Leute zu kümmern, die mit Eric gekommen waren. Hier gab es Lärm. Hier gab es die Gerüche, die von Pferden, Feuern zum Wärmen und zum Kochen sowie von vielen Menschen herrührten. Einige dieser Gerüche waren nicht die angenehmsten, aber dieses Mal hieß Bethia sie so bereitwillig willkommen, wie sie von jenen willkommen geheißen wurde.

Gerade als Eric ihr vom Pferd half, eilte Grizel herbei und reichte ihr James. Die Magd tauchte schnell wieder in der Menge unter, wo sie zweifelsohne nach ihrem Mann suchte und sich einen warmen Schlafplatz sichern wollte. Wallace und Sir David gesellten sich zu ihnen und folgten ihnen zu den großen eisenbeschlagenen Toren der Burg. Bethia schreckte ein wenig zusammen, als diese, gerade als Eric und sie die Treppen erreichten, die zu ihnen führten, aufgeschwungen wurden.

Bethia klammerte sich an Erics Hand und fand sich selbst und die anderen hastig in die Wärme der Burg geleitet und verschiedenen Leuten vorgestellt: einem großen, braunhaarigen Mann namens Balfour, seiner zarten, wunderschönen Frau Maldie, einem Mann mit Namen Nigel, der fast so gut aussah wie Eric, und seiner ebenfalls wunderschönen und dazu schwangeren Frau Gisèle. Bethia war eben dabei, in ihrem Kopf das alles zu ordnen, als Mägde und Knappen sie schon eilig zu ihren Schlafgemächern führten, damit sie sich waschen, umziehen und aufwärmen konnten. Bethia wurde gebadet, angezogen und mit einem Kelch voll berauschend heißem Wein in der Hand vor das Feuer gesetzt, ehe sie wusste, wie ihr geschah.

Eric lachte, als er sich neben sie setzte, sich selbst etwas Wein einschenkte und ihren leicht zusammengepressten Mund küsste. »Du siehst etwas fassungslos aus, Mädchen.«

»Ich kann mich nicht erinnern, jemals mit solcher Geschwindigkeit angekommen, eine Begrüßung gesprochen und in ein Schlafgemach geleitet worden zu sein.« Sie schnitt eine Grimasse und schüttelte den Kopf. »Natürlich kann ich das nicht. Bis ich dich kennengelernt habe, bin ich ja nirgends hingekommen.«

»Nun ja, es geschah alles sehr schnell, selbst ich war davon beeindruckt. Ich habe einen Jungen vorausgeschickt, um sie davon zu unterrichten, dass wir kommen und dass wir sehr frieren, nachdem wir drei Tage und Nächte ohne Dach über dem Kopf zugebracht haben. Vermutlich hat der Gedanke daran, wie kalt uns allen sein wird, das Ganze ausgelöst. Besonders Gisèle hasst die Kälte.«

»Ah ja, Gisèle. Die Schwangere, Nigels Frau«, murmelte sie. »Ist sie irgendwie mit Maldie, der Frau des Laird, verwandt?«

»Nein. Die äußere Ähnlichkeit zwischen den beiden hat in der Vergangenheit für Ärger gesorgt, denn Nigel glaubte einst, Maldie zu lieben, er ist deswegen für sieben Jahre weggegangen und dann mit Gisèle zurückgekommen.«

»Oh je.«

»Ja. Oh je.«

»Die Burg ist sehr schön.« Bethia vergrub ihre Zehen in dem weichen Schaffell, das vor dem Kamin lag.

»Das möchte ich aus Dubhlinn machen.«

Bethia sah sich die Teppiche an, die die Kälte der Mauern fernhielten, den gewaltigen Kamin, der die Kälte von ihnen fernhielt, und die Felle, die die Kälte des Bodens fernhielten. Dann sah sie Eric ein wenig argwöhnisch an. »Ich weiß, dass du nicht mittellos bist, aber hast du so viel Geld?«

»Nein, allerdings nur, weil ich vermutlich eine Menge von dem, was ich besitze, für Dinge wie Dächer für die Hütten, Pflüge, Saatgut und andere solche Notwendigkeiten ausgeben muss. Es wird trotzdem so werden.«

»Natürlich. Ich wünschte, mein Vater wäre kein so geiziger Mensch. Er hätte dir eine Mitgift für mich geben müssen, und diese hätte dir eine Hilfe sein können.«

»Du wirst mir eine Hilfe sein. Mehr brauche ich nicht.« – »Hast du deinen Verwandten die ganze Wahrheit über uns erzählt?«

Eric nickte, stand auf, nahm ihre Hand und zog sie hoch. »Hier besteht nicht die Notwendigkeit das Spiel zu spielen, das wir bei Hof gespielt haben.«

»Diese kleine Geschichte gab uns ein wenig mehr den Anstrich von Anständigkeit, als uns wirklich zukommt. Es war gar keine schlechte Geschichte.«

»Du musst keine Angst haben, dafür Missbilligung zu erfahren, wie unsere Heirat zustande kam. Glaub mir, wenn ich dir sage, dass die Geschichte über unser Zusammenkommen und unsere Heirat die seit geraumer Zeit wohl einfachste und langweiligste Geschichte eines Murray über das Kennenlernen seiner Frau sein dürfte.«

Bethia wusste nicht so recht, ob sie ihm das wirklich glauben sollte, widersprach aber nicht. Sie klammerte sich an Erics Hand, als er sie zur großen Halle hinunterführte, wo ein Willkommensmahl aufgetischt wurde, urteilte man nach den Gerüchen, die aus dieser Richtung drangen. Ihr Magen begann zu knurren, und sie wurde rot, musste aber kichern, als es Eric genauso erging.

Sobald sie in der großen Halle saßen, war für einige Zeit das Essen wichtiger als alles andere. Allerdings überraschte es Bethia, wie viel trotz des Lärms, den Menschen verursachen, die ihren Hunger stillen, gesprochen wurde. Erst als der süße heiße Wein herumgereicht wurde, begann die richtige Unterhaltung. Sie saß da und genoss einen mit Honig gesüßten Bratapfel und nippte an ihrem Wein, während Eric seiner Familie alles, was seit seiner Abreise vorgefallen war, berichtete.

Vieles davon war schnell erzählt, denn er hatte ihnen ständig Nachrichten zukommen lassen, doch dann kam er zu dem Thema William und den Schwierigkeiten mit Beaton und Dubhlinn. Die Verfolgung von William würde weitergehen, und Bethia wünschte, er könnte bald gefunden werden. Aber es hatte in ihren Augen zu viele Misserfolge gegeben – Misserfolge, die guten, fähigen Männern mit schneller Auffassungsgabe unterlaufen waren –, um zuversichtlich zu sein. Zudem bedeutete der Gedanke an William auch, dass sie sich mit der Tatsache auseinandersetzen musste, dass sie den Tod eines Mannes wünschte. Auch wenn nur wenige Menschen ihn so sehr verdienten wie William, beunruhigte sie dies.

Als die Männer auf die Vertreibung Sir Grahams aus Dubhlinn und den Kampf, der ganz sicher ausgetragen werden müsste, zu sprechen kamen, verlor Bethia den restlichen Appetit. Einmal mehr hörte sie zu, wie gute Männer, Männer, die sie nie als blutrünstig oder habgierig angesehen hätte, von einem Kampf sprachen, der zum Gewinn eines Stückes Land verhelfen sollte. Auch hier waren die Anzeichen von Vorfreude, beinahe schon Begeisterung angesichts der Aussicht auf eine Schlacht, die das Recht auf ihrer Seite hatte, zu spüren.

»An deiner Stelle würde ich versuchen, nicht hinzuhören«, sagte Maldie, die sich näher zu Bethia setzte, nachdem Gisèle schnell zu Bett gegangen war.

»Das wäre wohl klug. Ich kann solche Dinge nicht verstehen, Mylady.«

»Bitte nenn mich Maldie. Wir sind nun Schwestern, musst du wissen.«

»Ich danke dir, Maldie. Verstehst du das alles?«

Maldie hob und senkte ihre zarten Schultern. »Es ist eine gerechte Sache. Dubhlinn sollte von dem Joch zu vieler übler Beatons befreit werden. Warum die Männer den Gedanken, dass Sir Graham sie zum Kampf darum zwingen wird, zu genießen scheinen? Das ist mir ein Rätsel, aber es ist eben Männerart. Andererseits wundern sie sich wahrscheinlich darüber, dass ich so begeistert über ein gut gelungenes Mahl oder einen von mir neu entdeckten Heiltrank sein kann. Ich glaube, Männer und Frauen sind dazu verurteilt, sich von Zeit zu Zeit gegenseitig zu verwirren.«

»Ich möchte nicht, dass sie kämpfen. Ich möchte nicht, dass Menschen wegen eines Stückes Land sterben müssen.«

»Ich auch nicht, Bethia, aber das ist der Lauf der Dinge.«

Da offensichtlich selbst diese sympathische Frau ihre Gefühle nicht zu verstehen schien, wechselte Bethia das Thema. »Eric hat mir gesagt, dass du eine Heilkundige bist.«

»Ich tu, was ich kann. Ich möchte nicht eitel erscheinen, aber ich glaube schon, dass ich ein gewisses Talent und Kenntnisse habe.«

»Es ist keine Eitelkeit, wenn man weiß, was man kann. Ich bin gerade erst dabei festzustellen, was ich kann. Die alte Helda, die Heilerin auf Dunnbea, hat mir manches beigebracht, und ich würde gerne mehr darüber lernen. Ich habe zunehmend den Eindruck, dass Dubhlinn in vielerlei Hinsicht wiederaufgebaut werden muss, nicht nur in Bezug auf Mörtel und Stein und neue Pflüge, sondern auch in Bezug auf viele Fähigkeiten.«

»Ich würde mich freuen, dir alles, was ich weiß, beizubringen, bevor du in dein neues Zuhause umziehst.«

Es war spät, als Eric sie auf ihr Schlafgemach zurückbrachte. Trotz der Unterhaltung zwischen ihr und Maldie war es Bethia nicht möglich gewesen, das Gespräch über Krieg völlig zu überhören. Als sie ihn beim Ausziehen beobachtete, fragte sie sich, wie viele Stellen es wohl an diesem herrlichen Körper geben mochte, die durchbohrt werden konnten, und wie viele Stellen verhängnisvolle Wunden erhalten würden. Sie fluchte leise und kletterte ins Bett. Als Eric unter die Decken schlüpfte und sie in seine Arme zog, blieb sie ihm gegenüber eine Weile angespannt, bevor seine Wärme und die Reaktion ihres Körpers auf seine Berührung sie entspannten.

»Es sah so aus, als ob du und Maldie eine Menge Gesprächsstoff gefunden habt«, sagte Eric, der mit seinen Händen ihren Rücken streichelte und sich wunderte, warum sie so durcheinander und fast distanziert wirkte.

»Sie wird mich im Heilen unterrichten. Ich halte es für eine nützliche Fähigkeit, die ich brauchen kann, wenn wir nach Dubhlinn kommen.«

»Ach ja, Dubhlinn. Bethia, ich möchte nicht kämpfen«, begann er.

»Nein« – sie gab ihm einen Kuss, um ihn am Weiterreden zu hindern –, »sag nichts. Heute Abend wurde genug über Dubhlinn und Sir Graham und über Kämpfe, die mit dem Gesetz in Einklang stehen, geredet. Wir haben seit drei langen, sehr kalten Nächten nicht mehr zusammen in einem Bett gelegen. Ich kann mir Besseres vorstellen als eine Diskussion, du nicht auch?«

»Ja, aber wir müssen bald über diese Angelegenheit sprechen.«

Bethia nahm seinen Kopf zwischen ihre Hände und zog ihn zu sich herunter, um ihn zu küssen.

Sie legte in diesen Kuss all ihre Sehnsucht nach ihm und ihre wachsende Angst, und bald schon atmeten sie alle beide schwer.

Die Leidenschaft bewirkte, dass es ihr besser ging, bewirkte, dass sie fröhlich wurde, und angesichts eines Kopfs, der randvoll war mit Männern, die über Krieg sprachen, begrüßte sie das Vergessen, das damit einherging.

Dieses glückselige Vergessen war sehr kurzlebig, aber sie sehnte sich heftig danach.

Eric wurde sehr bald von Bethias leidenschaftlichem Sturmangriff mitgerissen.

Er spürte, dass sie ihn und ihre gegenseitige Leidenschaft auf gewisse Weise benutzte, aber er war zu erregt, um sich darüber Gedanken zu machen.

Er rang mit ihr um jede Liebkosung, jeden wilden Kuss und darum, wer in ihrem feurigen Liebesspiel wen dominieren würde.

Es war eine Schlacht, die er liebend gern mit ihr austrug, denn normalerweise war er zu sehr in seiner Leidenschaft versunken, um sich darüber Gedanken zu machen, wer der Sieger war.

Als er ihre beiden Körper vereinte und das Gefühl der Stimmigkeit empfand, das nur sie ihm geben konnte, kam er zu dem Schluss, dass er immer der Gewinner war, solange er an diesen Punkt kam.

Erschöpft und glücklich ließ sich Eric auf den Rücken fallen und zog die ebenso schwache Bethia an seine Seite. »Willkommen auf Donncoill, Bethia Murray«, sagte er gedehnt und grinste, als sie kichern musste.

17

»Ich glaube nicht, dass deine kleine Frau dies hier mag«, murmelte Balfour, während er beobachtete, wie Bethia vom Turniergelände wegeilte.

Eric seufzte und nahm einen großen Schluck aus dem Weinschlauch, den Bethia ihm gebracht hatte. »Nein, das tut sie nicht. Ich habe versucht, mit ihr darüber zu sprechen, aber« – er verzog das Gesicht – »sie beherrscht es sehr gut, mich davon abzulenken.«

Balfour lachte und nickte verständnisvoll. »Wenigstens zankt sie nicht mit dir oder weint dich von oben bis unten voll, damit du deine Meinung änderst. Aber was gefällt ihr denn daran nicht?«

»Ja«, sagte Nigel, als er neben sie trat und einen Schluck aus Erics Weinschlauch annahm, »was kann sie denn an diesem Kampf beunruhigen. Er ist rechtmäßig.«

»Sie sieht, dass es ein Kampf um Land ist, und mag Leute nicht, die wegen solcher Dinge kämpfen und sterben«, erwiderte Eric. »In den meisten Fällen würde ich ihr wohl auch zustimmen.«

»Willst du damit sagen, dass sie deinen Anspruch auf Dubhlinn nicht anerkennt?«

»Doch, das tut sie schon. Sie zweifelt nicht daran, dass Sir Graham im Unrecht ist, dass er ganz und gar keinen Anspruch auf Dubhlinn hat und dass er es mir übereignen soll.«

»Aha, ich verstehe.« Balfour lachte leise. »Und irgendwie wird all das geschehen, ohne dass auch nur einer von uns das Schwert erheben muss.«

»Ein törichter Gedanke, und ich weiß, dass Bethia kein törichtes Mädchen ist. Doch in diesem Fall denkt sie mit dem

Herzen, und das macht es sehr schwer, an sie heranzukommen und vernünftig mit ihr zu sprechen.«

»Dann lass es bleiben. Lass ihr Herz und ihren Verstand damit selbst ins Reine kommen.«

»Das ist vielleicht das Beste. Sie kennt alle Umstände diesbezüglich. Ich habe ihr sogar gezeigt, wie schlecht es um Dubhlinn steht. Es gibt nichts mehr, was ich ihr noch sagen könnte. Wenn sie es akzeptieren soll, muss sie es aus sich selbst heraus machen.«

»Entweder das, oder« – Nigel lächelte, als Gisèle gefolgt von Maldie schwerfällig auf ihn zuging – »Gleichgesinnte müssen mit ihr sprechen.«

Bethia legte die Stirn in Falten, als Maldie und Gisèle ihr Schlafgemach betraten. Eigentlich hatte sie gedacht, dass das leise Klopfen von Grizel stamme, denn zuletzt hatte sie die beiden Frauen gesehen, als sie eben im Begriff waren, ihre Männer zu besuchen. Sie legte das kleine Hemd, das sie für James nähte, beiseite, schenkte ihnen Wein ein und zog Stühle vor den Kamin. Seit einem Monat weilte sie nun schon auf Donncoill, und zum ersten Mal suchten die beiden Frauen sie absichtlich auf. Nervös wartete sie darauf zu erfahren, warum.

»Ist alles in Ordnung?«, fragte sie, wobei sie sich so neben Gisèle hinsetzte, dass sie beide Frauen gleichzeitig ansehen konnte.

»Ja«, antwortete Maldie, bevor sie seufzte. »Und nein.«

»Habe ich etwas falsch gemacht?«

»Warum denkst du denn immer gleich das?«

»Was meinst du damit?«

»Jedes Mal, wenn auch nur eine winzige Kleinigkeit schiefläuft, entschuldigst du dich, oder wenn eine von uns sich mit dir unterhalten will, und vielleicht, wie jetzt auch, ein bisschen ernst aussieht, jedes Mal fragst du, ob du etwas falsch gemacht hast.«

»Meiner Erfahrung nach ist das ziemlich oft der Fall«, murmelte Bethia.

»Pah«, fuhr Gisèle auf. »Ich habe keinen einzigen großen Fehler von dir entdeckt, seit du hier bist. Eric sieht ganz gewiss keinen. Du machst keine Fehler. Wenn du in der Burg hilfst, zeigst du ein wahres Talent bei der Haushaltsführung, und du bist immer sehr freundlich. Man hat wohl versucht, dir einzureden, dass du ein Nichts bist, aber du solltest vergessen, was immer man dir gesagt hat. Es stammt eindeutig von sehr dummen Leuten.«

Bethia musste fast lachen. Gisèle klang so wild. Es war immer äußerst schmeichelhaft, wenn diese Frau von ihren Fähigkeiten sprach.

»Aber ihr seht beide sehr ernst aus«, sagte Bethia.

»Wir sind gekommen, um mit dir über Eric zu sprechen. Ich bin überzeugt, dass du es nicht willst, aber du machst ihn unglücklich.«

Maldie hob die Augenbrauen. »Das war nicht gerade die beste Formulierung, Gisèle.«

»Warum nicht? Er ist unglücklich.« Als Gisèle den schmerzvollen Ausdruck auf Bethias Gesicht wahrnahm, beeilte sie sich zu sagen: »Nicht mit dir, mit etwas in deinem Kopf, etwas, das du denkst.«

»Bethia«, ergriff Maldie das Wort und tätschelte dabei Bethias zusammengepresste Hände, »deine Abneigung gegen den Kampf, der sein muss, verletzt Eric in gewisser Hinsicht.«

»Hat er euch geschickt, um mir das zu sagen?«

»Nein, das haben unsere Ehemänner gemacht. Eric glaubt, wir wollen mit dir nur über die Schlacht sprechen, um dir zu der Einsicht zu verhelfen, dass sie, wenn schon nicht in Ordnung, so doch nicht so schlecht ist, wie du denkst. Er glaubt, dass du alles nur aus deinen Gefühlen heraus beurteilst, und meint vielleicht, dass Frauen am besten mit dir darüber sprechen können. Im Grunde ist er in seinem winzigen männlichen Gehirn« – sie und die beiden anderen Frauen schmunzelten – »davon überzeugt, dass er dir alles, was es zu sagen gibt, gesagt hat. Und da er das seiner Meinung nach hat und du die Angelegenheit noch immer nicht so siehst wie er, weiß er nicht weiter.«

»Und das verletzt ihn?«

»Er hat es nicht gesagt. Er sagt, er mag nicht, dass es dich beunruhigt. Doch, ich denke, er ist ein kleines bisschen verletzt. Er versteht dich, möchte aber auch, dass du voll und ganz hinter ihm stehst.«

Bethia seufzte und trank einen stärkenden Schluck Wein. »Ich werde mich niemals gegen ihn stellen.«

»Gut formuliert«, murmelte Gisèle.

»Komm, Mädchen, versuch nicht mit uns zu spielen«, sagte Maldie und lächelte sanft. »Wir sind schon zu lange verheiratet. Das Spiel ›Antwort, die keine Antwort ist, und Versprechen, das nicht wirklich ein Versprechen ist‹ kennen wir sehr gut und durchschauen es schnell. Sag uns einfach, was genau in deinem Kopf vorgeht, vielleicht können wir dir dabei helfen, einen Kompromiss zu finden, einen Standpunkt, dank dem du dich nicht mehr so aufregst über all das und Erics arme mitgenommene Gefühle beschwichtigt werden.«

»Ich kann es nicht gut finden, dass Leute um Land kämpfen und sterben«, sagte Bethia.

»Es ist mehr als nur das, und ich weiß, dass du es weißt. Dubhlinn gehört Eric. Er besitzt jedes Anrecht darauf. Den Krieg verursacht Sir Grahams Weigerung, dem Befehl des Königs zu gehorchen und es aufzugeben.«

»Und das ist kein Kampf um Land?«

»Auf gewisse Weise schon, aber hat er denn nicht ein Recht darauf? Du hast außerdem doch gesehen, wie es um Dubhlinn steht. Die Menschen dort sind todunglücklich. Die letzten drei Lairds haben sich nicht um die Leute gekümmert, die von ihnen abhängig waren. Sie haben sie geschlagen, sie ausgebeutet, haben bei sinnlosen Streitigkeiten mit Nachbarclans ihre Leben weggeworfen, sie in Angst und Schrecken gehalten und dem Hunger und der Armut ausgesetzt, bis sie nichts weiter waren als Schafe.«

»Ich denke, das alles weißt du«, sagte Gisèle. »Vielleicht solltest du ein wenig genauer darüber nachdenken, warum dich dieser Kampf so beunruhigt. Ich frage mich, ob es nicht weniger der Anlass ist als vielmehr die Frage, wer gehen und kämpfen soll.«

»Natürlich will ich nicht, dass Eric geht und kämpft. Genauso wenig wie Bowen, Wallace oder Peter. Dennoch hatte ich noch nie den Eindruck, dass es richtig ist, um Land zu kämpfen. Die Habgier nach Land kostete meiner Schwester, ihrem Mann und dessen Tante das Leben. Und dieselbe Habgier nach Land hat einen Verrückten auf meine Spur gesetzt. Könnt ihr mich wirklich dafür tadeln, dass ich es nicht mag?«

»Nicht im Mindesten«, sagte Maldie. »Aber du denkst doch nicht wirklich, dass Eric wie dieser Mann ist, oder?«

»Nein, natürlich nicht.«

»Allerdings ist es vielleicht das, was du Eric zu verstehen gibst, wenn du ihm zeigst, wie sehr dir das alles missfällt.«

Diese Vorstellung entsetzte Bethia. »Ich habe ihm gesagt, dass ich ihn nicht mit William gleichsetze.«

»Aber manchmal reicht es nicht aus, etwas nur zu sagen.«

»Ihr wollt, dass ich mich schuldig fühle.«

Maldie lächelte. »Ein kleines bisschen. Alles, worum ich dich bitte, ist, dass du einen Blick in dein Innerstes wirfst und versuchst, den wahren Grund für deine Abneigung gegen Erics Kampf um Dubhlinn zu finden. Ich denke, Gisèle hat recht, es ist eher die Angst um Eric und die anderen als der Anlass für den Kampf.«

»Gut, ich gebe zu, dass ich, wenn mir der Kampf im Kopf herumspukt, nicht an Erics Männer denke oder an die Bewohner von Dubhlinn, sondern nur an Eric, meinen Cousin, Peter und Bowen. Ich könnte es nicht ertragen, sollte ihnen etwas zustoßen, sollten sie sterben, nur weil sie um Land kämpften.« Sie verzog das Gesicht. »Das ist genau das, was Gisèle gesagt hat, nicht wahr?«

»Es kommt dem sehr nahe«, sagte Maldie. »Ich fürchte, wir haben nicht all deine Ängste zerstreuen können, aber vielleicht kannst du aufhören, über deine Gefühle zu sprechen. Wenn du etwas sagen musst, drücke einfach nur deine Angst um die Sicherheit derer, die dir wichtig sind, aus.«

»Ihr wollt, dass ich meine Gefühle verberge?«

»Nur diejenigen, die Eric den Eindruck vermitteln, dass du das, was er gezwungen ist zu tun, verurteilst.«

Bethia dachte eine Weile darüber nach. Ihre Angst um Eric und die anderen war zum großen Teil dafür verantwortlich, dass sie den zu erwartenden Kampf hasste. Es dürfte ihr nicht sehr schwerfallen, sich auf das zu konzentrieren und ihre Abneigung gegen die Gründe in den Hinterkopf zu verbannen. Immerhin würde es nicht ganz einer Lüge gegenüber Eric gleichkommen.

»Dann mache ich das«, stimmte sie schließlich zu. »Wenn ihr den Eindruck habt, dass ihr ihm etwas über dieses Gespräch erzählen müsst, sagt ihm das. Wenn er es von euch hört, wird er mich vielleicht nicht drängen, meine Gefühle preiszugeben.«

»Und dabei das Falsche sagen.« Maldie nickte, als sie aufstand und Gisèle auf die Beine half. »Ich verstehe. Wir haben alle Angst, Bethia. Keine von uns möchte ihren Mann in den Kampf ziehen sehen, denn wir alle wissen, dass jemand versuchen wird, ihn zu töten. Du bist mit deiner Angst nicht allein.«

Noch in dem Augenblick, in dem sie gegangen waren, eilte Bethia zum Bett und legte sich hin. Der Abend kam und Kopf und Magen begannen zu rebellieren. Während sie dalag, dachte sie über alles nach, was die beiden Frauen gesagt hatten. Das Allerletzte, was sie wollte, war, Eric zu verletzen oder ihm das Gefühl zu geben, dass sie ihm gegenüber bezüglich des Kampfs, den er führen musste, nichts weiter als Abneigung empfand.

Sie kam zu dem Schluss, dass sie egoistisch gewesen war. Ihre Sorge um ihre eigenen Gefühle hatte sie nicht mehr an die Gefühle anderer denken lassen. Bethia seufzte und war beschämt. Es war an der Zeit, damit aufzuhören, so kindisch zu sein. Die anderen Frauen auf Donncoill mussten ebenfalls dem möglichen Tod ihrer Gefolgsleute, ihrer Ehemänner, Geliebten und Verwandten, die bald in den Kampf gegen Sir Graham und seine Männer ziehen würden, ins Auge sehen.

Sie beschloss, dass es höchste Zeit war, etwas von dem Mut zu zeigen, den diese hatten. Sie musste nicht unaufrichtig sein, sondern aus Rücksicht auf die anderen nur einige ihrer Gefühle für sich behalten. Trotzdem, so grübelte sie, würde sie jede Nacht beten, dass ein heftiger Anfall von Ritterlichkeit über Sir Graham kommen und er die Ländereien von Dubhlinn kampflos dem rechtmäßigen Besitzer überlassen würde.

»Du erwartest ein Kind«, sagte Maldie, als sie Bethia den Schweiß von der Stirn wischte.

Zutiefst verlegen darüber, dass ihr vor Maldie schlecht geworden war, konnte Bethia nur nicken. Die Übelkeit war dieses Mal am Morgen statt am Abend gekommen und hatte sie völlig überrascht. Bethia war froh, dass sie nur Maldie erlaubt hatte, in ihr Schlafgemach zu kommen, dass Eric weg war und dass sie sich nicht in einer gut gefüllten Halle oder einem Vorhof befand. Als sie langsam Cidre aus dem Kelch trank, den Maldie ihr reichte, wunderte sie sich, wie gut Maldie mit ihrem Bedürfnis nach Stille zurechtkam.

»Ich habe es Eric noch nicht gesagt.«

»Das musst du mir nicht erzählen. Eric könnte eine solche Neuigkeit nicht für sich behalten. Was ich aber nicht verstehe, ist, warum *du* es für dich behältst?«

»Vielleicht aus sehr dummen Gründen. Zuerst wollte ich

sichergehen, dass ich ein Kind erwarte, und danach wollte ich sichergehen, dass ich das Kind behalte.«

»Gar nicht so dumm«, sagte Maldie und setzte sich auf die Bettkante. »Aber inzwischen musst du dir sicher sein.«

Bethia lachte leise auf, bevor sie die Stirn krauste. »Während ich am Hof weilte und auch noch eine Zeit lang hier, kam die Übelkeit am Abend. Das geschah sehr zuverlässig. Immer, bevor ich zum Essen gehen wollte, fühlte ich mich schwach, schwindelig und mir wurde übel. Glaubst du, dass etwas nicht stimmt und es mich deshalb am Morgen überfällt?«

»Nein, das bezweifle ich. Es kann sein, dass es eben jetzt kommt und nicht später. Es kann aber auch sein, dass es noch immer abends kommt. Zweimal am Tag ist nicht ungewöhnlich. Vielleicht hast du ja aber auch gestern Abend etwas gegessen, das deinem Magen nicht bekam. Wenn man schwanger ist, wird manchmal das leichteste Essen zur Qual für die Verdauung. Wie weit denkst du denn, dass du bist?«

»Im zweiten Monat, vielleicht auch ein bisschen weiter. Ich fürchte, ich weiß nicht mehr genau, wann ich zum letzten Mal meine Periode hatte. Alles, was ich weiß, ist, dass ich sie nicht mehr hatte, seit ich mit Eric zusammen bin.«

»Dann würde ich ab dem ersten Tag zählen, an dem er und du miteinander geschlafen habt. Es ist gar nicht ungewöhnlich, dass ein Mädchen schon beim ersten Mal schwanger wird, doch selbst wenn es bei dir nicht so war, wird es bald danach gewesen sein.«

»Dann bin ich vermutlich im dritten Monat.«

»Und bald wird dir nicht mehr übel sein. Die meisten Frauen hören im dritten oder vierten Monat damit auf, ihren Magen zu entleeren. Dann musst du dich nur noch zurücklehnen und sehr dick werden.«

»Darauf kann ich mich immerhin freuen.«

»Wann sagst du es also Eric?«

Bethia seufzte und fuhr sich mit den Händen über den

Bauch. »Ich werde wahrscheinlich noch ein bisschen warten. Ich bin mir nicht sicher, ob man es einem Mann, der im Grunde am Vorabend einer Schlacht steht, sagen soll. Tatsache ist, dass ich schon die ganzen sechs Wochen schwanger bin, in denen ich hier bin, und er hat es nicht gemerkt. Ich möchte aber nicht, dass er so gedankenverloren und mit anderen Dingen beschäftigt ist, wenn ich es ihm sage.«

Maldie lachte und stand auf. »Stimmt, das sind Neuigkeiten, die du ihm zur richtigen Zeit und am richtigen Ort sagen musst. Ihr beide seid allerdings von einer Menge Schwierigkeiten umgeben; also denk dran, dass es sehr lange dauern kann, bis diese Zeit und dieser Ort da sind, und es besser ist, wenn du es ihm sagst und er es nicht selbst herausfindet. Männer können manchmal sehr unfreundliche Gedanken hegen, wenn sie meinen, dass du etwas derart Wichtiges vor ihnen verborgen hältst. Du möchtest sicher nicht, dass dieser Augenblick durch einen Streit verdorben wird.«

Als Maldie gegangen war, kam Bethia zu der Überzeugung, dass es sich hierbei um einen Rat handelte, an den sie sich klugerweise halten sollte. Sie hatte den letzten Rat, den ihr Maldie und Gisèle hinsichtlich ihrer Gefühle über den bevorstehenden Kampf, gegeben hatten, befolgt, und das erwies sich als sehr vernünftig. Eric mochte nicht den Eindruck haben, in Bezug auf sein Vorgehen in Sachen Dubhlinn ihre volle Zustimmung zu besitzen, aber sie war sich sicher, dass er nicht mehr das Gefühl hatte, sie würde das, was er tun musste, hassen. Die paar Mal, in denen ihre Ängste und ihr Unbehagen bemerkt oder erwähnt wurden, verwies sie auf ihre Sorge um seine Sicherheit.

Tatsächlich begann sie zu erkennen, dass es genau das auch war. Je mehr sie ihre Gedanken auf die Angst um ihn richtete, desto weniger regte sie sich über den Anlass für den Kampf auf. Bethia erkannte, dass sie all ihre Ängste und ihre Ansichten miteinander vermischt hatte. In ihrem Herzen wusste sie, dass Eric keine andere Wahl blieb und dass das, was er gezwungen war zu tun, mit dem, was Sir Graham und William getan hatten, nicht zu vergleichen war. Sir Graham war der Dieb, und es war höchste Zeit, dass er seine falschen Ansprüche aufgab.

Es dauerte noch ein paar Wochen, bis die richtige Jahreszeit für eine Schlacht anbrach, dachte sie bei sich, als sie die Augen schloss. Sie würde niemals im Stande sein, Eric mit einem Kuss, einem Lächeln und dem Wunsch nach viel Glück in den Kampf zu schicken, aber sie spürte, dass sie ihm allmählich zeigen konnte, dass sie an seine Sache glaubte.

Die Zeit auf Donncoill verging schnell und, zu Bethias großer Erleichterung, friedlich. Sie spielte mit James und Erics Nichten und Neffen, erlernte bei Maldie die Heilkunst und bemühte sich, von Gisèle Französisch zu lernen. Obwohl sie sich noch immer nicht dazu durchringen konnte, diesen Kampf den Männern gegenüber, die sich so unablässig darauf vorbereiteten, offen anzuerkennen, hatte sie versucht, es Eric in kleinen Schritten wissen zu lassen.

Die Freude, die sie vielleicht hätte empfinden können, wurde von zwei Schatten gedämpft. William lauerte in der Nähe. Es war inzwischen klar, dass er ihnen von Dunnbea aus gefolgt war. Ungeachtet der Tatsache, dass er sich auf unbekanntem Terrain befand, war er weiterhin nicht zu fassen. Jede Jagd nach ihm blieb erfolglos, und Eric war mehr und mehr enttäuscht, ein Zustand, den Bethia von ganzem Herzen teilte.

Das andere Problem, das sie hatte, lag in ihrer Ehe begründet. Eric und sie waren dort stehen geblieben, wo sie angefangen hatten: Sie verband Leidenschaft und Kameradschaft, aber es gab keine richtigen Anzeichen dafür, dass sich seine Gefühle ihr gegenüber darüber hinaus vertieft hätten. Manchmal konnte sie sich damit trösten, dass nur wenige Ehepaare mehr als das verband – und viele sehr viel weniger. Doch dann wieder beobachtete sie Erics Brüder und ihre Ehefrauen, sah die tiefe Liebe, die sie so offen füreinander zeigten, und fühlte sich bei lebendigem Leib zerfressen von Eifersucht und Neid. Genau das wünschte sie sich, doch genau das entging ihr nach wie vor.

Bethia legte ihre Näharbeit weg und starrte aus dem Fenster des Gemachs, in dem diese üblicherweise erledigt wurde. In der Luft lag bereits ein Hauch von Frühling. Die Tage wurden länger und wärmer, der Boden wurde weich und durch die Männer und Pferde schnell in Schlamm verwandelt. Selbst das Geplapper der Frauen, die mit ihr hier nähten, wurde lebhafter. Es war die Jahreszeit, die sie immer geliebt hatte. Dieses Mal aber verhieß sie, dass Eric schon bald in den Kampf gegen Sir Graham ziehen musste.

Langsam legte sie ihre Hand auf den Bauch, als das Kind, das in ihr heranwuchs, sich zu bewegen begann. Sie war mindestens im vierten Monat, dennoch hatte Eric an ihre keine Veränderung wahrgenommen. Würden die Bewegungen in ihrem Schoß noch stärker werden, musste er es spüren. Die Zeit, ihm von dem Kind, das sie gezeugt hatten, zu berichten, kam sehr nah. Bethia hatte gehofft, bis dahin einen Anhaltspunkt dafür zu entdecken, dass die Liebe zu ihrem Mann erwidert wurde, und sich einen sehr romantischen, zärtlichen Augenblick vorgestellt, in dem sie von ihrer Liebe sprächen und sie ihm verriet, dass er Vater werden würde. Schließlich akzeptierte sie aber die Tatsache, dass sie es ihm ganz einfach sagen musste, ohne Umschweife und schnell.

»Komm, der Frühling ist eine wunderbare Zeit«, murmelte Maldie, als sie sich neben Bethia stellte.

»Ja, ich habe ihn immer geliebt, sieht man einmal vom Matsch und den Wanzen ab.« Bethia erwiderte flüchtig Maldies Lächeln. »Doch dieses Mal gibt er das Startzeichen zum Krieg gegen Sir Graham. Er weigert sich Dubhlinn zu verlassen und fordert Eric offen heraus, zu kommen und es sich zu nehmen.«

»Na ja, die Beatons waren schon immer arrogante Esel.«

»Schade, dass sie nicht so feige sind und in der Minute, in der sie Eric und seine Männer auf sich zureiten sehen, davonlaufen.« Sie hob ihre Hand, als Maldie etwas entgegnen wollte. »Ich weiß, dass das nicht geschehen wird, und erst neulich habe ich einen gewissen Trost darin verspürt, dass sich unsere Männer so hart auf diesen Kampf vorbereiten.«

»Und sie werden kämpfen. Siehst du deswegen so traurig aus?«

»Nein, ich habe nur darüber nachgedacht, dass sich zwischen Eric und mir kaum etwas geändert hat, und ich hatte mir mehr erhofft.«

»Du möchtest also, dass er dich so liebt, wie du ihn liebst.«

»Würde sich das nicht jede Frau wünschen? Aber es ist nicht so.«

»Bist du dir sicher?«

»Er hat nichts von Liebe gesagt. Ich wage nicht darüber nachzudenken, was er empfindet. Wenn ich mir falsche Hoffnungen mache, bin ich verletzt.« Sie tätschelte ihren Bauch und lächelte matt. »Ich träumte einige sehr törichte Träume von dem Augenblick, in dem ich ihm von dem Kind erzähle.«

»Ich kenne diese Träume. So in etwa, dass er auf die Knie fällt und seine unsterbliche Liebe erklärt, behauptet, dass du für ihn die ganze Welt bist und dass das Kind ein Wunder der Liebe ist?«

»Ich würde ihm erlauben stehen zu bleiben.« Bethia sagte es sehr gedehnt und lachte zusammen mit Maldie.

»Vielleicht wird es nicht so romantisch kommen, aber du brauchst keine Angst zu haben, dass Eric etwa nicht erfreut ist, wenn er erfährt, dass er Vater wird.«

»Das weiß ich.« Sie seufzte. »Und das ist nicht wenig. Es ist nur, nun ja, ich wünsche mir das, was du hast.«

»Einen großen, braunhaarigen Mann?«

Bethia lachte überrascht los. »Maldie, du nimmst mich nicht ernst.«

»Oh doch, ich verstehe dich und fühle mit dir. Ich kann dir

nur nichts weiter raten, als den Mann so zu lieben, wie du es bereits tust. Eric hat oft gesagt, dass auch er sich eine Ehe wünscht, wie Balfour und ich sie führen. Das heißt, dass er bereit ist, es zu versuchen. Vielleicht versucht er es schon jetzt, und du hast es möglicherweise noch gar nicht entdeckt. Eric hat sich nicht nur aus Leidenschaft auf diese Ehe eingelassen, sonst wäre er nicht so ruhig dabei geblieben. Ihr seid noch nicht lange verheiratet, manchmal dauert es ein Weilchen, bis man alles bekommt, was man sich ersehnt. Und geht es dir jetzt nicht irgendwie besser?«

»Doch, so ist es tatsächlich. Ich glaube, ich muss einfach immer mal wieder aus meiner düsteren Stimmung gerissen werden. Genau genommen ist es an der Zeit, loszuziehen und in einem herzhaften Schmollen zu schwelgen.«

»Wie bitte?«, fragte Maldie halb lachend.

»Na ja, ich habe das seit meiner Ankunft hier nicht mehr getan, aber ich glaube, ich genieße es wirklich, wenn ich mich ab und zu zurückziehe und heftig schmolle. Ich liege da und überdenke alles, was meiner Meinung nach schiefläuft und mich unglücklich macht, suhle mich ein Weilchen in meinem Elend und fühle mich danach ziemlich erholt.«

Maldie grinste. »Ich bin mir nicht sicher, was das über mich verrät, aber ich finde, es ergibt einen Sinn.« Sie lachte zusammen mit Bethia und hakte sie unter. »Komm, gehen wir zu den Kindern, und wenn unsere Ohren von dem Lärm, den sie veranstalten, wehtun, werden wir zu unseren Männern gehen und sehen, wie es um sie steht.«

Bethia ließ sich mitziehen. Maldie war eine gute Gesellschafterin, und Bethia hatte den Eindruck, dass sie sich trotz der zwölf Jahre Altersunterschied inzwischen sehr nahe standen. Ihr wurde bewusst, dass sie – im Gegensatz zu ihrem Weggang aus Dunnbea – sehr traurig sein würde, wenn sie Donncoill verlassen musste. Ihr einziger Trost war, dass Dubhlinn nicht weit weg war. Da Eric ein so enges Verhältnis zu seinen Brüdern und seiner Schwester hatte, ging Bethia davon aus, dass es eine Menge Besuche in beide Richtungen geben würde.

Sie spielten eine Stunde lang mit den Kindern. James hatte sich schnell daran gewöhnt, mit so vielen anderen Kindern zu spielen, und Bethia hatte den Eindruck, dass es ihm beim Sprechenlernen half. Mehr und mehr konnte sie verstehen, was er versuchte zu sagen. Wenn sie nach Dubhlinn umzogen, würde sie dafür sorgen, dass er in seiner Kinderkemenate nicht allein blieb, sondern in Gesellschaft anderer Kinder kam, auch wenn sie nicht seines Standes waren.

Eine Stunde verging, bevor Maldie sie weiterzog, und Bethia merkte, dass auch sie es mitten unter den vielen Kindern, die durcheinandersprachen und Aufmerksamkeit forderten, nicht länger als eine Stunde aushielt. Sie liebte Kinder, aber die Kinderstube auf Donncoill war so angefüllt mit lebhaften Kindern jeglichen Alters, dass man geradezu erdrückt wurde.

»Wir werden jetzt unsere Männer suchen«, verkündete Maldie, als sie die Treppe hinuntergingen. »Ich habe mich schon gefragt, was deine Übelkeit macht. Ist sie vorbei?«

»Nein. Für kurze Zeit kam sie sowohl morgens als auch abends, und das war eine kleine Zerreißprobe.«

»Du hättest etwas sagen sollen. Ich hätte dir etwas zur Linderung geben können.«

»Ich habe daran gedacht, aber es doch nicht gemacht. Jetzt kommt sie nur noch am Morgen, und ich glaube, sie lässt etwas nach. Sie ist zwar noch immer da, aber ich bin danach nicht mehr so schwach.«

»Es muss schwer sein, es vor Eric zu verbergen.«

»Wenn ich zusammen mit ihm aufwachen würde, wäre es sicher so, aber ich schlafe immer lang. Und tief. Er hat sich schon sanft beschwert, dass ich wohl zu schwer arbeiten würde, weil ich am Morgen kaum aufzuwecken bin.« Maldie und sie lachten einmal mehr, denn beide wussten ganz genau, warum er versuchte, sie aufzuwecken.

Als sie auf den Burghof hinaustraten, atmete Bethia tief durch. Sie konnte das schnelle Anbrechen des Frühlings beinahe riechen. Der Winter war nicht allzu schwer zu ertragen, aber sie war mehr als froh, dass er bald zu Ende war.

Ein Tumult an den Toren ließ Bethia und Maldie innehalten. Mit weit aufgerissenen Augen beobachtete Bethia, wie ein kleiner, kunstvoll geschmückter zweirädriger Wagen auf Donncoill einfuhr, er wurde von drei bewaffneten, stämmigen Männern eskortiert. Das Herz sank ihr, als sie die Stimme der Frau, die die Leute mit schneidendem Ton herumkommandierte, erkannte.

Eric, Balfour und Nigel kamen herbei, um die Besucherin willkommen zu heißen, und Bethia musste sich beherrschen, um nicht hinüberzulaufen und die Hand ihres Ehemanns zu ergreifen. Plötzlich schien es ihr äußerst vernünftig, ihn in ihrem Schlafgemach einzusperren. Sie fluchte, als Lady Catriona aus dem Wagen stieg und sich in Erics Arme warf.

»Und wer ist das?«, fragte Maldie.

»Lady Catriona, eine von Erics früheren Geliebten.«

»Was in Gottes Namen macht sie denn hier?«

»Offensichtlich hatte Gott das Gefühl, ich bräuchte eine Herausforderung. Lady Catriona kam mit dem Matsch des Frühlings an, um das zu tun, was sie schon bei Hof getan hat, etwas, was sie äußerst gut beherrscht.«

»Und was ist das?«

»Mich in völliges Elend zu stürzen.«

18

»Schau sie dir an«, knurrte Gisèle und warf einen wütenden Blick quer durch die große Halle auf Catriona.

»Widerlich«, tadelte Maldie und schloss sich Gisèle an, die inzwischen Bethia mit strengem Stirnrunzeln bedachte. »Und nun? Willst du nichts dagegen unternehmen?«

Bethia seufzte und beobachtete Catriona, die um Eric nur so herumscharwenzelte. Es hatte den Anschein, dass sie das ziemlich oft machte. In der Woche, die seit der ungebetenen Ankunft dieser Frau an den Toren von Donncoill vergangen war, sah Bethia ihren Ehemann nur, wenn er zu ihr ins Schlafgemach kam. Trainierte er nicht seine Männer oder verfolgte William, hing Catriona wie eine Klette an ihm. Es brachte äußerst unerfreuliche Erinnerungen an ihre Zeit bei Hof zurück.

»Was soll ich denn Eurer Meinung nach tun? Hinübergehen und ihr mitten in ihr hübsches Lächeln eine Ohrfeige verpassen? Vielleicht ein paar dieser wunderschönen weißen Zähne herausschlagen?«, fragte Bethia.

»Ich würde es tun«, sagte Gisèle, die eine ihrer kleinen Hände nahe am Körper zu einer festen Faust ballte, während sie mit der anderen über ihren Babybauch strich.

»Das wäre verlockend«, stimmte Maldie zu. »Wie auch immer, es würde einen Mangel an guten Manieren verraten.«

»Findest du denn, dass dieses Flittchen gute Manieren zeigt, wenn es versucht, einen Mann vor den Augen seiner Frau zu verführen?«

»So etwas macht Gisèle immer ein kleines bisschen verrückt«, erklärte Maldie Bethia. »Ich denke, das ist das Französische in ihr.«

»Oh?« Gisèle sah Maldie mit zusammengekniffenen Augen an. »Für meine Begriffe klingt es sehr englisch, wenn man fröhlich dabei zuschaut, wie eine Frau den Ehemann abschleckt, als sei er eine Süßigkeit, nur weil man Angst hat, unhöflich zu sein.«

»Englisch?«, zischte Maldie. »Beschuldigst du mich, wie ein verdammter Angelsachse zu handeln?«

»Wenn der Schuh doch passt«, murmelte Gisèle und zuckte die Achseln.

Die beiden Frauen fingen an, miteinander zu disputieren, und Bethia wandte ihre Aufmerksamkeit wieder Catriona zu. Die Worte flogen zwischen Maldie und Gisèle hin und her. Bethia brauchte nicht lang, um zu merken, dass sie es restlos genossen, allerdings blieb ihr eine Sache, die Gisèle gesagt hatte, im Gedächtnis haften. Catriona schleckte Eric vielleicht nicht gerade wie eine Süßigkeit ab, aber sie war äußerst nah daran. Diese Frau überschritt ganz bestimmt eine Grenze, und wenn es nur die zwischen gutem und schlechtem Benehmen war.

Was Bethia wirklich fassungslos machte, war deren Dreistigkeit. Catriona führte sich auf, als hätte sie ein Recht auf Eric. Sie deutete ständig an, dass Eric und sie beinahe verlobt gewesen seien. Außerdem schien Catriona vergessen zu haben, dass sie, während Eric und sie sich am Hof aufgehalten hatten, eine entscheidende Rolle bei Williams Angriff gespielt hatte. Je mehr Bethia über die Ereignisse jenes Tages nachdachte, desto schuldiger schien ihr Catriona zu sein; dennoch gab sich diese Frau als völlig unschuldig, so, als wäre jener Vorfall vergessen und als sollte er auch vergessen bleiben. Bethia hatte keine Ahnung, wie man mit einer solchen Frau verfahren sollte.

»Hör mir zu!«, sagte Gisèle. »Wir streiten uns, während das Herz der armen Bethia in Stücke zerrissen wird.«

»Tatsächlich. Ich finde, sie sieht ein wenig verwirrt aus«, flüsterte Maldie.

»Und genauso fühle ich mich auch«, erwiderte Bethia kopfschüttelnd. »Die Dreistigkeit dieser Frau ist mir unbegreiflich. Sie deutet an, dass zwischen Eric und ihr einst mehr als nur körperliches Begehren gewesen sei, dass sie kurz vor einer Verlobung gestanden hätten.« Sie nickte zustimmend, als die beiden anderen Frauen dies heftig verneinten. »Ich weiß, dass es eine Lüge ist. Aber selbst wenn es so gewesen wäre, könnte sie doch nicht davon ausgehen, dass er mich verlässt. Er und ich wurden von einem Priester getraut. Würde sie sich also wieder nur mir einer Affäre zufriedengeben? Das ergibt alles keinen Sinn. Und dann ist da noch der Vorfall bei Hof.« Bethia erzählte ihnen alles über Catrionas Anteil an Williams Angriff auf sie. »Trotzdem kommt sie, erwartet, dass ich sie willkommen heiße und mich so verhalte, als wäre nichts gewesen.«

»Hast du Eric davon erzählt?«, fragte Maldie.

»Nein, ich habe keinen Beweis. Um ehrlich zu sein, frage ich mich manchmal, warum ich das denke. Dennoch sagt mir mein Instinkt, dass sie daran Anteil hatte.«

»Ja, das glaube ich auch. Du musst um deinen Mann kämpfen, Bethia.«

»Um ihn kämpfen? Habt ihr euch Catriona einmal genau angesehen?« Sie hielt inne und beide Frauen nickten. »Und mich genau angesehen?«

»Was? Ja, diese Hure ist sehr blond und weist viel rundere Formen auf. Sie hat dich außerdem den Händen eines Mörders ausgeliefert, hatte mehr Liebhaber, als sie vermutlich zählen kann, und versucht einen Mann in seinem eigenen Haus und vor den Augen seiner eigenen Frau zum Ehebruch zu verleiten. Mein Bruder ist kein Narr, Bethia. Er sieht hinter ihrem hübschen Gesicht die Fäulnis. Doch, auch wenn du weißt, dass du ihm vertrauen kannst, tust du dir nichts Gutes, wenn du in den Hintergrund trittst und diese Frau machen lässt, was sie will. Was glaubst du, wie das auf Eric wirkt?«

Bethia seufzte. »Wie Desinteresse, ich weiß, und ich will ganz gewiss nicht, dass er das denkt. Trotzdem, ich habe nicht das Bedürfnis, die eifersüchtige zänkische Ehefrau zu spielen.«

»Keiner sagt, dass du das tun sollst«, entgegnete Gisèle. »*Non,* das wäre sehr schlecht. Du solltest ihm wenigstens deutlich machen, dass du diese Beleidigung nicht restlos ignorierst, und es auch diesem Flittchen deutlich zeigen.«

»Ein Hauch von Eifersucht ist kein Fehler«, warf Maldie ein. »Glaub mir, bei Eric würdest du sie spüren, wenn ein Mann so an deinem Rockzipfel hinge wie Catriona an ihm.«

Bethia erinnerte sich daran, wie Eric sie vor ihrer Hochzeit gedrängt hatte, ihm zu sagen, dass sie sein wäre, und nickte. »Stimmt, Eric kann ein kleines bisschen besitzergreifend sein. Vermutlich schadet es nichts, wenn ich ihm zeige, dass ich es auch sein kann. Und es wird nicht wehtun, wenn ich Catriona wissen lasse, dass ich diesen Unsinn nicht schweigend hinnehme.«

»Vielleicht wäre das jetzt eine günstige Gelegenheit, ihm deine Liebe zu gestehen«, schlug Gisèle vor.

»Wie kommst du denn darauf, dass ich diesen Dummkopf liebe?« Bethia seufzte, als beide Frauen sie empört ansahen. Immerhin hatte sie es Maldie bereits gestanden. »Ihr wollt doch nicht etwa sagen, dass es jeder sehen kann, oder? Mir gefällt die Vorstellung nicht, dass ich mit einem liebeskranken Gesicht herumlaufe.«

»Nein«, sagte Maldie und klopfte Bethia tröstend und beruhigend auf die Schulter. »Eric sieht es nicht.«

Bethia hielt es für Zeitverschwendung zu bestreiten, dass sie damit ausschließlich Eric gemeint hatte, zumal alle wussten, dass es so war. »Ich finde, es ist ein ungünstiger Zeitpunkt, um über Liebe zu sprechen. Eric könnte denken, dass diese Worte der Eifersucht entspringen und ich sie nur in der Hoffnung äußere, ihn dadurch von Catriona wegzuziehen. Sollte ich diese Worte jemals aussprechen, möchte ich, dass ihnen Glauben geschenkt wird, selbst wenn sie nicht auf Erwiderung stoßen.«

»Bethia hat recht, Gisèle«, stimmte ihr Maldie zu. »Wenn sie so etwas jetzt sagt, wird die Bedeutung der Worte abgeschwächt.«

»Vielleicht solltest du ihm ein bisschen mehr körperliche Liebe schenken, erinnere ihn ein wenig öfter an die Leidenschaft, die ihr miteinander erleben könnt«, legte ihr Gisèle nahe.

»Wenn ich ihn an die Leidenschaft erinnere, die wir miteinander erleben, könnte es sein, dass der Mann nicht mehr laufen kann«, sagte Bethia gedehnt.

»Das könnte funktionieren.«

Bethia und Maldie starrten Gisèle einen Augenblick lang entgeistert an, bevor alle drei loslachten. Ihre Schwägerinnen machten ihr ein paar weitere Vorschläge, wie sie Eric aus Catrionas Fängen lösen könnte, und einige davon waren derart unsinnig, dass sie erneut lachen mussten. Schließlich beschloss sie, einfach hinzugehen und sich neben ihren Mann zu stellen. Während sie sich Eric näherte, betete Bethia darum, dass Catriona nichts sagen oder machen würde, das ihr mühevoll gezügeltes Temperament allzu sehr strapazieren würde. Die eifersüchtige zänkische Ehefrau, die sie nicht sein wollte, lauerte unter der dünnen Oberfläche ihrer Gelassenheit und brannte darauf, hervorzuspringen und Catriona ernsthaften Schaden zuzufügen.

Eric wurde plötzlich von seinen Brüdern flankiert. Balfour legte ihm einen Arm um die Schultern, während Nigel die zum Ärger aller so beharrliche Catriona ablenkte. In der Hoffnung, keine Unterweisung in Sachen Heiligkeit seines Eheversprechens über sich ergehen lassen zu müssen, sah Eric seinen Bruder misstrauisch an. Immerhin wäre dies einer Beleidigung gleichgekommen, unterstellte es doch, dass er daran dachte, es zu brechen.

»Ich habe den Eindruck, Bruder, dass du dich in ernsthaften Schwierigkeiten befindest«, sagte Balfour.

Unsicher darüber, worauf sich er sich bezog, antwortete Eric: »Wie das?«

»Maldie und Gisèle haben sich mit deiner kleinen Frau besprochen und sie vermutlich beraten.«

Er sah zu den drei Frauen und bemerkte ihre finsteren Blicke, bevor sie sich schnell abwandten. »Aha, ich verstehe. Meinst du, ich sollte bewaffnete Wachen für Catriona herbeizitieren?«

»Sie würde vermutlich mit ihnen ins Bett gehen, und damit erweisen sie sich als Bewachung als unbrauchbar.« Balfour schmunzelte kurz, während Eric lachen musste. »Nein, Nigel und ich dachten, wir sollten dich warnen. Wenn unsere beiden Frauen gemeinsame Sache machen, können sie genug Ärger für ein Dutzend Männer zusammenbrauen. Ich kenne dein Mädchen nicht gut genug, aber da Maldie und Gisèle sie gern haben, ist anzunehmen, dass sie ihren Teil zu diesem Gebräu beiträgt. Aha, es sieht aus, als ob sie sich einer Entscheidung nähern. Nigel und ich gehen jetzt wohl besser an unsere Plätze zurück.«

»Ihr habt wohl Angst, dass Eure edlen Kleider mit meinem Blut bespritzt werden?«

»Um ehrlich zu sein, mein Junge, ist es nicht dein Blut, von dem ich fürchte, dass es vergossen wird.«

»Feiglinge«, brummte Eric gerade laut genug, dass seine zwei Brüder es noch hören konnten, während sie sich eilig aus dem Staub machten.

Eric beobachtete, wie seine Frau Gisèle und Maldie zunickte und danach zu ihm kam. In der Sekunde, in der Nigel von ihrer Seite wich, hing sich Catriona schon an Erics Arm und begann ihm in aller Ausführlichkeit von einer allgemein bekannten, äußerst leidenschaftlichen Liebesaffäre zu erzählen, die kürzlich den Hof schockiert hatte. Eric nickte und murmelte etwas Höfliches, während er die näher kommende Bethia musterte, um ihre Stimmung herauszufinden.

Das Einzige, dessen er sich sicher war, war, dass Bethia Catriona nicht mochte und diese Frau nicht auf Donncoill haben wollte. Maldie und Gisèle ging es ebenso, und sie machten sich kaum die Mühe, ihre Missbilligung zu verbergen. Catriona war sich entweder dessen nicht bewusst, oder es interessierte sie einfach nicht. Nicht sicher war er sich dagegen, aus welcher Quelle Bethias Abneigung gespeist wurde. War es Eifersucht oder die Tatsache, dass Catriona eine derart unangenehme Person war, was er zu seiner Überraschung erst vor Kurzem festgestellt hatte?

Als Bethia bei Eric ankam, lächelte er sie an und forschte eingehend in ihrem Gesicht. Was immer sie auch empfand, musste sehr stark sein. Ihre Augen wirkten hart und funkelten, dennoch zeigte sie die ruhige, einfältig und süß wirkende Miene, die sie immer gegenüber ihren Eltern aufgesetzt hatte. Obgleich er keine Szene und keinen Wortwechsel erleben wollte, dachte er bei sich, dass ein wenig Eifersucht ganz schön wäre.

»Ah, Bethia«, murrte Catriona. »Du hast also endlich die Gesellschaft der Matronen verlassen.«

Da Catriona Maldie und Gisèle im Alter näherstand als ihr selbst, fand Bethia diese Bemerkung ausgesprochen einfältig. »Ich halte es nicht für klug, sie in ihrer Gegenwart so zu nennen«, entgegnete Bethia, indem sie ihren Arm bei Eric unterhakte.

»Entschuldigt. Bei so vielen Kindern habe ich mich vielleicht in ihrem Alter getäuscht.« Catriona warf einen Blick auf Gisèle und konnte ihre Abscheu nicht ganz verbergen. »Es ist offensichtlich, dass zumindest eine von ihnen noch jung genug ist, wieder ein Kind auszubrüten.«

Nein, dachte Bethia, als ihre letzten Zweifel am Wahrheitsgehalt von Catrionas Behauptungen schwanden, gegenüber dieser Frau hätte Eric niemals von einer Heirat gesprochen. Er liebte Kinder, und Catriona hatte nicht den Verstand, ihre völlige Abneigung dagegen zu verbergen. Eric hatte Bethia versichert, das keine Frau sein Herz oder seinen Namen besaß.

Damals hatte sie ihm Glauben geschenkt, und sie würde es auch weiterhin tun.

»Ihr habt uns nie erzählt, warum Ihr hier Station macht, Lady Catriona«, sagte Bethia, wobei sie sich an Eric lehnte und ihre Wange müßig am Ärmel seines edlen Leinenhemds rieb.

»Nun, ich hörte, dass Eric bald in den Krieg gegen Sir Graham ziehen wird«, erwiderte Catriona.

»Aha, und Ihr hattet Angst, das Blutvergießen zu verpassen.« Bethia war außer sich vor Freude, als Eric ihre Hand nahm und zärtlich ihre Finger ineinanderschlang.

»Mitnichten«, fuhr Catriona sie an, wobei sie ihre wütende Pose allerdings zerstörte, indem sie etwas zu begierig fragte: »Glaubt Ihr, dass es ein sehr schlimmer Kampf wird?«

»Ich hoffe noch immer inständig, dass Sir Graham fliehen und Eric Dubhlinn übergeben möge, ohne dass die Schwerter sprechen müssen.«

»Das wird nicht der Fall sein. Warum sollte Sir Graham denn Land aufgeben, das er bereits in Händen hält?«

»Weil der König es befiehlt und das Land von Rechts wegen Eric gehört.«

»Ach so.« Catriona warf Eric ein strahlendes Lächeln zu. »Du wirst einen wunderbaren Laird abgeben, Eric.«

»Danke, Catriona«, murmelte er und warf einen Blick auf Bethia. »Was hattet ihr, du, Gisèle und Maldie, so lange zu besprechen?«

Bethia verkniff es sich, ihm die Wahrheit zu erzählen, ja, sogar Gisèles Vorschlag, er bedürfe noch mehr körperlicher Liebe, zu wiederholen. Sie hätte schwören können, er wusste, dass sie sich über Catriona und ihren unverhohlenen Verführungsversuch unterhalten hatten. Sie sah aber nicht ein, warum sie dies bestätigen und ihm damit Genugtuung verschaffen sollte. Immerhin stand sie hier und hing beinahe ebenso sehr an seinem Arm wie Catriona, noch mehr wollte sie seiner Eitelkeit nicht schmeicheln.

»Über das Ausbrüten« – sie lächelte honigsüß – »und gute Manieren« –, schließlich doch unfähig zu widerstehen, sah sie Catriona direkt in die Augen – »und ausgeschlagene Zähne.« Sie hörte, wie Eric ein Lachen erstickte. »Gisèle war ganz besonders an ausgeschlagenen Zähnen interessiert.«

»Das kann ich mir vorstellen«, sagte Eric, der Gisèles Temperament nur allzu gut kannte.

»Hat denn Lady Gisèle Probleme mit ihren Zähnen?«, fragte Catriona.

Als Eric Catriona ungläubig anstarrte, war Bethia erleichtert. Sie wollte Catriona nicht einfach aus Eifersucht heraus für dumm halten. Diese Frau wollte entweder nicht bemerken, wie sehr sie andere Frauen gegen sich aufbrachte, oder war zu überheblich, um der Feindseligkeit, die sie so erfolgreich erregte, die Aufmerksamkeit zu schenken, die sie verdiente. Catriona wusste, wie sie ihre Schönheit einsetzen musste, um Männer zu verführen und besaß jenen Mangel an Takt, der sie zu einem tödlichen Feind machte. Dass sie noch mehr aufzuweisen hatte, bezweifelte Bethia allerdings zunehmend.

»Äh, nein«, gab Eric zurück, der müßig darüber sinnierte, dass es eindeutig nicht Catrionas scharfer Verstand war, der ihn in ihr Bett gelockt hatte. »Ich glaube, Gisèles Zähnen geht es bestens.«

»Gut. Schlechte Zähne können eine solche Tortur sein, so hässlich und schmerzhaft. Ich bin mit ausgesprochen guten Zähnen gesegnet.«

»Stimmt, das ist nicht zu übersehen«, sagte Bethia. »Als ich am anderen Ende der großen Halle stand, konnte ich das geradezu saubere Weiß Eures Lächelns sehen. Um die Wahrheit zu gestehen: Fällt das Kerzenlicht darauf, blendet es richtig. Ich muss zugeben, dass ich überwältigt war.«

»Bethia«, sagte Eric mit warnender, aber gleichzeitig vor Lachen zitternder Stimme.

Mit einem Blick auf den verärgerten Gesichtsausdruck Catrionas beschloss Bethia, seine Warnung ernst zu nehmen. Die Höflichkeit verlangte, dass sie ihren Gast nicht beleidigte, selbst wenn dieser uneingeladen kam, unerwünscht war und keinerlei Benehmen besaß. Zudem stellte sie fest, dass sie endlich Catrionas dickes Fell durchlöchert hatte, und auch wenn sie es genoss, die andere Frau zu verärgern, wollte sie keine Szene riskieren.

Einige Augenblicke später entschied sie, dass sie nun genug ausgehalten hatte. Ihre Anwesenheit mochte zwar Eric zu verstehen geben, dass sie nicht die geringste Absicht hatte, ihn einer anderen Frau zu überlassen, aber gleichzeitig schien sie Catriona zu neuen Gipfeln der Unverschämtheit anzuregen. Der einzige Trost, der ihr zuteil wurde, war die Tatsache, dass sich Eric ausgesprochen unbehaglich zu fühlen schien. Sie nahm an, dass sie ihn eigentlich aus einer Situation befreien sollte, die ihm zunehmend nicht mehr behagte, aber stattdessen entschuldigte sich Bethia, um auf ihr Schlafgemach zu gehen. Entweder tat sie das, oder sie gab Catriona mitten in das Lächeln hinein, auf das sie so stolz war, eine Ohrfeige, wobei Bethia den Verdacht hatte, dass Eric das noch peinlicher fände.

Nachdem sie bis auf ihr Unterkleid ausgezogen war, schenkte sich Bethia etwas Wein ein und kletterte ins Bett. Während sie den Wein trank, bemühte sie sich darum, ihre Gereiztheit zu besänftigen, denn Eric sollte sie nicht zu spüren bekommen. Als er ins Gemach kam, nippte sie am Wein und beobachtete, wie er sich für das Bett fertig machte. Eigentlich konnte sie Catriona, so dachte sie seufzend, nicht unbedingt dafür verurteilen, dass sie ihn für sich haben wollte.

»Überwältigt warst du also?«, sagte Eric, der sich neben das Bett stellte, ihren Trinkkelch nahm, den Wein austrank und sich setzte.

»Ich gebe zu, dass mein Temperament im Begriff war, mit mir durchzugehen«, gestand Bethia, während er zu ihr ins Bett schlüpfte.

»Ich werfe dir nichts vor. Sie ist sehr schwer zu ertragen.« Er küsste die Ausbuchtung unter ihrem Ohr und lächelte nah an ihrer Haut, als sie zitterte und sich schnell das Unterkleid zurechtzog. »Ich habe mir schon vorher gedacht, dass ich wohl ausgesprochen blind gewesen sein muss, als ich sie kennenlernte, denn sie ist eine durch und durch unsympathische Frau, und trotz ihrer Durchtriebenheit und Verführungskünste ist sie nicht sonderlich klug. Ich habe keine Ahnung, was ich an ihr gefunden habe.«

»Oh, ich könnte mir zwei ziemlich große Dinge denken, die vielleicht deinen lüsternen Blick angezogen haben.«

»Ach die.« Eric legte seine Hände um Bethias kleine, feste Brüste und reizte die Spitzen mit den Daumen, bis sie hart wurden. »Was sind wir Männer doch für Esel, wir denken oft, dass größer auch besser heißt.« Er umkreiste mit seiner Zunge ihre hart gewordenen Brustspitzen. »Aber größer heißt eindeutig nicht süßer.«

Bethia seufzte vor Wonne und vergrub ihre Finger in seinem vollen Haar, während er ihre Brüste leckte und an ihnen saugte, bis sie sich unter ihm vor Verlangen hin und her wand. Er bahnte sich mit Küssen einen Weg ihren Körper hinunter, weiter ein Bein hinab und das andere wieder hinauf. Als er mit seinen Lippen die Löckchen zwischen ihren Oberschenkeln berührte, spannte sie sich kurz an. Noch immer fühlte sie sich angesichts solcher Intimität unbehaglich. Doch mit nur einer Bewegung seiner Zunge überwand er ihre Schüchternheit. Er spielte mit ihr und hielt sie so lange scharf am Rand zur Erlösung, bis sie glaubte, schreien zu müssen.

Als er sich neben sie setzte und sie hochzog, wich Bethia schnell seinem Versuch aus, sie rittlings auf sich zu setzen. Sie legte sich zwischen seinen Beinen auf den Bauch und nahm ihn in ihren Mund. Solange sie nur konnte, folterte sie ihn ebenso, wie er sie gefoltert hatte, und kämpfte darum, den Genuss auszudehnen. Schließlich stieß er ihren Namen hervor, packte sie unter den Achseln und setzte sie auf sich. Es überraschte sie nicht, als sie unmittelbar darauf unter der Heftigkeit ihrer Höhepunkte zu beben anfingen, denn sie hatten sich gegenseitig zu nah an den Rand des Begehrens gebracht, um dort lange zu verweilen.

Nachdem er sich gewaschen und sie gnadenlos über Bethias Erröten gelacht hatten, streckte sich Eric auf dem Rücken aus und zog sie in seine Arme. »Ja, du weißt, wie du deinen Mann restlos erschöpfen kannst, mein Herz.«

Schläfrig küsste sie seine Schulter. »Merkwürdig, das war einer von Gisèles Vorschlägen, um dich aus Catrionas Reichweite fernzuhalten. Sie sagte, ich solle dir ein wenig mehr körperliche Liebe schenken.« Sie musste lachen, als er weich lächelte.

»Guter Gott, Bethia, wenn du mir noch mehr schenkst, würde ich nicht mehr laufen können.«

»Das habe ich ihr auch gesagt«, erwiderte sie, und sie schmunzelten sich gegenseitig zu. Einer Sache war sie sich immerhin gewiss, nämlich der Leidenschaft, die sie füreinander empfanden.

»Und was hat Gisèle geantwortet?«

»Sie sagte: ›Das könnte funktionieren.‹« Bethia lachte einmal mehr mit ihm.

»Ich muss mich für dieses dumme Weibsstück entschuldigen, Bethia.«

»Es ist nicht deine Schuld, dass sie hier ist.«

»Nicht ganz, aber ich habe ihren Charakter augenscheinlich falsch beurteilt. Als ich damals bei Hof den Frauenhelden spielte, war ich überheblich genug, mir einzubilden, ich könnte einschätzen, welche Mädchen man meiden muss und welche später Probleme bereiten. Du musst wissen, ich hatte immer vor, zu heiraten und mein Umherstreifen zu beenden, wollte aber nicht, dass meine Vergangenheit sich in das gemeinsame Leben mit meiner Braut hineindrängt. Genau das hat sie jetzt aber mit aller Macht getan, nicht wahr?«

Die Art und Weise, wie er über seine Liebeleien sprach – als wären sie Teil eines Spieles, das ein junger Mann voller Lebenskraft spielte –, zerstreuten ihre noch vorhandenen Bedenken in Bezug auf seine Vergangenheit. Es war nicht sonderlich erfreulich, sich vorzustellen, dass er mit einer anderen Frau so dagelegen hatte, aber Bethia wusste, dass ihm diese Frauen niemals etwas bedeutet hatten. Er hatte sie benutzt, wie sie zweifelsohne auch ihn benutzt hatten.

»Ich bin sicher, sie wird gehen, sobald sie merkt, dass das Spiel, das sie spielt, ihr keinen Gewinn verspricht.«

»Ich fürchte, mir fehlt diese Geduld«, sagte Eric. »Letzten Endes habe ich während unseres Besuchs bei Hof deutlich gemacht, dass ich solche Spiele nicht länger spiele. Entweder ist sie zu eitel oder zu dumm, es zu glauben. Die Gesetze der Gastfreundschaft verbieten es mir, sie einfach in den Dreck hinauszuwerfen, nur weil sie jeden belästigt.« Angesichts von Bethias Kichern musste er lächeln. »Wie auch immer, sie fordern aber nicht von mir, dass ich allen und jeden Unsinn von ihr höflich hinnehmen muss. Ich habe beides versucht, höflich und freundlich zu sein. Jetzt ist mir klar, dass sie beides ausgenutzt hat, um ihre eigenen Ziele zu verfolgen. Also werde ich jetzt nichts mehr von beidem sein.«

»Wenn du das für das Beste hältst«, murmelte Bethia, verzog aber insgeheim das Gesicht. Catriona würde ein solches Benehmen nicht sehr lang hinnehmen, bevor sie eine Szene machte.

»Was habt Ihr ihm über mich gesagt?«

Zwei Tage, dachte Bethia bei sich, als sie sich umdrehte, um die aufgebrachte Catriona anzusehen. Sie war überrascht, dass diese Frau so lange gebraucht hatte, um auf Erics verändertes Benehmen zu reagieren. Ein Blick auf ihre dreckbespritzte Robe überzeugte Bethia, dass sie wahrlich außer sich vor Wut sein musste, wenn sie sie im Freien aufsuchte, denn Catriona war normalerweise bis zur Lächerlichkeit pedantisch mit ihrem Äußeren. Bethia faltete ihre Hände vor dem

Körper und hoffte, dass Catriona die Szene nicht allzu lang ausdehnen würde. Sie hatte endlich die Zeit gefunden, herauszukommen und Maldies Kräutergarten eingehend zu studieren, damit sie einen ebensolchen auf Dubhlinn anlegen konnte. Ganz bestimmt wollte sie nicht, dass ihr diese Zeit, die sie sich mühsam abgerungen hatte, geraubt wurde, weil Catriona einen Wutanfall hatte.

»Ich bin mir nicht sicher, ob ich weiß, von was Ihr sprecht.«

»Eric hat sich mir gegenüber verändert, ist kalt geworden, fast grob, und ich weiß, dass es Eure Schuld ist«, fuhr Catriona sie an.

»Vielleicht ist er es müde, von Euren unerwünschten Aufmerksamkeiten in Verlegenheit gebracht zu werden.«

»Unerwünscht? Ihr müsst wissen …«

»Ich weiß alles«, schnitt ihr Bethia das Wort ab. Sie war überrascht, wie ruhig und doch gehässig sie klang. Vermutlich hatte sie von dieser Frau derart die Nase voll, dass sie nicht einmal mehr Höflichkeit vortäuschen konnte. »Ihr und Eric seid ein großes Liebespaar gewesen, er betete Euch an, zwischen Euch herrschte vollendete Leidenschaft und Ihr wart so gut wie verlobt. Ich glaube ehrlich gesagt nicht, dass Ihr auch nur in die Nähe einer Verlobung gekommen seid. Als Eric mich heiratete, hat er mir erzählt, dass keine Frau sein Herz oder seinen Namen besaß. Ich ziehe es vor, ihm zu glauben.«

»Oh ja, das tut Ihr. Ihr seid viel zu naiv, um zu verstehen, dass Männer alles sagen, um das zu bekommen, was sie haben wollen.«

»Offensichtlich tun das auch Frauen. Wo ist Euer Stolz geblieben, Catriona? Er will Euch nicht.«

Während die beiden Frauen sich stritten, bemerkten sie nicht, dass Eric gekommen war. Selbst noch außer Sichtweite, blieb er stehen und starrte auf seine frühere Geliebte und seine junge Frau. Es war dumm von ihm, nicht daran gedacht zu haben, dass Catriona Bethia die Schuld an seinen Zurückweisungen geben würde. Etwas in ihm wollte einschreiten, bevor Catriona etwas äußern konnte, das Bethia verletzte, aber er zögerte. Eine innere Stimme beteuerte ihm, dass hinter Bethias Abneigung gegenüber Catriona mehr als nur Eifersucht stecke, und er fragte sich, ob er irgendwo auf dem Höhepunkt dieses Wortwechsels erfahren würde, was das war.

»Er will. Und warum sollte er nicht?«

»Vielleicht, weil er inzwischen verheiratet ist?« Bethia sagte es in einem Ton, als hätte sie es mit einer Schwachsinnigen zu tun.

»Mit Euch. Schaut Euch doch an. Ihr seid dürr, Euer Haar ist ein seltsames Mittelding zwischen Braun und Rot, und Eure Augen passen nicht zusammen.«

»Ich habe gute Zähne«, knurrte Bethia.

Catriona überging sie. »Welcher Mann würde sich schon von mir abwenden, um an Euch festzuhalten?«

»Vielleicht bin ich ja im Bett sehr gut. Leicht, mühelos in die richtige Stellung zu bringen. Ich denke, Männer mögen das.«

»Jetzt seid Ihr nur noch albern. Nein, Ihr habt Eric dazu gebracht, sich von mir abzuwenden, indem Ihr ihm erzählt habt, was an jenem Tag auf dem Markt geschehen ist.«

»Ach ja, an jenem Tag, an dem Ihr mich in die Hände eines Mannes geführt habt, der mich töten will.«

»Dieser Mann hat nicht gesagt, dass er Euch töten will. Er wollte Euch nur allein antreffen.«

»Versucht bitte, wenigstens ehrlich zu sein«, sagte Bethia, deren Stimme voller Abscheu war. »Es interessierte Euch doch überhaupt nicht, was er mit mir vorhatte.«

»Nein, das tat es nicht«, knurrte Catriona sie an. »Er hätte Euch die Kehle durchschneiden sollen. Ihr habt mich beleidigt.« Catrionas letzte Worte endeten in einem hohen, erstickten Laut, da plötzlich Eric erschien und sich zwischen sie und Bethia stellte.

Eric starrte die beiden Frauen an und richtete seinen Blick schließlich auf eine blasse, entsetzte Catriona. Sobald diese weg war, beabsichtigte er herauszufinden, warum seine Frau ihm nicht die Wahrheit über jenen Markttag erzählt hatte.

»Du willst, dass meine Frau stirbt, weil deiner Eitelkeit ein Schlag versetzt wurde?«, fragte er, Wut und Unglaube ließen seine Stimme rau erscheinen.

»Nein, Eric, Liebster« – sie streckte die Hand aus, um ihn am Arm zu packen –, »das hast du missverstanden.«

Er riss sich von ihr los. »Das glaube ich nicht. Ich möchte, dass du von Donncoill verschwindest – und zwar sofort!«

»Aber Eric, es ist spät«, begann Catriona.

»Sofort!« Er warf Bethia einen schneidenden Blick zu. »Ich möchte nachher mit dir sprechen. In der Frauenkemenate. In einer Stunde.«

Bethia glaubte nicht, dass er Catriona so schnell aus Donncoill hinausbekommen würde, machte sich aber trotzdem nach einer unangemessen kurzen Untersuchung von Maldies Garten auf den Weg zur Kemenate. Sie war überrascht, als sie sich ihren Weg durch Mägde bahnen musste, die sich beeilten, Catriona hinauszuwerfen. Als Eric *sofort* gesagt hatte, hatte er es offensichtlich auch so gemeint, dachte sie bei sich. Da sie wusste, dass er nun die ganze hässliche Wahrheit über Catriona kannte und sie diese Frau nun wahrscheinlich nie mehr zu sehen brauchte, fand Bethia, dass sie den Tadel, den Eric ihr eindeutig erteilen wollte, leicht über sich ergehen lassen konnte.

Als Eric in die Kemenate kam und die Tür hinter sich zudonnerte, war noch keine Stunde vergangen. Bethia saß sehr aufrecht in ihrem Stuhl und beobachtete, wie er vor ihr auf und ab ging. Sie hoffte, dass er dadurch versuchte, etwas von seiner Wut abzubauen, bevor er mit ihr sprechen würde. Als er unvermittelt stehen blieb und sie anschaute, sprang sie, überrascht von seiner abrupten Bewegung, ein wenig auf.

»Warum hast du mir nicht erzählt, dass sie versuchte, dich an William auszuliefern?«, fragte er fordernd.

»Ich hatte keine Beweise«, entgegnete sie. »Alles, was ich hatte, war die Tatsache, dass sich Elizabeth und sie ungewöhnlich freundlich verhielten, obwohl ich sie beleidigt hatte. Sie nahmen mich mit zum Jahrmarkt und ließen mich schließlich allein. Als William mich erwischte, erwähnte er etwas von zwei Frauen, die ihm geholfen hätten, mich zu finden. Ja, es schien sich um Catriona und Elizabeth zu handeln, aber es konnte auch jemand anderes sein.«

»Du hättest es mir sagen müssen.«

»Vielleicht, aber wir reisten ab. Ich ging davon aus, dass es das Letzte war, was ich von ihr zu sehen bekam, und ich sah keinen Vorteil darin, eine Menge Ärger zu erregen.« Sie musterte ihn argwöhnisch, als er seine Hände auf die Lehnen ihres Stuhls legte und sie dadurch einsperrte. »Ich wollte einfach nur diesen verdammten Ort verlassen und hatte den Eindruck, dass wir vielleicht nicht abreisen können, falls Anklagen erhoben werden.«

»Na gut! Aber du darfst solche Geheimnisse nie wieder vor mir verbergen.«

Bethia nickte, schimpfte sich aber innerlich eine Lügnerin. Genau in diesem Moment verbarg sie zwei Geheimnisse vor ihm: zum einen das Geheimnis um das Kind, das sie erwartete, zum anderen das Geheimnis, dass sie ihn liebte. Hoffentlich, so dachte sie, würde er verstehen, warum, wenn sie ihm beides bekannte. Dann wurde ihr bewusst, dass er noch immer vor ihr stand und sie betrachtete. Sie begegnete seinem Blick und krauste die Stirn.

Er streckte eine Hand aus und zog mit seinen Fingern ihre Unterlippe herab. »Du hast recht«, bestätigte er, »du hast gute Zähne.«

»Oh nein«, stöhnte Bethia, als sie sich plötzlich vergegenwärtigte, wie lange er dagestanden und Catriona und sie belauscht hatte, und was er alles mit angehört hatte.

»Du hast noch etwas gesagt, das mich verwundert.« Ein Grinsen breitete sich über sein Gesicht, als sie leise fluchte. »Leicht, sagtest du, und mühelos in die richtige Stellung zu bringen.«

Es war nicht schwierig für Bethia, das Funkeln in seinen Augen zu sehen, und sie tauchte unter seinen Armen durch und glitt vom Stuhl. Während sie zur Tür rannte und aus der Kemenate flüchtete, musste sie lachen, denn sie konnte ihn direkt hinter sich hören. Sie entschloss sich, ihn nicht allzu lang hinterherjagen zu lassen, bevor er sie einfangen durfte. Der Kräutergarten konnte bis zu einem anderen Tag warten.

19

Es fiel ihr schwer, doch Bethia bemühte sich, Eric nicht anzuschreien. Sie hatte nicht den Eindruck, um viel zu bitten. Alles, was sie wollte, war, mit Maldie ins Dorf zu gehen. Man hatte ihr zugestanden, ein halbes Dutzend bewaffneter Männer mitzuschicken. Als sie beobachtete, wie Eric in ihrem Schlafgemach auf und ab ging, fragte sie sich, ob er sie zu sehr beschützte oder ob sie törichterweise die große Gefahr, die William darstellte, verkannte.

»Du brauchst nichts«, sagte Eric, als er stehen blieb und sie mit gerunzelter Stirn anschaute. »Und falls doch, kannst du eine Magd losschicken, um es zu besorgen.«

»Es kommen sechs bewaffnete Männer mit uns. Glaubst du wirklich, ein einzelner Verrückter könnte an ihnen und Maldie und selbst an all den Dorfbewohnern vorbei bis zu mir gelangen?«

Eric fluchte und fuhr sich mit den Händen durchs Haar. Er wusste nicht, was mit ihm los war. William schien in seinem Kopf mythische Ausmaße angenommen zu haben. Es war verrückt, aber allein der Gedanke, dass sich Bethia außerhalb seiner Sichtweite aufhielt, verursachte ihm Zähneknirschen. Sie hatte recht. Es würden eine Menge Leute da sein, die sie beobachteten. Sollte William es schaffen, vorbei an ihrer Bewachung, ihren Begleitern und all den neugierigen Dorfbewohnern an sie heranzukommen, dann konnte dieser Verrückte überall an sie herankommen, selbst innerhalb der Mauern von Donncoill.«

»Mir gefällt das nicht«, brummte er, »aber du kannst gehen.«

Bethia ging auf ihn zu, umarmte ihn, stellte sich auf die Zehenspitzen und hauchte ihm einen Kuss auf den Mund. »Danke!«

»Oh ja, jetzt, wo du erreicht hast, was du willst, kannst du ja so zärtlich sein«, sagte er gedehnt.

»Stimmt«, gab sie zu und lachte, als er sie sehr grimmig und sehr unecht anfunkelte. »Eric, bitte glaub nicht, dass ich die Bedrohung, die William darstellt, unterschätze. Ich habe ihn gesehen, seine Verrücktheiten gehört und bin zweimal fast von ihm getötet worden.«

»Und dennoch willst du diese Mauern verlassen?«

»Ja, aber nicht allein und ohne Schutz. Es ist Frühling«, sagte sie und verzog angesichts der Dürftigkeit dieser Begründung das Gesicht. »Auf Dunnbea war ich, bevor William unser Leben vergiftete, zu dieser Jahreszeit mehr außerhalb als innerhalb der Mauern zu finden. Ich weiß, dass ich nicht über die Felder tanzen oder auf die Jagd gehen kann, aber ich möchte es.«

»Du möchtest über die Felder tanzen?«, fragte er mit breitem Grinsen.

»Eric, nimm mich ernst«, sagte sie mit fester Stimme, wobei sie allerdings heftig dagegen angehen musste zurückzugrinsen. »Es ist nur so, dass ich das Gefühl habe, dass er mich zu einer Gefangenen gemacht hat. Donncoill ist ein wundervoller Ort und die Leute sind so überaus freundlich, aber egal, wie schön ein Ort ist oder wie gütig die Wärter sind, es handelt sich dennoch um ein Gefängnis, wenn man nicht ins Freie kann. Ich bin ja nicht so töricht, einfach hinauszulaufen und zu riskieren, dass dieser Mann mich erwischt, aber muss ich ihm erlauben, dass mich die Angst in Fesseln schlägt?«

»Nein, mein Herz.« Er umfasste ihr Gesicht mit beiden Händen und küsste sie zärtlich. »Geh, aber pass auf!«

Bethia eilte davon, bevor er seine Meinung ändern konnte. Es war nur ein kurzer Ritt hinüber zu dem Dorf, das im Schutz von Donncoill stand. Es handelte sich um ein kleines, aber blühendes Dorf. Vielleicht würde sie ja wirklich etwas kaufen, der eigentliche Sinn und Zweck dieses Ausflugs war allerdings zu sehen, warum es so gut gedieh. Außerdem wollte sie wissen, was das Dorf an sich hatte, dass Maldie und Gisèle behaupten konnten, es diene fast allen ihren Bedürfnissen. Eric würde sein Bestes geben, um das Dorf, das zu Dubhlinn gehörte, wieder zum Leben zu erwecken, aber er wusste möglicherweise nicht, wie man daraus einen anziehenden, nützlichen Ort für eine Frau macht.

Und schließlich war da noch das Bedürfnis, aus den Mauern von Donncoill herauszukommen. Sie hatte den Verdacht, dass ihre Sehnsucht nach einem Ausritt, mochte er noch so kurz sein, dank der Tatsache, dass sie nicht die Freiheit hatte, dies einfach zu tun, noch verstärkt wurde. Als sie Bowen sah, der ihr Pferd hielt, strahlte sie ihn an. Sie hatte ihn in letzter Zeit wenig gesehen.

»Er lässt Euch also gehen«, sagte Bowen, während er ihr in den Sattel half.

»Ja. Bist du eine der *sechs* bewaffneten Wachen?«, fragte sie und strich sich dabei die Röcke glatt.

»Das bin ich. Ich weiß nicht, ob mir die Sache behagt, denn es gibt Anzeichen, dass dieser Mistkerl sich hier in der Gegend herumtreibt, aber ich denke, ihr habt es nötig. Ein kleiner Ritt ins Dorf und ein bisschen Umgucken könnten die gefährliche Unruhe, an der Ihr leidet, lindern.«

Bethia nickte. »Ich fühle mich, nun ja, eingeengt. Daran bin ich nicht gewöhnt.

»Ich weiß. Macht Euch keine Sorgen. Dieser Bastard kann sich nicht für immer vor uns verstecken«, versicherte er ihr, als er aufstieg und sie alle durch die Tore von Donncoill führte.

»Ich verstehe gut, wie du dich fühlst, Bethia«, sagte Maldie, die zu ihr aufschloss. »Während meiner Kindheit und Jugend durfte ich mich frei bewegen, als ich dann hierherkam, die Gattin des Laird wurde und somit jedes Mal, wenn ich irgendwohin ging, einer Bewachung bedurfte, fand ich es schwer zu ertragen. Die große Veränderung bestand darin, dass ich von einem Ort, an dem sich niemand darum kümmerte, wohin ich ging und was ich tat, an einen Ort kam, wo sich die Leute um mich kümmerten, sich um mich Sorgen machten und mich in Sicherheit wissen wollten.«

Bethia fiel es fast zu schwer, einfach nur zu nicken. Sie fühlte sich schwach, betäubt von der Erkenntnis, die sie gerade überfallen hatte. Maldie wusste wahrscheinlich gar nicht, wie wichtig das, was sie eben gesagt hatte, war, aber Bethia wusste es nur zu genau. Von der Zeit an, als sie das Laufen gelernt hatte, erlaubte man ihr, sich frei zu bewegen, dorthin zu gehen und das zu tun, wonach ihr gerade der Sinn stand. Nur Bowen und Peter, später auch Wallace übten eine gewisse Kontrolle über sie aus. Damals empfand sie es als Freiheit, doch nun erkannte sie, dass es einfach nur Vernachlässigung war. Ihre Eltern interessierte nicht, was mit ihr geschah. Bowen und Peter zogen Wallace und sie groß, achteten auf ihre Sicherheit und kümmerten sich um sie. Sorcha dagegen durfte kaum einen Schritt nach draußen tun, ohne dass sie von jemandem bewacht wurde. Manchmal dachte Bethia, dass das traurig sei, doch jetzt begriff sie, dass die Fürsorge der Eltern Ausdruck ihrer Wertschätzung für Sorcha war.

Und das tut wirklich weh, sagte sich Bethia, wobei sie das plötzliche Bedürfnis zu weinen unterdrückte. Bis zu diesem Moment hatte sie geglaubt, dass die ständige Kritik ihrer Eltern einfach nur ihre Art war, ihre Unzufriedenheit mit Bethia zu äußern. In Wirklichkeit zeigten sie ihre Geringschätzung vom ersten Tag an, an dem sie ihr erlaubten, auf den Burghof hinauszuwackeln, ohne dass auch nur der Küchenjunge auf sie aufpasste. Sie brachte ihr ganzes bisheriges Leben in dem Bemühen zu, sie zufriedenzustellen, dabei hatte sie gar nicht die Möglichkeit dazu – und zwar nicht mehr seit dem Tag kurz nach ihrer Geburt, an dem sie sie ansahen, als unvollkommen verurteilten und von sich schoben. Sorcha wurde gehegt und gepflegt, und die arme, dünne Bethia mit den unterschiedlichen Augen warf man weg. Bethia fing an zu glauben, dass die ständige Kritik vonseiten ihrer Eltern, ihre andauernden Versuche, sie zu diffamieren, daraus resultierten, dass sie sich immer wieder einen Platz in deren Leben verschaffen wollte, dass sie sich auf ihre eigene kindliche Weise weigerte, vergessen zu werden.

Trotz ihrer angestrengten Versuche, es nicht zu tun, entdeckte sich Bethia bei der Frage, was das alles über Sorcha aussagte. Die Antwort kam mit zerstörerischer Schnelligkeit. Sorcha interessierte sich für sie ebenso wenig wie ihre Eltern. Sorcha – ihre Zwillingsschwester, die Schwester, mit der sie sich den Mutterleib teilte, der einzige Mensch auf der ganzen Welt, der sie vorbehaltlos hätte lieben müssen – schenkte Bethia nicht mehr Aufmerksamkeit als ihrer Magd. Die freundlichen Worte und das nette Lächeln, die sie als schwesterliche Zuneigung ansah, verrieten sich ihr jetzt als gut erlernte Höflichkeiten einer gut erzogenen Dame. Während sie in ihrer eleganten Robe in ihrem zierlichen Schlafgemach saß und auf die Magd wartete, die ihr das Haar frisieren sollte, sah Sorcha auf ihre schmutzige, zerlumpte Schwester hinab und empfand absolut nichts für sie. In ihrem ganzen verhätschelten Leben streckte Sorcha ein einziges Mal die Hand nach Bethia aus, und zwar, als sie jemanden brauchte, der ihrem Sohn half.

»Ist alles in Ordnung mit dir, Bethia?«, fragte Maldie.

Wie sollte man jemandem sagen – nein, es war nicht alles in Ordnung mit ihr –, dass man eben entdeckt hat, wie geschickt man sich sein ganzes Leben lang angelogen hat? Wie sollte man sagen, dass man toben und schreien wollte, weil man so ein Narr gewesen ist? Wie sollte man sagen, dass man eben festgestellt hat, dass die eigenen Eltern und die eigene wunderschöne Schwester einen nicht sein ganzes Leben übergangen und beleidigt hatten, weil sie egoistisch und unfreundlich waren, sondern weil sie einen nicht in ihrer Umgebung haben wollten? Bethia hatte den Verdacht, die arme Maldie würde verrückt werden, würde sie ihr das alles sagen.

»Es geht mir gut«, antwortete Bethia, ohne überrascht zu sein, wie rau ihre Stimme klang.

»Bist du sicher, dass du nicht krank wirst?«

»Ja, ich hatte eben nur einen unerfreulichen Gedanken.«

»Ist das alles? Wenn du davon so grau aussiehst, muss es in der Tat ein sehr unerfreulicher Gedanke gewesen sein.« Maldie langte über die Pferde hinweg, um Bethia über die Hände zu streichen, die sie über den Zügeln so sehr zusammenpresste, dass die Knöchel weiß hervortraten. »Wir können umkehren und das hier an einem anderen Tag unternehmen.«

Bethia atmete tief durch und schüttelte den Kopf. »Nein, es geht mir gleich wieder gut. Ich habe nur an einen Frühlingstag gedacht, der diesem hier sehr ähnelte, und dabei ist mir etwas eingefallen, das meinem Blut alle Wärme raubte. Es ist eine jener dunklen Erinnerungen, die du so mühevoll versuchst zu begraben, die aber die schlechte Angewohnheit haben, dich immer wieder heimzusuchen. Sie ist wieder weg, und ich werde mich davon erholen.«

»Eine von denen, nach denen ich nicht wirklich fragen sollte?«

»Vor allem nicht jetzt, wo ich den kleinen Dämonen verbannt habe.«

»Ich bete, dass es nicht eine Art Omen war.«

»Nein, das glaube ich nicht.«

Noch als sie das Dorf erreichten, beobachtete Maldie Bethia genau. Doch schon bald schaffte es Bethia, sich im Betrachten der Häuser und Geschäfte zu verlieren. Man konnte leicht erkennen, dass es eine äußerst blühende kleine Stadt war, selbst wenn man das trostlose Dorf auf Dubhlinn nicht direkt zum Vergleich daneben hatte. Bethia folgte Maldie, die von Geschäft zu Geschäft ging, stehen blieb, um sich mit

Dorfbewohnern zu unterhalten, und ein neugeborenes Kind bewunderte. Die ganze Zeit über stampften sechs bewaffnete Männer hinter ihnen her, und Bethia hatte den Eindruck, dass sie einen sehr seltsamen Anblick bieten mussten.

Als Maldie mit der Frau sprach, die Bier verkaufte, sah sich Bethia nach Bowen um. Ihre Augen weiteten sich, als sie sah, wie er finster auf eine Sammlung von Bändern hinunterschaute, die eine Frau ihm hinhielt. Sie trat neben ihn.

»Denkst du darüber nach, eins für deine Frau zu kaufen, Bowen?«, sagte sie ruhig. »Ich denke, sie mag die roten.«

»Seid Ihr Euch sicher? Meine Moira trägt sehr schlichte Farben«, brummte er. Vorsichtig streckte er die Hand aus, um das rote Band mit einem seiner schwieligen Finger zu berühren.

»Ich glaube nicht, dass sie große Auswahl hat. Stoffe mit leuchtenden Farben sind sehr viel teurer als, na ja, braune, zudem webt sie viele Stoffe selbst. Aber bei ihrem schwarzen Haar und ihren dunklen Augen wird ihr ein rotes Band sehr gut stehen. Oder rotes Garn, denn dann kann sie farbige Stickereien auf ihren Stoffen anfertigen.«

»Das Mädchen hat recht, Sir«, pflichtete ihr die Frau bei. »Ich hab' solches Garn, wenn Ihr es sehen wollt.«

»Du musst es mir hierherbringen.« Stirnrunzelnd warf er einen kurzen Blick auf Bethia. »Ich muss ein Auge auf dieses Mädchen haben.«

»Nun, dieses Mädchen wird zu Maldie zurückgehen«, sagte Bethia, während die Frau davoneilte, um das Garn zu holen. »Spricht sie noch immer mit der Bierfrau? Ich kann sie unter den Herumstehenden nicht entdecken.«

»Ja, Mädchen, obwohl ich sagen würde, dass sie mit der Frau eher streitet als spricht.«

»Maldie liebt einen guten Wortwechsel.«

Bethia konnte Bowens wachsamen Blick beinahe spüren, als sie sich an den Leuten vorbeischob, die sich versammelt hatten, um Maldie und der Bierfrau bei ihrem Handel um den Preis für ein Fass Bier zuzuhören. Bethia schnappte nach Luft, als sie plötzlich einen stechenden Schmerz im Arm verspürte. Sie fluchte und legte ihre Hand über die schmerzende Stelle, fühlte die Feuchtigkeit und zog ihre Hand wieder weg, um entsetzt auf das Blut zu starren, das ihre Finger verschmierte. Als sie ihren Blick hob, um die Menschenansammlung abzusuchen, starrte sie geradewegs in die funkelnden Augen von William Drummond.

Dann ertönte ein ohrenbetäubender Schrei. Einen Moment später war Bowen da, mit gezogenem Schwert. Er schlang seinen freien Arm um Bethias Taille und zog sie fest an sich, während die Männer von Donncoill und einige Leute aus der Menge William nachjagten. Bethia versuchte Williams Flucht durch das Dorf mit den Augen zu folgen, verlor ihn aber schnell aus dem Blick.

»Ich glaube nicht, dass sie ihn erwischen«, sagte sie zu Bowen, der sie zu einer Bank vor dem Cottage der Bierfrau trug und absetzte. Sie fuhr zusammen, als Maldie ihren Ärmel aufriss, um die Wunde zu untersuchen. »Es ist nur ein Kratzer.«

»Ja, so ist es«, bestätigte Maldie, die die Wunde mit Wasser wusch, das ihr die Bierfrau geholt hatte. Danach verband sie sie mit einem Stoffstreifen, den sie aus ihrem eigenen Unterkleid riss. »Glaubt dieser Narr, er könnte dich mit kleinen Nadelstichen wie diesem umbringen?«

»Nein. Wahrscheinlich wollte er, dass ich mich umdrehe, damit er seinen Dolch an einer tödlicheren Stelle anbringen kann.« Als einer der anderen Donncoill-Männer zurückkehrte und sich zu ihr und Maldie stellte, sah Bethia Bowen an. »Geh und kaufe dein Geschenk für Moira.«

»Was? Schaut, was passiert ist, als ich Euch das letzte Mal aus den Augen gelassen habe«, schimpfte er, wobei er wütend auf den verbundenen Arm starrte.

»Er wird nicht zurückkommen. Er versucht es, flieht aber, wenn der Aufschrei ertönt und er weiß, dass man ihn gesehen hat.«

»Bewegt Euch nicht vom Fleck«, befahl Bowen und eilte zurück zu der Frau, die die Bänder verkaufte.

»Denkt er, ich habe die Absicht, davonzueilen und durch die Straßen zu tanzen?« Bethia warf der Wache, die neben Maldie stand, schnell einen fragenden Blick zu, denn sie war sich sicher, dass jene gelacht hatte. »Tja, jetzt werde ich gewiss im Burgturm eingesperrt.«

»Was willst du damit sagen?«, fragte Maldie, die sich neben Bethia setzte und ihr einen Krug Bier reichte. »Das letzte Mal, als dieser Verrückte mich beinahe umgebracht hat, sagte Eric, dass er das Bedürfnis verspüre, mich in einen Turm einzusperren, der umstellt ist von bewaffneten Männern.«

»Das klingt sehr liebevoll.«

»Liebevoll?«

»Er will dich beschützen, das ist alles. Und ich bezweifle aufrichtig, dass er es tatsächlich macht.«

»Vielleicht nicht, aber ich glaube nicht, dass er mich noch einmal aus Donncoill herauslässt, solange William am Leben ist.« Sie seufzte resigniert auf, als Maldie nicht widersprach.

»Ich sollte dich in einen hohen Turm sperren, der umstellt ist von bewaffneten Männern«, brüllte Eric, als er Bethia von ihrem Pferd hob und sie vor sich hinstellte.

Bethia warf Maldie einen Blick zu und hob eine Augenbraue. Maldie schlug sich die Hand vor den Mund und eilte durch den bevölkerten Hof in die Burg. Eric legte seinen Arm um Bethia und hielt sie fest an sich gedrückt, während Bowen alles, was geschehen war, berichtete.

»Glaubt Ihr, dass es etwas bringt, wenn wir losreiten und ihn verfolgen?«, fragte Eric Bowen.

»Wahrscheinlich nicht«, antwortete Bowen. »Andererseits könnte es aber ebenso gut der Fall sein. Ich verabscheue die Vorstellung, es nicht zu tun, später aber entdecken zu müssen, dass er in der Nähe gesehen wurde oder dass eine Spur vorhanden ist, der wir hätten folgen können.«

Eric nickte, und da er Grizel kommen sah, schob er Bethia sanft auf die Magd zu. »Geh und ruh dich aus, Bethia.« Er seufzte und schüttelte den Kopf. »Ich denke nicht, dass ich lange weg bin. Ich habe keine große Hoffnung, etwas zu finden, meine aber, dass ich wenigstens nachsehen muss.«

Bethia konnte ihm nichts mit auf den Weg geben, um ihm Hoffnung zu machen. Nach einem kurzen ermutigenden Lächeln und einem schnellen Kuss auf die Wange, folgte sie Grizel in die Burg. Als sie eben hineinging, hasteten Nigel und Balfour hinaus, um sich Eric anzuschließen. Bei so vielen Männern, die nach William suchten, war es kaum zu verstehen, wie er es ständig schaffte zu entwischen. Vielleicht war er ja die *Hexe,* dachte sie.

Am nächsten Morgen musste Bethia feststellen, dass sie recht hatte. Eric erlaubte ihr nicht, auch nur einen Fuß außerhalb von Donncoill zu setzen, bis William tot war. Geduldig hörte sie während des Frühstücks in der großen Halle zu, wie er ihr erklärte, was sie tun sollte und warum man sie gewissermaßen zu einer Gefangenen machte. Es lag weder an Eric noch an ihr, aber sie hasste es.

Sobald er sich entfernte, stand sie auf und ging wieder in ihr Gemach. Es war an der Zeit, herzhaft zu schmollen. Beim Gehen fuhr sie ein wenig zusammen. Erics Liebesspiel während der vergangenen Nacht war zwar berauschend, aber ein bisschen grob gewesen, angefüllt mit etwas, das an Verzweiflung grenzte. Bethia erkannte, dass er ehrliche und große Angst um sie hatte. Das bedeutete wohl auch, dass hinter seiner unbarmherzigen Jagd nach William sehr viel mehr als nur Pflichterfüllung und das Versprechen, James und sie zu beschützen, stand.

Sie trat in ihr Gemach, lächelte Grizel kurz zu, die das Leintuch auf dem Bett wechselte, und stellte sich ans Fenster, um hinauszusehen. Die Männer trainierten hart. Sie beobachtete, wie Eric und sein Cousin David eine Weile kämpften, das

Aufeinanderprallen ihrer Schwerter ließ sie zusammenfahren. Eric war gut, schnell und hatte offensichtlich viel Kraft – Eigenschaften, die ihr einen gewissen Trost spendeten. Natürlich versuchte sein Cousin nicht, ihn zu töten. Dann erblickte sie den Waffenstapel, der vor der Hütte des Waffenmeisters aufgehäuft war, und fuhr zusammen.

»Sie werden bald aufbrechen«, sagte Grizel, die sich neben Bethia stellte und auf die Männer hinunterschaute.

»Wie bald?«, fragte Bethia. Die Angst raubte ihr alle Kraft in der Stimme.

»In ein paar Tagen, vielleicht auch schon früher. Sie warten nur noch auf ein paar von Lady Maldies Verwandten, die sich ihnen anschließen. Peter sagt, die Kirkcaldys brennen darauf, gegen die Beatons zu kämpfen. Die Schwester des alten Laird wurde von einem Beaton verführt und sitzengelassen.«

»Aha. Erics Vater und Maldies Mutter. Na ja, wenigstens wird ein großes schlagkräftiges Heer hinter Eric stehen, wenn er losreitet, um den Beatons die Möglichkeit zu geben, ihn umzubringen.«

Grizel lächelte schwach. »Mir ist ebenfalls ziemlich schlecht vor Angst, allerdings haben Eure Worte sehr viel mehr und klügeren Biss als die, die ich ausspucke. Ich verbringe viel Zeit damit, mir zu sagen, dass der Kampf, an dem mein Mann teilnimmt, einer gerechten Sache dient.«

»Ja, sie ist gerecht, und doch bleibt es immer nur Land, wenn alles gesagt und getan ist.«

»So spricht jemand, der geboren wurde, es zu besitzen oder durch Heirat zu erwerben. Ja, es ist nur Land. Es ist das Land Eures Laird, und es ist richtig, es zurückzuerobern. Mein Peter kämpft für Euch und Sir Eric, aber er kämpft auch für uns, für ihn und mich. Er marschiert in die Schlacht, weil an deren Ende die Aussicht auf ein besseres Leben für ihn, für mich und für unsere Kinder steht. Ein Cottage mit mehr als nur einem Raum. Vielleicht ein paar Münzen im Beutel. Eine Aussicht für ihn und vielleicht unseren Sohn, sollten wir mit einem gesegnet werden, mehr als nur einer unter vielen Dienstmannen zu sein.

»Ich wusste nicht, dass ihr auf Dunnbea ein derart hartes Leben geführt habt«, bemerkte Bethia leise.

»Nein, es war nicht hart. Aber es hätte sich niemals geändert. Mein Peter ist beinahe vierzig und wurde nie zum Ritter geschlagen. Als er und Bowen auf Dunnbea ankamen, gab es eine Menge Kämpfe. Immer und immer wieder riskierten sie ihr Leben, um Dunnbea und seine Bewohner zu schützen. Ja, sie sind unehelich, aber sie sind nicht von niederem Stand. Ihre Väter waren Ritter. Ich finde nicht, dass sie sich zu viel erwartet haben, als sie dachten, Euer Vater würde sie zu Rittern schlagen.«

»Nein. Ich war nur ein Kind, aber selbst ich erinnere mich daran, wie wichtig Peter und Bowen bei der Verteidigung von Dunnbea waren.«

»Nun, sie haben den Ritterschlag nicht bekommen. Damals nicht und auch später nicht. Euer Vater hat Bowen und Peter seine Männer anführen, ja sogar trainieren lassen. Dafür waren sie ihm gut genug, aber sie waren ihm eindeutig nicht gut genug, um sie zu Rittern zu machen.«

»Aber Eric wird es tun.«

»Ja, wenn sie ihm gut dienen, wird er sie zu Rittern schlagen.« Grizel zuckte die Achseln. »Ein Sir vor dem Namen wird sie nicht reich machen, aber stolz, und ihnen selbst bei jenen Respekt verschaffen, die sie nicht kennen. Oh, mein Herz gefriert bei dem bloßen Gedanken, dass mein Mann in die Schlacht zieht, aber ich werde nicht versuchen, ihn zurückzuhalten. Ihn hungert nach der Ritterwürde. Ich werde ihm die Chance nicht verderben, indem ich ihn wegen meiner Ängste an den heimischen Herd fessle.«

Als Grizel ging, streckte sich Bethia bäuchlings auf dem sauberen Bett aus und vergrub das Gesicht im Kissen. Der Kampf gegen Sir Graham wurde immer verwickelter. Eric kämpfte um sein Erstgeburtsrecht. Die Murrays kämpften, um ihn zu unterstützen und die benachbarte Herrschaft von einem Mann zu befreien, dem nicht über den Weg zu trauen war. Die MacMillans kämpften für Eric, aber auch, um Sir Graham für seine Lügen bezahlen zu lassen – Lügen, die den Laird of Bealachan dazu verführten, seinen eigenen Neffen zu verleugnen. Die Kirkcaldys kämpften, weil ein Beaton eine ihrer Verwandten entehrte und Eric der Halbbruder einer weiteren Verwandten war. Die Drummonds kämpften für sie, denn sollte Sir Eric Laird of Dubhlinn werden, würde sie dort Herrin werden. Männer wie Peter und Bowen kämpften um eine Auszeichnung, die ihnen lange verwehrt wurde – eine Auszeichnung, die ihnen und ihren Familien ein besseres Leben ermöglichen würde. Bethia hatte den Verdacht, dass ein paar andere auch aus diesem Grund in die Schlacht zogen, ebenso wie wohl einige aus reiner Lust am Kämpfen daran teilnehmen würden.

Der Gedanke daran, dass Bowen und Peter eine Ehrenbezeugung verweigert wurde, die sie sich schon vor langer Zeit verdient hatten, brachte sie auf ihren Vater und ihre Familie. Tränen traten ihr in die Augen, als sie ganz und gar die schmerzliche Tatsache akzeptierte, dass diese niemals ihre Familie waren. Sie wurde vor vielen Jahren aus dem Nest geworfen, war aber zu blind und zu dumm gewesen, es zu durchschauen. Bethia vermutete, dass fast alle anderen es wussten. Es erklärte die Wut, die Eric oft gegenüber ihren Eltern empfand – die gleiche Wut, die Bowen, Wallace und Peter manchmal verrieten. Das alles gab ihr das Gefühl, eine noch viel größere Törin zu sein.

Sie war so tief in ihrem Elend versunken, dass sie einen Moment brauchte, um festzustellen, dass jemand neben ihr auf der Bettkante saß und ihr den Rücken rieb. Noch bevor sie sich umdrehte, um nachzusehen, wusste sie, dass es Eric war. Hastig wischte sie sich mit dem Ärmel ihres Kleides die Tränen vom Gesicht, obwohl sie wusste, dass es zu spät war, die Tatsache, dass sie geweint hatte, zu verbergen.

»Hast du Schmerzen im Arm?«, fragte er, als er ihr je einen Kuss auf die tränenfeuchten Wangen hauchte.

»Nein, wirklich nicht«, beteuerte sie angesichts seines skeptischen Blicks. »Es war nur ein Kratzer.«

»Habe ich dich mitten in einem äußerst ausgiebigen Schmollen erwischt?«

»Ja, ein äußerst ausgiebiges. So ausgiebig, dass ich nicht weiß, wie lange ich damit beschäftigt war.«

»Es ist Zeit für das Mittagsmahl.«

»Herrje!« Bethia kletterte aus dem Bett. »Erlaub mir, mich zuerst noch ein wenig in Ordnung zu bringen.«

Eric beobachtete sie dabei, wie sie sich das Gesicht wusch, die Falten in ihrem Kleid glättete und das Haar feststeckte. Er hätte sie gerne gefragt, warum sie geweint hatte, hatte aber Angst vor der möglichen Antwort. Er hatte gesehen, wie sie vorhin das Training für die Schlacht beobachtet hatte, und nun weinte sie. Wann immer er versuchte, von dem bevorstehenden Kampf zu sprechen, antwortete sie, dass sie einfach nur an den Ängsten einer Frau um die Sicherheit derjenigen, die sie gernhatte, litt. Er glaubte ihr, spürte aber, dass es nicht die ganze Wahrheit war.

Eric seufzte und gestand sich ein, dass er ein Feigling war. Sollte Bethia noch immer glauben, dass der Kampf nur um Land ging und eine Verschwendung von Leben darstellte, wollte er es nicht hören. Schon gar nicht am Vorabend der Schlacht.

»Morgen?« Bethia rang um Atem, richtete sich im Bett auf und starrte Eric entsetzt an. »Ihr reitet schon morgen gegen Dubhlinn?«

»Ja, bei Sonnenaufgang.«

Das erklärt eine Menge, dachte Bethia bei sich, während sie ihn weiterhin anstarrte. Nachdem sie zusammen das Mittagsmahl eingenommen hatten, war er verschwunden. Noch immer bedrückt, verbrachte sie den Rest des Tages damit, mit

James zu spielen und Kleider für ihn zu nähen. Als Eric ihr Essen im Gemach servieren ließ, fand sie es sehr schön, dass er die Zeit mit ihr allein verbringen wollte. Jetzt argwöhnte sie, dass er verhindern wollte, dass sie die Gespräche in der großen Halle hörte oder die Ankunft der Kirkcaldys mitbekam. Auf alle Fälle erklärte es die Geschwindigkeit, mit der er sie ins Bett zog und die Heftigkeit seines Liebesspiels. Vermutlich hoffte er, dass sie zu gesättigt und schläfrig sei, um auf seine Neuigkeiten entsprechend zu reagieren.

»Mädchen, über was denkst du nach?«, fragte Eric sie schließlich, da er sich unter ihrem unverwandten Blick ein wenig unbehaglich fühlte.

»Ich denke, dass du ein ziemlich durchtriebener Kerl bist«, murmelte Bethia.

Sie musste all ihre Kraft zusammennehmen, doch Bethia schaffte es, ihn nicht anzuschreien und nicht von ihm zu verlangen, dass er dablieb. Das Blut gefror ihr in den Adern bei dem bloßen Gedanken, aber sie musste sich der Tatsache stellen, dass dies die letzte Nacht sein konnte, die sie mit ihm verbrachte. Sie würde sie nicht durch Tränen, Einwände oder Anschuldigungen zerstören.

»Bethia, ich muss gehen.« Er krauste die Stirn, als sie ihn mit einem Kuss zum Schweigen brachte, und schlang zögernd seine Arme um sie.

»Ich möchte nicht darüber reden«, sagte sie ruhig.

»Du kannst das nicht einfach ignorieren, mein Herz.«

»Doch, heute Nacht kann ich das. Ich möchte, dass es aus meinen Gedanken getilgt wird.«

»Ich weiß nicht so recht, wie du das anstellen willst.«

»Nun, du musst mir dabei helfen. Ich möchte, dass du mich bis zur Betäubung liebst. Ich möchte, dass du meine Gedanken so durch Leidenschaft umnebelst, dass ich an nichts anderes als an dich denken kann. Und ich möchte, dass du mich liebst, bis ich erschöpft in einen traumlosen Schlaf falle.«

Eric lächelte, bereit, auf ihr Spiel einzugehen, das ganz bestimmt mehr seinem Geschmack entsprach als Tränen oder Zank. Zudem würden auch die Erinnerungen, die er morgen mit in die Schlacht nahm, sehr viel süßer sein.

»Ich möchte, dass du mich liebst, bis ich vergesse«, ergänzte Bethia. »Sorg dafür, dass ich so müde bin, dass ich dir besser schon jetzt den Abschiedskuss gebe. Ich bin vielleicht nicht fähig, aus diesem Bett zu klettern, um dich wegreiten zu sehen. Und wenn ich morgen aufwache, möchte ich, dass ich eine derart schöne Liebesnacht erlebt habe, dass mein erster Gedanke der süßen Erinnerung an diese Leidenschaft gilt. Kannst du das für mich tun, Eric?«

»Oh ja, ich denke, das kann ich«, antwortete er, als er sie auf den Rücken drückte und sie küsste.

20

»Wo ist deine Frau?«

Eric grinste Maldie und Balfour an, danach Nigel, der sich vor den Toren der Burg zu ihnen gesellte. Er konnte ihren Gesichtern ablesen, dass sie befürchteten, Bethia würde damit ihre Missbilligung ausdrücken. Sie hatten sich alle zusammen über ihre Gefühle unterhalten und zeigten Verständnis für sie, aber Eric verstand auch die Auffassung seiner Familie, nach der sie sich wenigstens bemühen sollte, den Anschein zu erregen, als würde sie voll und ganz hinter ihm stehen. Ihm wäre das ebenfalls lieber gewesen und er hätte sich gefreut, wenn sie ihm ihre volle, aus dem Herzen kommende Zustimmung gegeben hätte, er empfand jedoch auch ein gewisses Vergnügen dabei, seiner Familie ganz genau zu erzählen, warum Bethia nicht anwesend war.

»Gisèle ist auch nicht da«, betonte Eric, da er nicht widerstehen konnte, sie ein wenig zu reizen.

»Gisèle ist hochschwanger«, sagte Nigel. »Sie schläft noch. Ich bin nicht geneigt, eine Stunde oder länger zu bleiben, bis ich sie wach bekommen habe.« Nigel lächelte leicht, als Maldie lachte und seine Brüder grinsten.

»Nun ja, meine kleine Frau schläft ebenfalls noch. Tja, und ich denke, es bedürfte einer Armee, um sie aufzuwecken.«

»Bekommt sie auch ein Kind?«

»Nicht, dass ich wüsste. Nein, ich fürchte, ihre Erschöpfung geht auf meine pflichtbewusste Erfüllung ihrer Forderungen zurück.«

Balfour verdrehte die Augen. »Du hast also von deiner Dame auf die gleiche Weise Abschied genommen wie so viele andere bei ihrer. Das ist kein Grund zum Prahlen.« Balfour bedachte seine ausgesprochen munter wirkende Frau mit einem spöttischen Stirnrunzeln. »Du siehst sehr wach aus«, brummte er. »Widerstehst du meiner Vitalität?«

»Ich vermute, sie hat dich nicht darum gebeten, sie bis zur Betäubung zu lieben.« Eric nickte angesichts ihrer verblüfften Gesichter. »Ja, das ist kein Scherz. Sie bat mich ausdrücklich darum, sie zu lieben, bis sie in einen Zustand blinder Erschöpfung gerate. Ich, der ich ein liebenswürdiger, pflichtbewusster Ehemann bin« – er überging das Murren seiner Brüder, das grobe Bemerkungen über kleine Jungen, die noch an ihrer eigenen Eitelkeit ersticken würden, enthielt –, »ich gab nach. Und tatsächlich, sobald sie ihrer Erschöpfung unterlag, sagte sie, dass ich meine Sache gut gemacht hätte und sie so todmüde sei, dass sie vermutlich nicht einmal fähig wäre, ein Augenlid zu heben, bis die Schlacht längst vorbei und gewonnen ist.«

»Dann lass uns mal beten, das du deine Sache nicht so gut gemacht hast, dass du keine Kraft mehr hast, um dein Schwert gegen Sir Graham zu führen«, sagte Nigel, während er Eric auf die Pferde zuschubste, die Bowen und ein Stalljunge für sie bereithielten. »Vielleicht können wir Beaton fragen, ob er sich noch zurückhält, bis du ein kleines Schläfchen gemacht hast.«

Maldie lenkte sie von ihrem Geplänkel ab, indem sie jedem von ihnen einen Kuss auf die Wange gab und ihnen viel Glück wünschte. Einen Augenblick später ritten sie durch die Tore von Donncoill. Angesichts des Farbenspiels der Morgendämmerung mit seinen weichen warmen Tönen fiel es schwer hinzunehmen, dass sie binnen weniger Stunden mitten in einer Schlacht stehen, dem Tod begegnen und ihn anderen zufügen würden. Eric verspürte eine seltsame Mischung aus Heiterkeit und Traurigkeit. Ihm war klar, dass Ersteres jene befremdliche, gespannte Aufregung war, die alle Krieger empfanden, die in einen gerechten Kampf zogen. Ein Teil von

Letzterem dagegen war zweifelsohne auf Bethias anhaltende Missbilligung zurückzuführen.

Während er ritt, versuchte er, seine Verletzung über ihre Weigerung, sein Tun anzuerkennen, zu verdrängen. Ein paar Mal hatte er sich dadurch sogar veranlasst gefühlt, die Gründe für sein Handeln in Frage zu stellen. Doch so sehr er auch sein Gewissen erforschte, er fand in sich keine Spur von Habgier. Eric glaubte auch nicht, dass Bethia welche sah. Dubhlinn gehörte ihm. Er konnte die Herrschaft zu jenem Wohlstand zurückführen, den sie besessen hatte, bevor zu viele korrupte Lairds sie ausbluteten. Eric fand, dass Bethia auch dem zustimmen würde.

Dennoch verriet sie mit keinem Zeichen ihre Unterstützung. In seinen Augen ergab das alles keinen Sinn. Wieso nur bedrückte, ja verletzte ihn das alles so sehr? Er war im Recht. Das sollte ausreichen, um ihn zufrieden zu stellen, egal, welcher Grille seine Frau anhing.

»Für einen Mann, der eine lange Nacht damit verbracht hat, seine Frau pflichtgetreu bis zu einem Zustand blinder Betäubung zu lieben, siehst du ziemlich finster drein«, bemerkte Balfour gedehnt, als er zu Eric aufschloss.

»Vielleicht ruft sich dieser Mann nur ins Gedächtnis, dass es nicht seine wundersamen Fähigkeiten als Liebhaber waren, die seine Frau in den Schlaf wiegten«, gab Nigel zu bedenken, der Eric nun ebenfalls flankierte, »sondern der Schlag auf den Kopf, den sie erhielt, als sie, während er sie so energisch zufrieden stellte, gegen das Kopfbrett schlug.« Er grinste, als Balfour lachte.

»Wie geistreich.« Eric seufzte und schüttelte den Kopf. »Ich fürchte, ich hab mir gerade selbst ein bisschen leidgetan, weil ich es nicht schaffte, Bethias Achtung zu erringen.«

»Was bringt dich denn dazu zu glauben, dass sie dich nicht achtet?«, wollte Balfour wissen.

»Sie unterstützt mich in dieser Sache noch immer nicht.«

»Verurteilt sie dich in Wort oder Tat dafür?«

»Na ja, eigentlich nicht, aber …«, begann Eric. »Mir ist nicht aufgefallen, dass sie dich so ansieht oder dich so behandelt, als besitze sie keine Achtung für dich. Dir, Nigel?«

»Nein.« Nigel schenkte Eric ein halbes Lächeln. »Du hättest vielleicht vergangene Nacht versuchen sollen, erst einmal ein bisschen mit dem Mädchen zu sprechen.«

Eric schnitt eine Grimasse. »Ja, und das hatte ich auch vor, aber als sie mich bat, sie bis zur Betäubung zu lieben, damit sie nicht mehr an den heutigen Tag denken muss, ließ ich mich ablenken.« Er grinste flüchtig, während seine Brüder lachten, dann seufzte er und schüttelte den Kopf. »Um ehrlich zu sein, wollte ich es so. Ein Teil von mir, wollte die Wahrheit über ihre Gefühle erfahren, aber ein noch größerer Teil wollte sie nicht hören.«

»Ich finde, du machst dir über all das viel zu viele Gedanken«, warf Balfour ein. »Nur weil sie etwas gegen diesen Kampf hat, heißt das noch lange nicht, dass sie keine Achtung für dich empfindet oder deine Gründe in Frage stellt. Maldie sagt, Bethia behauptet eisern, dass du weder dem Mistkerl William noch in irgendeiner Weise Sir Graham ähnlich bist. Und wie kommst du überhaupt auf die Idee, dass sie alles, was du tust, unterstützen oder mit allem, was du sagst, einverstanden sein soll, nur weil sie dich geheiratet hat?«

»Um das geht es nicht. Das habe ich nie erwartet. Ich würde es mir auch gar nicht wünschen. Es ist nur so, dass ich mein halbes Leben lang schwer für das hier gearbeitet habe. Jeder Brief, der geschrieben wurde, jede Bittschrift, die losgeschickt wurde, jeder Besuch am königlichen Hof war in dem Gedanken erfolgt, dass dieser Tag einmal kommen würde. Ich bin erwachsen geworden, während ich um mein Geburtsrecht gefochten habe. Es gehört alles dazu, um anerkannt zu werden. Ja, und ich habe versucht, es mit friedlichen Mitteln zu erreichen. Ich glaube, ich wollte, dass Bethia all das versteht und mir auf dem Höhepunkt von dreizehn Jahren Arbeit eine Gefährtin ist.«

»Vielleicht wird sie das sein, wenn sie sichergehen kann, dass du am Ende dieses Kampfes nicht verwundet oder tot bist. Das gilt auch für die anderen, um die sie sich Sorgen macht.«

»Entspann dich«, sagte Nigel. »Konzentriere dich darauf, Sir Graham so sauber und so schnell wie möglich zu besiegen. Verschieb deine Bedenken in Bezug auf Bethias Gefühle auf einen späteren Zeitpunkt. Sie wird noch immer auf Donncoill weilen. Das Mädchen mochte nicht das Bedürfnis haben, dich gehen und kämpfen zu sehen, aber ich weiß, dass sie ganz bestimmt will, dass du zu ihr zurückkommst, und dass sie auf dich warten wird – und zwar mit offenen Armen. Sir Graham dagegen wartet auf dich mit einem Schwert und Pfeilen.«

Eric starrte auf die Männer, die die Brustwehren des stark verbarrikadierten Dubhlinn säumten, und stieß einen Fluch aus. Während des gesamten Ritts zu dessen Toren hatte er die kleine Hoffnung in sich genährt, Sir Graham könnte doch noch friedlich aufgeben. In seiner letzten Botschaft, sie war vor drei Tagen abgegangen, hatte er diesem Mann eine letzte Möglichkeit gegeben, den Besitz gemäß dem Befehl des Königs zu übergeben. Er hatte sogar alle seine Verbündeten aufgeführt. Doch nicht einmal die Erkenntnis, dass sich so viele Clans gegen ihn verbanden, brachte den Mann zur Vernunft. Er hatte eindeutig die Absicht, sich bis zum Letzten an Ländereien zu klammern, die er derart ausgebeutet hatte, dass Eric bezweifelte, ob dort überhaupt genug Münzen produziert werden konnten, um die Söldner zu bezahlen. Eric konnte Bethia nicht dafür verurteilen, einen solchen Irrsinn zu hinterfragen.

»Er hat die Absicht, auszuhalten und zu kämpfen«, sagte Nigel, der einen finsteren Blick in Richtung Mauern warf und versuchte, die Befestigungsstärke der Burg einzuschätzen. »Es wird nicht leicht sein, hinter diese Mauern zu gelangen.«

»Nein, aber wir müssen«, entgegnete Eric. »Vielleicht beschließt ein Teil seiner Söldner, dass es sich nicht lohnt, dafür zu sterben, wenn wir zuerst zuschlagen – und zwar hart genug, um ihm ernsthafte Wunden zuzufügen.«

»Stimmt«, pflichtete ihm Balfour bei. »Das ist einen Versuch wert. Allerdings nur einen kurzen. Ich kann es nicht ertragen, Männer als Futter für Pfeile zu benutzen. Falls keine sofortige Schwächung erkennbar ist, werde ich den Angriff abblasen.«

»Einverstanden«, sagte Eric, der sich mit Balfour in vollem Einklang befand. Es war ihm immer übel geworden, wenn Männer gegen gut bewehrte Mauern anrannten, bis sich die Toten am Fuß der Mauern so hoch stapelten, dass der Laird, dem diese Verschwendung an Menschenleben gleichgültig war, einfach nur den Stapel erklimmen und über das Bollwerk steigen konnte.

Der erste Anschlag auf die Mauern von Dubhlinn erfolgte in der Tat schnell und brutal – und endete ebenso schnell, denn die Männer wurden von einem dicken Pfeilregen empfangen. Glücklicherweise wurden nur wenige verwundet oder getötet. Sie waren bestens darauf vorbereitet worden, schwere Schutzschilder zu benutzen. Trotzdem war es unmöglich, die Mauern zu stürmen, während man in der einen Hand ein Schwert hatte und sich mit der anderen einen Schild über den Kopf hielt.

Als Nächstes versuchten sie einen Ansturm mit Hilfe von Waffen, die sie mitgebracht hatten. Die Belagerungstürme schützten die Männer vor den Pfeilen, erwiesen sich aber als Verteidigung gegen Feuer, kochendes Wasser oder heißes Pech unbrauchbar. Ein paar weitere Männer wurden verloren, und sie traten zum Rückzug an. Eric wusste, dass Sir Graham ihre Weigerung, Menschenleben zu verschwenden, als Schwäche auslegte, die man gegen seine Angreifer wenden kann, aber er bedauerte es nicht.

»Es scheint, als müssten wir zu einer Belagerung übergehen«, sagte Sir David, als er zu der Stelle kam, an der die

Murray-Brüder standen und wütende Blick auf die massiven Mauern von Dubhlinn warfen. »Wenn wir sie nicht schlagen können, müssen wir sie aussitzen.«

»Er ist auf einen Angriff gut vorbereitet«, entgegnete Eric, »er könnte auch auf eine Belagerung gut vorbereitet sein.«

David sah sich auf den Feldern um, um die sich offensichtlich seit Langem keiner oder kaum mehr einer kümmerte, und fragte daraufhin: »Mit was?«

»Stimmt«, brummte Nigel, nachdem er sich ebenfalls umgesehen hatte. »Dubhlinn ist noch stärker heruntergekommen, als ich dachte. Bist du sicher, dass du diesen Ort hier wirklich haben willst?«

»Er gehört mir.« Eric murmelte einen Fluch, zog sich den Helm vom Kopf und fuhr sich mit den Fingern durch das schweißnasse Haar. »Indem Sir Graham sich geweigert hat, der Entscheidung des Königs Folge zu leisten, beging er Landesverrat. Er ist bereits jetzt ein toter Mann.«

»Dann sollten wir vielleicht den König von diesem Verstoß unterrichten und das königliche Heer antreten lassen, um ihn von dort herauszuzerren.«

»Trotzdem müssten wir ihn bis zur Ankunft der königlichen Krieger belagern, die Stellung halten und den Verräter im Inneren festsetzen. Außerdem habe ich im Heer des Königs gekämpft. Es hat weder viel Schlagkraft noch Mitleid mit den Unschuldigen. Nicht nur Sir Graham würde als Verräter angesehen, sondern alle Mitglieder seines Clans, ob sie für ihn kämpfen oder in einem Versteck hocken und beten, dies alles zu überleben.«

»Sie hocken nicht alle im Versteck«, sagte Bowen, als er mit einer plumpen, grauhaarigen Frau an seiner Seite auf sie zukam.

»Das ist Leona Beaton, die ihr ganzes Leben lang Magd auf Dubhlinn ist.«

»Ja«, bestätigte die Frau. »Hab mit meinem Dienst angefangen, als ich grade mal ein kleines Mädchen von sieben Jahren war. Ich hab jetzt vierzig Jahre hinter diesen verdammten Mauern verbracht.«

»Dann warst du schon Magd, als meine Mutter hier lebte?«, fragte Eric.

»Wenn Ihr Sir Eric seid. Ja, das war ich.«

Er entschuldigte sich für die Unhöflichkeit, sich und die anderen nicht vorgestellt zu haben, und holte das Versäumte nach. »Du warst also während jener ganzen Zeit da?«

»Ja. Ich war nur ein Kind, als Euer Vater den alten Herrn, Euren Großvater, umgebracht hat, und ich war da, als Ihr Murrays den bösen Mann getötet habt. Gott vergib mir, dass ich schlecht von den Toten spreche.«

Eric wusste, dass sein Anspruch in erster Linie aufgrund der Unterstützung, die er gefunden hatte, bestätigt worden war. Viele stellten seine Legitimität nach wie vor in Frage. Die Frau sprach, als würde sie die Wahrheit kennen, und Eric spürte, wie in seinen Adern die Aufregung zu prickeln begann. Solch eine Zeugin, von Geburt eine Beaton, die so viele Jahre schlimmer Taten der Lairds mit angesehen hat, würde die meisten dieser noch bestehenden Zweifel ausräumen.

»Du nanntest Sir William Beaton meinen Vater. Hast du das nur gemacht, weil mir der König jetzt das Recht auf dieses Land zugestanden hat?«

»Nein, mein Junge. Meine Augen haben mir schon vor vielen Jahren die Wahrheit gesagt. Ich war die Magd Eurer Mutter. Beaton hat nichts gewusst, aber ich hab alles gewusst über das Verhältnis Eurer armen, traurigen Mutter mit diesem Schurken, dem alten Murray-Laird. Ich hab auch gewusst, wann sie zu Ende war. Es war so gut wie nicht möglich, dass dieser Schurke Euch gezeugt hat. Ich hab mich ins Geburtsgemach geschlichen, um nach Eurer Geburt einen kurzen verstohlenen Blick auf Euch zu werfen, und hab das Muttermal gesehen, das Ihr getragen habt. Das hat mir verraten, dass Ihr der Sohn von Beaton seid.« Sie wischte sich mit dem Handrücken eine Träne von der Wange und fügte hinzu: »Es war das letzte Mal, dass ich Euch und Eure Mutter lebend gesehen hab, bis man Euch damals vor fünfzehn Jahren eingefangen hat.«

»Ihr kennt mein Muttermal? Und Ihr wisst, dass es das Mal eines Beaton ist?«

»Eines Beaton-Laird«, sagte sie mit fester Stimme und nickte. »Ja, ich hab das bittere Unglück gehabt, es ein paar Mal auf dem Rücken Eures Vaters anschaun zu müssen, obwohl er meistens versucht hat, es zu verstecken. Der Mann hat die Frauen, die das Pech gehabt haben, innerhalb der Mauern von der Burg zu leben, behandelt, als gehören sie zu seiner eigenen Viehzucht. Ich hab diesem Bastard drei Mädchen geboren, zwei davon leben noch. Ihre nahe Blutsverwandtschaft hat sie vor den Aufmerksamkeiten des Herrn bewahrt, aber er hat nichts unternommen, um sie vor seinen Männern zu schützen. Die schlimme Unmenschlichkeit von denen hat einem meiner Mädchen das Leben gekostet und hat die anderen zwei im Kopf und in der Seele verletzt – und jeder von ihnen zwei uneheliche Bankert eingebracht.«

»Es tut mir leid für das Unrecht, das dir und ihnen zugefügt wurde«, sagte Eric leise. Ihm war bewusst, dass er an all dem keinen Anteil hatte, gleichwohl verspürte er den Stich, den Schuldgefühle verursachen, weil ihn mit den Verantwortlichen für diese Verbrechen Blutsverwandtschaft verband. »Noch mehr Halbschwestern«, murmelte er und lächelte matt.

»Ja, acht davon innerhalb dieser Mauern und noch ein paar im Dorf. Auch ein paar Nichten und Neffen. Es tut mir leid, dass ich Euch nicht gerettet hab, Junge. Ich hab es versucht. Als ich gemerkt hab, was passiert ist, hab ich mich weggeschlichen, um Euch zu finden, aber die Murrays hatten das schon getan. Ich geb zu, dass ich nichts unternommen hab, um die Meinung Eures Vaters, dass Ihr ein Bastard seid, zu ändern. Ich hab das Gefühl gehabt, dass Ihr dort, wo Ihr dann hingekommen seid, besser aufgehoben wärt, vor allem, nachdem er Eure Mutter und die Hebamme umgebracht hat. Als ich erfahren hab, dass Ihr um Euer Geburtsrecht nachsucht, wollt ich Euch helfen. Ich wollt selber zum König gehen und Euren Anspruch bestätigen. Ich konnt nicht. Der Laird da weiß, dass er auf einem gestohlenen Stuhl sitzt. Er hat keinem erlaubt, Dubhlinn zu verlassen. Wenn jemand abgehauen ist, ist er als Verräter verschrien worden und seine Familie hat darunter leiden müssen. Ich hab gesehen, wie Sir Graham einen Mann und seine zwei kleinen Söhne vor den Augen seiner eigenen Frau erschlagen ließ, weil sie sich für zwei Tage davongestohlen hat, um Verwandte zu besuchen. Ich wollte nicht das Leben meiner Töchter riskieren, und auch nicht das ihrer Kinder. Ich war einfach nicht so mutig.« Sie schüttelte den Kopf. »Diese arme Frau hat im Burghof gestanden und hat stundenlang auf die Leichen ihrer Lieben gestarrt, dann hat sie sich die Adern aufgeschnitten, hat sich neben sie gelegt und ist gestorben. Ich hab befürchtet, dass die Finsternis auf Dubhlinn nie ein Ende nimmt, dann ist die Nachricht gekommen, dass der König alles Euch übergeben hat, dass Ihr unser neuer Laird seid. Und deshalb hab ich gewartet. Jetzt kann ich Euch helfen.«

Die Geschichte, die sie erzählte, entsetzte und bewegte Eric so sehr, dass er einen Augenblick brauchte, um seine Stimme wiederzufinden und zu fragen: »Wie, Frau?«

Leona lächelte. »Ich bring Euch auf demselben Weg hinter diese Mauern, auf dem ich herausgekommen bin.«

»Bist du sicher, dass wir ihr vertrauen können?«, flüsterte Nigel, als sie der Frau durch den schattigen Wald folgten.

Eric teilte Nigels Argwohn, allerdings nicht in dem Ausmaß, dass er ihre Hilfe ausgeschlagen hätte. Sie warteten bis zum Einbruch der Dunkelheit und nützten die qualvollen Stunden, um sich ihre Taktik zurechtzulegen. Schließlich hatten Eric, Nigel und David fast ein Dutzend Männer versammelt, um Leona zu folgen, während Wallace, Peter und Balfour zurückblieben, um die übrigen Männer anzuführen. Sie nahmen das Risiko auf sich, abgeschlachtet zu werden, aber Eric zog es vor, seiner inneren Stimme zu folgen. Sie sagte ihm, dass man dieser Frau vertrauen durfte.

Am anderen Ende des Waldes und noch immer in ziemlicher Entfernung zu den Mauern von Dubhlinn hieß sie Leona stehen bleiben. Erics Augen wurden groß, als sie mit Nigels schnell angebotener Hilfe etwas hochhob, das wie die Überreste eines vom Blitz getroffenen Baumstumpfs aussah. Es war eine Luke. Die Frau hielt ihre abgeschattete Laterne vor sich hin und stieg die engen Stufen hinunter, die ihr Licht zu erkennen gab. Sie winkte ihnen, ihr zu folgen, und Eric zögerte nur einen Augenblick, bevor er hinterherging. Die Tatsache, dass Sir Graham – vielleicht sogar sein Vater – einen so unbeschreiblich langen Tunnel hatte bauen lassen, damit ihm und den wenigen Leuten, denen er vertraute, die Flucht möglich war, machte ihn zuversichtlicher. Sir Graham traute keinem über den Weg. Eric konnte sich nicht vorstellen, dass er einer bloßen Magd, einer einfachen Frau ein derart großes, nützliches Geheimnis anvertraut hätte, egal was es ihm für Gewinn zu versprechen schien.

»Wohin führt der?«, flüsterte Eric, der sich eng an Leona hielt, während sie sie durch den Tunnel führte.

»Zum Schlafgemach des Herrn«, antwortete sie mit ebenso leiser Stimme.

»Es scheint mir nicht besonders klug zu sein, diesen Ort aufzusuchen.«

»Es ist grade jetzt der beste Ort. Ich hab die Herrschaft von drei Lairds überlebt. Während einer der vielen Kämpfe, zu denen die Beatons ihre Nachbarn herausgefordert haben, und bei dem sie nicht den Sieg errangen, ist mir aufgefallen, dass der Laird aus dem Schlachtgetümmel verschwunden ist. Das hat mich auf die Idee gebracht, dass dieser Mistkerl einen Weg nach draußen kennt. Es hat mich Jahre gekostet, aber ich hab das kleine Schlupfloch gefunden. Außerdem hab ich bemerkt, dass ein Beaton-Laird mitten in einer Schlacht so lange bei seinen Männern geblieben ist, bis er das Bedürfnis gehabt hat, zu huren. Dann hat er sich ein Mädchen gegriffen, ist mit ihr ins Bett gegangen und hat sie schnell wieder allein gelassen, um auf die Mauern zurückzugehen. So oder so, der Weg hier heraus müsste frei für uns sein.«

Sobald sie im Schlafgemach des Laird waren, fühlte sich Eric seines Erfolgs sicherer. Er schickte den jüngsten seiner Männer zurück, um Balfour eine Nachricht und Befehle zu übermitteln sowie Leona sicher zu den Murrays zu bringen. Es mangelte nur an einer Sache.

»Leona Beaton«, sagte Eric, während seine jugendliche Wache versuchte, sie in den Tunnel zu ziehen, »was ist mit deiner Familie? Wenn du sie mir beschreiben kannst, können wir sie vielleicht schützen oder in Sicherheit bringen.«

»Das hab ich schon gemacht. In dem Augenblick, in dem ich beschlossen hab, Euch zu helfen, hab ich meine Töchter und ihre Kinder durch diesen Tunnel hinausgebracht. Sie hocken in einer feuchten, kalten Hütte hoch oben in den Bergen bei meiner Cousine Margaret. Wenn Ihr gewinnt, kommen sie zurück. Wenn nicht, fliehen sie entweder mit mir oder ohne mich.«

»Eine Frau, die weiß, wie man überlebt«, murmelte Nigel, als Leona im Tunnel verschwand. »Ich frage mich, warum sie nicht schon früher durch diesen dunklen Schacht abgehauen ist.«

»Vielleicht wollte sie bleiben und mir helfen. Vielleicht hatte sie den Eindruck, sie würde nicht weit genug von hier wegkommen, bevor ihre Abwesenheit und die ihrer Familie bemerkt wird. Diese Schlacht und das Durcheinander, das sie mit sich bringt, geben ihr genug Zeit, sich in sichere Entfernung zu bringen«, antwortete Eric. »Jetzt lass uns gehen und die Tore öffnen.«

Als sie das Schlafgemach des Laird verließen und durch die Burg gingen, wusste Eric, dass sie beobachtet wurden. Ein oder zwei Mal erhaschte er den flüchtigen Blick von Bediensteten, aber niemand schrie eine Warnung. Offensichtlich hatte Sir Graham unter seinen Leuten keine Loyalität oder Zuneigung erwecken können. Bald würde er teuer für seine Arroganz und seine Überheblichkeit bezahlen.

Sir Grahams Männer gingen schnell zu Boden, da ihre Aufmerksamkeit auf die Angreifer vor den Mauern gerichtet war. Mitnichten hatten sie einen Angriff von hinten erwartet. Ein paar, dem Namen und dem Blut nach Beatons, ergaben sich Eric und seinen Männern auf Anhieb. Ein schlanker junger Mann namens Pendair Beaton half ihnen sogar dabei, die Tore zu öffnen.

Sobald diese offen waren, führte Balfour den Rest der Männer eilig und geräuschvoll in den Burghof von Dubhlinn. Die Schlachtrufe, die sie brüllten, als sie sich durch die Tore schoben und mit aller Macht auf die Männer von Sir Graham stürzten, ließen selbst Eric die Haare zu Berge stehen. Einige Male erblickte Eric Sir Graham. Er kämpfte sich zu ihm durch. Sir Graham versuchte verzweifelt, sich mit dem Schwert einen Weg durch seine Feinde hindurch zurück in die Burg und zu seinem nicht länger geheimen Schlupfloch zu bahnen.

Eric sah von Sir Graham zur Burg, um herauszufinden, wo die beste Stelle war, um der Flucht des Mannes ein Ende zu bereiten, und erstarrte zu Eis. Er starrte auf den Mann, der sich auf dem halben Weg die Treppe hinauf, hin zum schweren Eingangsportal befand. Als er erkannte, dass er tatsächlich Sir William Drummond dort sah und dieser nahe daran war zu entkommen, schüttelte er seine Benommenheit ab und raste auf ihn zu, kaum Bowens und Peters gewahr, die sich beeilten, ihm den Rücken zu decken.

Ein Schrei reinster Wut entfuhr ihm, als William im Inneren der Burg verschwand. Gerade als Eric die vor lauter Blut rutschigen Stufen hochlief, rannte Sir Graham hinein, konnte aber das Portal nicht mehr verriegeln. Eric stieß es auf, wodurch Sir Graham zurücktaumelte. Doch er fing sich schnell und forderte Eric heraus. Über Sir Grahams Schulter hinweg sah Eric, wie William die Stufen hinaufeilte. Er bemühte sich um Gelassenheit, denn ihm war klar, dass er seinem Bedürfnis, William unbarmherzig zu verfolgen, nicht nachgeben durfte. Zwischen ihm und jenem Mann, den er brennend gern getötet hätte, stand Sir Graham, ein fähiger Kämpfer.

»Drummond, Ihr feiger Mistkerl«, brüllte Sir Graham. »Kommt zurück und kämpft!«

»Nein, Ihr müsst allein zurechtkommen«, brüllte William zurück. »Ihr habt gesagt, Ihr könntet diesen Esel schlagen. Genau das wollte ich. Ihr solltet mich von denen befreien, die zwischen mir und der kleinen Schlampe stehen. Nun, Ihr habt es nicht getan. Ja, Ihr habt diesen Kampf verloren. Ich beabsichtige zu fliehen, bevor ich Seite an Seite mit Euch sterbe.« William verschwand die Treppe hinauf.

Einen Augenblick später folgte ihm Peter, wohingegen Bowen blieb, um Erics Rücken zu sichern. Eric zwang sich, seine Aufmerksamkeit auf Sir Graham zu lenken und seine Enttäuschung und Wut zu unterdrücken. Er wusste, dass ihm William einmal mehr entkommen war, und fühlte in seinem Innersten, dass Peter es nicht schaffen würde, diesen Mann einzufangen. Er hatte jetzt seinen Kampf mit Sir Graham auszufechten.

»Ihr wart ein Narr, Euch mit diesem Verrückten zu verbünden«, sagte Eric, als sie sich vorsichtig umkreisten.

»Er sagte, er könnte die Drummonds zwar nicht dazu überreden, sich mir anzuschließen, aber doch dazu, nicht gegen mich zu kämpfen.«

»Dieser Mann kann die Drummonds zu nichts überreden, seine Hände sind viel zu sehr mit dem Blut von deren Familienangehörigen befleckt.«

»Ja, das hat mich auch gewundert. Wie auch immer, er hat es sehr gut geschafft, Euch zuzusetzen, und vielleicht hätte er es schließlich doch noch geschafft, Eure kleine Frau zu töten. Das hätte mich erfreut. Es war das Risiko wert.«

»Ihr hättet diesen Ort verlassen sollen, solange Ihr die Möglichkeit dazu hattet.« Eric stieß zu. Er achtete genau darauf, wie sich Sir Graham gegen sein Schwert schützte, und bemerkte die Müdigkeit, die sich deutlich in seinen Bewegungen abzeichnete.

»Dubhlinn gehört mir. Ich besitze es seit dreizehn langen Jahren.«

»Ihr habt nie etwas besessen. Ihr habt beansprucht, was niemals Euch gehörte.«

»Dieses Land gehört mir!«

»Weil Ihr es so sehr liebt, werde ich Euch ganz gewiss genug davon übrig lassen, um Euch darin beerdigen zu können.«

Der Kampf war kurz, aber heftig. Sir Graham war geschickt, hatte seine Geschicklichkeit aber nicht trainiert. Er war schwach, hatte all seine Kraft bei Trinkgelagen und Prassereien verloren. Als Eric schließlich sein Herz mit dem Schwert durchbohrte, empfand er es nicht als Sieg. Er hatte sich Dubhlinn nicht erwerben wollen, indem er das Blut eines Verwandten vergoss, gleichgültig, wie sehr dieser den Tod verdiente. Als er sich niederkniete, um Sir Graham die blicklosen Augen zu schließen, und sein Schwert am Wams des Mannes säuberte, empfand er fast etwas wie Traurigkeit. Es hatte den Anschein, dass die einzigen Beatons, denen er vertrauen konnte, jene Armen niederen Standes waren und die unehelichen Kinder, die sein Vater so reichlich gezeugt hatte.

»Peter?«, rief Eric, als er sah, wie dieser die Treppen herunterkam. Es überraschte ihn nicht, als der Mann ihm mit einer einzigen knappen Kopfbewegung sein Scheitern mitteilte. »Verdammt sei dieser Bastard. Werden wir ihn denn nie erwischen?», knurrte Eric, als er aufstand und sein Schwert in die Scheide steckte. »Verbreitet die Nachricht, dass Sir Graham tot ist und Dubhlinn einen neuen Laird besitzt«, befahl er seinen beiden Männern.

»Ich sollte bleiben und Euren Rücken sichern«, protestierte Bowen.

»Es ist alles in Ordnung. Und sobald die Leute hören, dass Sir Graham tot ist, wird der Kampf wohl sofort zu Ende sein.«

»Stimmt«, pflichtete ihm Bowen bei. »Diese Männer werden nicht mehr kämpfen, jetzt, wo ihnen das Versprechen auf Bezahlung aus den Händen geschnappt wurde.«

Sobald Bowen und Peter weg waren, sah sich Eric um. Bis er seinen Rundgang durch die Burg beendet hatte, folgte ihm in sicherer Entfernung eine kleine Gruppe verängstigter Dienstboten mit weit aufgerissenen Augen. Dieses vorsichtige Zeichen eines Empfangs linderte ein wenig seine Bestürzung über den elenden Zustand der Burg. Er warf seinen Brüdern ein mutloses Lächeln zu, als er die Treppen herunterkam und sie unten auf ihn warten sah.

»Keine Spur von William?«, wollte Nigel wissen und fluchte, als Eric den Kopf schüttelte.

»Und sonst auch kaum eine Spur von irgendetwas«, berichtete Eric.

»Ja, nach dem wenigen zu urteilen, was ich gesehen habe, ist jeglicher Reichtum, sollte es ihn jemals gegeben haben, völlig geplündert worden.«

»Es ist in der Tat nicht mehr viel übrig, und was noch da ist, wurde nicht sonderlich gut instand gehalten.«

»Du wirst eine Menge Arbeit haben.«

»Als ich William hier gesehen habe, dachte ich, ich könnte all meine Probleme mit einer einzigen Schlacht lösen. Nun habe ich meine Ländereien, aber ich werde kämpfen müssen, um sie wieder zu dem zu machen, was sie einst waren. Und William verfolgt Bethia nach wie vor.«

Balfour legte seinen Arm um Erics Schultern. »Eine Schlacht nach der anderen, Junge. Du hast diesen Kampf gewonnen. Bald wirst du den anderen auch gewinnen. William mag wie ein Gespenst verschwinden, aber noch ist er nichts weiter als ein Mensch. Er kann bluten, und er kann sterben.«

»Und er kann zur Hölle fahren, das ist der Ort, an den ich ihn so schnell wie möglich hinschicken will«, versprach Eric.

21

»Hör damit auf, hin und her zu laufen, sonst binde ich dich an einen Stuhl«, warnte Maldie.

Bethia seufzte und setzte sich.

Sie, Maldie, Gisèle und mehrere andere Frauen hatten sich in der großen Halle versammelt, um auf die Rückkehr der Männer zu warten. So hatten sie es schon am vorigen Tag bis tief in die Nacht hinein gemacht.

Obwohl sie wie die anderen auch schließlich zu Bett gegangen war, hatte Bethia zu unruhig geschlafen, um sich erholt zu fühlen.

Jetzt saß sie bei Tisch, stocherte in dem Essen herum, das man ihr zum Frühstück hingestellt hatte, und wartete angespannt und verzweifelt auf eine Nachricht von den Männern.

Bethia war erstaunt, wie gut sich die anderen Frauen ihre Gelassenheit bewahren konnten. Sie dagegen hatte das Gefühl, dass sie anfangen würde, sich die Haare auszureißen, sollte sie nicht bald etwas über Erics Schicksal erfahren.

»Bist du dir sicher, dass es kein schlechtes Zeichen ist, dass sie gestern nicht zurückkehrten?«, fragte sie Maldie.

»Ja, ganz sicher«, antwortete Maldie.

»Als ich feststellte, dass mir mein Wunsch, Sir Graham würde einfach aufgeben, nicht erfüllt wird und die Schlacht geschlagen werden muss, hoffte ich, dass sie wenigstens sehr kurz ist.«

»Das ist durchaus möglich. Wie dem auch sei, Balfour und seine Brüder gingen mit dem Leben ihrer Männer immer sehr vorsichtig um. Solche Vorsicht kann den Fortgang einer Schlacht verlangsamen. Sie könnten sich sogar entschlossen haben, Dubhlinn lieber zu belagern.«

»O Gott«, ächzte Bethia. »Das kann Monate dauern. Bis dahin bin ich ein Skelett.«

»Ja, es kann Monate dauern«, bestätigte Maldie, aber ihr Tonfall war weich und voller Verständnis. »Es ist allemal besser, als Männer gegen gut bewehrte Mauern anrennen zu lassen und zuzuschauen, wie sich die Toten und Verwundeten aufstapeln. Und nach dem, was Eric mir über Dubhlinn erzählt hat, würde eine Belagerung wohl nicht monatelang dauern.«

»Sir Graham weigerte sich trotz der Anweisung des Königs, Dubhlinn aufzugeben. Ich glaube nicht, dass ein Mann, der seinem Lehnsherrn ins Gesicht spuckt und eine Anklage wegen Hochverrats riskiert, durch eine Belagerung in die Knie gezwungen werden kann. Und nach allem, was ich von Dubhlinn gesehen habe, wird ihn auch ein wenig Hunger nicht abschrecken.«

»*Non*«, pflichtete ihr Gisèle bei und fügte bedeutungsvoll hinzu: »Nicht der Hungertod seiner Leute oder selbst der Männer seiner unmittelbaren Umgebung.«

»Aber er wird seine eigenen Hunger- oder Durstqualen nicht lange aushalten können«, beendete Bethia den Gedanken. »Doch woher wollen wir wissen, dass er sie erleiden wird? Dubhlinn ist ein sehr elender Ort. Oh, Ihr müsst wissen, dass ich keine Tiere gesehen habe.«

»Was heißt, dass sie alle verkauft oder aufgegessen wurden«, sagte Maldie. »Dieser Mann hat sich entweder die Börse mit dem unklugen Verkauf seines gesamten Viehbestands gefüllt oder hat so viel davon verzehrt, dass nicht genug übrig geblieben ist, um seinen Bestand zu ergänzen. Gut, es ist die falsche Jahreszeit, dies richtig beurteilen zu können, aber Eric sagte, die Felder sähen aus, als wären sie schlecht bearbeitet, vielleicht für lange Zeit nicht einmal angesät worden. Nein, ich denke, der Mann ist in seiner Burg nicht gut versorgt.«

»Was ist mit den Bewohnern von Dubhlinn?«

»Die Bewohner dieser verdammten Ländereien haben gelernt, für sich selbst zu sorgen. Ja, sie haben es vor langer Zeit gelernt. Sie haben ihr Leben auch nicht bei Kämpfen weggeworfen. Was interessiert es sie letzten Endes, wer ihr Herr ist? Von den letzten drei Lairds haben sie nichts anderes erfahren als Not und Elend. Sie verstecken sich, und darin sind sie sehr geschickt.«

»Es gibt nur wenige Bewohner, zumindest schien es so, als wir nahe des Ortes Halt machten.«

»Ganz gewiss sind es sehr viel weniger als zu der Zeit, als mein verhasster Vater das Land besaß, aber ich bezweifle, dass sie bei Kämpfen getötet wurden. Nein, Grausamkeit und Hunger, ihnen beides von ihren Herren auferlegt, haben sie dezimiert.«

Bethia lächelte unvermittelt und warf Maldie einen etwas finsteren Blick zu. »Du musst mir nicht indirekt zu verstehen geben, dass Dubhlinn ein guter Dienst erwiesen wird, wenn man den jetzigen Laird absetzt. Es besteht keine Notwendigkeit zu solcher Raffinesse. Ich weiß, dass Eric für sie alle besser ist.«

»Es ist seltsam. Dubhlinn wurde an den Rand des Ruins gebracht, der Clan besteht beinahe nur noch aus einer Handvoll zerlumpter, verschreckter Almosenempfänger, die viel Zeit damit verbringt, sich zu verstecken, und ihre einzige Überlebenschance besteht aus Eric, dem angeblichen Bastard der Gattin des früheren Laird. Die Beatons werden also durch einen Mann gerettet, der sich weigert, ihren Namen zu tragen, durch den wahren Erben von Dubhlinn, der hinausgeworfen wurde, um in den Bergen zu sterben. Um ehrlich zu sein, Eric sollte diesen Ort dem Erdboden gleichmachen.«

»Und auf die Asche spucken«, fügte Gisèle hinzu, die sich langsam und vorsichtig aus dem Stuhl erhob. »Ich gehe zu Bett.«

»Geht es dir gut?«, fragte Maldie.

»*Oui,* ich habe nur nicht gut geschlafen.« Sie lächelte, als sie sich, eine nervöse Magd an ihrer Seite, auf den Weg aus der großen Halle machte. »Ich weiß, es sieht so aus, als würde ich ziemlich viel schlafen, aber diese Körpermasse liegt oft genug auf dem Bett und betet um Schlaf. Weckt mich, wenn Nigel zurück ist.«

»Nein, ich werde diesen Mann zu dir schicken, und er darf das Risiko auf sich nehmen, oder auch nicht, wie ihm beliebt.«

»Es geht ihr gut, oder nicht?«, fragte Bethia, nachdem Gisèle fort war. Für kurze Zeit war sie von ihren Sorgen um Eric abgelenkt.

»Ja. Sie ist im letzten Monat, und es fällt ihr sehr schwer. Das ging ihr schon immer so. Sie hat große und sehr lebhafte Kinder auszutragen«, sagte Maldie mit einem Lächeln. »Die arme Frau findet es unbequem, zu sitzen, zu gehen, ja, selbst zu liegen. Und sie schläft nur oberflächlich. Sie wird froh sein, wenn sie zu ihrem Entbindungsbett geführt wird.«

Bethia strich sich verstohlen mit der Hand über ihren noch immer sehr kleinen Bauch, fing aber Maldies Schmunzeln auf. »Ich habe mich nur gefragt, ob ich mich in wenigen Monaten auch so unbehaglich fühle.«

»Jede Frau erlebt eine Schwangerschaft auf ihre Art, aber sobald du weißt, wie und ob du leidest, kannst du immer eine Frau finden, mit der du deine Leiden vergleichen kannst« – Maldie wechselte ein kurzes Schmunzeln mit Bethia – »oder von der du lernen kannst. Wann wirst du es deinem Mann sagen?«

»Eine gute Frage«, Bethia seufzte und schüttelte den Kopf. »Ich weiß, dass du mich davor gewarnt hast, aber ich dachte wirklich nicht, dass es so verdammt schwer ist, den richtigen Moment zu finden. Wenn er wiederkommt« – sie atmete tief durch, um ihre plötzliche Angst um Eric in den Griff zu bekommen –, »ich weiß, was der nächste Schritt sein wird. Ich werde mir einen Zeitpunkt vornehmen und es ihm sagen – selbst wenn ich ihn anbinden und sicherstellen muss, dass er keine zärtlichen Worte murmelt oder mich berührt, bis ich zu Ende gesprochen habe.« Sie lächelte über Maldies Lachen. »Er wird es bestimmt bald bemerken, und du hast einmal mehr recht: Es ist besser, wenn ich es ihm sage, bevor er es selbst errät.«

»Ihr beide braucht dringend eine Auszeit, in der keine Verwandten um Euch sind oder gegen jemanden gekämpft wird.«

»Stimmt. Jetzt werden die Schwierigkeiten mit Sir Graham beseitigt, dann bleibt nur William übrig.« Bethia zitterte leicht bei der bloßen Erwähnung dieses Mannes und verfluchte die Angst, die er in ihr weckte. »Es ist schwer zu ertragen, aber ich möchte wirklich, dass dieser Mann tot ist.«

»Es ist der einzige Weg, dich von ihm zu befreien. Gib dir nicht die Schuld dafür, dass du dir diese dunkle Wahrheit eingestehst. Nein, dieser Mann hat seinen Weg selbst gewählt, und zwar an jenem Tag, an dem er beschloss, mit Hilfe von Mord das an sich zu reißen, was ihm nicht gehört.«

Bevor Bethia etwas erwidern konnte, wurde sie sich des anschwellenden Lärms bewusst. Einen Augenblick später erkannte sie, dass es sich um aufgeregtes Stimmengewirr handelte. Sie wechselte schnell einen Blick mit Maldie und eilte aus der Halle, die anderen Frauen folgten ihr hastig. Beinahe hätten sie den Jungen umgerannt, den man geschickt hatte, die guten Nachrichten zu überbringen. Als Bethia das Tor zur großen Halle erreichte, war sie schon im Rennen begriffen. Die Männer waren zurück, und sie wünschte sich verzweifelt, Eric unter den Rückkehrern zu finden, und wenn schon nicht ganz unversehrt, so doch wenigstens nur leicht verwundet. Sie würde glücklich alles hinnehmen, ein oder zwei Narben auf seinem schönen Körper oder sogar ein Hinken – alles, sofern er nur am Leben war –, und sie musste ihn mit ihren eigenen Augen atmen sehen, bevor sie zu hoffen wagte.

Sobald sie im Burghof war, sah sich Bethia gezwungen,

langsamer zu gehen. Es herrschte Chaos. Männer, Pferde und Frauen, die nach ihren Männern suchten, bevölkerten den Hof. Dann entdeckte Bethia Eric, der in der Nähe der Stallungen abstieg, und rannte erneut los. Jetzt, wo sie wusste, dass er lebte, wünschte sie sich verzweifelt, ihn zu berühren. Es fiel ihr schwer, nicht gegen alles und jeden, was ihr im Weg war, einen Fluch auszustoßen und loszuschlagen.

Gerade als sie die letzte Gruppe von Leuten, die zwischen ihrem Ehemann und ihr stand, wegscheuchte, wandte sich Eric zu ihr um. Bethia warf sich ihm mit solcher Wucht in die Arme, dass es ihr den Atem verschlug und er einen Schritt zurücktaumelte. Sie presste ihr Ohr auf seine Brust und zitterte vor Erleichterung angesichts seines kräftigen, regelmäßigen Herzschlags.

»Mädchen, ist alles in Ordnung mit dir?« Eric erübrigte ein kurzes Lächeln für Maldie, die Balfour umarmte, bevor er seinen besorgten Blick auf Bethia lenkte. »Es ist vorbei und erledigt, Bethia.«

»Bist du verletzt?« Sie gab ihn so weit frei, dass sie sein makelloses Leinenhemd und seinen ebenso makellosen Umhang mustern konnte. »Du siehst nicht gerade aus, als ob du aus einer Schlacht kommst.«

»Es geht mir gut, ebenso wie den anderen, nach denen du mich bestimmt gleich fragen wirst. Wir haben die Burg nach Einbruch der Dunkelheit erobert. Eine Beaton führte uns in das Innere, deswegen konnten wir erst bei Sonnenaufgang heimreiten. Ich hatte die Möglichkeit, zu baden und die Kleider zu wechseln«, erklärte er. »Ich musste Sir Graham töten.«

Bethia umarmte ihn einmal mehr und nickte. »Er hat dir keine andere Wahl gelassen.«

Eric lächelte, als er sie neben sich zog und mit ihr zur Burg ging. Als sie auf ihn zurannte, hatte er in ihrem Gesichtsausdruck außer reiner Erleichterung nichts entdecken können. Jetzt, wo er ihr gestand, dass er Sir Graham getötet hatte, tat sie diesen Tod mit einem Achselzucken ab, sprach davon, wie von einer unerfreulichen Notwendigkeit, was es ja auch war. Er glaubte nicht, dass sie in dieser kurzen Zeit einen plötzlichen Sinneswechsel erlebt hatte, also kam er zu der Überzeugung, dass er sie missverstanden hatte.

Sie klammerte sich an ihn, strich ihm mit ihrer Hand über die Brust, wobei sie oft über seinem Herzen innehielt, bevor sie erneut anfing, seine Brust zu streicheln. Hatte er sich derart große Sorgen hinsichtlich ihrer Gefühle gegenüber dem Kampf mit Sir Graham gemacht, dass er vieles übersehen hatte? Bethia war ihm zugetan. Es war an ihrer Berührung, an den Blicken, die sie ihm schenkte, zu spüren. Offensichtlich hatte sie Stunden tiefster Angst um seine Sicherheit zugebracht und konnte ihre große Freude über seine gesunde Rückkehr nicht verbergen.

Tatsächlich war sich Eric, als sie die Burg betraten, beinahe sicher, dass sie ihn liebte, und er glaubte nicht, dass er aus Eitelkeit heraus so dachte. Sollte seine Frau ihn lieben, so grübelte er, wäre das sehr gut. Er müsste sich keine Sorgen mehr über das machen, was kommen würde, wenn die Leidenschaft zwischen ihnen nachließ. Sie würde für immer bei ihm bleiben, durch das starke Band der Liebe an ihn gebunden. Eric fiel auf, dass er eigentlich eingehend darüber nachdenken sollte, warum er wollte, dass Bethia ihn liebte, warum der Gedanke, dass es vielleicht so war, ihn begeisterte, und warum er immer so darauf bedacht war, dass ihre Zugehörigkeit zu ihm deutlich zu sehen war. Entschlossen, sich Zeit für die gründliche Untersuchung seiner Gefühle zu nehmen, betrat er die große Halle, wurde aber von Bethias kräftigem Arm zurückgehalten.

»Ich wollte ein wenig Bier trinken, um den Staub hinunterzuspülen«, erklärte er, wobei er versuchte, ihren Gesichtsausdruck zu enträtseln. Sein Blick weitete sich, als er den warmen Glanz in ihren Augen entdeckte.

»Ich habe sehr guten Wein auf unserem Schlafgemach«, sagte sie erstaunt über die Heiserkeit in ihrer Stimme und die

Glut in ihren Adern, schließlich hatte dieser Mann sie nicht einmal geküsst.

»Gut. Vielleicht finden wir ja sogar Zeit, etwas davon zu trinken.« Er ergriff ihre Hand und führte Bethia die Treppe hinauf.

Bethia wusste nicht, wie ihr geschah, etwas in ihr erzeugte reine brennende Begierde und verlangte laut nach Eric. Sie protestierte nicht gegen seine Geschwindigkeit, obwohl sie in Laufschritt verfallen musste, um mithalten zu können. Genau genommen wünschte sie sich, dass sie längere Beine hätte, damit sie noch schneller vorwärtskämen. Es entsetzte sie, aber sie musste feststellen, dass es ihr schwerfiel, zu warten, bis sie ihr Schlafgemach erreichten.

In der Sekunde, in der Eric sie in den Raum zog und die Tür schloss, warf sie sich in seine Arme. Sie küsste ihn mit all dem Hunger, der in ihr wütete. Er taumelte zurück, an die Wand neben der Tür, und erwiderte ihren Kuss mit einer Begierde, die ihrer in nichts nachstand. Bethia begann sein Hemd aufzuschnüren und untersuchte schnell jede neu entblößte Stelle auf seiner Haut nach irgendwelchen Anzeichen von Verletzung, bevor sie sie küsste.

»Das Bett …« fing er an, nur um ihr dabei zu helfen, seinen Umhang aufzuknoten.

»Brauchst du eins?«, wollte Bethia wissen, die ihm ihrerseits dabei half, das Hemd auszuziehen.

»Nein.« Er schnürte ihr Kleid auf, stöhnte, als sie seine Brust küsste, und legte ihre langen schlanken Finger um seine erregte Männlichkeit. »Ich glaube nicht, dass ich noch genug Verstand übrig habe, es zu finden.«

Bethia lächelte, als sie ihre Küsse auf seinen straffen Bauch senkte. Er sah herrlich aus, wie er – mit nichts weiter an als seinen hirschledernen Stiefeln – vor ihr stand. Bethia war verblüfft über ihr wildes Verhalten, fand es aber aufregend. Erics lautstark geäußerte Begeisterung, als sie sich vor ihn hinkniete und ihn mit dem Mund umfasste, erregte sie noch mehr.

Ein Überraschungsschrei entfuhr ihr, als er sie nur Augenblicke später hochriss. Er zog sie derart hastig bis auf ihr Unterkleid aus, dass sie die Geräusche von zerreißendem Stoff wahrnahm, aber sie machte sich keine Gedanken darüber, ob ihre Kleider ruiniert waren. Eric drehte sich um und drängte sie an die Wand. Als er sich vor sie hinkniete, ihr Unterkleid hochschob und anfing, ihre intimen Küsse mit gleicher Münze zurückzuzahlen, stöhnte und zitterte sie vor Entzücken. Sie sehnte sich zu sehr nach ihm, um ein solches Spiel allzu lang auszuhalten, egal wie schön es war. Entgegen ihrer Bitten brachte er sie mit einem Kuss zum Höhepunkt und fing diesen berauschenden Aufstieg noch einmal von vorne an. Als er aufstand, sie hochhob und sie drängte, ihre Beine um seine Taille zu schlingen, folgte sie und rieb sich gierig an ihm. Eric stöhnte und vereinte schnell ihre beiden Körper. Es ging derb, schnell und fieberhaft vonstatten, aber Bethia fand Freude daran. Sie schlang ihren Körper fest um seinen, während er sie an sich presste, und zitterte, als er seinen eigenen Höhepunkt erlebte, mit ihm mit.

Sie benötigten ein paar Minuten, um wenigstens äußerlich Ruhe zu finden. Eric zog sich aus ihrem Körper zurück, lächelte leicht über ihr bedauerndes Murmeln und trug sie zum Bett. Er ließ sie auf das Bett sinken und streckte sich auf ihr aus, legte seinen Kopf an ihre Brust und ließ seine Hand selbstvergessen ihren Oberschenkel auf und ab gleiten.

»Bist du zufrieden darüber, dass ich nichts beschädigt habe, Mädchen?«, fragte er endlich, als er genug Kraft gesammelt hatte, um zu sprechen.

Bethia klopfte ihm müde auf den Kopf, bevor sie ihm mit den Fingern durch das volle Haar kämmte. »Ja, du hast es gut gemacht, Ehemann.«

Er schmunzelte und fand, dass er diese neckenden Worte wirklich sehr gern hörte. »Nun ja, du bist so leicht und klein und einfach zu bewegen.« Er knurrte, als sie ihn leicht in die Seite schlug. »Mein Herz, was diese Worte so amüsant macht, ist unter anderem die Tatsache, dass etwas Wahres daran ist.«

»Willst du damit sagen, du magst es, dass ich so klein bin?« Bethia lächelte ein wenig und fühlte sich sowohl geschmeichelt als auch belustigt.

»Ja, ich finde es in der Tat sehr angenehm.«

»Gut, ich glaube nämlich nicht, dass ich noch viel wachse.« Sie schauderte voll Wonne, als er an ihrer Haut kicherte. »Dubhlinn gehört jetzt also dir, ist es so?«

»Ja, ich besitze es jetzt. Ich ließ Bowen, Peter und ein paar Männer dort zurück.«

»Glaubst du, dass es Probleme gibt?«

»Nein. Die paar Leute, die es wagten, aus ihrem Versteck zu kommen, waren erfreut darüber, dass ich gewonnen habe. Nach all den Jahren der Herrschaft von grausamen, habgierigen Lairds, die sich nicht um ihre Leute kümmerten, wird es Zeit kosten, ihr Vertrauen zu gewinnen.«

Bethia seufzte und nickte, dabei ließ sie ihre Hand beruhigend über seinen warmen Rücken gleiten. »Aber sie akzeptieren, dass du das Recht auf den Besitz von Dubhlinn hast und dich als ihren Laird bezeichnest?«

»Sie alle kennen meine Geschichte und dass der König mir das Land zugesprochen und mich zum rechtmäßigen Erben erklärt hat.« Er stützte sich auf die Ellbogen, lächelte ihr zu und küsste ihre Nasenspitze. »Und eine Frau namens Leona, die die Magd meiner Mutter war, sagt allen, die es hören wollen, dass ich kein außereheliches Kind bin. Sie scheint bei meiner Geburt das Muttermal der Beatons auf meiner Schulter gesehen zu haben und hat das gleiche bei meinem Vater gesehen.«

»Und sie hat niemals etwas gesagt? Wenn sie damit gleich zu Anfang herausgerückt wäre, wäre dir das alles erspart geblieben.«

»Ja, und vielleicht hätte mich mein Vater aufgezogen.« Eric nickte, als Bethia betroffen Atem holte. »Sie zog los und versuchte mich zu finden, als sie bemerkt hatte, dass man mich verstoßen hatte, um mich zu töten. Als sie erfuhr, dass die Murrays mich gefunden hatten, schwieg sie. Sie hatte das Gefühl, dass ich dort in Sicherheit sei, und obwohl sie es nicht direkt sagte, glaube ich, sie war der Meinung, dass ich dadurch nicht von der Finsternis, die Dubhlinn einhüllte, verdorben würde. Sie dachte sogar daran, zum König zu gehen, um sich für mich zu verwenden.« Er verriet ihr, wie Sir Graham mit jenen verfuhr, die er für Verräter hielt, und küsste sie in dem vergeblichen Versuch, das Entsetzen, das ihr seine Erzählung verursachte, zu lindern.

»Sie hatte recht. Es war besser, dass du hier aufgezogen wurdest. Vielleicht hoffte sie ja, dass du genau der Mann wirst, der du geworden bist, nämlich der Laird, den man auf Dubhlinn so dringend braucht.«

Er musste ihr dafür einen Kuss geben. Schließlich seufzte er, als er sich bereit machte, ihr die schlechten Nachrichten zu erzählen. »William war dort.«

Angst durchströmte Bethias Adern, und sie klammerte sich kurz an Eric. Es dauerte länger, als ihr lieb war, trotzdem konnte sie bald die scharfen Ränder ihrer Furcht abrunden. Bethia hasste diese Angst und verabscheute William dafür, dass er ihr Herz damit füllte.

»Er entkam, nicht wahr?«, fragte sie leise, wobei sie die Antwort schon kannte.

»Ich fürchte. Ich sah, wie er in die Burg flüchtete, wusste, dass er auf den Geheimgang zuhielt, den wir benutzten, um uns in die Burg zu schleichen, aber Sir Graham stand zwischen ihm und mir. Während ich den einen Feind stellen musste, entkam der andere.«

»Da hat er sich also versteckt, während er sich in dieser Gegend aufgehalten hat. Aber was wollte Sir Graham mit ihm?«

»William hat ihn irgendwie überzeugt, dass er vielleicht fähig sei, die Schwerter der Drummonds abzustumpfen. Sir Graham sagte außerdem, dass die Art und Weise, wie uns dieser Mann zusetzte, allein schon Grund genug gewesen sei, um sich mit ihm zu verbünden und ihm ein sicheres Versteck anzubieten, während er uns quälte.«

»Wir haben ein paar sehr seltsame Feinde. Aber wenigstens ist jetzt nur noch meiner übrig.«

»William ist auch mein Feind, Bethia. Er versucht das zu verletzen, was zu mir gehört. Dafür wird er sterben. Ja, ich wünsche mir sehr, diesen Mann selbst zu töten, aber ich werde seinen Tod unabhängig davon, wie er ihn ereilt, begrüßen, und sollte er nur vom Pferd fallen und sich seinen dreckigen Hals brechen.«

Auch wenn es finstere Worte der Rachsucht und des Todes waren, war Bethia von dem Gefühl, das sich hinter ihnen verbarg, bewegt. Es bestand die Aussicht, dass Eric anfing, ehrliche Zuneigung zu ihr zu entwickeln. Würden sie nicht so viel von ihrer Zeit damit zubringen, einen Mörder zu suchen, wäre das eine Hilfe, aber sie freute sich dennoch über diese Andeutung von Zuneigung.

»Werden wir also nach Dubhlinn aufbrechen?«, wollte sie wissen.

»Du wechselst das Thema nicht sonderlich raffiniert, Liebste.«

Sie schmunzelte flüchtig, wurde aber schnell wieder ernst. »Es gibt nicht viel mehr über William Drummond zu sagen. Er wünscht meinen Tod, vielleicht auch noch immer James' Tod, und ich habe den Verdacht, es würde ihm nichts ausmachen, wenn er auch dich tot sehen würde. Wir jagen ihn, und er jagt uns. Eines Tages werden wir ihn töten. Mehr gibt es wirklich nicht darüber zu sagen, und um ehrlich zu sein, lässt mich sogar der Gedanke an ihn frösteln.«

»Also dann, wir werden nach Dubhlinn gehen«, antwortete Eric und erwiderte ihr Schmunzeln. »Es gibt eine Menge Arbeit, mein Herz.«

»Das konnte ich sehen, als wir über die Ländereien ritten, bevor wir hierherkamen.«

»Die gleiche Vernachlässigung und Dürftigkeit herrscht in der Burg.«

»Es ist traurig. Wäre Sir Graham nicht so habgierig gewesen, hätte er eine gute Burg, ausgezeichnete Ländereien und eine Menge Geld gehabt. Stattdessen füllte er seine Hände schneller mit Münzen, als das arme Land und die Leute hervorbringen konnten.«

»Es wird ein paar Tage dauern, um alles zusammenzusuchen, was ich nur kann, um es dorthin zu schicken. Es wird unser Leben ein kleines bisschen erleichtern.«

Sie küsste ihn. »Mach dir keine Sorgen, ich brauche nicht viel.«

»Nun, dein Mann aber schon.«

»Aha? Und was?«

Eric sprang aus dem Bett und schlug ihr leicht auf den Po. »Ich brauche etwas zu essen.«

»Eigentlich bin ich auch ziemlich hungrig.« Bethia stand auf und begann sich anzukleiden. »Nehmen wir James sofort mit?«

»Ja«, sagte er und legte sich seinen Umhang um die Schultern. »Er wird auf Dubhlinn ebenso sicher sein wie hier, zumal Bowen und Peter bis zu unserer Ankunft den Geheimgang versperrt haben. Sobald wir sicher sind, dass dieser Mann tot ist, können wir ihn wieder öffnen. Aber im Augenblick ist es für ihn ein Weg, der ihn zu dir oder James führt.«

»Bowen und Peter waren bei der Schlacht eine große Hilfe, oder?«, fragte sie, während sie ihr Haar in Ordnung brachte, wobei sie einen Blick über die Schulter warf und Erics Grinsen auffing.

»Sie werden bald die Ritterwürde erhalten, die dein Vater ihnen niemals zugestanden hat«, sagte er und lachte, als Bethia zu ihm eilte und ihn küsste. »Vielleicht hätte ich dich damit reizen sollen, hätte ich damit warten sollen, um zu sehen, was du gemacht hättest, um mich dahin zu bekommen, wohin du mich haben willst.«

»Zu spät.« Sie verließ das Gemach. »Nun wirst du nie erfahren, wie gut ich zu Kreuze kriechen kann.« Als Eric sie einholte und seinen Arm bei ihr unterhakte, sagte sie: »Ich nehme an, dass ich mit dem Packen beginnen sollte.«

»Stimmt, und du solltest darüber nachdenken, was du haben möchtest, damit du es auf Dubhlinn bequem hast.«

»Sollte das nicht warten, bis wir dort sind und ich sehe, an was es mangelt?«

»Bethia, glaube mir, wenn ich dir sage, dass es an allem mangelt.«

»Ach du Schreck! Dann ist die kleine Kräutersuche, die Maldie und ich uns für morgen vorgenommen haben, umso wichtiger.«

Sie begann bis zehn zu zählen und erreichte nicht einmal die Fünf, als er schon protestierte – und zwar lautstark.

22

»Man könnte meinen, wir veranstalten einen Überfall«, sagte Maldie mit einem skeptischen Blick auf das halbe Dutzend Männer, das mit ihr, Bethia und Grizel ritt.

Bethia lächelte und schüttelte den Kopf. »Eric ist sehr behütend.«

»Und das sollte er auch sein. Ich will einfach nur jammern, und ich bezweifle, dass diese Männer gern mit uns durch die Gegend reiten, um uns beim Sammeln von Heilpflanzen zuzusehen. Wie dem auch sei, William lauert noch immer da draußen, durstig nach unserem Blut.«

»Stimmt schon, aber könntest du bitte ein kleines bisschen weniger, äh, anschaulich von diesem Mann reden?« Bethia schmunzelte flüchtig angesichts der kichernden Grizel.

»Oh, entschuldige. Balfour sagt mir andauernd, dass ich auf meine Worte achten soll. Ich fürchte, ich bin inzwischen zu weit in diese ganze Geschichte eingetaucht.« Maldie seufzte vor Freude auf, als sie einen Blick um sich warf. »Wahrscheinlich ist es der beginnende Frühling. Er macht mich albern, und ein klein wenig verrückt.«

»Das verstehe ich«, sagte Bethia, und Grizel nickte zustimmend. »Und es würde erklären, warum Gisèle allen Ernstes daran dachte, mit uns zu kommen, obwohl ihr Pferd allein schon bei der Vorstellung, sie tragen zu müssen, gescheut hätte.«

Maldie lachte mit ihnen und nickte. »Die arme Gisèle ist so dick bei diesem Kind.« Sie warf schnell einen prüfenden Blick auf Bethia. »Du wirst es Eric ganz bestimmt bald sagen müssen«, flüsterte sie, damit die Männer, die sie begleiteten, es nicht hören konnten. »Es überrascht mich sehr, dass er an dir noch keine Veränderungen wahrgenommen hat – oder ihm nicht plötzlich aufgefallen ist, dass du dich ihm nicht wegen deiner Monatsblutungen verweigerst.«

»Ich habe mich entschieden, es ihm zu sagen, wenn wir auf Dubhlinn, in unserem neuen Zuhause, angekommen sind.«

»Ja, das wäre ein passender Ort.«

»Er muss bald so weit sein, um uns dorthin zu bringen. Es hat mich eine Woche gekostet, ihn davon zu überzeugen, mir das hier zu erlauben, und ich dachte eigentlich, dass wir um diese Zeit schon abgereist wären. Es gibt Tage, da fürchte ich, er läuft Gefahr, Donncoill leer zu räumen, weil er so viel auf Dubhlinn schickt.«

»Na ja, dieser triste Ort bedarf einer Menge an Vorräten, Münzen und harter Arbeit.«

»Mir graut vor dem, was ich im Inneren vorfinden werde. Außen wirkte alles so öde und dürftig, selbst wenn man die Jahreszeit mitbedenkt, und Eric sagt, innen sieht es genauso schlimm aus.«

»Stimmt. Die Beatons nahmen den Besitz mit ihren läppischen Angriffen und Kämpfen in Hinsicht auf Geld und Leute restlos aus.« Maldie zeigte auf eine Baumreihe, die sich nur wenige Meter vor ihnen befand. »Unter diesen Bäumen ist eine der besten Stellen für die Kräuter, die wir suchen. Es ist noch sehr früh im Jahr, aber es wird sich genug für uns finden. Du wirst genug Kräuter und Heiltränke haben, um eine ganze Stadt gesund zu machen, bevor wir damit fertig sind.«

Bethia nickte und hielt ihr Pferd zu einer etwas schnelleren Gangart an, um mit Maldie Schritt zu halten. Als sie durch die Bäume hindurchritten, spürte Bethia, wie ihr ein Frösteln das Rückgrat hinunterlief. Sie warf einen Blick auf die Frauen in ihrer Begleitung und dann auf die stark bewaffneten Männer, die sie bewachten, und entspannte sich etwas. Es bestand kein Grund zur Sorge. Hierbei handelte es sich nicht um ein Dorf, wo sich William in der Menschenmenge verbergen konnte. William konnte nicht in ihre Nähe kommen, solange sie nicht etwas absolut Dummes machte, und sie hatte nicht die Absicht, sich in irgendeiner Weise einem Risiko auszusetzen. Sie berührte kurz ihren sanft gerundeten Bauch. Es stand inzwischen entschieden zu viel auf dem Spiel.

Nachdem sie abgestiegen waren und geduldig gewartet hatten, bis die Männer die Gegend gründlich durchsucht hatten, nahmen Bethia und die anderen Frauen ihre kleinen Säcke und suchten nach den gewünschten Pflanzen. Im Lauf der vergangenen Wochen hatten Bethia und Grizel viel von Maldie gelernt. Sie mussten nur selten nachfragen, ob eine bestimmte Pflanze wirklich diejenige war, die sie suchten, oder ob sie schon erntefähig war.

Gerade als Bethia prüfte, ob ein bestimmtes Moos schon so weit war, fuhr sie zusammen. Ein schneller Blick verriet ihr, dass sie nicht weit weg von den anderen war, noch immer in ihrer Sicht- und fast noch in ihrer Reichweite. Sie kam zu dem Schluss, dass sie sich zu sehr von ihrer Angst leiten ließ, sah wieder zu dem Moos hinunter und beobachtete mit wachsendem Entsetzen, wie eine schmutzige Hand es aus dem Boden riss und ihr hinhielt.

»William«, flüsterte sie, sehr wohl wissend, dass sie einen Augenblick brauchen würde, um ihre Angst so weit in Griff zu bekommen, dass sie laut schreien konnte. »Ich bin nicht allein.«

»Ja, das sehe ich. Zwei kleine Schlampen und ein halbes Dutzend Murray-Feiglinge.«

»Lauft William. Noch könnt Ihr Euch vielleicht retten.«

»Laufen? Wohin? Ich bin ein Geächteter. Dein Gatte hat mich dazu gemacht. Kein Ort ist sicher für mich. Sogar dieser Dummkopf, Sir Graham, hat mich im Stich gelassen. Ich hätte mich dort eventuell für lange Zeit verstecken können, aber als ich es mir gerade bequem gemacht hatte, zog dieser Idiot los und hat sich selbst umgebracht.«

»So wie Ihr. Er versuchte sich etwas zu nehmen, das ihm nicht gehörte.« Bethias Stimme wurde kräftiger, während sie sich um Gelassenheit bemühte. Selbst wenn keiner hörte, dass sie mit diesem Mann sprach, und keiner sah, dass sie sich eigenartig benahm, würde sie bald einen Schrei tun können, den man noch auf dem ganzen Weg nach Donncoill hören konnte.

»Es hätte mir gehören sollen!«

Ihre Augen wurden groß, denn William hatte diese Worte herausgeschrien. Als ihr eben bewusst wurde, dass es ihm nichts mehr ausmachte, gefangen zu werden, konnte sie hören, wie die Männer aus Donncoill gellend brüllten und auf sie zurannten. Dann sah sie den Dolch in Williams Hand aufblitzen und wusste, dass sie nicht rechtzeitig da sein würden. Sie schrie auf und legte ohne nachzudenken die Hände auf ihren Bauch, als er das Messer warf. Es grub sich in ihre rechte Schulter und verursachte ihr einen derart heftigen Schmerz, dass sie in die Knie ging. William zog sein Schwert, und sie taumelte zurück. Plötzlich sprang ein Murray zwischen sie und William und trennte mit einem gewaltigen Hieb seines riesigen Schwertes William den Kopf von den Schultern.

»Schau nicht hin«, riet Maldie, die sich zu Bethia niederkniete, ihr die Hand an die Wange legte und ihr Gesicht zu sich drehte.

»Er ist tot«, sagte Bethia, die leicht schwankte. Dann spürte sie Grizel im Rücken, die sie stützte.

»Ja. Robbie, hol einen Sack und bring den Kopf nach Donncoill, damit Eric ihn sieht.«

»Das ist ziemlich blutrünstig von dir.«

Maldie lächelte und untersuchte, wie das Messer in Bethias Schulter platziert war. »Ihr seid diesem Mann sehr lange nachgejagt: Eric muss wissen, dass er tot ist. Er wird gründlich enttäuscht sein, weil er diesen Mistkerl nicht selbst zur Strecke gebracht hat.«

»Ich enttäusche Eric ständig.«

»Hättest du nicht solch große Schmerzen, dass du es wahrscheinlich sowieso nicht spüren würdest, würde ich dir jetzt für diesen Unsinn eine Ohrfeige geben.«

Bethia fing zu lachen an, musste aber vor lauter Schmerz, den dies verursachte, nach Luft schnappen. »Ist es eine schlimme Wunde?«

»Na ja, er hat dein Herz verpasst, was ihn sehr geärgert haben muss.«

»Ich glaube, William war es müde, mich zu verfolgen. Er hat nicht einmal versucht, sich zu verstecken oder wegzulaufen. Alles, was er wollte, war, mich zu töten.«

»Er war verrückt«, sagte Maldie. »Man kann Geisteskranke nicht verstehen. Ich ziehe nun das Messer heraus, Bethia.«

»Das wird richtig wehtun, nicht wahr?«

»Ich fürchte, das wird es. Wenn Gott gnädig ist, wirst du ohnmächtig, wenn der erste Schmerz dich ereilt.«

»Kann ich dadurch das Kind verlieren?«, fragte Bethia, die endlich der Angst, die sie seit dem Augenblick, seitdem William den Dolch geworfen hatte, Ausdruck verleihen konnte.

»Nicht, wenn ich es verhindern kann.«

»Verrate es Eric nicht.«

Maldie gab ihr keine Antwort. Sie ergriff nur das Messer und riss es heraus. Bethia öffnete den Mund, um zu schreien, aber Dunkelheit überfiel sie, bevor sie auch nur zu Ende geatmet hatte. Grizel taumelte leicht, als Bethia in ihren Armen zuammensackte, aber sie hatte sie weiterhin fest im Griff, während Maldie sich daranmachte, die Blutung zu stillen.

»Eric wird verstimmt sein«, sagte Robbie, als er zurückkam und sich neben die Frauen stellte.

»Verstimmt, meinst du?«, schimpfte Maldie, die einen Verband um Bethias Wunde legte. »Irgendwie glaube ich nicht, dass dieses Wort es hinlänglich trifft. Lasst sie uns auf Donncoill zurückbringen, damit ich die Wunde so versorgen kann, wie sie versorgt werden muss.«

Eric starrte auf die nach Donncoill zurückkehrende Gruppe und spürte, wie ihm das Blut in den Adern gefror. Bethias Pferd war reiterlos. Dann sah er, dass sie bei Robbie saß, die Schlaffheit ihres Körpers entsetzte ihn. William hat gewonnen, dachte er und hätte vor Wut am liebsten laut aufgeschrien. Balfour kam zu ihm und umklammerte seine Schulter. Es war sowohl eine tröstende Geste als auch der wortlose Befehl, an sich zu halten, bis er genau wusste, was vorgefallen war. Als Robbie zu ihm ritt und ihm einen blutigen Sack vor die Füße hinwarf, konnte Eric endlich seine lähmende Angst überwinden.

»Der Bastard ist tot«, sagte Robbie. »In diesem Sack befindet sich sein Kopf. Hier ist das Mädchen. Es ist nicht tot.«

Eric sprang schnell hinzu, um Bethia auf die Arme zu nehmen, als Robbie sie ihm herunterreichte. Erics Schrecken ließ ein wenig nach, als er sah, dass sich Bethias Wunde hoch oben in der Schulter befand, obwohl es ihm schien, als hätte sie viel Blut verloren. Sie sah viel zu blass und viel zu zerbrechlich aus, um eine solche Verletzung zu überstehen.

»Wie ist er an sie herangekommen?«, fragte Balfour fordernd.

»Wir haben die Stelle durchsucht, aber keine Spur von diesem Idioten gefunden. Dann ist er einfach auf sie zugekommen und wollte sie umbringen.« Robbie schüttelte den Kopf. »Er hat gar nicht erst versucht, sich zu verstecken oder wegzulaufen. Ich kam gerade noch dazu, bevor er sein Schwert ziehen und ihr ein Ende machen konnte.«

»Eric«, sagte Maldie, als sie sich neben ihn stellte, eine blasse Grizel direkt hinter sich. »Wir müssen Bethia auf ihr Gemach bringen. Die Wunde muss besser ausgewaschen und dann geschlossen werden.«

»Eric?«, rief Bethia. Sie öffnete die Augen und schaute ihn durch einen Schleier voller Schmerz unverwandt an. »Es tut mir leid.«

»Das sollte es auch«, erwiderte er, überrascht, wie ruhig er klang, als er sie in die Burg trug. »Du hättest dich nicht an dem Dolch dieses Verrückten aufspießen dürfen.« Ihr flüchtiges Lächeln tröstete ihn etwas.

»Das ist das Komische daran. Ich sah ihn an, während er noch in mir steckte, und erkannte, dass William meinen eigenen Dolch nach mir geworfen hat.«

»Ach, den, den du an jenem Tag verloren hast, an dem wir seine Söhne töteten.«

»Ja. Weißt du, was auch noch komisch ist?«

»Du hast ziemlich viel Spaß dabei erlebt, als du beinahe getötet wurdest, nicht wahr?«

»Na ja, nein, weil es ein wenig wehtut. Es ist nur so, dass ich zuerst seine Hand gesehen habe. Seine Fingernägel waren schwarz.«

»O Gott, Mädchen«, schimpfte er und lachte schallend.

Bethia wurde erneut ohnmächtig, als Eric sie aufs Bett legte. Während Maldie zusammensuchte, was sie brauchte, half er Grizel dabei, Bethia auszuziehen. Obwohl ihn Maldie aus dem Weg drängte, als sie begann, Bethias Wunde auszuwaschen und zu nähen, blieb Eric in unmittelbarer Nähe. Ab dem Augenblick, in dem Maldie ihre Nadel auf Bethias Haut setzte, wurde er gebraucht, um seine Frau festzuhalten. Jeder Schmerzensschrei, den sie ausstieß, jeder Nadelstich in ihrer weichen Haut schnitt ihm so scharf ins Herz wie der Dolch durch ihr Fleisch gedrungen war.

Als die Naht fertig war, entfernte sich Eric, damit die beiden Frauen Bethia säubern und ihr rasch das Nachtgewand überziehen konnten. Er war nicht überrascht, dass seine Hände zitterten, als er sich einen großen Trinkkrug voll Wein einschenkte. Maldie war eben damit fertig, Bethia einen Heiltrank einzuflößen, da zog er sich schon einen Stuhl neben das Bett, setzte sich nieder und nahm Bethias Hand in seine. Er brachte kaum ein Dankeschön heraus, als Grizel sich entfernte.

»Sie sieht sehr blass aus«, bemerkte er und warf Maldie, die auf der anderen Seite des Bettes stand, einen Blick zu.

»Das sind nur der Schmerz und der Blutverlust.«

»Wird sie sterben?«

»Nein, Eric. Denn wenn sie stirbt, heißt das, dass dieser Mistkerl gewonnen hat, und du glaubst doch wohl nicht im Ernst, dass ich das zulasse, oder?«

Eric konnte ein kleines bisschen Kraft aus Maldies Worten ziehen und schickte sie weg, damit sie etwas essen und schlafen konnte. Allmählich gewann er, während er da saß und die schlafende Bethia beobachtete, etwas Oberhand über seine Angst.

Er liebte sie. Eric war erstaunt, dass es so etwas wie das hier brauchte, um ihm das klarzumachen. Diese Erkenntnis ließ alles in so deutlichem Licht erscheinen. Sie erklärte das Gefühl von Stimmigkeit und Besitznahme, das er von Anfang an empfunden hatte. Es erklärte, warum er sich so sehr darüber aufgeregt hatte, wie sie von ihren Eltern behandelt wurde. Und es erklärte auch sein Bedürfnis, bei der Eroberung von Dubhlinn ihre Zustimmung zu erhalten, sowie das heftige Verlangen, ihr Herz zu ergründen. Er hatte ständig nach einem Zeichen Ausschau gehalten, das ihm verriet, ob sie mehr als nur Leidenschaft für ihn empfand, und jetzt wusste er, warum. Sein Herz hatte es gefordert.

Nun musste er nur noch die Gelegenheit finden, es ihr zu sagen. Er lachte über seine eigene Feigheit, denn ihm war bewusst, dass sie, wenn sie sich erholte, zögern würde. Selbst wenn er jetzt sein eigenes Herz kannte, wollte er wissen, was sie empfand, bevor er sein Innerstes enthüllte.

Als die Dämmerung anbrach, kämpfte Bethia mit hohem Fieber. Eric half Maldie, Bethia mit kaltem Wasser abzuwaschen, flößte ihr Heiltränke ein und hielt sie fest, als sich durch ihr Hin-und-Her-Werfen die Wunde zu öffnen drohte. Der Kampf um ihr Leben forderte all seine Stärke und Aufmerksamkeit. Er beschwichtigte ihre Ängste, küsste ihre Tränen fort, als in ihrem Fieberwahn irgendwelche Schmerzen erneut zum Leben erweckt wurden, und sprach mit ihr, wenn sie in einen zu tiefen Schlaf sank. Nach einer aufreibenden Stunde, in der sie dem verletzten Kind, das Bethia war, zugehört hatten, blickte Eric hoch und sah Maldie weinen.

»Ihre Eltern sind widerliche Miststücke, oder?« Maldie wischte sich mit dem Ärmel ihres Gewandes die Tränen von den Wangen.

»Ja«, stimmte ihr Eric zu. »Sie machten Bethia zu Sorchas Schatten.«

»Ich denke, es war sogar noch schlimmer. Sie stellten sie in Sorchas Schatten und sagten ihr dann unablässig, dass sie es nicht einmal wert sei, dort zu stehen. Und Sorcha – ihre Zwillingsschwester, der einzige Mensch auf dieser Welt, der ihr hätte nahestehen müssen –, die zu ihr hätte stehen sollen, unternahm nichts, um etwas daran zu ändern.«

»Nein.« Eric seufzte. »Ich glaube, Bethia fängt an, das jetzt auch selbst zu sehen. Sie ist stärker geworden, selbstsicherer, aber die Narben werden wohl lange brauchen, bis sie heilen.«

»Es sollte eine Hilfe sein, dass sie einen hübschen Jungen wie dich hat, der immer begierig darauf ist, das Bett mit ihr zu teilen.« Maldie lächelte matt. »Ihr Murray-Männer habt eine Schwäche für arme verwundete Spatzen, oder etwa nicht?«

»Vielleicht haben wir nur Augen, die scharf genug sind, das zu sehen, was zum Vorschein kommen wird, wenn die Verbände entfernt werden.«

Maldie ging zu ihm und küsste ihn auf die Wange. »Ich gehe und kuschle mich an meinen großen braunhaarigen Mann, um ein wenig zu schlafen. Hol mich unbedingt, wenn sich eine Veränderung zeigt. Und« – sie deutete auf das Tablett mit Essen, das Grizel vor einiger Zeit gebracht hatte – »iss etwas, damit ich nicht gezwungen bin, auch dich noch gesund zu pflegen.«

Am Nachmittag des vierten Tages hörte Eric Bethia fluchen. Er beugte sich vor, darauf vorbereitet, es mit einem weiteren Fiebertraum aufzunehmen, doch die Augen, die zu ihm aufsahen, waren klar. Zitternd legte er ihr seine Handfläche auf die Stirn – und diese war kühl. Er musste mehrmals tief durchatmen, um die Gefühle, die in ihm aufstiegen, zu beschwichtigen, und hatte Angst, in Tränen auszubrechen. Dies würde ihm nicht nur peinlich sein, sondern er hatte Bedenken, Bethia dadurch ernsthaft zu erschrecken.

»Warum bin ich so nass?«, fragte Bethia, fuhr aber zusammen, als sie bemerkte, dass ihre Kehle derart ausgetrocknet war, dass das Sprechen schmerzte.

Eric schenkte von dem süßen Honigwein ein, den Maldie ans Bett gestellt hatte, und half ihr beim Trinken. »Du hast vier Tage lang im Fieber gelegen, Mädchen.«

»Oh.« Sie ließ sich gegen das Kissen sinken, das er ihr eilig in den Rücken gelegt hatte. Der bloße Akt des Trinkens schwächte sie schon. »Das erklärt wenigstens, warum mir beim Aufwachen zunächst die Schulter schmerzte. Ah ja, William ist tot, und die Prüfung hat ein Ende.«

Bethia wurde empfindlich bewusst, wie unwohl sie sich fühlte. Sie wollte ein anderes Nachtgewand anziehen, außerdem musste sie sich erleichtern. Mit einem verlegenen Blick auf Eric stellte sie fest, dass sie ihn nicht für solch persönliche Bedürfnisse sorgen lassen durfte, auch wenn er es während ihrer Krankheit eine Weile getan hatte. Bethia musste außerdem unbedingt mit Maldie sprechen. Sie hatte große Angst und musste wissen, was ein vier Tage dauerndes Fieber für das Kind bedeutete, das sie trug.

»Ist Maldie in der Nähe?«

Er erriet, was sie wollte, und lächelte schwach. »Schüchtern Bethia? Während du so krank warst, habe ich, dein wundervoller Ehegatte …«

»Wenn du im Begriff bist, mir zu erzählen, wie oft du meine Intimsphäre verletzt hast, dann sollte ich nochmals darüber nachdenken«, sagte sie mit erzürntem Blick. »Ich schätze deine Fürsorge sehr«, beeilte sie sich hinzuzufügen. »Doch ich will ganz bestimmt nicht erfahren, was du alles getan hast, während ich bewusstlos war.«

Er lachte und hauchte einen Kuss auf ihre vom Fieber aufgesprungenen Lippen. »Ich hole Maldie und Grizel.«

Bis Maldie und Grizel kamen, war Bethia fast außer sich vor Angst. Sie glaubte nicht, dass sie das Kind verloren hatte, aber sie konnte es auch nicht mehr spüren. In der Sekunde, in der sich die Tür hinter den Frauen schloss und ihnen kein Eric folgte, versuchte sie sich aufzusetzen.

»Maldie«, sagte sie und umfasste mit festem Griff die Hand der Frau, als sie ans Bett trat. »Was ist mit dem Kind?«

»Ach so, deshalb bist du so aufgeregt und voller Angst.« Maldie hielt Bethia fest und half ihr in einen Stuhl, der beim Bett stand, damit Grizel das Leintuch wechseln konnte. »Du hast das Kind noch in deinem Schoß. Die wenigen Male, in denen ich es von Eric unbemerkt tun konnte, tastete ich nach dem Kind und spürte Bewegungen. Ja, erst heute Morgen eine gute, kräftige Bewegung.«

»Gott sei Dank«, sagte Bethia, und Maldie half ihr zum Nachttopf, damit sie sich erleichtern konnte. »Ich hatte solche Angst. Offensichtlich ist er im Moment ein ruhiger Junge.«

»Da du die Bewegungen des Kindes spüren kannst und ich es auch kann, bleibt nicht mehr viel Zeit, bis auch Eric sie spürt.«

Bethia konnte nicht antworten, da Maldie und Grizel ihr das Nachtgewand auszogen, sie am ganzen Körper wuschen und ihr ein neues anzogen. Als sie sie endlich wieder in ihr frisches Bett legten, war sie so erschöpft, dass sie Mühe hatte, die Brühe, die Maldie in sie hineinzwang, hinunterzuschlucken. Die Wunde und das viertägige Fieber hatten sie stark geschwächt. Da die ihr eben erwiesene Pflege zum Pochen in ihrer Schulter geführt hatte, stimmte Bethia widerwillig zu, Maldies ziemlich saueren Heiltrank zu sich zu nehmen. Er würde ihren Schmerz lindern und ihr helfen zu schlafen. Bethia wusste, dass das nun wichtig war, entschloss sich aber, ihn hiermit zum letzten Mal zu trinken. Sie war sich nicht sicher, was er bei ihrem Kind bewirken konnte.

»Ruh dich aus, Mädchen«, sagte Maldie, als Grizel mit dem schmutzigen Leintuch fortging. »Dadurch wirst du wieder kräftiger werden. Kräftig genug, um Eric zu erzählen, dass er Vater wird.«

Bethia lächelte matt. »Ja, ich muss es sehr bald machen. Ich hatte so gehofft, dass ich genauer erfahre, was er für mich empfindet, bevor ich es ihm erzähle.«

»Dieser Mann hat Tag und Nacht hier gesessen, hat kaum etwas zu sich genommen und nur geschlafen, wenn seine Brüder ihn dazu zwangen. Nun, ich kann nicht sagen, ob er dich liebt, denn ich kann nicht in sein Herz sehen, und obwohl ich seine Schwester bin, hat er sich mir nicht anvertraut. Aber ich schwöre dir, es war nicht einfach nur Pflichterfüllung, was ihn hier an diesen Stuhl gefesselt hat. Das kann ich beschwören.«

»Es muss reichen.«

Maldies Lächeln enthielt eine Fülle von Mitgefühl und Verständnis. »Es ist schwer, wenn du den Esel so sehr liebst, aber vielleicht ist es an der Zeit, es darauf ankommen zu lassen. Vertrau mir in diesem Fall, und Gisèle wird dir dasselbe sagen: Manchmal sind Männer die größeren Feiglinge als wir, wenn sie sagen sollen, was in ihren Herzen vorgeht.«

»Ach, Balfour und Nigel brauchten also lang, um ihre Gefühle zu bekennen?«

»Schrecklich lang. Und manchmal brauchen Männer sogar sehr lang, um überhaupt zu erkennen, was sie empfinden. Aha, ich vernehme das Dröhnen von deines Ehemanns großen Füßen.« Kaum hatte Maldie den Satz beendet, als auch schon die Tür aufging und Eric hereinkam.

»Große Füße«, brummte er, und warf Maldie einen beleidigten Blick zu.

»Eigentlich fand ich immer, dass du sehr hübsche Füße hast.« Als Bethia bewusst wurde, was sie da eben gesagt hatte, wurde sie rot.

Eric grinste und küsste sie auf die Wange. »Vielen Dank, mein Herz.«

»Na, das ist für meine Begriffe alles zu empörend, um Zeugin davon zu werden. Ich werde in einer Stunde zurückkommen, Eric, und dann wirst du verschwinden und zu Bett gehen. Du brauchst deinen Schlaf genauso wie Bethia«, befahl Maldie im Hinausgehen.

»Es gab einmal eine Zeit«, sagte Eric, der sich auf den Stuhl setzte und Bethias Hand nahm, »da war mein Bruder Balfour hier der Herr.« Er lächelte, als Bethia schläfrig kicherte. »Maldie hat dir einen ihrer Tränke eingeflößt, nicht wahr?«

»Stimmt. Meine Schulter schmerzte, nachdem sie mich bewegt und mir das Nachtgewand gewechselt haben. Ich mag nicht, wie er mich schläfrig macht, ob ich es nun will oder nicht«, beklagte sich Bethia.

»Dieses Mal wird es dir guttun, dich auszuruhen. Aber ich weiß, was du meinst. Ich habe diesen Trank ein oder zwei Mal schlucken müssen, und gerade dann, wenn du müde wirst, fühlst du dich ziemlich hilflos, weil du weißt, dass du nichts dagegen tun kannst.« Eric küsste Bethias Fingerknöchel. »Ich hatte Angst, wir würden dich verlieren.«

»Hat es James aufgeregt?«

»Ein bisschen. Er ist zu klein, um die Gefahr, in der du schwebtest, zu erkennen, aber er spürte, dass etwas nicht in Ordnung ist. Ich habe ihn nur einmal zu dir gelassen, und zwar, um ihm zu zeigen, dass ich die Wahrheit sagte, als ich ihm erzählte, dass du krank bist und im Bett bleiben musst. Später, nachdem du eine Weile geschlafen hast, bring ich ihn, damit er sehen kann, dass es dir besser geht.«

Auch wenn Bethia wusste, dass sie den Kampf in wenigen Minuten verlieren würde, bemühte sie sich darum, die Augen offen zu halten. »Man kann nie wissen, wie viel ein Kind mitbekommt und versteht. Sie können es einem ja nicht erzählen.«

»Grizel ist in seiner Nähe geblieben. Ehrlich gesagt, er klammert sich sehr an sie.«

»Ach, das arme Kind. Dann hat er Angst bekommen. Vielleicht hat er doch etwas von der Krankheit seiner Eltern mitbekommen und dass dies zu ihrem Weggehen führte. Oder sogar, dass es dazu führte, dass er von seiner Kindermagd fortmusste.«

»Schlaf, Mädchen. Wie ich dir schon sagte, sobald du ausgeschlafen hast, bringe ich den Jungen, damit er dich sehen kann und seine Ängste zerstreut werden. Du wirst all deine Kraft brauchen, um das zu tun.«

»Ich weiß. Einmal gut zu schlafen, wird ausreichen. Ich möchte nur in der Lage sein, ihn anzulächeln, damit er merkt, dass es mir zunehmend besser geht. Das wird es tun, denke ich.«

Eric streckte die Hand aus, um die zarten Umrisse von Bethias Gesicht nachzuzeichnen, die aufgrund ihrer Krankheit noch feiner wirkten. Er lächelte schwach, als er bemerkte, dass sie eingeschlafen war. »Ja, das wird reichen. Es hat auch mir gereicht.«

»Wann wirst du es ihr sagen?«

Eric fuhr hoch. Hastig vergewisserte er sich, dass er Bethia durch seine abrupte Bewegung nicht gestört hatte, bevor er quer über das Bett hinweg seinem Bruder einen wütenden Blick zuwarf. »Du hast nicht angeklopft.«

»Ich hatte nicht den Eindruck, dass ich große Gefahr laufe, etwas zu unterbrechen.« Er kreuzte seine Arme über der breiten Brust. »Ich hatte recht. Ihr habt über den Jungen gesprochen. Also frage ich dich noch einmal: Wann hast du vor, es ihr zu sagen?«

»Ihr was zu sagen?«

Eric konnte an Balfours leicht empörtem Blick sehen, dass er diesen Mann ganz und gar nicht zum Narren halten konnte.

»Vielleicht, dass du vor lauter Liebe zu ihr krank bist?«

»Ich bin mir nicht sicher, ob krank das Wort ist, das ich dafür gewählt hätte. Blind, für eine Weile, das ja.«

»Und im Moment ein kleines bisschen in Panik«, ergänzte Balfour gedehnt.

»Kennst wohl die Symptome?«

»Du weißt, dass ich das tu, und Nigel sind sie auch nicht fremd. Nun, du warst immer der Geschickteste. Straf uns nicht Lügen. Sag es ihr.«

»Vielleicht warte ich auf ein Zeichen, das mir verrät, ob sie solche Gefühle begrüßen würde.«

Balfour schüttelte den Kopf. »Sie hat dir erlaubt, sie zu verführen. Das ist dein Zeichen.« Er hob seine Hand, als Eric etwas erwidern wollte. »Ja, ich weiß, dass du fähig warst, ein Mädchen mit einem Lächeln zu verführen, als du nichts weiter als ein lüsterner Junge warst, aber dieses Mädchen ist keines dieser dummen Mädchen. Sie muss mehr als nur dein hübsches Gesicht gesehen haben, wenn sie mit dir ins Bett gegangen ist. Ich denke, das weißt du auch.«

»Ich weiß es, dennoch habe ich Angst, mich zu irren. Nein, keine weiteren Ratschläge mehr. Ich werde es ihr sagen. William ist tot, und Dubhlinn gehört mir. Unsere Probleme sind aus dem Weg geräumt. Wie auch immer, gesteh mir bitte zu, Zeit und Ort selbst zu bestimmen.«

»Und die Zeit, deinen ganzen Mut zusammenzunehmen.«

»Auch das.« Eric begegnete Balfours Grinsen mit seinem eigenen. »Es ist schon eigenartig, wie so ein kleines Mädchen einen ausgewachsenen Ritter dazu bringen kann, dass er vor Angst fast umkommt.«

»Tja, tröste dich damit, dass du nicht der Erste bist und ganz gewiss auch nicht der Letzte.«

23

Bethia wartete, bis sich die Tür hinter Eric schloss, dann stieg sie vorsichtig aus dem Bett. Nichts passierte. Sie fühlte sich nicht schwindlig, ihr Magen verkündete lautstark seine Leere, weiter aber nichts, und sie brach nicht unvermittelt in kalten Schweiß aus. In der Woche, seit sie sich auf Dubhlinn niedergelassen hatten, war ihr kein einziges Mal mehr übel geworden. Einen Augenblick lang bekämpfte sie das Bedürfnis, aus einer albernen Aufwallung von Freude heraus rund um ihr riesiges Schlafgemach zu tanzen. Stattdessen begrüßte sie Grizels Kommen mit solch strahlendem Lächeln, dass diese sie argwöhnisch musterte.

»Ihr habt sehr gute Laune«, sagte Grizel, als sie die große Schüssel mit heißem Wasser, die sie mitgebracht hatte, absetzte. »Was führt Ihr im Schilde?«

»Vier Monate«, antwortete Bethia und schmunzelte, als Grizel einen Moment lang verwirrt war, dann aber die Augen verdrehte, während Bethia ging, um sich zu waschen und die Zähne zu putzen.

»Aha«, brummte Grizel, die inzwischen das Leintuch auf dem Bett wechselte. »Ihr rechnet aber genau nach.«

»Selbstverständlich, obwohl ich glaube, dass ich vielleicht ein bisschen hinterherhinke, denn bisher sieht man noch nicht viel.«

»Wenn es losgeht, wird es sehr schnell gehen.«

»Ich weiß. Außerdem habe ich angenommen, dass man mit dem vierten Monat sichergehen kann.«

»Sichergehen?«

»Ja. Ich wollte ganz sicher sein und völlig überzeugt, dass ich das Kind austragen kann und nicht verliere. Nun, seit fast zwei Wochen wurde ich nicht mehr von Übelkeit heimgesucht, und ich kann die Bewegungen inzwischen sehr deutlich spüren. Jetzt zweifle ich das neue Leben in mir nicht mehr an.« Sie kicherte, als Grizel zu ihr eilte und ihr die Hände auf den Bauch legte. »Bald wird James jemanden haben, mit dem er spielen kann.« Und da ihr all die Kinder, die innerhalb der Mauern von Dubhlinn lebten, einfielen, fügte Bethia hinzu: »Na ja, jemanden von seinem eigenen Blut.«

Grizel lachte. »Diese Burg wimmelt ziemlich vor Kindern, nicht wahr? So wollt Ihr es jetzt also dem Laird sagen?«

»Heute.« Bethias Lächeln wirkte unsicher, da sie plötzlich nervös wurde. »Ich glaube, er wird sich freuen.« Als Grizel einige sehr anschauliche Flüche verlauten ließ und sie wütend anschaute, machte Bethia große Augen. »Findest du wirklich, dass du mit der Gattin des Laird so sprechen darfst?«

»Nein, aber Ihr konntet mich noch nie gut auf meinen Platz verweisen.« Sie tauschte schnell ein Grinsen mit Bethia, wurde aber sogleich wieder ernst. »Ihr tut diesem hübschen Mann Unrecht mit Euren Gedanken, Mädchen. Ja, das tut Ihr. Wie könnt Ihr nach dem, was bei Hof geschehen ist, noch an diesem Mann zweifeln?«

»Du meinst, die Art und Weise, wie all diese Frauen, von denen viele einst seine Geliebten waren, sich ihm geradezu zu Füßen warfen, sollte mir Sicherheit geben?«

»Nein, aber die Tatsache, dass Euer hübscher kleiner Mann niemals in ihre Richtung gesehen hat, sollte es.«

»Er ist nicht klein«, war alles, was Bethia dazu einfiel.

»Mädchen, für jemanden, der so winzig ist wie Ihr, sehen nur Kinder klein aus.« Sie überging Bethias funkelnden Blick. »Eurem Mann wurden in den paar Wochen mehr Verlockungen präsentiert als den meisten Männern in ihrem ganzen Leben, dennoch ist er nicht von Eurer Seite gewichen.«

»Ich weiß. Ich sollte froh sein. Eric ist ein ausgesprochen ehrenhafter Mann, der sein Eheversprechen hält.« Sie setzte sich auf das Bett, wobei ihr Grizels Gesichtsausdruck auffiel, der nicht freundlich wirkte. »Habe ich wieder etwas Falsches gesagt?«

»Warum denkt Ihr das bloß immer?«

Der scharfe Ton in Grizels Stimme ließ Bethia zusammenfahren. »Weil du einen ganz bestimmten Gesichtsausdruck hast.«

»Was für einen?«

»So, als wolltest du deinen Kopf gegen etwas Hartes schlagen.«

»Wenn ich mit Euch spreche, habe ich manchmal ein solches Gefühl. Allerdings ist es Euer Kopf, den ich gegen etwas Hartes schlagen möchte.«

»Grizel, hast du dir einmal meinen Mann genau angesehen?« Es ärgerte Bethia, dass keiner die Unsicherheit, die ihr zusetzte, zu verstehen oder nachzuempfinden schien.

»Ja, er ist einer der bestaussehendsten Männer, die ich jemals gesehen habe. Allein schon sein Anblick kann das Herz eines Mädchens höher schlagen lassen.«

»Genau. Und jetzt sieh mich an.«

Grizel zog Bethia auf die Füße und half ihr beim Anziehen. »Ihr seid hübsch.«

»Du bist meine Freundin. Du siehst mich vielleicht nicht wie andere. Meine Augen passen nicht zusammen, mein Haar ist weder rot noch braun, und ich bin so klein und dünn, dass es aussieht, als habe ich vergessen, mein Wachstum zu beenden.«

»Offensichtlich reicht das aus, um das Blut des Laird zum Sieden zu bringen, sonst würdet Ihr jetzt kein Kind erwarten, oder?« Grizel schmunzelte flüchtig über Bethias Erröten. »Mädchen, ich weiß, Ihr hört das nicht gern, aber ich glaube, Euch wurden in den vergangenen Monaten ein wenig die Augen geöffnet. Ihr habt Euch von Euren Eltern und Eurer Schwester überzeugen lassen, dass Ihr nicht viel wert seid. Ich will nicht behaupten, dass sie es absichtlich gemacht haben, aber sie haben es gemacht. Es ist höchste Zeit, dass Ihr aufhört, Euch mit ihren Augen zu sehen, denn Ihr wisst nun, dass sie nicht gut sehen konnten. Euer Mann sieht Euch nicht wie sie. Nein, dieser schöne Mann schaut Euch an und sieht ein Mädchen, mit dem er sich brennend gern über die Heide rollen möchte.«

»Er scheint das ziemlich oft zu wollen.« Sie lächelte, seufzte aber, als Grizel so heftig zu kichern anfing, dass sie sich aufs Bett setzen musste. »Ich weiß, dass, na ja, dass etwas an der Art, wie meine Familie mich behandelt hat, nicht in Ordnung war. Es war falsch von ihnen, mich beiseite zu schieben, mich beinahe wie Sorchas Schatten zu behandeln, noch dazu wie einen schmalen. Aber das heißt nicht, dass ich eine schöne Frau bin, es heißt nur, dass ich nicht so hässlich bin, wie sie mich glauben ließen.«

»Mädchen, Ihr seid schöner, als Sorcha jemals war oder geworden wäre. Nein« – Grizel hob die Hand, um Bethias Widerspruch Einhalt zu gebieten –, »ich meine nicht in Bezug auf Gesicht oder Gestalt, obwohl an Euch in dieser Hinsicht nichts auszusetzen ist. Ich meine in Bezug auf das Herz. Keiner folgte der schönen Sorcha, als sie Dunnbea verließ, oder? Aber fast zwei Dutzend Leute konnten nicht schnell genug packen, um Euch zu folgen. Bowen und Peter hatten es auf Dunnbea angenehm, dennoch schleiften sie ihre Familien hierher, um bei Euch zu sein. Würde Wallace nicht Laird of Dunnbea werden, wäre er auch mitgekommen, wobei er genau genommen mehr hier ist als dort. Trotz all ihrer Schönheit konnte Sorcha niemals diese Form von Loyalität wecken.«

»Aber die Menschen liebten sie.«

»Sie liebten, was sie sahen, aber abgesehen von Robert, der ihr sehr ähnlich war, und Euren törichten Eltern, könnt Ihr mir unter denen, die sie gut kannten, niemanden nennen, der irgendeine Form von Zuneigung oder Loyalität zu ihr ausdrückte. Ihr könnt es nicht, nicht wahr? Und nennt nicht Euch selbst.«

Bethia versuchte es, schaffte es aber nicht, und das machte sie traurig. »Ich glaube nicht, dass das ihre Schuld war«, war alles, was sie sagen konnte.

»Nein, sie wurde dazu erzogen, nichts weiter als eine Schönheit zu sein. Eure Eltern hegten und pflegten ihr Äußeres, nicht aber ihr Inneres. Keiner hat ihr jemals beigebracht, wie man liebt oder sich um etwas anderes kümmert als um sich selbst.«

»Ich glaube, sie liebte Robert. Ja, und James.«

»So gut sie konnte, ja. Und denkt über Folgendes nach: Nach wem hat Sorcha gerufen, als sie schließlich bemerkte, dass ihr Sohn in Gefahr ist? Nicht nach ihren Eltern, wie man meinen sollte, und nicht nach einem der edlen, starken Männer, die so von ihrer Schönheit gefesselt waren. Nein, sie rief nach Euch. Sorcha wusste, dass Ihr – diejenige, die von ihr und ihren Eltern beiseite geschoben wurde – die seid, die ihren Sohn beschützen und für ihn sorgen kann. Am Ende erkannte sie Euren Wert an. Seht Ihr denn nicht, dass das auch Euer Gatte macht?«

»Du willst mich zum Weinen bringen.«

»Mädchen, Ihr erwartet ein Kind. Nahezu alles kann Euch zum Weinen bringen.« Sie lächelten sich gegenseitig zu.

»Du glaubst also, mein Gatte könnte mir zugetan sein.«

»Was immer ich dazu sage, wird Euch nicht wirklich überzeugen, denn Ihr habt Euch für viel zu lange Zeit als wertlos erachtet. Aber ich glaube, dass er Euch zugetan ist. Dieser Mann kann seine Hand nicht von Euch lassen. Und vergesst nicht, wie er sich benommen hat, als Ihr verwundet und dem Tod nahe gewesen seid. Das sagt viel. Er ist Euch sehr zugetan, Mädchen. Wenn Ihr ihm also von dem Kind erzählt, solltet Ihr ihm auch Eure Gefühle gestehen. Sagt Ihm, wie sehr Ihr ihn liebt.« Grizel stand auf, nahm Bethias Haarbürste und begann das Haar ihrer Herrin zu frisieren. »Die Art und Weise, wie er antwortet, könnte all Eurer Unsicherheit ein Ende bereiten.«

»Es ist nicht leicht, einem Mann das Herz zu schenken, wenn man sich nicht sicher ist, ob er es will oder ob er etwas Gleichwertiges zu bieten hat.« Bethia seufzte. »Ich habe Angst vor meinen eigenen Gefühlen, wenn ich ihm gestehe, wie sehr ich ihn liebe, und er kaum mehr als danke sagt.«

»Ich meine, er wird sehr viel mehr als das sagen, und alle seine Worte werden Euch guttun. Aber es ist Eure Entscheidung.«

Bethia dachte noch immer über Grizels Worte nach, als sie sich, nachdem sie allein in der großen Halle gefrühstückt hatte, auf die Suche nach ihrem Ehemann machte. Angst und Unentschlossenheit lagen ihr wie ein Knoten im Magen, was sie allerdings zu ärgern begann. Sie mochte es nicht, ein derartiger Feigling zu sein.

Sie sah Bowen, der in der Nähe der Stallungen ein Pferdegeschirr reparierte, und ging zu ihm. »Hast du Eric gesehen?«, fragte sie.

»Er ist wieder im Dorf. Es gibt viel zu reparieren«, antwortete Bowen mit einem Kopfschütteln. »Diese Idioten haben sich ziemlich wenig um die Ländereien gekümmert, an die sie sich so begierig klammerten.«

»Stimmt. Nachdem sie zuerst ein wenig misstrauisch waren, scheinen die Leute jetzt erfreut zu sein, einen neuen Herrn zu haben.«

»Sie wissen, dass er ein guter Mann ist.« Bowen warf einen Blick auf Bethias Körpermitte. »Wann habt Ihr vor, ihm von dem Kind zu erzählen?«

»Du weißt?« Bethia sah ihren Freund völlig überrascht und mit offenem Mund an.

»Mädchen, ich stamme aus einer sehr großen Familie und habe selbst fünf Kinder. Man sieht es Euch an.«

»Eric hat es nicht gesehen.«

»Na ja, ich glaube, Ihr beherrscht es sehr gut, eine Menge vor dem Jungen zu verbergen.«

Sie seufzte. »Er sieht so gut aus.«

Bowen lachte und nickte. »Und das tut Euch arg weh, oder?«

»Ein kleines bisschen. Glaubst du, Bowen, dass er mir zugetan ist?«, fragte sie unvermittelt und errötete, als sie sein empörtes Gesicht sah.

»Ihr seid manchmal ein so dummes kleines Mädchen. Er hat Euch geheiratet.«

»Mit dem Schwert an der Kehle.«

»Ich habe es weggenommen, bevor er sein Jawort gab.« Er nickte, als er ihren erstaunten Blick sah. »Ich wollte nicht, dass man Euch an einen Mann bindet, der Euch verletzen würde. Ich fragte ihn, ob er Euch wirklich zur Frau haben will, und er sagte Ja. Ich gab ihm die Möglichkeit zu fliehen. Er blieb.«

Bethia staunte noch immer über das eben Gehörte, als Eric aus dem Dorf zurückkehrte. Während sie zur Kinderkemenate gingen, um James zu besuchen, erzählte er ihr von seinen Plänen. Ihr fiel auf, dass er nicht zögerte, sie nach ihrer Meinung zu fragen und auch wirklich zuhörte, wenn sie sie äußerte. Bethia wurde bewusst, dass er ihr immer zugehört hatte, ja, sogar mit ihr diskutiert hatte, als sei sie ihm gleichgestellt. Da sie von Bowen, Peter und Wallace an eine derartige Behandlung gewöhnt war, hatte sie es nicht bemerkt; doch Eric war kein Gefolgsmann oder Kindheitsfreund oder Cousin, Eric war dazu geboren und erzogen worden, ein Laird zu sein. Aus diesem Grund überraschte es sie, dass er sie so behandelte.

Bethia beobachtete Eric beim Spiel mit James, und schon nach kurzer Zeit konnte sie ihre Zweifel an seinen Gefühlen für das Baby begraben. Eric liebte Kinder, er behandelte James, als ob er sein eigenes Kind sei. Sie hatte das von Anfang an gesehen, aber ihren Selbstzweifeln erlaubt, dies zu vergessen. Die Nachricht von ihrem gemeinsamen Kind würde Eric erfreuen, und sie war überzeugt, dass es ihm gleichgültig war, ob sie ihm einen Sohn oder eine Tochter gebar. Oder sogar, und bei diesem Gedanken spürte sie Wärme ihren Körper durchfluten, ob das Kind hübsch war.

Bethia betrachtete Eric für den Rest des Tages mit anderen Augen. Sie stellte fest, wie oft er sie berührte, so, als könnte er nicht in ihre Reichweite kommen, ohne es zu tun. Er suchte sie mehrmals auf, um sich mit ihr über eines seiner Vorhaben zu besprechen. Sie beobachtete, wie die Kinder ihm folgten, wie jeder Mann und jede Frau mit einem Problem sich die Freiheit nahm, zu ihm zu kommen. Egal, wie eingehend sie auch hinsah, sie konnte keine Spur von Unzufriedenheit in ihrem Mann finden.

Am Ende des Tages hielt sich Bethia für dumm und war beschämt. Sie schimpfte sich selbst eine Törin und noch Schlimmeres, als sie sich zum Bettgehen herrichtete. Ebenso wie ihre Eltern und so viele andere hatte sie nur Erics Schönheit gesehen, hatte zugelassen, dass dies jeden Gedanken und jedes Gefühl vergiftete, dass es ihre Zweifel und Ängste nährte. Die Männer, die mit ihm über die Verteidigung der Burg sprachen, taten dies nicht, weil er gut aussah. Die Dorfbewohner, die ihn aufsuchten, um mit ihm über Reparaturen oder ihr Gewerbe zu sprechen, taten dies ebenfalls nicht aus diesem Grund. Die Kinder, die hinter ihm hersprangen oder kamen, um ihm ihre Verletzungen zu zeigen, würden das vermutlich auch tun, wenn er Warzen und drei Augen hätte. Sie sahen, was ihr Herz immer gesehen hatte, aber anders als sie, hatten sie sich ihren Verstand nicht von seinem guten Aussehen einnebeln lassen.

Sir Eric Murray war ein sehr guter Mann. Seine Schönheit erfüllte auch sein Inneres. Aus diesem Grund liebte sie ihn. Aus diesem Grund liebten und respektierten ihn die Mitglieder des zusammengewürfelten Haufens, der nun auf der Burg Dubhlinn lebte. Eric mochte ihre Liebe vielleicht nicht erwidern, aber er hatte sie gern und vertraute ihr. Und das war weitaus mehr, als ihre Eltern ihr jemals gegeben hatten. Gefangen in ihren eigenen Zweifeln hatte sie dieses Geschenk nicht ganz erwidert. Vermutlich war er ihr ja sogar wirklich aufrichtig zugetan. Bethia hatte sich das gefragt, als sie verletzt war und er sich so sehr um sie sorgte, aber einmal mehr, hatte sie sich durch ihr mangelndes Selbstvertrauen dazu verleiten lassen, diese Hoffnung zu begraben. Wenn ein Mensch es verdiente, geliebt zu werden, dann war es Eric. Bethia beschloss, dass es höchste Zeit für ihn war, die Gefühle seiner eigenen Frau zu erfahren.

Als Eric ihr Schlafgemach betrat, beobachtete ihn Bethia dabei, wie er sich fürs Bett zurechtmachte. Sie lächelte ein wenig, als er sich wusch, seine Kleider abstreifte und sich ins Bett legte, ausgestreckt auf dem Rücken, die Hände hinter dem Kopf gekreuzt. Wenn Eric einen Fehler hatte, dann war es sein Mangel an Sittsamkeit. Noch immer in ihr dünnes Leinenhemd gekleidet, saß sie neben ihm auf dem Bett und bürstete sich ihr Haar. Der Anblick seines Körpers brachte ihr Blut wie immer zum Sieden, doch sie kämpfte darum, ihr leichtsinniges Begehren zu bändigen. Sie mussten miteinander sprechen.

»Warum schaust du mich so an?«, fragte Eric, der seine Hände krampfhaft ineinanderschlang, um sie nicht in ihr wunderbares, weiches Haar zu schlingen.

»Na ja, ich bin nicht daran gewöhnt, so viel nackten Mann in meinem Bett zu haben«, scherzte sie.

Er lächelte kurz, wurde aber sofort wieder ernst. »Du warst den ganzen Tag in einer seltsamen Stimmung.«

»War ich das?«

»Ja, das warst du. Du hast mich den ganzen Tag angeschaut und beobachtet, als ob du denkst, ich könnte mit dem Wind wegwehen.«

Obwohl Bethia gehofft hatte, dass Eric es nicht bemerkte, fand sie keinen Grund, es zu leugnen. »Stimmt. In Wahrheit würde ich sagen, dass ich dich angesehen habe, wirklich angesehen. Ich habe das bisher nicht getan. Bisher konnte ich, aus welchem Grund auch immer, nicht sehr weit hinter dein Gesicht und deinen schönen Körper schauen.«

Eric drehte sich zur Seite und gab seinem Bedürfnis nach,

sie zu berühren. Müßig ließ er seine Finger ihren Oberschenkel auf und ab gleiten. Die Art und Weise, wie sie mit gekreuzten Beinen in ihrem dünnen Hemd, das weit über ihre wunderschönen Beine hochgerutscht war, dasaß, verriet ihm, dass ihre Sittsamkeit langsam wich, was ihn sehr erfreute. Außerdem schien sie im Begriff zu sein, wenigstens einige ihrer Gefühle offenzulegen. Er verkrampfte sich, denn zum ersten Mal in seinem Leben war er sich bei einer Frau nicht sicher. Obwohl ihm gefiel, wie Bethia ihn verwirrte, sehnte er sich danach zu erfahren, was sie außer Leidenschaft noch für ihn empfand. Sie hielt sein Herz in ihren kleinen Händen, und das machte ihn verwundbar. Es war ein ganz neues Gefühl für ihn, und zwar eins, das er nicht mochte.

»Und nach was hast du gesucht?«, wollte er wissen.

»Eric, du weißt doch, dass ich nicht nur hier bin, weil du so gut aussiehst, oder?«, fragte sie mit weicher Stimme. Plötzlich war sie sich unsicher, wie sie ihm das, was sie ihm sagen wollte und musste, tatsächlich sagen sollte.

»Ja, Mädchen, ich hab ziemlich viel Übung darin festzustellen, ob jemand nur zu mir steht, weil er mich für gut aussehend hält. Ehrlich gesagt, habe ich manchmal den Eindruck, dass du fast Angst davor hast und dir einen einfacher aussehenden Mann wünschst.« Eric lächelte schwach, als Bethia ihm einen kurzen, schuldbewussten Blick zuwarf. »Es ist eigenartig, mein Gesicht zum ersten Mal als Fluch und nicht als Segen zu empfinden. Es ist nur ein Gesicht, mein Herz, ein Klumpen Fleisch, der zerfetzt, durch Narben entstellt oder sonst wie beschädigt und verunstaltet werden kann. Doch zurück. Warum darf ich mich nicht daran erfreuen, ein Gesicht zu haben, in das meine Frau vielleicht gern sieht? Ich freue mich immer, wenn ich in deins schauen kann.« Er strich mit den Fingerspitzen leicht über die Röte, die ihre Wangen überzog.

»Danke, aber wenn sich unser Kind eines der Gesichter aussuchen kann, hoffe ich, dass es deins wählt.«

»Aha, meine Liebe, du bist großzügig, und ich warte sehnlichst darauf, diese Liebenswürdigkeit im Gesicht eines unserer Kinder zu sehen.«

»Nun, darauf musst du vielleicht gar nicht so lange warten, wie du meinst.« Bethia lächelte Eric an, als er sich aufsetzte und sie an den Schultern packte, denn sein Gesichtsausdruck verriet ihr deutlicher als alle Worte, dass er ihr Kind willkommen heißen würde.

»Erwartest du ein Kind?«

»Ja, es sind schon fast vier Monate vorbei. Bald wirst du sehen, was für ein Gesicht dein Kind hat.«

Sie lachte leise, als Eric sie fast zu stürmisch umarmte. Als er sie auf das Bett hinunterdrängte, widersetzte sie sich nicht. Bethia konnte sich nichts Besseres denken, um das Wunder, das ihr Kind war, mit einem Liebesakt zu feiern. Und vielleicht, so dachte sie bei sich, als er ihr das Hemd auszog und es beiseite warf, würde sie den Mut haben, ihm ihr Herz offenzulegen, während sie in der Hitze der Leidenschaft gefangen waren.

Eric streichelte mit seinen Händen über ihre Taille, legte ihr dann eine Hand auf den Bauch und schenkte ihr einen langsamen, zärtlichen und doch verführerischen Kuss. »Ich hätte es bemerken müssen«, murmelte er, wobei er die Hände ihren Körper hinaufgleiten ließ, um ihre Brüste zu bedecken und zu wiegen. »Ich sehne mich danach, dich zu lieben.«

Bethia hob die Augenbrauen, denn es klang, als würde er zögern, es zu tun. »Ich glaube, nein, ich bin mir sicher, dass ich nichts dagegen einzuwenden hätte.«

Er lächelte und hauchte ihr einen Kuss auf die Lippen, während er mit seinen Daumen ihre Brustspitzen bis zu schmerzender Härte reizte. »Ich möchte das Kind nicht verletzen.«

Als er sich zurückziehen wollte, schlang sie ihre Arme und Beine um ihn und hielt ihn fest. »Du kannst das Kind nicht verletzen.«

»Du bist so klein, Süßes.«

»Die Frauen deiner Brüder sind nicht sehr viel größer, dennoch glaube ich nicht, dass deine Brüder sie während dieser Zeit sich selbst überlassen.«

Er musste lachen angesichts der Tatsache, dass seine Frau ihn umklammerte, als könnte sie ihn gegen seinen Willen festhalten. Jetzt, wo er sich wieder von der unvermittelten Angst um sie befreit hatte, war ihm klar, dass er nichts Schädliches machte, wenn er sie liebte. Trotzdem überlegte sich Eric, ob er seine zögernde Pose vielleicht noch ein kleines Weilchen länger aufrechterhalten sollte. Es könnte amüsant und zweifellos sehr angenehm sein zu beobachten, wie Bethia versuchte, ihn zu überzeugen.

»Die Frauen meiner Brüder sind nicht von Burg zu Burg geschleift und von einem Verrückten verfolgt und verwundet worden.« Eric schloss die Augen und verbiss sich ein lustvolles Stöhnen, als sie mit ihren weichen Händen seinen Rücken hinabfuhr und sanft seine Pobacken liebkoste.

Bethia reihte kurze, zarte Küsse auf sein Schlüsselbein. Sie spürte, dass er ein Spiel spielte und sein Einspruch nicht von Herzen kam, aber sie war mehr als bereit mitzuspielen. In dem Augenblick, in dem er sich entspannt an sie lehnte, schob sie ihn zur Seite. Er taumelte neben ihr auf den Rücken. Sie setzte sich hastig rittlings auf ihn, legte ihm ihre Hände auf die Schultern und hielt ihn damit im Bett fest. Es war ihr bewusst, dass er sich ihrem Griff schnell und problemlos entziehen konnte, aber er machte es nicht.

»Ich war schon schwanger, als all diese Dinge über mich kamen.« Sie bedeckte seine breite Brust und seinen straffen Bauch mit Küssen. »Nichts hat diese Frucht vom Baum fallen lassen.« Sie hob den Blick, als er seine Hände etwas zu fest in ihr Haar schlang.

»Du hättest das Kind verlieren können, als du verwundet wurdest und im Fieber gelegen bist.« Seine Stimme wurde heiser, als ihm zu Bewusstsein kam, dass sie sich sogar in noch größerer Gefahr befunden hatte, als ihm bewusst war. Wenn sie ihr Kind verloren hätte, hätte das gewiss gereicht, sie zu töten.

»Schon, aber das Kind wächst und gedeiht noch immer.« Sobald sich sein Griff in ihrem Haar löste, bedeckte sie seine kräftigen Beine mit Küssen. »Ich bin gesund, Eric. Selbst die Übelkeit ist weg.«

Er hätte gerne gefragt, warum sie ihm so lange nichts von dem Kind erzählt hatte, doch dann berührte ihre Zunge ein klein wenig seine Männlichkeit. Er stöhnte vor Begeisterung, als sie ihn mit dem Mund liebte. Er strengte sich an, seine Leidenschaft in Schach zu halten, damit er ihre Aufmerksamkeiten umso länger genießen konnte, doch bald, nachdem sie ihn mit der Wärme ihres Mundes umfangen hatte, hatte es mit seiner Beherrschung ein Ende. Mit dem leisen Ächzen des Begehrens packte er sie unter den Armen und zog sie zu sich hinauf.

»Reite deinen Mann, meine Liebste«, sagte er. Seine Stimme war dank ihrer beider heftigen Leidenschaft rau und unsicher, als er ihre Körper zusammenführte. »Ach, mein Herz«, sagte er heiser, während sie sich langsam auf ihm bewegte, »für einen Mann kann es keinen schöneren Platz geben.«

Bethia schrie seinen Namen, als die Erlösung durch ihren Körper tobte. Entfernt war sie sich seines Echos bewusst, als er sie bei den Hüften packte und fest an sich presste. Noch immer zitternd, brach Bethia auf ihm zusammen. Voller Genuss gab sie sich seiner Umarmung hin, die sie einhüllte, und der Berührung seiner trägen Küsse auf ihrem Gesicht und in ihrem Haar.

Die Wonnen ihres Liebesspiels wärmten ihr noch immer das Blut. Bethia küsste ihn aufs Ohr und flüsterte. »Ich liebe dich, Eric Murray.«

Ihre Augen wurden groß, als ein Zittern durch seinen Körper ging. Er packte sie so schnell bei den Armen, um sie zum Sitzen hochzuziehen, dass sie fühlte, wie es in ihrem Halswirbel knackte. Mit einem leisen Fluch rieb sie sich den Nacken, um den leichten Muskelschmerz, den er ihr unabsichtlich mit seinem ruckartigen Hochreißen verursacht hatte, zu lindern.

»Was hast du gesagt?«, fragte er fordernd.

»Tja, ich bin mir nicht sicher, ob ich es jetzt, wo du mir beinahe das Genick gebrochen hättest, wiederholen kann.«

»Wiederhole es.«

Sie musterte ihn einen Moment. Sein Blick war unverwandt auf ihr Gesicht gerichtet. Zu ihrer Überraschung entdeckte sie einen Funken Unsicherheit in seinen Augen, das Zeichen unbändiger Hoffnung. Dieser Mann musste etwas für sie empfinden, wenn er so sehr an ihren Gefühlen interessiert war. Eric mochte ihre Liebe vielleicht nicht erwidern, aber es war offensichtlich, dass er darauf brannte, ihr Liebesgeständnis zu hören. Im Augenblick würde das genügen. Sie würde dafür sorgen, dass es genügte.

»Ich liebe dich, Eric.« Ihr stockte der Atem, als er sie wieder in seine Arme riss. »Wenn du dich so aufführst, wenn ich diese Worte ausspreche, muss ich sie wohl sparsamer verwenden, oder ich leide für den Rest meines Lebens an Nackenschmerzen.«

Er lachte schallend und drehte sich um, sodass sie unter ihm zu liegen kam. Es überraschte ihn überhaupt nicht, dass seine Hand zitterte, als er ihr das wirre Haar aus dem Gesicht strich. Seine Gefühle tobten in ihm, gefangenen Tieren gleich, die wild entschlossen waren, sich zu befreien. Die Nachricht über ihr Kind hatte ihn glücklich gemacht, aber das verblasste im Vergleich zu dem, was diese drei Worte in ihm auslösten.

»Wann hast du das festgestellt, Mädchen? Heute? Hast du mich deshalb so angesehen?«

»Nein, ich habe dir doch gesagt, dass ich dich nur eingehender betrachtet habe, mit offenen Augen, ohne meine Zweifel und Ängste, die ich unnachgiebig im Zaum hielt. Mein

Herz lag bereits fest in deinen Händen. Ich war überzeugt, dass dies nicht nur wegen deines guten Aussehens der Fall war, aber nachdem ich mir die bittere Wahrheit über meine Familie eingestanden hatte, befürchtete ich manchmal, ich könnte ihnen ähnlicher sein, als mir bewusst war.« Bethia zeichnete die vollkommene Form von Erics Gesicht mit dem Finger nach. »Oh, ich liebe es, in dein herrliches Gesicht zu sehen, aber schließlich erkannte ich, dass nicht deine Augen und dein Lächeln mein Herz gewonnen hatten, sondern du als Mensch hast es gewonnen. Die Schönheit kann schon in der nächsten Schlacht verwüstet werden, und auch wenn es mich bekümmern würde, weiß ich, dass mein Herz dir dennoch immer gehört. Dass du meine große Liebe bist, merkte ich, als du nach deinem kleinen Schwimmversuch krank wurdest. Die Angst, die ich um dich empfand, war schlimm, und mir wurde deutlich, dass mir, solltest du sterben, das Herz aus dem Leib gerissen würde.« Sie lächelte und hieß seinen Kuss willkommen.

»Warum hast du mir das nicht früher gesagt?«

»Ich war mir nicht sicher, ob du diese Worte hören willst.«

»Du kannst ziemlich töricht sein, Mädchen«, sagte er so zärtlich, dass es seinen Worten gänzlich den Stachel nahm.

»Ich weiß. Du hast recht, Eric. Manchmal hat mich dein gutes Aussehen tief betrübt. Ich fragte mich ständig, warum mich ein solcher Mann, wie es schien, haben wollte.«

»Weil er dich liebt.«

Bethia zwinkerte, konnte einen Augenblick lang weder sprechen noch sich bewegen. Da war es also. Alles, was ihr Herz begehrte, ruhig dahingesagt und ohne Vorwarnung. Mit einem leisen Aufschrei küsste sie Eric. Trotz all ihrer Anstrengungen, nicht zu weinen, tropften ihr Tränen aus den Augen.

»Wann hast du es denn bemerkt?«, fragte sie lächelnd, als er jede tränenfeuchte Wange küsste.

»Ich glaube, dass ich es schon seit Langem wusste, es mir aber erst in der Angst, du würdest sterben, eingestand.«

»Du hast nie etwas gesagt.« – »Stimmt, meine hübsche kleine Frau. Ich fürchtete, du würdest mir nicht glauben. Dann waren da noch deine Bedenken über die Art und Weise, wie ich mir mein Erbe erstritt.«

Er küsste ihre Finger, als sie sie ihm auf die Lippen legte, um ihm Einhalt zu gebieten.

»Es machte mir Sorgen, aber ich war niemals der Meinung, du könntest auch nur im Geringsten William ähnlich sein. Und auch nicht Sir Graham.«

»Ich habe bald bemerkt, dass du mich nicht verurteilst. Als ich von der Absetzung des Beaton-Laird zurückkam, hat mich dein Empfang davon überzeugt, dass du nicht mehr an meinem Recht, das zu tun, was ich getan habe, zweifelst. Ich weiß nicht, warum ich nichts gesagt habe. Ich bin ein Feigling. Ich weiß nicht, was du empfindest, und wollte meine Seele nicht entblößen. Allerdings hätte es dir vielleicht geholfen, deine Selbstzweifel zu überwinden, wenn ich es dir gesagt und …«

»Aber du wolltest deine Seele nicht entblößen und nur auf Unglauben stoßen und nichts weiter als ein höfliches Dankeschön erhalten. Und auch, wenn es mir schwerfällt, es zuzugeben, du hättest vielleicht wirklich nichts weiter von mir bekommen. Ich musste erst meine eigenen Gedanken und mein eigenes Herz kennenlernen. Ja, ich sah deutlich, dass meine Familie mich schlecht behandelt hat, sah es kurz nach meiner Ankunft auf Donncoill, aber ich brauchte etwas länger, um einzusehen, dass es nicht in Ordnung war von ihnen. Ich brauchte diesen letzten Schritt aus Sorchas Schatten heraus. Ich musste den Mut finden, dich zu lieben, selbst wenn du diese Liebe nicht erwiderst.«

Eric hauchte einen Kuss auf Bethias Lippen.

»Mein Herz, sie wird zehnfach erwidert.«

Er schmunzelte, als sie die Stirn krauste und zu sprechen anfing.

»Hast du die Absicht, mit mir darüber zu streiten, wer von uns den anderen mehr liebt?«

»Das könnte sehr lange dauern.« – »Jahre. Unser ganzes Leben.«

»Dann werde ich dir ein Versprechen geben, mein schöner Ritter. Aber versprich du mir im Gegenzug auch, mich immer zu lieben, so wie ich dir jetzt verspreche, dich immer zu lieben.«

»Für immer, und dieses Versprechen kann ich leicht geben.«

»Und leicht halten«, flüsterte sie nah an seinem Mund, bevor sie in einem tiefen Kuss versanken.

Epilog

Weihnachtszeit – 1445

»James, ich glaube wirklich nicht, dass deine Cousine Bega möchte, dass du dich auf sie setzt«, sagte Bethia, die sich ein Lächeln verkneifen musste, als sie den kichernden Jungen von seiner fluchenden Cousine hob. Gisèles zartes kleines Mädchen hatte weiß Gott eine äußerst anschauliche Sprache, dachte sie bei sich.

»Bethia, ich glaube, unser kleines Mädchen gewinnt dieses Mal«, rief Eric.

Bethia schaute zu ihrem Ehemann und tauschte einen Blick mit Gisèle und Maldie, der zu gleichen Teilen aus Belustigung und Verärgerung bestand. Ihre Tochter Sorcha hatte eben zu krabbeln angefangen, und Gisèles Junge Brett, der immerhin fünf Monate älter war, krabbelte immer noch eher, als dass er lief. Nigel und Eric hatten sie zu gegenseitigem Wettkrabbeln gebracht, einige der Männer schlossen sogar Wetten darauf ab. Bethia hatte das Gefühl, dass es nicht ganz in Ordnung war, aber es unterhielt die Männer und älteren Kinder.

Als sie James zu Boden setzte und zu Eric ging, um sich neben ihm niederzulassen und ihre Tochter hochzunehmen, sobald sie im Ziel war, sah sie sich in der großen Halle um. Erics gesamte Familie hatte sich auf Dubhlinn eingefunden, um mit ihnen ihr erstes Weihnachtsfest im neuen Zuhause zu feiern. Da waren Balfour und Maldie sowie ihre sieben Kinder, Nigel und Gisèle und ihre vier Kinder, und selbst ein paar von Gisèles französischen Verwandten. Bowen und Peter waren mit ihren Frauen und Bowens liebenswerten Kindern da. Wallace und Gisèles Cousins Sir Guy und Sir David saßen beieinander und lachten über die Streiche der Kinder. Ihre Eltern waren nicht gekommen, aber Bethia spürte, dass es ihr nichts mehr ausmachte. Das hier war ihre Familie, dachte sie, und nahm gerade in dem Augenblick, in dem ihre kräftige kleine Tochter sie erreichte, die Hand ihres Mannes.

Eric lachte und umarmte seine Tochter, danach grinste er Nigel an, dessen Sohn aufstand und die letzten paar Schritte in die Arme seines Vaters stolperte. »Das Mädchen ist schnell«, sagte Eric.

»Sie hat meinen Jungen nur geschlagen, weil er sich nicht entscheiden kann, was er lieber macht: krabbeln oder gehen«, protestierte Nigel.

»Gut, wir werden ein Wettrennen veranstalten, wenn beide sicher auf ihren Beinen stehen.«

»Eric!«, rief Bethia. Sie lachte und fing ihre Tochter auf, als das kleine Mädchen sich an ihr hochzog.

»Ich scherze, mein Herz.«

Sie hätte ihm vielleicht geglaubt, hätte sie nicht den Blick aufgefangen, den er mit Nigel tauschte. Bethia beschloss, die Sache nicht jetzt zu diskutieren. Sorcha tat ein wenig zu deutlich kund, dass sie hungrig war, und obwohl sie fast abgestillt war, verlangte sie nach mütterlicher Nahrung. Bethia errötete ein bisschen, als Sorcha auf ihr Mieder klopfte, entschuldigte sich schnell und eilte auf ihr Schlafgemach.

Sobald sie es sich mit Kissen im Rücken auf ihrem Bett bequem gemacht hatte, legte Bethia ihre Tochter an und seufzte zufrieden. Sie hatte gedacht, dass ihr Kind ein Junge würde, so wie Gisèles, aber sie war nicht im Geringsten enttäuscht. Nicht einmal, als sie entdeckt hatte, dass ihr Kind ihre ungleichen Augen hatte. Klein-Sorcha war eine bezaubernde Mischung aus ihren beiden Eltern. Liebevoll berührte sie die vollen rotblonden Locken ihrer Tochter, betrachtete ihre Gestalt, die bereits jetzt das Versprechen einer reizenden Zartheit enthielt, und lächelte. Eric und sie brachten wundervolle Babys zustande, dachte sie mit Stolz.

»Und was bringt dich zum Lächeln?«, fragte Eric, der gerade das Schlafgemach betrat, zum Bett ging und sich an ihrer Seite ausstreckte.

»Ich habe mir überlegt, dass wir wundervolle Babys zustande bringen«, erwiderte sie und begegnete seinem Schmunzeln ebenfalls mit einem Schmunzeln.

»Ja, das tun wir, mein Herz.« Er zerzauste die seidigen Haare seines Kindes und küsste Bethia auf die Wange.

»Weißt du, das ich wirklich dachte, ich würde einen Sohn bekommen, so wie Gisèle?«

»Ärgere dich nicht, Mädchen. Du wirst mir noch einen Sohn schenken. Und solltest du mir ausschließlich Mädchen zur Welt bringen, werde ich mich nicht beklagen. Ich habe mehr Neffen, als ich zählen kann, und wir haben James, den wir großziehen müssen. Und sollten alle Mädchen so hübsch sein wie dieses hier, werde ich in Lumpen laufen müssen, um die Schürzenjäger und die lüsternen Knaben von unseren Toren fernzuhalten.«

Bethia legte sich ihre Tochter an die Schulter, rieb ihr den Rücken und lehnte sich gleichzeitig nach vorn, um Eric zu küssen. Obwohl sie hocherfreut darüber war, ein gesundes Kind zu haben, gleich welchen Geschlechts, hatte sie sich anfangs Sorgen darüber gemacht, dass Eric enttäuscht sein könnte, weil sie ihm keinen Sohn geschenkt hatte. Er zerstreute schnell ihre Bedenken. Sein Stolz auf seine kleine Tochter und seine Liebe für sie waren und blieben immer deutlich zu erkennen.

»Für was war der?«

»Dafür, dass ich dich liebe und du mir eine wunderbare Familie geschenkt hast.«

Eric lachte, denn den Lärm aus der großen Halle konnte man bis hierher hören. »Vielleicht eine zu große.«

»Nein, niemals. Genau davon habe ich immer geträumt«, sagte sie mit weicher Stimme, »wenn ich mir hin und wieder eingestand, dass etwas mit meiner eigenen nicht in Ordnung war. Und diese Sorcha hier wird die schönen Seiten davon kennenlernen. Ebenso Klein-James.«

»Ja, meine Einzige, eine Familie. Was immer wir auch sonst haben oder nicht haben, so viel kann ich dir geben: eine Familie und all die Liebe, die du vielleicht brauchst. Das verspreche ich dir.«

»So wie ich es dir, diesem Kind, Klein-James und jedem anderen Kind, mit dem wir gesegnet werden, verspreche.«

Sie küssten sich, doch die schöne Feierlichkeit dieses Augenblicks wurde jäh zerstört. Klein-Sorcha machte derart laut Bäuerchen, dass Bethia überrascht aufsprang und spürte, wie der kleine Körper ihrer Tochter durch dessen Stärke geschüttelt wurde. Danach seufzte ihre Tochter zufrieden auf und brabbelte. Eric lachte, als er aufstand und seine Tochter auf den Arm nahm.

»Weißt du«, murmelte er, als er auf die Tür zuging, »ich glaube, das war lauter als jedes, das Nigels Junge Brett von sich gegeben hat. Ha! Ich wette, mein Mädchen gewinnt auch hierbei.«

»Eric!«, rief Bethia und richtete ihr Kleid, während sie schon ihrem lachenden Ehemann hinterhereilte.

Weltbild Buchverlag
–Originalausgaben–
Deutsche Erstausgabe 2008

Dieses Werk wurde vermittelt durch die Literarische Agentur
Thomas Schlück GmbH, 30827 Garbsen.

Projektleitung: Gerald Fiebig
Übersetzung: Andrea Hahn
Redaktion: Michael Köberle
Umschlag: Hauptmann & Kompanie Werbeagentur GmbH,
München–Zürich
Umschlagabbildung: © Daeni, Pino via Agentur Schlück GmbH
Satz: Dirk Risch, Berlin
Gesetzt aus der Sabon 10,5/12,5 pt
Druck und Bindung: CPI Moravia Books s.r.o., Pohorelice

Gedruckt auf chlorfrei gebleichtem Papier

Printed in the EU

ISBN 978-3-89897-825-5

2012 2011 2010 2009
Die letzte Jahreszahl gibt die aktuelle Ausgabe an.